幽霊ホテルからの手紙

蔡《さい》駿《しゅん》

CAI JUN

船山むつみ◉訳

GHOST HOTEL

文藝春秋

目次

GHOST HOTEL

主な登場人物

周旋《ジョウシュエン》　小説家
葉蕭《イエシャオ》　警察官。周旋の学生時代の同級生
田園《ティエンユエン》　伝統演劇の女優
丁雨山《ディンユーシャン》　幽霊客桟の主
阿昌《アチャン》　幽霊客桟の従業員
清芬《チンフェン》　幽霊客桟に滞在する母親
小龍《シャオロン》　幽霊客桟に滞在する少年、清芬の息子
高凡《ガオファン》　幽霊客桟に滞在する男。画家
水月《シュイユエ》　幽霊客桟に滞在する女子大学生
琴然《チンラン》　幽霊客桟に滞在する女子大学生
蘇美《スーメイ》　幽霊客桟に滞在する女子大学生
秋雲《チョウユン》　幽霊客桟の3階に滞在する女性
小曼《シャオマン》　周旋と葉蕭の高校の同級生（故人）
周寒潮《ジョウハンチャオ》　周旋の父
蘭若《ランルー》　文化大革命の時代の伝統演劇の女優
洪《ホン》**隊長**　周寒潮が文革時に所属していた開拓隊の隊長

幽霊ホテルからの手紙

客桟《きゃくさん》

日本で伝統的なスタイルの宿泊施設を「旅館」と呼ぶように、中国風の建築様式の宿泊施設のこと。いったんは廃れたが、二十一世紀に入った辺りから、新しくおしゃれな「客桟」が観光地に増えている。日本語では「かくざん」とも読む。

第一部

謎の木匣《きばこ》

一

窓ガラスを打つ細かい雨粒の音が、黄昏時の潮のように静かに心を包みこんでいく。警察官の葉蕭《イエシャオ》は静かに窓の前に立って、煙雨に霞む都市を見つめていた。黒雲が空を覆って日の光はひどくぼやけているし、大雨が窓の外を濡らして、息がつまりそうな気分になる。ゆっくり息を吐き出すと、ガラスがそこだけ水蒸気で曇った。

ドアのベルが鳴った。

葉蕭ははっとした。奇妙な予感がした。彼はまず気持ちを落ち着かせてから、用心深くドアを開けた。

そこには若い男の顔があった。

「周旋《ジョウシュエン》？」。よく知っている名前が自然と口から出てきた。自分の目の前にいる青白く痩せた顔の男が誰か、葉蕭はもちろんすぐに思い出した。いつもいっしょにいたあの頃の思い出も浮かんできた。

相手は唇の端をわずかにもち上げた。ちょっと変わった表情だ。彼はゆっくりした暗い声で言った。「葉蕭。よかった、覚えていてくれて」

葉蕭は慌ててうなずいた。そうだ、周旋だ。同級生の周旋だ。小学校入学から高校を卒業するまで、ずっと一番の親友だった。兄弟のようだといってもいいくらいだった。

部屋の中は散らかっていたので、ちょっと片づけたいと葉蕭は思ったが、周旋は気にしないからと言った。勝手に椅子を引っ張ってきて座ると、少し堅苦しい態度で言った。「びっくりしただろう？」

葉蕭は急いで周旋のためにグラスに水を汲んできた。そのとき、周旋が黒い革の膨《ふく》れたバッグを抱えているのに気づいた。

「ああ。最後に会ったのはいつだったかな？」

「二年と七か月前だ。クラス会のときだ」。周旋はまるで前もって数えておいたように、すらっとそう言った。

「記憶力がいいな」。葉蕭は笑ってうなずき、周旋の青白い顔をよくよく見た。特に、その永遠に薄霧に覆われているかのような両目を。葉蕭はよく覚えている。高校に通っていた頃も、周旋はこんな憂鬱な顔をしていた。この顔のおかげで、彼を好きになる女の子が多かった。葉蕭はときに密かな嫉妬を感じたほどだ。

「葉蕭、本屋で君が出てくる本を見かけたよ」

「ぼくが出てくる本？」。葉蕭はきまり悪そうに笑った。

「どれかな？『猫の眼』かな、それとも、『神は見ている』？」

「それに『真夜中の笛の音』もだ。いや、ほんとは全部だよ。君が出てくる本は全部、最初から最後まで読んだ。だから――」

周旋はそこで黙ってしまい、ぼんやりと葉蕭を見つめている。ぎゅっと抱えた黒い革のバッグはまるで爆薬でも入っているようにみえる。

「それで、会いに来てくれたのか？」。葉蕭はそう聞いたが、もうわかっていた。周旋は何か困ったことになっているのだ。そこで、冷静な声で尋ねた。「言えよ。いったい、何があったんだ？」

周旋は葉蕭の目をじっと見返したまま、しばらく答えなかった。

周旋の目の中には、深い恐怖の色があった。葉蕭は多くの人の目にそれを見たことがある。葉蕭はやさしい声で言った。「周旋、ぼくたちは親友だったじゃないか。何かあったんなら、言えばいい。ぼくにできることはなんでもするから」

雨がますます強くなった。

周旋は窓の外をちょっと見て、それからやっとうなずいた。手が少し震えていたが、ゆっくりと革のバッグのファスナーを開けた。葉蕭はそのバッグを注意して見ていた。膨れていたのも無理はない。その中には、黒い箱が入っていた。

周旋は箱をバッグから取り出すと、慎重にテーブルの上に置いた。葉蕭はうつむいて、その箱をよく観察した。縦三十センチ、横二十センチ、高さは十五センチほどだ。

謎の黒い木の箱が葉蕭の家のテーブルの上に置かれている。外見からすれば骨箱に似ている。二人は黙って箱を見ている。窓ガラスの外側を雨水がとめどなく流れ、暗く曇って光もおぼろなので、部屋はますます窒息しそうな雰囲気になった。

奇妙な感覚が葉蕭の心に湧き上がってきた。彼は唾を飲み込むと、箱を見つめながら、質問した。「理由はこれか？」

「そう、これだ」

葉蕭は周旋の目を見返した。その目にはなにか隠されていると感じた。葉蕭は深呼吸してから、注意深く手を伸ばし、箱に触ってみた。材質は木だ。それから、少し大胆になって、持ち上げると手で重さを量ってみた。手に載せた感じでは重くはない。多くても五キロを超えない。そのほとんどは、箱自体の重さだろう。

箱の蓋には古くてぼろぼろになった鎖が掛けられ、ぴっちりと密封されているようだった。箱の表面には暗紅色の漆が塗られていたが、色がかなり暗く変わってしまっているのは、時間の経過によるものだろう。一見したところ、黒とあまり変わらない色になっている。薄暗い室内の光線の下で、深く沈んだ光を反射して、まるで黒人の皮膚の光沢のようだ。表面には模様が彫ってあり、数十年前の人々が日常に使っていた品物のようにみえた。

「この木のケースは――」

周旋はすぐに訂正した。「違うよ、木匣《きばこ》と呼ぶべきだよ」

「木匣？　なんだか古めかしい言い方だね」。葉蕭はふと『聊斎志異《りょうさいしい》』（清代前期に書かれた怪異譚）を思い出した。それから、手を伸ばして、木匣の上の鎖を外そうとした。

「触るな！」。周旋は緊張した声で叫んだ。

葉蕭は感電でもしたように、手を引っ込めた。警戒心が起きて、じっと周旋の目を見ながら問いただした。

「なんだよ？　この木匣の中には、何かとんでもない物でも入ってるっていうのか？」

周旋の目つきはまた曖昧になってきた。彼はゆっくりと言った。「これから、この木匣がどこから来たか、話をするよ」

部屋の空気はますます湿っぽく、窒息しそうな感じが広がってきた。葉蕭は周旋の顔を見つめて、彼が語る不思議な木匣の物語を静かに聞いた。

二

周旋は、自分の奇妙な出会いについて語った――。

実は、周旋は作家だ。数年前、ある雑誌に初めての小説を発表した。それは犯罪小説で、ある人物が社会の巨大な圧力の下で、一歩一歩、殺人犯へと落ちていく物語だった。それ以来、周旋はある程度有名になり、次々に小説を発表した。内容はほとんどが古い時代の恋愛物語で、どれも悲劇で終わるものだった。

最近、周旋はまた、新しい長編小説を書こうとしていた。だいたいの構想はできあがっていたが、どうしても、物語の筋道がはっきりしないところがあった。それはとても苦しい感覚だった。それでも、彼には一種の予感があって、いつの日か必ず、霊感が降りてくるはずだと思っていた。その霊感はきっと心の中の秘密の花園の扉を開く鍵であるはずだ。だから、周旋はひたすら街を歩きまわるようになった。インスピレーションを与えてくれる可能性のあるものなら何でもいい、自分の目で捕まえたいと思ったのだ。

ちょうど十日前、夜の八時頃のことだ。周旋は街のほぼ中心に位置する人工の竹林のある辺りを歩きまわっていた。歩き疲れてきたとき、一台のバスが停留所に停まった。

周旋はそのバスが何号路線のものか見もしないで、ドアが開いたとたんに素早く乗り込んだ。行き先もわからないが、運転手に尋ねるのも面倒だった。とにかく、今いる場所を離れたかったのだ。

硬貨を投げ入れてから、やっと、車中がとても混んでいることに気づいた。ぎっしり人が立っていて、蒸すような汗臭い不快なにおいが立ち込めている。

空席がひとつある。

そう、前のドアに近い辺りに、空いている席がひとつある。まるでわざわざ周旋のために残してあったみたいだ。ちょっと変な感じもしたが、周旋は座ろうとした。そのときになって、空席の隣に座っている女に気づいた。

見たところ若い女で、長い黒髪が少し乱れている。バスの中は暗かったが、窓の外の灯りのおかげで、顔をはっきり見ることができた。非常に美しい。年はせいぜい二十三、四といったところだろう。肌の色が白い。血色のない感じの青白さだ。周旋は、彼女の目がとても黒く、とても大きいことに気づいた。しかも、なんだか異様な目つきで、周旋のことをまっすぐ見つめている。

周旋はひるんだ。彼女の目を見返した途端に、なにかに撃たれたかのような気がした。だが、彼女のまなざしの中にあるものがなんなのか、彼にはさっぱりわからなかった。それは善意なのか、それとも悪意なのか。それは誘いなのか、それとも拒絶なのか。あるいは、彼女は絶望の中にあって、彼に助けを求めているのか。

周旋はしばらくぼんやりしていたが、やっと気がついた。血痕だ。

間違いない。彼女の体のあちこちが暗い血の色に染まっていた。全身雪のように白い衣服の上に散らばった暗紅色の血痕は、冬の日の雪の野に花開いた紅梅の花のように、鮮やかに目を引いた。

それればかりではない。彼女は周旋に向かって両手を広げた。何かを見せようとするかのように、そして、何かを祈ろうとでもするかのように。彼女の両手もすっかり血で覆われていた。そのうえ、蒼白な顔にも緋色の血痕が散らばって、一種の残酷な美を醸し出していた。

背筋が寒くなった。血まみれの怖ろしい情景が思い浮かんだ。道理で、まわりに立っている人が大勢いるのに、誰ひとりとして彼女の隣の空席に座ろうとしないわけだ。

周旋は一瞬躊躇《ちゅうちょ》した。この全身血まみれの女性をどうしたらいいのだろう。誰でもやりそうなのはもちろん、怖気《おじけ》づいて退却することだろう。何も見なかったことにして目を背け、混雑したバスの後ろのほうに歩き去るのだ。だが、あの楚々として可憐な目を見たからには、そしてあの自分に向けて広げられた血まみれの両手を見たからには、どうしても彼女を助けてやらなくてはならないと周旋は感じた。彼はとうとう彼女の目を見ながら、何かを伝えようとするように、うなずいてみせた。

周旋はその人の隣に座った。

彼の心中には今まで経験したことのない感覚が湧き上がっていた。緊張してなにも言うことができず、まわりの人たちがみな異様な目つきで自分を見ている気がした。彼のことを頭のおかしい人間と見なしているのか、あるいは、滅多にいないほど大胆不敵な好色漢だとでも思っているのか。

周旋が座った後も、彼女はずっと周旋を見つめ続けた。その尋常でない目つきに、周旋はぞっと寒気がした。彼女の身に散らばる血の跡を見ると、何か言わなければならない気がした。口を開いて、「なにか、困ったことでもあるの？」と聞こうとしたが、彼女の目を見ると、なにも言えなくなってしまう。その目には魔力があって、自分を黙らせようとしているようにも感じられた。

彼女のほうが先に口を開いて、どうしてこんなことになったのか話してくれればいい、そうしたら、自分にできることならなんでもしてあげるのに、と周旋は思った。だが、彼女の唇はきつく閉じられたままだった。

車窓からときおり、眩しい灯りが射し込んで、彼女の目をかすめた。その瞳が照らし出される一瞬に、何かを発見できそうな気がした。あるいはそれは周旋自身の影だったかもしれない。

バスは進んでいった。気がつかないうちに、もういくつも停留所に停まっていたが、周旋はまったく気にもとめず、自分がどこへ行くのかもわからないまま、ただただ、目の前にいる人を助けることはできないだろうかと思っていた。

この人は誰だろう？　どうして、こんなことになっているのだろう。これから、何が起きるのだろう？　周旋はあれこれとありもしないことを考えた。これから起こりうることとして一番いいのは彼女が自分に恋するということで、一番よくないのはこの全身血まみれの女が今すぐにもナイフを取り出して自分を刺し殺すということだろう。その中間にあるのは、何事も起きないまま、それぞれの方向に別れて、二度と会わないというものだ。

そんなことをあれこれ妄想した結果、周旋はすっかりぼんやりしてしまい、彼女の目の前でそのまま座席に倒れ込んでしまいそうになった。

ついに、終点に到着した。乗客はどんどん降りて、とうとう運転手まで降りてしまった。空っぽになったバスの中に残っているのは、周旋と隣の女性だけになった。

車内は静まり返っている。もしかしたら、最終のバスなのかもしれない。だとすれば、運転手はすぐに戻ってきて、バスは回送になるのだろう。周旋はついに我慢できなくなって、口を開いた。「いったい、どうしたの？」

彼女は周旋を見つめたまま、しばらく沈黙していたが、やっと答えた。「隣に座ってくれて、ありがとう」

「そんなこと、なんでもないよ」。周旋は笑顔を見せた。「服に付いているのは何？　その赤いものは。血なの？」

彼女は肯定も否定もせず、じっと周旋を見ている。

「ケガをしてるの？」

彼女は首を振った。

周旋はそれを聞いて少し安心した。「何があったのか、話してくれないかな？　もしかしたら、助けてあげられるかもしれないから」

「助けてくれるの？」。彼女は疑わしげに聞き返した。

本当のところを言えば、周旋だって自分に他人を助けることができるのかどうかなどわからない。だが、さっき、バスに乗ったばかりのとき、彼女はあれほどまでも無力なまなざしで自分を見つめていたではないか。もちろん、助けを求めていたのに決まっている。

「どうしたらいいか、話してくれる？」。そう尋ねながらも、周旋はなんだか心もとない気がしてきた。いま目の前にいるこの女性が、これほどまでに哀れで美しくなかったら、自分はここに残ったはずはないと思ったのだ。

「それなら、わたしを家まで送ってくれる？」

周旋はうなずいた。少なくとも、それくらいのことなら、自分にもできる。

彼女はやっと立ち上がった。その目は薄暗いバスの車内でかすかな光を放った。まるで、森の中の夜行性の小さな野獣のように。

周旋は彼女に続いてバスを降りると、その耳もとでそっと聞いた。「君の家はどこなの？」

「ついて来て」

その声はとても小さく、まるで猫が鳴いているみたいだった。

もしかしたら、この人は本当に面倒な目に遭ったのかもしれないと周旋は考えた。誰かに襲われたのだろうか。だから、誰か男に守ってもらう必要があったのかもしれない。周旋は思い切って、心に浮かんだ疑問を口に出してみた。「もしかして、誰かにいじめられたの？」

彼女は答えず、なんの表情も浮かべないまま、まっすぐ歩き続けた。答えないのは、否定していないということだと周旋は考えた。女の子が誰かに襲われたのだとしたら、人に話したいと思うはずはない。汚点のように感じる人もいるかもしれない。やっぱり、これ以上聞かないほうがいいだろう。それにしても、そういう場合はやっぱり警察に届けるべきではないだろうか。それに、急いで家に帰りたいのなら、タクシーに乗ることだってできるはずだ。どうして、バスに乗ったんだろう。周旋にはさっぱりわからなかった。

彼女の後ろを歩いていると、血に染まった白い服が暗い夜を背景に、ますますきわだってみえる。周旋は彼女の体がかすかに震えていることにも気づいた。もしかして、彼女は心底怯《おび》えているのかもしれない。だが、いったい何を恐れているのだろう。

手を伸ばして彼女の肩を抱き、体を支えてやるべきだろうか。だって、あんなに怯えて取り乱しているじゃないか。でも、別の考えがあると誤解されたらどうしよう。周旋はあまり彼女の近くに寄りすぎないように歩いた。二人の様子を見た人に、自分が彼女を襲った悪者だと勘違いされたら大変だ。幸い、彼女はまもなく、とても暗くて細い通りに曲がった。両側にほとんど街灯もない。二人の足音が通りの静けさを破った。

やっと周囲の様子がわかってきた。ここは市のはずれにある高級住宅地だ。まわりにあるのはどれも独立した邸宅で、どの家の前にもかなり高級な自家用車が停められている。

彼女は周旋をつれてそのうちの一軒に入っていった。一階の防犯ドアの前でしばらくバッグの中を探し、やっと鍵を見つけてドアを開けた。

家の中の灯りが点くと、眩しすぎて、明るさに慣れるまでに何秒もかかった。そこはとても広い応接間で、だいたい七十平米はあるだろう。周囲にはシンプルなガラスの装飾品が並べられ、明るい白色照明の下でさまざまな角度に光を反射している。

周旋が立ち尽くしているうちに、彼女は部屋に駆け込んでいった。周旋は勝手に動くこともできず、応接間に立ったまま、心の中で考えていた。いったい彼女は何者なんだろう？　こんな家に住んでいるなんて、並大抵の人間ではない。もしかしたら、金持ちに囲われている「籠の鳥」なのかもしれない。

そのとき、壁に掛けられた大きな写真に気がついた。白黒写真で、背景はぼんやりしており、彼女の目が写真の中心にあって、その目にフォーカスが合っている。一本一本のまつ毛まで、はっきりと写っている。

「ありがとう」。後ろから、彼女の声が聞こえた。

周旋は驚いて振り返った。彼女はすっかり着替えて、顔や手の血の跡もきれいに消えている。だが、顔色はあいかわらず蒼白だった。

「やっぱり、ケガはしてないようだね」。周旋は何歩か下がって言った。「もう大丈夫なら、ぼくは帰るね」

「待って。あなたの名前を教えて」

「周旋」

彼女はうなずき、じっと周旋の目を見た。「周旋、もしかしたら、あなたの人生は今夜からすっかり変わってしまうかもしれない」

どういう意味だろう？　周旋は呆然とした。まさか、何かを曖昧に暗示しているつもりなのか？　もうこれ以上、ここにいるわけにはいかない、と彼は思った。自分を抑えられなくなるのが怖かったのだ。

「ごめん、ぼくはもう帰ったほうがいいね」

周旋はさっとドアに向かって歩き出した。すると、後ろから、また声が聞こえた。「周旋、ここへ来る道を覚えている？」

「え？　ああ、覚えてるよ」

また来てほしいという意味だろうか？　周旋はまた、心の中でびくっとして、慌てて言った。「さよなら」

家を出るとすぐ時計を見た。もう十時過ぎだ。もと来た道をたどって大通りに出ると、タクシーをつかまえて家に向かった。

夜の都市は半分静まり返り、半分騒々しい。夜を疾走するタクシーの中で、周旋の心もそれと同じだった。

三

あの夜の偶然の出会い以来、周旋はずっと落ち着かない気分だった。あの女性のまなざしが目の前にちらついて、自分に何か訴えている気がした。小説のほうも、どうにも構想を進めることができず、三日三晩というもの、考えに考えたあげく、小説を書くためのインスピレーションの鍵もあの晩のあの謎の女性の手に握られているのだとわかった。

その鍵を取りに行かなければならない。

三日後、周旋はついにその女《ひと》に会いに行くことにした。そう決めたところで、やっとわかった。彼女がなぜ、「ここへ来る道を覚えている？」と言ったのか。自分がまた来ると彼女にはちゃんとわかっていたのだ。いや、あるいは彼女のほうが自分を待っているのかもしれない。

周旋はまたあのときと同じバスに乗って、終点まで行って降りた。三日前の記憶をたどって、静かな小道を歩いていくと、あの高級住宅地はすぐに見つかった。周旋の記憶はとてもはっきりしていた。目の前の一軒一軒の家の番地さえも覚えているような気がして、簡単に目的の家を見つけることができた。

夏の午後、樹木が青々と茂り、庭から枝を伸ばしている。もし今、この枝に再び花が開いたら、それこそ、「一枝の紅杏、牆《かき》を出で来たる」（南宋・葉紹翁の詩「遊園不値」〈園に遊びて値《あた》わず〉の最後の一行）の詩のようだ。そう、彼女はこの家に住んでいるはずだ。

周旋は門の中に入って、ちょっとためらってから、やっとドアのベルを押した。

すぐにあの顔を見ることができた。

「やっと来たのね」。彼女は白いナイトドレスを着ていて、眉を吊り上げると、けだるげな口調で言った。「三日も待ってたのよ」

周旋は用心しながら、あの広い応接間に入っていって、ぎこちなく言った。「ぼくはただ、君がもう元気になったかどうか、見にきただけなんだ」

「わたしはもともと元気よ」。彼女はちょっと唇をすぼめて笑った。顔色も先日よりはずいぶんいいようだ。

周旋は座ってから言った。「それじゃあ、このあいだはいったいどうしたの？」

「このあいだ？　このあいだのことは、わたしも覚えていないの。あの晩、いったい何が起きたのか、わたしのほうが知りたいくらい」

「だけど、ぼくのことは覚えてるんだね」

すると、彼女はふっと微笑した。「もちろん、覚えてるわよ、周旋」

「ぼくが会いにくるって、どうしてわかったの？」

「どうしてってことはないわ、ちゃんとわかってたのよ」

彼女のその表情は、なんだか見たことのある表情のような気がした。周旋は冷たい口調で言った。「君はまるで、巫女《みこ》さんが予言するような言い方をするね」

「巫女さん？　そうね、そう呼ばれるのは好きだわ。今までそう呼んでくれる人はいなかった。どうもありがとう」。そこで彼女はまた笑い出し、周旋のそばに座って言った。「わたしの名前をまだ知らないでしょう？　田園《ティエンユエン》っていうの」

「田園……。いい名前だね。だけど、ぼくはほかにも知りたいことがたくさんある」

「どうして？」

「あの夜、不思議な会い方をしたから……」。周旋はやっとのことで、心に思っていたことを打ち明けた。「ぼくは作家なんだ。新しい長編小説を考えているところで、きっと君がインスピレーションを与えてくれると思うんだ」

田園はうなずいて、ちょっと大げさな口調で言った。「そうね、あなたはインスピレーションを必要としている。それが手に入らなければ、ずいぶん苦しいことになるわね」

「君はまるで、ぼくのことがすっかりわかってるみたいじゃないか」

「そう。わたしはあなたのことなら、なんでも知ってる。たとえば、あなたの誕生日も」

それから、彼女は周旋の生年月日を一日も間違えずに口にした。

「どうして知ってるの？」。周旋はびっくりした。どう考えても、あの晩に自分の身分証明証を見たはずはない。

「そんなのはたいしたことじゃないわ。ほかにも知ってる。あなたの家の電話番号も、両親や家庭のことも、あなたが今まで書いた小説の内容もすっかり知ってる」

周旋は自分の耳が信じられなかった。田園の顔をじっと見ながら、記憶の中に彼女を探そうとした。いや、あの晩、偶然出会うまで、この女《ひと》に会ったことなど一度もない。

「ぼくのことを調べたのか？」

まさか、最初から、何もかも自分をひっかけるための陰謀だったのだろうか。もしかして、すべては彼女が仕組んだことなのか。だが、今目の前にいるこの不思議な女はいったいなぜそんなことをするのか。すごく有名人でもなければ、大金持ちでもないのに、なんで自分に目をつけたんだろう。

彼女は答えなかった。

周旋は質問を続けた。「いったい、何が目的なんだ？ぼくを利用するつもり？」

「そのとおりよ」

彼女はまるで挑発するように答えた。

「ぼくのことをそんなにたくさん知ってるんだったら、ぼくにも君のことを話してくれないとね。じゃないと、不公平だろう？」。周旋は部屋を眺めまわした。ほかに誰か住んでいる様子はない。「君はひとりでここに住んでるの？」

「そう」

「仕事は何をしてるの？」

田園はちょっと躊躇してから答えた。「わたしは伝統演劇をやってるの」

「女優？」

「そういうことよ」

周旋はうなずいた。道理で、こんなに魅力的で、こんなにいい家に住んでるわけだ。周旋は再び、壁に飾られたあの大きな写真に目を向けた。

田園が突然言った。「周旋、お願いしたいことがあるの」

「やっと大事なことを言う気になったね」。周旋は彼女に近づくと、目を大きく見開いて言った。「さあ、いったいぼくに何をして欲しいのかな？」

「ちょっと待ってて」。彼女は立ち上がると、急いで奥の部屋に入っていった。

一分ほど待つうちに、田園は両手に黒い木匣を捧げ持って戻ってきた。

木匣……。

周旋は目を見開いて、田園が持っている木匣を見つめた。一見したところ、骨箱のようにみえる。

「周旋、あなたがどう思ってるか、わかってる。安心して、この木匣にはお骨や灰なんか入っていないから」。彼女はそう言うと、木匣を周旋の目の前に置いた。

「それじゃ、何が入ってるの？」

「そんなことは知らなくてもいいわ」。田園は冷たい声で言った。「あなたはただ、わたしの代わりにこれを預かっていてくれればいいの」

「預かる？」。周旋は眉をひそめた。どう考えてもわからない。この人はいったい何を考えてるんだろう？　だが、ただこの匣を預かるだけなら、別に困ったことにはならないだろう。「わかった。預かってあげるよ」

田園はにっこり笑って、彼の耳もとでそっと言った。「ありがとう」

その瞬間、甘い香りの息が耳にふわっとかかったので、周旋は自分の両頬が赤らむのを感じた。

「だけど、預かるにしたって、いつまでか言ってくれないと困る。まさか、一生預かってろって言うんじゃないだろう？」

「もちろんよ。長くても一か月くらいよ」

「わかった」

ほんの一か月この木匣を預かるだけだというのだから、どう考えても面倒なことなど起こらないだろう。それにしても、この木匣の中にはいったい何が入っているんだろう？

田園は木匣を持ち上げて、そっと注意しながら、周旋の手に渡し、かすかな声で言った。「忘れないで。勝手にこの匣を開けてはダメ」

木匣はひんやりとして、何か奇妙な感覚がその表面から滲《にじ》み出て、自分の体に浸み込んでくるような気がした。周旋はぶるっと体を震わせて、無意識のうちに首を縦に振った。

田園はまた繰り返して言った。「周旋、忘れちゃダメよ。勝手にこの匣を開けないで」

「わかった。絶対に開けない」

「ありがとう」

彼女は一歩下がって、冷たい目で周旋が持つ匣を見つめていたが、黒い革の鞄を手渡すと、その中に匣を入れるようにと言った。

田園はふっとため息をつき、また繰り返して言い含めた。「わたしの言ったことを忘れないでね。絶対になくしたりしないでね。それから、ちゃんと保管しておいてね」

「もちろんだよ」。周旋は彼女に近づいて言った。「田園、君、緊張してるようだね」

「いいえ」。彼女は首を振ると、また一歩下がって言った。「ちょっと疲れてるだけ」

「ぼくは帰ったほうがいいんだね？　わかった。帰るよ」

周旋は木匣を抱えてドアまで行ったが、突然、振り返って尋ねた。「田園、これからも会いに来ていいの？」

「いつでも会いに来て」

木匣の入った鞄を持っていることはなんだか特別な感じがして、周旋はもう何も言わなかった。急いでその家を出ると、濃く茂った木々の葉を通して、陽の光がまるでガラスのかけらのように彼の顔に降り注いだ。

四

田園から預かってきた謎の木匣を、周旋は自宅の小さな金庫に大切にしまった。

次の日、周旋は上海を離れた。よその都市のある出版社に呼ばれて、担当の編集者と原稿のことを話しあう必要があったからだ。

そのひどく暑い都市で、周旋はひどくつまらない何日かを過ごした。ほとんどの時間は原稿について話しあうことではなく、観光名所を巡ることに費やされた。

三日間滞在したが、周旋にとって収穫はなかった。彼はひどくいらいらし、あまりの暑さに息ができないような気がした。そうしているうちに、彼は自分がどうしても誰かに会いたいと思っていることに気づいた。

彼女が自分を呼んでいると思った。田園だ。

それは不思議な感覚だった。何百キロも離れているのに、周旋は何度も自分の耳のそばで彼女の声を聞いた。その声ははじめは別世界から聞こえてくるような、かすかな糸のようなものだったが、やがて力の限り叫んでいるように聞こえた。

そうだ、田園が自分を呼んでいる。

そう思った周旋はすぐに夜行列車の切符を買って、上海へと戻った。

駅を出ると、彼は果てしない人の流れに戸惑い、自分が飲み込まれてしまいそうな感覚に襲われた。それから、やっとのことで人の流れから抜け出し、タクシーに乗った。

自分の家には戻らず、直接、田園の家に向かった。タクシーは上海を横断して、一時間後、あの静かな住宅地に入っていった。周旋は旅行バッグを背負い、旅の疲れもそのままに、あの田園の小さな屋敷の門を入っていった。

呼び鈴を鳴らしたが、誰もドアを開けない。

力を入れて何度も呼び鈴を押したが、家の中では何の物音もしない。そこへ、五十過ぎの警備員が小道を通りかかり、大きなバッグを背負った周旋に気づいた。

警備員は警戒して問いただした。「何をしている？」

周旋はきょとんとして答えた。「この家の人に会いに……」

警備員の顔色が変わり、田園の家のドアを指差すと、

「この家の女性に会いに？」と言った。

「そうです。何かあったんですか？」

「あの人は亡くなったよ」

警備員はゆっくりと言葉を吐き出すようにそう言った。

その瞬間、周旋は背中の荷物が急に重くなったように感じ、体中の力が抜けたので、壁に手をついて寄りかかった。

そんな！　そんなはずはない！

彼は大きな声で尋ねた。「死んだって、どうして？」

「今朝早く、家政婦がいつもの時間に掃除に来たら、ベッドの上に横になったまま、すでに息はなかったそうだ。それでも、われわれは病院に運んでいって、昼には警察も来た」

「教えてください。どこの病院ですか？」

病院の名前を聞くと、周旋は飛ぶように駆け出した。

三十分ほど後、彼はその病院に到着して、田園の死亡証明書を書いた医師を探し出した。

医師ははじめから、田園の死因は心臓病の発作だと推測していた。だが、病院に運ばれてきたときにはすでに死後数時間が経過していたから、確実な結論は検死の報告を待たなければならないという。医師は周旋に死者の容貌の特徴を詳しく話したが、それは間違いなく田園だった。

周旋はそれ以上聞く気になれなかった。自分とあの不幸な女性は偶然知りあっただけなのだから、それ以上しつこく聞いたりしたら変に思われるだろう。彼は必死で自分の感情を抑えると、消毒液のにおいの立ちこめた病院を飛び出した。

家へ向かうタクシーの中で、周旋は両眼を閉じた。フロントガラスの上に田園の顔が浮かんでくる気がしたのだ。彼女は死んだ。死んでしまった。名前と職業以外、彼女のことは結局何も知らないままだ。だが、まるで何年も同じ学校に通った友だちが死んでしまったかのように、周旋の心の中は複雑で苦い思いに満ちていた。

そうだ、彼女はあんなに美しかった。それに金持ちだったかもしれない。なにしろ、伝統演劇に出ていたというんだから、人目を惹く美しい役者だったことは間違いない。

それなのに、こんなに簡単に死んでしまった。自分のベッドの上で。

死んだら、もう何も残らないのだ。

「違う！」

周旋は突然思い出した。田園はこの世に何かを残していった。そう、あの木匣だ。

あの木匣は周旋の家の金庫に入っている。

家に帰ると、すっかり汗だくで、体がバラバラになりそうなほど疲れていたが、周旋は金庫の前まで行って、注意深く鍵の番号を回し、金庫のドアを開いた。

金庫の中が空だったら、すべては夢だとしたら、どんなにいいだろう。

しかし、手を入れて探ると、木匣はそこにあった。

うまく言えないが、まるで田園の肌に触ったような気がした。死んでしまった美しい女の肌に触ったような。手が震え、しばらく動けなかった。周旋はやがて金庫から木匣を両手で取り出した。

周旋は木匣をテーブルの上に置き、呆然とそれを見ていた。

黄昏の夕陽が北向きの窓から射し込んできて、金色の光が木匣に注がれると、周旋は思わずぞっとした。

これは田園が預かってくれと言った物だ。いや、田園が彼の手の中に残した遺品だ。

彼女はもう死んでしまったが、木匣はまだここにある。周旋は呆然と木匣を見ていた。まるでその中に田園の命が移り住んでいる気がした。

彼はそのまま、日が落ちて部屋の中がすっかり暗くなるまで、ずっとそうしてぼんやり座っていた。

電話が鳴った。

せわしないベルの音に周旋はぶるっと震えた。彼は電話を見て、それからまたテーブルの上の木匣を見た。容赦なく急《せ》き立てるようなベルの音と木匣の間に何か関係があるような気がしたのだ。

やっと立ち上がって、荒い息をしながら電話に出たが、相手の声を聞いて、彼はため息をついた。父親からの電話だった。周旋はちょっと意外な気がした。同じ都市に住んでいながら、もう二年も父親と連絡をとっていなかったからだ。父親は周旋に、ちゃんと眠れているか、体に気をつけろなどときりなく話し続けた。周旋は適当に返事をして、大丈夫だから安心してくれと父親に言って電話を切った。

そのときになって、電話に伝言が残されていることに気づいた。彼はいつでもどこでも人から捕まえられるのが嫌なので、外出するときには携帯電話の電源を切っていることが多く、その代わりに家の電話は留守番電話にしていた。

周旋は無造作に録音を聞くスイッチを入れた。すぐに女の声が聞こえてきた。

「周旋、あの木匣だけど、幽霊客桟に持っていってほしいの。場所は……」

声はそこで突然終わっていた。

周旋の額に冷や汗が流れた。ああ、これは田園の声だ……。

しかし、彼女の話はそこで終わりではないらしい。テープがまだ回り続けているからだ。それなのに、録音には何の音も入っていない……。いや、周旋の耳には聞こえた。喘《あえ》ぐような息の音がかすかにかすかに聞こえる。田園の呼吸だ。だが、その音はじっと注意して耳をすまさなければ聞こえないほどかすかだ。もしかしたら、受話器が田園の体から少し離れたところにあるのかもしれない。

周旋は息を殺して、全神経を集中してメッセージを聞いた。田園のかすかな呼吸の音が電話を通して彼の耳に伝わってくる。あの美しい女性が自分に電話をかけている様子が目に浮かぶようだ。だが、彼女は言いたいことを最後まで言い終えないまま、ベッドに倒れてしまったのだ。そして、受話器は空中にぶら下がり、床に近い低い位置で揺れている……。

テープがそのまま数十秒回ったところで、ついになんの音も聞こえなくなった。彼女の呼吸が止まったのだ。

部屋の中はきっと、まるで死のように静まり返っていただろう。もう、どんな音も彼女の邪魔をすることはない。ただ、彼女が旅立ったとき、あまり苦しまなかったことを願うばかりだ。周旋はそのまま呆然と電話機を見ていた。テープはまだ回っている。かけてきた相手が受話器を置かない限り、テープはいつまでも回り続け、最後の一ミリまで、向こうの受話器が拾うあらゆる音を記録し続けるのだ。

およそ半時間後、テープは回るのを止めた。

そのとき、窓の外はもう真っ暗だった。

周旋は大きく息をして、テープをすっかり巻き戻し、もう一度、最初から聞いた。やっぱり、さっきと同じだ。田園が電話をかけてきて、何か言いかけて途中で言葉を切り、その後はただ、彼女のかすかな呼吸の音が聞こえ、それもやがて聞こえなくなる。だが、受話器が置かれることはなかったので、結局録音テープは最後まで回り続けたのだ。

　暗闇に包まれたまま、周旋が振り返ると、テーブルの上のあの木匣の影が見え、ぞっと鳥肌がたった。慌てて立ち上がると、部屋中の電灯をすべて点けて、昼間のように明るくした。田園が彼に残した木匣は今もちゃんとテーブルの上にある。あの匣が突然ぱっと開いたらどうしようと思って、周旋は恐ろしくなった。

　周旋はそれ以上考えるのを止めて、もう一度だけ電話の録音を調べてみた。留守番電話の記録によれば、田園が電話をかけてきた時間は今朝の六時二十分だった。

　田園の死因は心臓病の発作だと推測している、とあの医師は言った。もしかしたら、彼女がぼくに電話をかけてきたときに、発作が突然起きたのかもしれない。そして、あそこまで話したところで、彼女は声もなく息を引き取ったのだ……。

　周旋はさらにこう推測した。午前中に家政婦が掃除に来て、田園の遺体を発見し、びっくり仰天して救急車を呼び、田園を病院に送った。その後で警察が来て、あの部屋の現場検証をおこなった。電話も写真に撮ったり、指紋を取ったりしてから、受話器を置いたに違いない。


　だとすると、残された最大の疑問は田園が残したメッセージだ。

　周旋はあの録音を別のテープにコピーしてから、もう一度聞いてみた。

「周旋、あの木匣だけど、幽霊客桟に持っていってほしいの。場所は……」

　幽霊客桟？

　周旋はつめたく冷えた声で、その四文字を繰り返した。

　そのとき、彼は初めて、田園の声に苦しみが隠されていることを知った。もしかしたら、このとき、彼女はすでに心臓病の発作が起きつつあることに気づきながら、そのもっとも危険な瀬戸際に、周旋に電話をかけてきたのかもしれない。伝言の中で彼女は周旋にあの木匣を「幽霊客桟」という所に届けてほしいと頼んでおり、最後に「場所は……」と言っているのだから、その「幽霊客桟」がどこにあるのか、周旋に伝えようとしていたのだろう。だが、最後まで言い終えないうちに死神が彼女を連れ去ってしまったのだ。

　幽霊客桟……幽霊客桟……。幽霊客桟……

　周旋はぶつぶつとその四文字を繰り返した。それはまるで、何かの魔力をもつ呪文のようだった。青白い電灯の光が彼の顔を照らしている。ぐるぐると目眩《めまい》がした。心臓がドキドキして口から飛び出しそうだ。

周旋は大きく深呼吸し、みぞおちを押さえて、テーブルの上に目を向けた。あれは田園が自分に残した遺品だ。幽霊客桟の木匣だ……。

五

「幽霊客桟?」

葉蕭は眉をひそめてその四文字を口にした。名前を聞いただけでぞっとするが、まして、不思議な美女が死ぬ直前に留守番電話に残した言葉だというのだから。さらに困ったことに、その臨終の伝言は途中で切れていて、言い終わらないうちにこの世を去ってしまい、残りの言葉は墓に持っていったというのだから。

「本当のところを言えば、ぼくが一番怖ろしいと思っているのは、彼女が墓へ持っていってしまった伝言の続きなんだ」

周旋は大きなため息をついて、コップの水をごくりと飲んだ。あの不思議な出会いについて葉蕭に詳しく語るうちに、いつのまにか、一時間が過ぎていた。

「すっかり怖くなって、それで警察官になってる同級生のぼくを思い出したってわけだな?」

「そのとおりだよ。ここ何日か、食事もちゃんとしてないし、夜も眠れない。毎晩、悪い夢を見て、田園の姿が目の前にちらつくんだ。なにより困っているのは、この木匣をいったいどうしたらいいのかってことだ……」

周旋がそう言った途端に、二人は同時に木匣に目を向けていた。

「本当に開けてないだろうね?」。葉蕭はうつむいて木匣をじっと見ると、手を伸ばしてそっとその表面をなでた。手で触った感じからすると、普通の漆塗りの木匣と何も違わない。

「絶対に開けてないよ」。周旋は誠実に誓うように、はっきりそう言った。

「ならいい。気軽に開けたりしないほうがいいぞ」。葉蕭はゆっくりと窓の前まで足を運んだ。細かい雨が窓ガラスを打ち、外はあいかわらず煙雨に包まれている。葉蕭は窓の外の雨を見つめながら言った。「心臓病の発作を起こして生きるか死ぬかというとき、普通は誰でも薬を飲むとか、救急車を呼ぶとかするだろう。それなのに、田園は偶然知りあったばかりの君に電話をして、その木匣を幽霊客桟という所に持っていってくれと頼んだわけだ。その後、何を言うつもりだったのかわからないが、これだけははっきりしてるね。この木匣は彼女にとってものすごく大切な物に違いない」

「自分の命よりもね」。周旋が言い添えた。

「それじゃあ、いったいどうするつもりなんだ?」

「葉蕭、君は警察官だよね。田園のことをちょっと調べてもらうわけにはいかないかな? 簡単な経歴とか、家族や友人とか、何でもいいんだ。それに、彼女の死因は本当に心臓病なんだろうか?」

「わかった。それくらいなら、調べられると思うよ」。葉蕭はそこでちょっと黙った。なにか予感のようなものがあったからだ。「だけど、そういう情報もなんの役にもたたなかったら?」

周旋はちょっと驚いたような顔をしてから、立ち上がって言った。「葉蕭、もう決めたんだ。どんなことになろうと、ぼくは田園から託された遺言を実行するつもりだ」

「その木匣を幽霊客桟に持っていくのか?」

「そうだ」

葉蕭は首を振ってから、聞き返した。「だけど、幽霊客桟がどこにあるのかわかってるのか?」

「わからない」

「幽霊客桟がどこにあるにしろ、田園はあの後、それを言うつもりだったんだろう。だが、彼女はもう死体になってしまっているんだよ。幽霊客桟がどこにあるのか知っている人はもう誰もいないんだ」

「なんとか探してみるさ」。周旋は頑固に言った。「でも、君がちょっと助けてくれるとありがたいな」

「こんなふうに考えることもできるんじゃないか?『幽霊客桟』は旅館やホテルの名前じゃないかもしれない。人の名前とか、地名とかかもしれない……」

「あらゆる可能性があるだろうね。とにかく、ぼくは田園の遺言を必ず実行する。そうしないと、彼女は死んでも死にきれない。ぼくを許してはくれないだろう」。周旋はそこでまた、ちょっと黙って、ふっとため息をついてから言った。「それに、理由はもうひとつある」

「どんな理由だ？」

周旋は前より穏やかな口調で言った。「さっき言ったよね、いま長編を書いているんだよ」

「もうひとつの理由って、小説を書くためのインスピレーションか？」

「そのとおり。ぼくがインスピレーションが必要だと思っていたら、田園がそれを与えてくれた。あの夜の不思議な出会い、彼女が亡くなる直前の留守電のメッセージ、この謎の木匣、それに幽霊客桟……」

最後の四文字を口にしたとき、周旋の声は低く重苦しいものになった。

葉蕭にも少しわかってきた。「それらのことから君はインスピレーションを得て、小説を書きたいという衝動を感じるわけか？」

「そうだ。だから、ぼくはこの木匣を幽霊客桟に持っていかなければならない。そうすれば必ず、素晴らしいインスピレーションを得ることができるはずだ。これまで最高の小説が書けるはずなんだ」

「周旋、深入りすると危険だぞ」

「虎穴に入らずんば、虎児を得ず。そう言うだろ？」

「もしかしたら、その幽霊客桟は虎の穴よりももっと危険かもしれないぞ」。葉蕭は周旋を脅かそうと思って言った。

「それならそれでいいさ」。周旋は初めて笑顔を見せた。「そんなことを言っても、君はいま、怖くてしかたがないんじゃないのか？」

「ホラー映画と同じさ。怖いと思えば思うほど、続きを見たくてしかたなくなるだろ」

葉蕭は反論できなかった。誰でもそういう経験があるのではないかと思ったからだ。彼はふっとため息をつくと言った。「わかったよ。法に触れることでなければ、なんでも手伝ってやるよ」

「ありがとう」。周旋は奇妙なほど平静な口調で言った。「この世界で、ぼくの親友は君だけだ。葉蕭、これは本気で言ってるんだよ。ここ何年もの間、本当に友だちと呼べる人に会ったことはない」

それから、彼は黙りこんでしまい、二人はそのまま何も言わず、部屋にはしとしとという雨の音だけが響いていた。

周旋が突然、顔を上げて言った。「葉蕭、あの年、いつしょに演劇をやったときのことを覚えてるか？」

「永遠に忘れないよ」

「どうしてかわからないが、この頃、ある人のことを思い出すんだ」

葉蕭の心に突然浮かんだ光景があった。その瞬間、彼の目の前に、彼女の顔、大きな舞台、黒い幕、それに地面に固まった血が見えた……。

「周旋、君は彼女のことを忘れられないんだろう？」。

葉蕭は激しく頭を振って、独り言のように言った。「実はぼくもそうなんだ」

「ごめん。彼女のことなど言うべきじゃなかったね」

葉蕭は冷たい目で周旋を見て、ひと言も言葉を返さなかった。

すっかり気まずい雰囲気になってしまったが、やがて、周旋はテーブルの上の木匣を持ち上げると、小さな声で言った。「この匣を君の家に持って来たりするべきではなかったね。災難を持ち込んだりしていないといいけど」

「そんなこと、気にしないよ」

周旋は木匣を慎重にバッグの中にしまうと、バッグを胸の前に捧げ持って言った。「じゃあ、帰るよ」

ドアの近くまで行ったとき、後ろから葉蕭の声が聞こえた。「なにかわかったら、すぐに知らせるから。周旋、気をつけろよ」

周旋はかすかに笑って、すぐにドアの外に消えた。

外の雨はだんだん激しくなって、部屋全体が水底に沈んだかのようだ。葉蕭はひとり窓の前に立って、ゆっくり顔を上げたが、どこまでも果てしなく暗い雨空がみえるだけだった。

六

田園は彼の目の前に横たわっている。

一枚の白いシーツが彼女の体を覆っていて、静かな表情の顔だけが出ている。彼女の体の下からかすかな冷気が上がってきて、その体にまとわりついている。葉蕭はまるで彫刻のようにそのそばに立っていたが、冷気が田園の冷え切った体を突き抜けて、だんだん自分の体に入ってくるような気がした。

葉蕭は周旋の言ったことを信じられる気になった。この女性には確かにある種の特別な気品があって、それは彼女が死んだ後も変わっていない。葉蕭は最後にもうひと目、彼女を見たが、心の中では、この人があの伝言の続きを話すことはもう永遠にないのだと考えていた。それから、彼は急いで法医学実験室を離れた。

先ほど法医学者の説明を聞いたところによると、検死の結果、田園の死因は確かに心臓病によるものであり、純然たる病死であるという。警察も彼女の家を捜索したが、電話の受話器が空中にぶら下がっていた以外、死亡現場にはまったく疑わしいものはなく、他殺の可能性は否定されたという。

法医学実験室の外の廊下は静まりかえって、小さな雨音以外は何も聞こえない。高い窓からかすかに暗い空の光が射し込んで、廊下はますます暗く湿ってみえる。葉蕭は窓の前に立って雨粒がガラスを滑り落ちるのを見るうちに、なんだか、ぼんやりとしてしまった。

ほんの一時間ほど前、葉蕭は公安局内部のシステムを調べて、田園の略歴を見つけた。彼女は伝統演劇を継承する家に生まれて、小さい頃から芝居を学び、早くから天賦の才を表し、十二歳で初舞台を踏み、二十歳になる頃にはすでに伝統演劇界の優秀な若手として認められていた。若くて美しい女優だから、男たちの目を引かずにはいられない。人気絶頂の頃はいつも、芸術の理解者を気取りながら、本当は何もわかっていない成り金たちに取り巻かれていたらしい。もしかすると、あの豪華な邸宅もそんなわけで彼女のものになったのだろうか。

だが、よいことばかりは続かず、今からちょうど三年前、人気がまさに頂点に達していたとき、彼女は舞台の上で倒れた。すぐに病院に送られ、幸い手遅れにはならず、命は助かった。だが、心臓の重病を患っていることがわかり、舞台に立つことは不可能になった。それきり、舞台生活は終わりを告げ、田園はまるで流れ星が夜空を駆け抜けるように、伝統演劇界を駆け抜けて姿を消したのだった。はじめのうちはかつてのファンが家を訪ねていたが、時間がたつうちに彼女はだんだんと忘れられていった。この三年、田園はほとんど家にこもりきりで、その近況を知る人もいなかったので、亡くなったときにも人の注意を引くことはなく、ただ新聞の一社がその死を報じただけだった。

人の心は移ろいやすいものだ。葉蕭はそう思わずにはいられなかった。

この数日、警察は田園の最近の病歴も調べていた。病院の記録によると、ここ一年ほど、病状は悪くなるばかりで、発作の回数も増え、発作のたびごとに命が危ぶまれるほどだった。ついに、このままでは眠っているうちに死亡する可能性もあると医師は考えるようになっていた。田園自身もそれがよくわかっていたので、一か月ほど前、臓器提供希望の届け出をしたが、その手続きも終わらないうちに亡くなってしまったのだった。

もうひとつ、重要な発見があった。田園は死亡する三か月ほど前に精神科の病院を受診しており、カルテには神経衰弱と記されていたが、おそらく常に死の恐怖にさらされているせいだと思われた。そういう状況の下ではどんな人間の心もまいってしまうに違いない、心を病んでも不思議はないと葉蕭は思った。

周旋が経験したことはすべて、彼女があらかじめ仕組んでいたことなのだろうと葉蕭は思った。この田園という名の不幸な女性は、自分はもういつ死んでもおかしくないと思ったが、彼女にはまだやり残したことがあった。それがあの木匣であり、幽霊客桟なのだ。だから、彼女はインスピレーションを求めている若い作家の周旋を選んだ。最後に、自分がまさに死のうとしているときに、周旋が任務を果たすように手配したのだ。

だが、残念なことに、言いたいことを言い終えないうちに彼女は死神に連れ去られてしまった。

しかし、考え直してみると、田園はなぜ、あの木匣を周旋に渡したときに、幽霊客桟に行ってほしいという頼みを彼に伝えなかったのだろう？　なぜ、最後の最後になって電話で伝えようとしたのだろう？　もしかすると、彼女はよく考えて、死を目前にした遺言の形でないと、周旋が本当に幽霊客桟に行く決心をすることはないと考えたのかもしれない。そうでなければ、誰が偶然知りあったばかりの女性のためにそこまでしてくれるだろうか？

それにしても、まだまだ疑問点は多く、葉蕭の頭は混乱してきた。もしかしたら、心臓病を患って絶望しきったこの女性は死を前にして悪いいたずらをする気になったのか？　そうだとすれば、彼女に目をつけられた周旋は運が悪かったということになる。なにしろ、彼女は精神科の病院で治療を受けていたのだ。

窓の外では、雨がきりなく降っている。

葉蕭は息がつまりそうな気がしてきて、急いで廊下を抜けた。それから、外の雨のカーテンも抜けて、もう何年も乗っているサンタナに乗り込んだ。フロントガラスのワイパーが休みなく動いている。葉蕭は元気を出してアクセルを踏み、図書館の方向に車を飛ばした。

七

幾日、幾夜も降り続いた雨で、都市全体が雨水の中でふやけ、砕けてしまったようだ。市立図書館は明るくきちんとしているが、葉蕭はそれでも湿った憂鬱なにおいがするような気がした。資料閲覧室にぼんやり座っていると、周囲から絶えず奇妙な足音が聞こえてくる。頭を上げると、高い本棚の後ろに人影がいくつも動いているのが見えて、なんだかボルヘスの世界にいるような気がした。

葉蕭はすでに図書館で三日も時間を費やしていた。窓の外で連綿と陰気な雨が降り続き、昼も夜もなく、黄色く変色した古い新聞紙の山に没頭していると、七十年も時が遡っていくような気がした。

彼は幽霊客桟を探しているのだ。

幽霊客桟が本当に存在しているなら、必ず、新聞のどこかにその痕跡があるはずだ。ないとすれば、幽霊客桟を見つける他の方法があるとは思えない。すでに彼は市内に登録されている旅館やホテルを調査したが、そんな名前のものは一軒もなかった。それも当然だと葉蕭も思った。誰がそんな名前のホテルに泊まろうなどと考えるだろう。わざわざポストモダン趣味を楽しもうという人間なら別かもしれないが。

そういうわけで、彼は古い新聞をひっくり返しては、奇聞を伝える記事を探すしかなかった。幸い、この図書館の管理人はよく知っている人で、いろいろ手助けをしてくれ、価値のある古い新聞をたくさん見つけてくれた。だが、葉蕭は大量の新聞の中にそれが見つかるかどうか、なんの手がかりもなくて心細い思いだった。縦に並んだ一行一行の文字が絶えず古いインクのにおいを発散して、まるで黒く濁った海水の中にいるような気分だった。

雨はあいかわらず窓ガラスを濡らしている。得るものは何もなく、ただ目の疲れと痛みだけが残る。もし午後五時までに見つからなかったら、もうこの漠然と雲をつかむような調査はやめてしまおうと葉蕭は思った。

しかし、まさに五時になろうとするときに、彼は意外にもその四文字を見つけた。

幽霊客桟。

葉蕭は目を擦《こす》った。間違いない。確かにあの四文字が挑発するように視界に飛び込んできた。

それは上海の古い新聞社が発行する「江南時報」という新聞だった。日付は民国二十二年八月十九日、つまり、西暦一九三三年だ。彼が探していたものは、この一九三三年の新聞の別刷版に掲載され、紙面の約四分の一を占めており、まさに「幽霊客桟」というタイトルの記事だった。

この時代の中国の新聞はどれも縦書きで、「幽霊客桟」というタイトルの左下に筆者の名前が記されている。「陶酔《タオズイ》」という名だ。

独特な名前だ。聞き覚えがあるような気がして、すぐに思い出した。陶酔は三〇年代の上海で活躍したコラムニストで、かなり若いときにデビューし、まるで流れ星のように当時の上海の文壇を駆け抜けた。一九三七年、淞滬《しょうこ》抗戦（日本側では「第二次上海事変」と呼ぶ）の際に日本軍が閘北《こうほく》（上海市北部の蘇州河沿岸にかつてあった区）の住宅地を爆撃したとき、一発の爆弾が陶酔の住む家に命中し、結局、遺体さえも見つからなかったという。

ここで重要なのは、この文章は小説ではないということだ。

陶酔は幽霊客桟に行ったのだ。

葉蕭はどきりとした。幽霊客桟は本当に存在したのだ。いや、少なくとも、七十年前には存在していた。

読み始める前に、葉蕭はまず姿勢を正し、顔を上げて周囲を見まわした。依然として雨が窓の外側を流れ、周囲の人々はまるでこの黄ばんだ古い新聞のように曖昧模糊としている。

陶酔の文章はこう始まっていた。

「幽霊客桟は海と墓地の間にある……」

たっぷり二十分ほども苦労して、葉蕭はやっとその文章を読み終わった。ゆっくりため息をついたが、心のうちは鬱々としていた。たった今、古い新聞から発散された湿って古臭い空気が無理やり彼の胸に入りこんでくるようだった。そこで、彼は大きく口を開けて、その湿った空気を吐き出した。

突然、彼は顔をうつむけると、奇妙な目つきで周囲を見まわした。なんだか、誰かの目が何列も並んだ本棚の陰から、じっと自分を見ている気がしたのだ。

「いったい自分はどうしてしまったんだろう？」

葉蕭は自分に問いかけた。この文章を読み終えたときに、なぜ、そんな奇妙な感覚に襲われたのか。まるで、一瞬、若くして世を去った陶酔の顔が見えたような気さえしたのだ……。

葉蕭はそれ以上考えるのが嫌になって、すぐに携帯電話を取り出し、周旋に電話をかけた。

ずっと呼び出し音が鳴っている。周旋が家にいてくれるといいが。留守番電話に伝言を残すのは嫌だから。

「もしもし？」

よかった。周旋本人の声だ。

「周旋、葉蕭だ」

「どうだった？」

「うん、幽霊客桟を見つけたと思う」

八

三日後。

何日も降り続いた小糠《こぬか》雨はやっと止んだが、葉蕭の気分はまだ雨の中だった。彼は速足で長距離バスステーションに入っていき、人声のうるさい待合室で周旋を待った。

やっと周旋が来た。大きな旅行バッグを背負っているが、それが荷物で膨れ上がっているので、まるでキャンプにでも行くようにみえる。周旋は葉蕭のそばまで来ると、微笑して言った。「見送りに来てくれるなんて思わなかったよ」

「いいんだ」。葉蕭は力なく首を振ってから、周旋の肩をポンポンと叩いて言った。「最後にもう一回だけ聞くよ。どうしても、幽霊客桟に行かなくちゃならないのか？」

「もちろんだよ。最初からそう決めていたんだ。諦めたりしないよ」

「木匣はどうした？」

「心配するな。ちゃんとバッグに入ってる」

周旋はそう答えながら、歩き出した。もう切符は買ってあって、あとはバスに乗り込むだけだ。葉蕭は彼のそばにぴったりついていって、心配そうに言った。「向こうに着いたら、必ず電話をくれ」

「わかった」。それから、周旋は口調を改めて丁寧に言った。「葉蕭、ありがとう。君が図書館であの古い新聞を見つけてくれなかったら、ぼくは永遠に幽霊客桟を見つけることはできなかったかもしれない」

「だけど、ぼくはちょっと信じられなくなってきたんだ。あの文章にはどれくらいの真実が含まれているんだろうか？」

「百分の一でも本当なら、ぼくはやっぱり行ってみるよ」

周旋は自信ありげに答えた。

二人はそのまま前に進んだ。周囲にいるのはすべて先を急ぐ旅行者だったが、葉蕭はしょっちゅう周囲を見まわしていた。耳に聞こえてくるのはさまざまな方言で、子どもの泣き声も混じっている。そんな物音がさらにあの奇妙な感覚を増幅させる。葉蕭は頭がぼうっとしてしまった。

「どうしたんだ？」

「いや、なんでもない。ちょっと疲れてるのかもしれない。早く乗れよ。あの番号のバスに乗るんだろ」

葉蕭が指差す方向に白い大型バスが見えた。この長距離バスの終点は浙江省K市西冷鎮《シーロンチェン》だ。

一九三〇年代の新聞の文章に書かれていたことを信じて、周旋は西冷鎮に行って幽霊客桟を探そうとしている。

葉蕭は大型バスのすぐ前まで周旋を送った。周旋はドアのところで葉蕭の手をきつく握って言った。「葉蕭、わざわざ来てくれてありがとう。これからもずっと友だちでいてくれ」

しかし、葉蕭のほうは何も言えないでいた。

「葉蕭、言いたいことがあるなら、遠慮しないで言えよ」

葉蕭はため息をついてから、やっと口を開いた。「周旋、昨日の夢に出てきた人がいるんだ」

「誰？」

「小曼《シャオマン》」。葉蕭は暗い声でやっとその名を口にした。

周旋の顔色が変わった。何も言わずに身をひるがえすと、急ぎ足でバスのステップを駆け上がった。葉蕭は驚いて、バスのドアの外に突っ立っていた。もしかして、まずいことを言ってしまったのだろうか？　実を言えば、葉蕭が今日わざわざ周旋を見送りにきたのは、そのことを告げるためだったのだ。

その直後、また周旋の声が聞こえた。

彼はバスの窓から顔を出して、こっちに手を振っている。「必ず電話するよ。でなきゃ、手紙を書くから」

「気をつけろよ！」

葉蕭は声を張り上げて言った。

長距離バスはゆっくり動き出した。周旋は窓から頭を引っ込めたが、それでもまだ葉蕭のほうに手を振っている。バスは長距離バスステーションの門から出て、すぐに曲がるともう見えなくなった。

あのバスが周旋を乗せて、幽霊客桟に連れていく……。

葉蕭はもうひと言、言おうと思って言えなかった。

「きっと、また、会えるよな？」

九

空はますます曖昧な色になり、薄曇りというべきか、曇りというべきか、たまに陽の光が射して、雲の層を突き抜けて周旋の顔を照らすこともあった。彼は大型バスの後方の窓際の席に座って、薄目を開けて窓の外の農村の景色を見ていた。夏の江南地方は一面に美しい緑で、高速道路の両側の樹々は飛ぶように後ろへ消えていく。

長距離バスは滬杭《ここう》高速道路（「滬」は上海を表す文字で、「杭」は杭州の略）を飛ぶように走り、まもなく上海市を出た。終点の浙江省K市西冷鎮に到着するにはまだ七時間かかる。周旋は腕をあげて時計を見た。今は午前八時半、午後三時半にやっと目的地に到着する計算だ。

この数年、周旋は小説を書くためにいろいろな所へ行っており、長距離バスに七、八時間乗るのも日常茶飯事といえる。それでも、今回はいつもとまったく違う気分だ。バスが動き出したその瞬間から、周旋は奇妙な感じがしていた。窓の外でしきりに手を振る葉蕭を見ていたとき、彼の目の中に何か口に出しては言いたくないものが隠されている気がしたからだ。周旋は何かを振り払うように激しく頭を振った。今自分がやらなければならないことは田園が残した遺言を実行することだ。そうすることが死者に対する義務なのだ。

周旋は突然、強い喉の渇きを感じた。まるで体内の水分が瞬間的に消えてしまったようだ。彼は頭の上の荷物棚を見上げた。そこにはぎっしりと物が詰まった大きな旅行バッグが載せてある。彼は三十分ごとにその荷物を見上げた。あの木匣が入っているからだ。まるで直接あの匣を見通せるかのように、じっとバッグを見つめている。

周旋は立ち上がり、そっとバッグを棚から下ろすと、自分の膝の上に置いた。ファスナーを開けると、ミネラルウォーターの大瓶を二本出した。大きなバッグの中には黒い革のバッグが入っていて、その中にあるのはもちろん、あの木匣だ。革のバッグの上から力を入れて触ると、木匣に彫られた模様まで感じることができる。大型のバッグの中には、木匣のほかにノートブックパソコン、インスタントカメラ、本が何冊か、それに着替えが入っている。

水をごくごく飲むと、いくらか気分がすっきりした。それから、警戒しながらまわりを見まわし、誰も自分に注意していないと確信してから、やっと旅行バッグを荷物棚の上に戻した。そのとき、急に激しい眠気に襲われて、窓の外の美しい緑も見ていられなくなり、瞼《まぶた》がゆっくり下がってきた。

意識がはっきりしなくなった。高速道路を走るバスはかすかに揺れて、さざ波の大海を滑る帆船のようだ。

周旋はすぐに黒い海水の中に沈没してしまった。

どれほど時間がたっただろう。目の前にひとりの女性の姿が浮かんできた。彼女は古墓の中をゆっくり歩いている。真っ白い霧が立ちこめていて、いくら彼女に追いつこうとしても、その体に手は届かない。胸がだんだん苦しくなって、目の前のすべてがぼんやりしてきた。一瞬、女性はこっちを振り返り、その顔がはっきり見えた。周旋は力の限りに声を上げた……。

「小曼！」

そのとき、すべてが消えた。周旋は飛び起きて、恐怖に震えながらまわりを見まわした。古墓も、彼女も、もう見えない。彼を囲んでいるのは白い霧ではなく、人々の冷たい眼だった。バスの乗客全員が彼を見ている。周旋はやっと、自分が怖い夢を見て、本当に大きな叫び声を上げてしまい、乗客全員を驚かせたことに気づいた。

「だいじょうぶ？」。隣に座っていた中年の女性が尋ねた。

「すみません、怖い夢を見たんです」。周旋は慌てて言った。

「小曼って叫んでたのは誰のことなの？　女の子の名前よね？」。どうやら、なんでも根掘り葉掘り聞きたがるタイプらしい。

周旋は答えずに苦笑すると、額の汗を拭い、窓の外の景色を眺めながら、質問した。「あの、今どの辺りでしょうか？」

「もうすぐ西冷鎮に着くわよ。お兄さん、あなた午前中からずっと寝てたけど、昨夜はちゃんと寝てないのね？」

周旋は気まずくうなずいた。急いで時計を見ると、午後の三時だ。たっぷり六時間も寝てしまって、目を覚ましたら、もう浙江省東部沿岸の丘陵地帯にいる。

木匣……ふと、木匣に思いが向いた。

顔を上げて荷物棚を見ると、ありがたいことに旅行バッグはちゃんとあった。だが、まだ安心できず、立ち上がってバッグを棚から降ろし、開けてみたところ、やっぱり木匣はあったので、やっと安心して息を吐いた。

すると、急におそろしく空腹であることに気づいた。なにしろ、昼食をとっていなかったのだ。周旋はリュックサックから大きなパンを取り出し、ミネラルウォーターで流し込みながら食べた。

窓の外の景色はあいかわらず緑豊かで、両側に木の茂った山が見え、山の麓には水田や農家が並んでいる。三十分後、バスの前方に建物が集まった場所が見えてきた……西冷鎮に到着だ。

大型バスは町はずれのバスステーションに停まり、周旋は注意深く旅行バッグを背負って、西冷鎮に足を踏み入れた。

彼は西冷鎮の空気を深く吸い込んだ。周囲を緑の山々に囲まれているためか、ここの空気は特別に清々《すがすが》しい。周旋の気分もずいぶん上向きになった。

浙江省の沿岸部には裕福な農村が多いが、西冷鎮もその例外ではない。周旋は一本一本の道を注意深く観察した。この町はどうやら、内陸の中等都市よりも栄えているようで、建物はすべて新築で美しく、あちこちに商店や卸売り市場がある。鎮のメインストリートで全国各地の方言が聞こえてくるところをみると、多くの商売人が集まっているらしい。

しかし、メインストリートからそれると、それまでとはまったく違う光景が広がっていた。そこは石畳を敷き詰めた古い通りで、両側には白い壁に黒い瓦の伝統的な家々が並び、古い茶館や居酒屋、裁縫店、米屋などがあった。周囲の小道や、のんびり歩く人たちを見た途端、周旋はすぐに上海青浦《チンプー》区の水郷の街、朱家角《ジュージアジャオ》の北大街《ベイダージェ》を思い出した。ここではまるで西冷鎮の百年前の様子を見ているような気がした。

　周旋は一軒の茶館に入った。店の中では大勢の老人が茶碗を手におしゃべりに興じていた。ほかに数人の若い男女もいて、周旋と同じような旅行バッグに寄り掛かって休憩していた。周旋はやっとのことで空席を見つけて座り、店員に熱いお茶を頼んだ。実は本当に飲みたかったわけではなく、まわりの人たちの話していることを聞きたかったのだ。しかし、この町の老人たちの話す方言はひと言もわからず、彼らの表情から、何を話しているのか推測するしかなかった。

　とうとう、彼は辛抱しきれなくなって、老人たちのおしゃべりに口を挟んだ。「すみません、ちょっと教えてください。実はある場所を探しているんですが……」

　老人たちは全員、標準語を理解していて、ひとりの白髪童顔のお爺さんが答えた。「何でも聞くがいいよ。西冷鎮でわたしの知らない所なんてないからな」

　彼の話し方には浙江省東部の訛《なま》りがあり、まるでテレビドラマの中で蒋介石がしゃべるのを聞いているような気がした。

　周旋はうなずいたが、急に胸がドキドキして、聞きたいことを口に出せなくなった。

「どうしたんだ、若いの。何か困ったことでもあるのか？」

　周旋は深呼吸して、やっとのことで言った。「お爺さん、ぼくは幽霊客桟という場所を探しているんですが……」

　数秒後、茶館の中は静まり返った。そこにいるすべての人の目が周旋に向けられた。まるで頭のおかしくなった人を見るような異様な目つきだ。都会から来たらしいあの数人までが、おしゃべりを止めて、周旋をじっと見ている。

　空気が凍りついた。周旋のひと言はとんでもない事態を引き起こしたようだ。

　彼は呆然として周囲の人たちを見まわし、何か言いわけしたいと思ったが、まったく声を出すことができなかった。

　二分ほどみんなで固まっていただろうか、やっと先ほどの老人が口を開いた。「西冷鎮に幽霊客桟などという所はない」

「え？　ないんですか？」

「幽霊客桟などない」。老人はまたきっぱりと言った。

周旋は慌てた。七時間以上も長距離バスに乗ってきたのに、そんなことを言われるなんて！　いや、そんなはずはない！

周旋はやっと人々の表情に気づいた。彼らは全員、「幽霊客桟」と聞いただけで恐怖の表情を浮かべていた。つまり、彼らは幽霊客桟を怖がっていて、誰かがその話をするのさえ聞きたくないので、それで幽霊客桟の存在を否定しているのだ。もし本当にその名を一度も聞いたことがないのだったら、まるで恐ろしい敵に出会ったような表情を浮かべたりはしないはずだ。

それにしても、どうしてそんなに怖がっているんだろう？　きっと何か隠れた事情があるはずだ。だが、よそ者には知られたくないんだろう。周旋はちょっと興奮してしまって、こう言った。「どうして嘘をつくんですか？」

「なんだと」。老人は腹を立てたようだ。

「いや、すみません、怒らせるつもりはなかったんです。皆さんがどうしてそんなに幽霊客桟を嫌っているのかわかりませんが、ぼくは悪意はないんですから。ぼくはただ、友人に頼まれて幽霊客桟に物を届けにいくだけなんです。ご迷惑をかけたんなら、謝ります」

茶館の中はあいかわらず静まり返っている。人々は顔を見あわせて、無言のままだ。そのとき、茶館の外の古い通りにも大勢の人が集まって来て、窓から中をのぞき始めたが、その全員が周旋を見つめている。こんな大勢の人に面と向かってじろじろ見られたのは初めてのことだ。

また、さっきの老人が沈黙を破った。「帰るんだな。早く西冷鎮を離れるんだ。もう二度と幽霊客桟のことなんぞ聞くんじゃない。若いの、おまえさんはまだ先が長いんだから、自分の命を大切にしなきゃダメだ」

どういう意味だろう？　周旋は人から指図をされるのは嫌だと思ったが、まわりの人たちの目つきを見ると、どうやら、もうここにいるわけにはいかないようだ。まずはこの面倒な茶館を出てから、考えるとしよう。彼は老人に頭を下げて言った。「すみませんでした。お邪魔しました」

それから、卓の上に茶代の十元を置くと、急いで外に出た。

外に集まっていた人々は自然に道を空けたので、周旋はまるで何か間違いをしでかした人のように顔をうつむけて走り出した。

古い通りはそれほど長くはなかったから、周旋は一気に鎮のはずれまでたどり着き、なんとか人々の視線から逃れることができた。この辺りの家々はどれもとても古くて、いかにもうら寂しく、人の気配もなかった。

いったい、これからどうしたらいい？　まさか、このまま帰るわけにもいかない。周旋はひとり、ゆっくりと歩いた。時間はもう午後の五時半だ。空も暗くなり始め、冷たい風が塩辛い海のにおいを交えて東のほうから吹いてきた。そうだ、ここは海から遠くないはずだ。

突然、すぐ後ろから、まるで亡霊のような声が聞こえた。「なにか、困ってるんですか？」

周旋はびっくり仰天し、びくびくしながら後ろを振り返った。そこには髪を黄色に染めた若者がひとりいるだけだった。

「誰？」。周旋は警戒しながら言い、同時に肩に負った旅行バッグにそっと手を伸ばした。

「おれ、阿彪《アービャオ》っていうんだけど。ここに住んでるんだ」。黄色い髪の若者は後ろの古い家を指差して言った。それから、周旋を人目につかない隅のほうへ引っ張っていくと、小さな声で言った。「さっき、茶館の外で聞いてたんだ。幽霊客桟へ行きたいんだって？」

「幽霊客桟がどこにあるか、知ってるの？」

阿彪は口の端に怪しい微笑を浮かべて、うなずいた。

「連れてってくれる？」

「いいけど……」。阿彪は手で紙幣を数える動作をした。

「いくら欲しい？」

「百元」

「じゃ、頼む」

周旋は金を出して阿彪に渡し、阿彪は受け取ると、小さい声で言った。「知らないだろうけど、幽霊客桟に行くことを親父《おやじ》が聞いたら、おれは足をちょん切られるからね」

「わかったよ。いつ行ける？」

「すぐ行くよ。ちょっとだけ待って」

阿彪はそう言うと、後ろの家に駆け込んでいった。周旋は思った。まさか、あの阿彪ってやつ、このまま戻ってこないなんてことはないだろうな、騙されて百元取られたんじゃないだろうな？　後悔し始めたとき、阿彪が出てきた。おんぼろの春蘭《チュンラン》（中国国産のメーカー）のオートバイを押している。阿彪はヘルメットを被ってバイクに跨《また》がると、周旋に言った。「どうぞ。乗って」

周旋は半信半疑のままバイクの後ろに座り、用心しながら聞いた。「阿彪、免許はもってるのか？」

「もってるよ。先月とったばかりだ」

彼は周旋にもヘルメットを被らせ、エンジンをかけてから、大きな声で言った。「ちゃんと座ってて！」

バイクはブルンブルンと大きな音を出し、何秒か激しく振動してから、周旋を乗せて飛び出した。まもなく田舎道に入ったが、路面はでこぼこで、両側には丘が連なっている。阿彪の運転は乱暴で、狭い道なのに何度も危ない動きをするので、後ろに乗っている周旋は気が気ではなかった。

バイクは走り続け、周旋は阿彪の耳の後ろから、大きな声で話しかけた。「阿彪、西冷鎮の人たちはどうして幽霊客桟の話をしたがらないんだ？」

「さあ、おれも知らないけど、とにかく、物心ついた頃には、大人たちはいつも幽霊客桟の話で子どもらを怖がらせていたよ。あそこに行くと、死霊にさらわれるとか。幽霊客桟に何があるのか、ほんとは誰も知らないんだけどね」

「君は行ったことあるのか？」

阿彪も大きな声で答えた。「子どもの頃に行ったよ。でも、外から見ただけで、中に入る勇気はなかった」

「外から見るとどんなふうなんだ？」

「それは着いたらわかるよ」

空はだんだん暗くなってきた。大きな黒雲が集まってきて、今にも雨が降り出しそうだ。

二十分後、ひとつの村を通った。その村には三階建て以上の家がたくさんあり、村の入り口には緑色の郵便ポストもあったので質問してみた。「この村の人たちは随分裕福なようだね。なんていう村かな？」

「荒村《ホアンツン》だ」

「荒村？」

「そう。なんでも、昔は荒れ果てていて、何十里四方でいちばん貧しい村だったんだって。だけど、十何年か前に郷鎮《ごうちん》企業を設立したんだ。実は偽物を作ってたんだけど、それで村人全員が金持ちになった。今ではそれはやめて、まともな商売をやってるんだけどね」

話しながらバイクで行くうちに、荒れ果てた山道になった。もう、田畑や大きな木は見えず、低い木や灌木《かんぼく》が続く。周旋はその荒涼たる原野を見ながら言った。「不思議だね。山をひとつ越えただけで、浙江からイギリスの海岸にでも来たみたいな景色だな」

「なにしろ、ここらは地面に死人が埋められているからね」

「墓地なのか？」

「うん。ここいらは風の通り道になっていて、海から塩分が運ばれてくるから、何を植えても育たないんだ。浙江省はもともと人口が多くて、土地が少ないだろ。どんな土地でも無駄にするわけにはいかないから、何百年も前から、西冷鎮とそのまわりのいくつかの町や村はここを墓地にしていて、ずっと死人を埋葬してきたんだ」

突然、雨粒がぱらぱらと周旋の顔に落ちてきた。顔を上げて空を仰ぐと、今にも嵐が来そうな空模様だ。

「海だ！」

おんぼろの春蘭が坂を上りきったとき、突然、海が見えた。

黒い海だ。

周旋は驚いてしまった。海は何度も見たことがあるが、この荒れ果てた土地で見る海からはまったく別の印象を受ける。今はまだ、高い所からはるばる海を望むだけで、距離はまだ何キロかありそうだが、なんだか言葉にすることもできない感じの海だ。黄昏の暗い雲の下の遥かなたの水平線はぼんやり霞んで、まるで憂鬱な印象派の絵画が目の前に広がっているかのようだ。

バイクは飛ぶように坂道を下りて、ぐるっと曲がった。阿彪は大声で叫んだ。「あれが幽霊客桟だ！」

周旋はびくっとし、目を擦って前方を見た。荒涼たる丘の上にただひとつ、黒い家がぽつんと建っていた。

そのとき、周旋の心に誰かの声が告げた。「そう、ここが幽霊客桟……」

阿彪はバイクを客桟から百メートル以上離れた場所に停め、ヘルメットを脱ぐとびくびくしながら言った。「悪いけど、ここで降りてもらえるかな。あんまり近くには行きたくないんだ」

「ここでいいよ」。周旋もバイクを降り、阿彪に手を振って言った。「ありがとう」

阿彪は目の隅で客桟をちらりと見た。途端に恐怖の表情を浮かべ、震えながら周旋に言った。「悪いことは言わないから、やっぱり西冷鎮に戻ろうよ。明日の朝、また乗せてきてやるから。もうこんな時間だし、まさか、今夜はあそこに泊まるわけじゃないだろ？」

周旋は苦笑して答えた。「ありがとう、阿彪。もう帰っていいよ」

「今夜はうちに泊まればいいよ。お金はとらないから」

「阿彪、親切に言ってくれるのはありがたいけど、もう決めたから」

豆粒のように大きい雨粒が阿彪の顔を叩いた。彼は首を振って言った。「本当は後悔してるんだよ。百元稼ぐために、こんな所に連れてきてしまって。どうか、気をつけて。くれぐれも用心して」

「そうするよ」

阿彪はうなずくと、ヘルメットを被ってバイクの向きを変え、急いで走り去った。

荒野に周旋だけが残され、ぽつんと立っている。まるで何世紀も前の孤独な旅人のように。

すでに午後六時になっていて、黄昏の海風に冷たい雨が混じり、激しく吹きつけて髪を乱した。周旋は顔に被さってくる前髪の隙間から、百メートル向こうの幽霊客桟に目を向けた。

それは木造三階建ての建物で、古びて全体がすっかり真っ黒になっていた。屋根の上の崩れかけた瓦の隙間から雑草が伸びて、風の中で激しく揺れている。

周旋がいま立っている位置から見ると、その建物はまるで梁家輝《レオンカーフェイ》の主演した有名な武侠映画の舞台「龍門客桟」を果てしない砂漠からこの海辺へと移したようにみえる。どういう建築様式ともいえず、ごちゃ混ぜの建物で、まるで廃木を集めて作ったホラー映画のセットのようだ。雨風の中ではますますぼろぼろにみえ、風の一吹きで今にもばらばらになってしまいそうだ。

周旋はふと思い出して、旅行バッグからインスタントカメラを取り出し、レンズを幽霊客桟に向けた。距離もかなりあり、すでに空も暗く、雨風も吹きつけているが、レンズを通してはっきりとその姿を現した幽霊客桟を見て、周旋はぞっとした。

そのとき、レンズの中の客桟の三階の窓に人影が動くのが見えた。それと同時に彼はシャッターを押していた。

インスタントカメラからゆっくりと写真が出てきた。こんな天気だから、うまく写っているはずはないだろうと周旋は思った。やがて写真ははっきりと画像を結び、黒い建物が孤独な姿を現したが、光線があまりに暗かったため、まるで憂鬱な油絵のようにみえた。

周旋はカメラをバッグに戻し、幽霊客桟に向けて足を速めた。雨が絶え間なく顔を打つので、なんとか風邪をひかないですむようにと祈った。風邪をひいて、泊まる場所も見つからなかったりしたら、本当に厄介なことになる。

ほんの百メートルほどの距離なのに、周旋はまるでマラソンを走っているように感じたが、二分後にはぐしょ濡れになりながら、幽霊客桟の入り口にたどり着いた。

近くで見ると、それほど恐ろしい感じはしなかった。客桟の玄関は木材が腐りかけてぼろぼろになっており、いったいいつの時代の木材なのかわからないが、風雨の中で大きく揺れていて、ギーギーと音を立てていた。

周旋は顔の雨水を拭って大きく息をすると、手を伸ばして客桟の戸を叩いた。

「ドンドン」という音が響いた。その瞬間に、雷が鳴り、稲妻が空を引き裂きながら、彼の顔を照らした。

扉はすっかりもろくなっていて、数回軽く叩いただけで今にも壊れそうな音を立てたので、それ以上強く叩くことはできなかった。扉の内側は静まり返っていて、まるで客桟全体が巨大な墓であり、この扉の内側には棺を置いた地下宮でも広がっていそうに思えた。

もしや、誰もいない空き家なのか？

周旋はそれ以上考えるのはやめて、扉を叩きながら、大声を上げた。「すみません、誰かいますか？」

しかし、海辺の雨風がすぐに声をかき消してしまう。

絶望しかけたとき、扉が突然ギーッと音を立てて開いた。

周旋は驚いたが、息をひそめて目を見開き、ゆっくり開く扉を見つめた。

幽霊客桟は営業しているのだ。

そのとき、彼は扉の中にこの世に二つとない恐ろしい顔を見た。

第二部

幽霊客桟からの手紙

一通目の手紙

葉蕭《イエシャオ》へ

元気ですか？　この手紙、いったい何から書くべきか、わからないな。だけど、君がこの幽霊客桟からの手紙を受け取ったときにどんな顔をするかは想像できるよ。葉蕭、心配しなくても大丈夫だ。ぼくはちゃんと生きてる。幽霊客桟で海辺の湿った空気を呼吸しているよ。

ここでの経験を君に話しても、もしかしたら、信じてもらえないかもしれない。何もかも、まるで英国のゴシック小説みたいだから。いや、いっそのこと、これは小説なんだと思ってもらってもかまわないよ。

そう、ぼくは昨日の午後、無事に西冷鎮《シーロンチェン》に到着した。そして、茶館に入って、地元の老人たちに幽霊客桟のことを聞いてみた。驚いたことに、ぼくがその話をしたら、彼らはものすごく怖がっていた。どうやら、地元の人たちは幽霊客桟のことを絶対口にしてはいけないタブーだと思っているようだった。だけど、彼らが隠そうとすればするほど、好奇心と冒険心をかきたてられた。

苦労して探していたら、ひとりの若者が幽霊客桟に連れていってくれると言った。もちろん、金は払ったよ。彼のバイクの後ろに乗って三十分ほども走っただろうか、とうとう日暮れ時に幽霊客桟に到着した。そこは海に近い荒れ果てた丘で、幽霊客桟以外には何もない所だった。インスタントカメラで写真を撮ったから、この手紙に同封するよ。

昨夜、上海では雨が降っただろうか。運の悪いことに、ぼくが幽霊客桟に着いたときには嵐になっていたうえに、雷まで鳴り出した。必死になって扉を叩いた。なにより心配だったのは、誰もいないんじゃないかということだ。絶望しかけたときに、突然、扉が開いた。

そこにいたのは、「カジモド」だった。

ああ、ごめん、ぼくのために扉を開けてくれたあの人物の外見をどう表現するべきか、ヴィクトル・ユゴーの『ノートルダム・ド・パリ』の登場人物カジモドにたとえる以外、思いつかないんだよ。その男は手に灯油ランプを持っていたので、そのほの暗い灯りで彼の比べるもののないほど恐ろしく醜い顔がはっきり見えた。特に恐ろしいのはその目だ。左目は大きいのに、右目はひどく小さい。鼻は曲がって、口は斜めに裂けている。そして、下顎は完全にあるべき位置からずれているんだ。そのうえ、顔中に大小の瘤《こぶ》があり、頭は禿《は》げて毛は一本もなく、年齢はまったく見当がつかない。とにかく、とても神様が作った人間の顔とは思われず、本当にその人が気の毒になったよ。

その顔を見たときにはびっくりしてしまって、驚きのあまり、どうしたらいいかわからず、中に入っていくことができなかった。その人はランプを持ち上げて、ぼくの顔を照らし、それから一歩下がったので、中に入れということらしかった。なにしろ、ぼくは全身ずぶ濡れだったから、とにかく入るしかなかった。

ぼくは幽霊客桟に入った。

内部の灯りはとても暗かったので、彼の持つランプが照らしている辺り以外ははっきり見えなかった。カジモドに似た人はゆっくりぼくの後ろに回って、客桟の入り口の扉を閉めた。その瞬間、ぼくはまるで古代の地下宮殿に入ったような気がして、寒くて疲れていたにもかかわらず、呼吸の音もさせてはいけないような気がした。

「カジモド」は手を伸ばしてしばらく壁を探っていたが、突然部屋が明るくなったので、びっくりした。しばらく目が慣れなかったが、額に手をかざして上を見上げると、天井には電灯があった。

電灯の明るさはちょうどよくて、その広間をきちんと照らしていた。ざっと見たところ、広さは五、六十平米くらい、中ほどに太さがお碗くらいの柱が何本かあり、二階へ上る階段もあった。部屋の右側は半円形の帳場になっていて、そのカウンターの後ろの戸口には暖簾《のれん》がかかっており、いろいろな物がごちゃごちゃ置かれた木の棚もあった。広間の中央には長い木の食卓が置かれていて、たぶん、あそこで食事をするのだろう。壁には白い漆喰が塗られていたが、ずいぶんはげ落ちている。左側の壁には旧式の額縁がいくつか掛けてあって、額縁の中はどれも白黒写真だったが、電灯からずいぶん遠いし、額縁のガラスに光が反射しているので、写真に写っているのがどんな人かはわからなかった。

奇妙なことに、「カジモド」はひと言もしゃべらず、あの左右の大きさの違う両目でじっとぼくを見つめているものだから、ぼくはちょっと寒気がしたよ。そのとき突然、急ぎ足の足音が聞こえてきたので、やっと落ち着いていたぼくの心臓もまたドキドキした。それから、帳場の後ろの暖簾がいきなり持ち上げられて、中から三十過ぎくらいの男が出てきたんだ。

その男はがっしりした体つきに、長方形の冷たく厳しい顔、有能そうな目でぼくをじっと見ている。その口もとにふと怪しげな微笑が浮かび、帳場から出てくると、ひどく重苦しい声で言った。「幽霊客桟にようこそ」

ぼくは焦って一歩下がった。頭の中が真っ白になって、なんて答えたらいいかわからなかったんだ。ぼくはいったい、ここに何をしに来たんだっけ？　そうだ、田園《ティエンユエン》の木匣のために来たんだ。だが、そのとき、ぼくはここに来た使命をすっかり忘れてしまい、ただ凍えて腹を空かしていたから、本能から出たひと言を言った。「何か食べる物ありますか？」

「お客さんはお泊まりですか？」

ぼくはぼんやり彼の目を見て、思わず知らずうなずいていた。外は雨も風もひどくて、今晩はもちろん帰れるはずもない。

「わたしはここの主《あるじ》で、丁雨山《ディンユーシャン》といいます」。彼はまた堅苦しい表情に戻り、あの「カジモド」のほうを振り返って言った。「阿昌《アチャン》、はやくこのお客さんの食事を支度して」

阿昌はうなずき、灯油ランプを持って部屋の脇にある扉を開けて出ていった。

「ありがとう」

丁雨山はぼくに近づいて言った。「お疲れでしょう？　まあ、座って」

ぼくは確かにすっかり参っていた。そこで、重い旅行バッグを背中から下ろし、長い食卓の上に置いた。そして、文字通り、重荷を下ろした気持ちで木の椅子に座った。

「旅行に来たんでしょう？」。彼はお湯をついできてぼくの前に置いた。

ぼくはちょっと困った。あの木匣のことを話すべきだろうか？　ぼくはバッグに目を走らせたが、どういうわけか何も言えなくなってしまって、彼の話に合わせてうなずくことしかできなかった。それから、カップを取って熱いお湯を飲んだが、実を言うとそれですっかり気分がよくなって、さっきまで寒気がしていたのが嘘のようだった。

「ありがとう。ぼくは周旋《ジョウシュエン》といって、上海からです」

「ああ、よくいらっしゃいました」。彼は急に顔を窓に向けて外を見たが、もう真っ暗で何も見えなかった。彼はちょっとうなずいてから、ぼくに言った。「周さん、ここらの自然の景色は特別なので、この風景を見に来る人がよくいるんですよ。何泊の予定ですか？」

「あ……まだ、わかりません」

ぼくはもうすっかり何がなんだかわからなくなってしまっていたんだ。

「つまり、長期の滞在ですか？」

まったく商売がうまいね。ぼくはよく考えもせず、首を振って答えた。「いや、まだ決めてないです。明日の朝早く出発するかもしれないし、もしかしたら、何泊かするかも」

「それじゃあ、とりあえず、一泊ってことで」

とにかくぼくはほかに行く所もないんだから、うなずいて言った。「そうですね。一泊いくらですか？」

「百元です」。丁雨山は微笑して答えた。「いや、もちろん、この宿の設備からするとちょっと高いとお思いでしょう？　でも、食事が一日三食無料ですから、割に合うはずです。第一、ここらの景色は本当に美しいんですよ。まだ開発の手の伸びていない景勝地なんですな」

「そうなんですか？　ぼくはまだ何も見てないものだから……」

「明日の朝早く、雨が止んだらきっとわかります。周さん、わたしは騙したりしませんよ。これほど美しい海岸を見たことのある人は少ないはずです」

「そうですか」

「それに、ご覧のとおり、ここに泊まっているお客さんはとても少ないですからね、どうしても宿代はちょっと高くなってしまいます。しかし、一週間以上お泊まりのお客さまには七割引きにいたします」

ぼくはそれ以上何も言わず、百元札を出して丁雨山に渡しながら質問した。「宿帳に名前を書かなきゃいけないんじゃないですか？」

彼はそうだともそうでないとも言わずに肩をすくめて

から、帳場のカウンターの内側にゆっくり入り、腰をかがめてしばらく探していたが、やがてすっかり黄ばんだ紙の束を見つけ出してぼくの手に押しつけた。本当に黴《かび》臭《くさ》い宿帳で、いったいいつの時代から使っているんだろうと思ったよ。ぼくはペンを出すと、急いで宿帳に書き込み、丁雨山に返した。

そのとき、「カジモド」に似た阿昌が戻ってきて、盆にいっぱいのせてきた料理をぼくの前に置いた。ぼくは腹が減って死にそうだったから、ありがとうと言ってすぐにがつがつ食べ始めた。料理は素晴らしかった。肉料理と野菜料理が一皿ずつ、スープもある。腹ペコだったせいもあるだろうが、まったくどんなご馳走にも負けないおいしい食事だったよ。

ほんの数分ですっかり食べ終わった。ぼくは未練たらしく口のまわりを舐めながら、阿昌に尋ねた。「あなたが作ったんですか？」

彼は声を出さず、ただうなずいた。

「ありがとう。ほんとに料理がうまいんですね」

阿昌のあの醜く歪んだ顔に微笑らしきものが浮かんだ。とはいえ、彼の微笑は他の人の泣き顔よりもみっともなかった。

ぼくは心の中で疑問に思っていた。どうして、ひと言もしゃべらないんだろう？

「口がきけないんですよ」。突然、丁雨山が暗い声で言った。

ぼくはすっかり気まずくなった。阿昌のあの一見凶悪そうな顔を見たら、気の毒になってしまい、小さな声で謝った。「ごめんなさい」

そのとき突然、彼の目になにか説明のできない表情が浮かんだので、ぼくの心にも少し震えが来たような感じがした。

「阿昌、このお客さんをお部屋に案内してくれ」。丁雨山が突然口を挟んだ。そして、鍵を阿昌の手に渡し、「二階の十三号室だ」と言った。

ぼくは思わず聞き返した。「どうして十三号に？」

「十三は嫌なんですか？」。丁雨山はぼくの目をまっすぐに見て言った。

「いや、十三が怖いなんて思ってない」

本当にぼくは「十三」を怖がったりはしない。その数字にまつわる伝説やタブーも全然信じてない。そんなのはヨーロッパ人の慣習に過ぎないんだから、中国人には関係ない。ぼくはただ、「十三」という数字がなんだかこの場合にふさわしいような気がしただけだ。

口のきけない阿昌はうなずいて、手振りでぼくを案内しながら、階段のほうへ向かった。どうやら彼は聾啞《ろうあ》ではなく、聴覚は正常で、ただ話すことができないだけらしい。ぼくは急いで旅行バッグを持ち、彼の後を追った。

そのとき、また後ろから丁雨山の声が聞こえた。「周さん、部屋の中のコンセントは使わないでくださいよ」

「はい」。ぼくはもう彼の話を聞く気もなくなっていて、適当に返事をした。

阿昌はまた手にランプを持った。ランプは階段をぼんやり照らし、暗闇と光の間で瞬《またた》いているようで、ぼくはなんだかドキドキした。ランプの灯り以外、周囲は闇に覆われ、ただ足の下で床板が苦しそうな音を立てていた。

階段は一度曲がって、二階の廊下に出た。前を行く阿昌が持つ灯油ランプの豆粒のような光が揺れながら、ぼくを未知の暗い深みへと連れていった。

ぼくは緊張していたのかもしれない。長い廊下には終わりがないような気になっていたとき、阿昌が突然立ち止まったので、ぼくは彼に衝突しそうになった。彼はひとつのドアの前で手探りで何かしていたが、やがて鍵が鍵穴に入って回るような音が聞こえた。そう、ここが十三号室だ。

やっとドアが開き、阿昌は中に入ると電灯を点けた。柔らかい灯りが部屋を照らした。ぼくはびくびくしながら入っていったが、部屋は想像したよりずっとよくて、おそらく二十平米くらいはあるだろうか、中には竹のベッドと古風な机と鏡台、それに二十一インチのカラーテレビもあった。しかし、部屋には黴臭いにおいがしていて、まるで何百年も人が泊まったことのない部屋みたいだった。そのにおいが鼻について我慢ができなかった。

阿昌はすぐ気づいたらしく、窓辺に行って窓を開けたので、雨粒を交えた海風が吹き込んできた。ぼくも窓辺に駆け寄って、むさぼるように外の空気を吸った。外は風が強く、雨も降り、真っ暗で海はまったく見えなかった。ただ、激しい波の音が聞こえたので、もしかしたら海岸には無数の硬い岩礁があるのかもしれないと思った。

阿昌が壁の小さなドアを開くと、そこはほんの二平米ほどの洗面室だった。水洗トイレがあり、洗面台もあったが、残念なことにシャワーはなかった。

それから、阿昌は竹のベッドの上に、巻いてあった清潔そうな茣蓙《ござ》マットを広げて、その上を絞ったタオルで拭いた。とても丁寧にやってくれたので、彼がもし口がきけて、ああいう容貌でなかったら、きっと高級ホテルに就職することもできるだろうと思った。

こういうときはチップを出すべきなんだろうかと決めかねていると、阿昌はぼくに鍵を渡し、静かに部屋を出ていった。

ぼくは旅行バッグを鏡台の下の棚に入れ、また窓辺へ行って何度か深呼吸し、肺いっぱいに海のにおいを吸い込んだ。くたくたに疲れていたので、竹のベッドに倒れて、体の下の茣蓙マットの涼しさを楽しむうちに、だんだん瞼が閉じていった。

すべては幻みたいで、自分でも本当かどうかわからない。朝には上海の自分の家のベッドにいたのに、夜には何百キロも離れた幽霊客桟で眠っている。窓の外の波の音を聞き、海のにおいをかいでいるうちに、何百年も前の孤独な旅人の時代に戻ったような気がしたよ。今まで全国あちこちの旅館やホテルに泊まったことがあるけれど、こんな奇妙な気分になったのは初めてだ。そうだ、この幽霊客桟という名前の旅館に泊まっていて、ぼくはなんとも言い難い恐怖を感じてはいたけれど、同時になにか別のものも感じていた。それはまさに、ぼくが小説の中で苦労して探していた感覚であり、縁があればめぐり会えるかもしれないが、探して手に入るものではない。その感覚を今、ぼくは自分のものにしていた。

だんだん意識が曖昧になって、窓の外の海に飲み込まれそうになっていたとき、突然、奇怪な声が耳に飛び込んできた。それは女性の鋭い声で、途切れ途切れなので、何を言っているかわからず、ぼくは茣蓙マットの上で動揺していた。

また目を開いて、まだらな模様のある天井を見ていると、胸がドキドキしてきた。ちょうどそのとき、別の声も聞こえていた。さっきの女性の声と混ざって聞こえ、別々の二人の声がからみあい、真っ暗な幽霊客桟の中を漂っている……考えただけで、ずいぶん怖い。だが、確かに聞こえたんだ。なんだか、背中がざわっとしたよ。

ぼくはすぐに竹のベッドの上に起き上がり、忍び足でドアに近寄り、耳をドアにぴったり付けた。声はだんだんだんはっきりしてきた。どうやら、男女が言い争っているが、男の声のほうはまだ若くて子どもっぽい。具体的に何を言っているかはわからないが、しかし、男の子のひと言は明瞭にぼくの耳に飛び込んできた。

「お母さん、ぼくたちはみんな死んでるの？」

そうなんだ、唯一はっきり聞こえたひと言というのが、これだったんだ。絶対に幻覚などではない。この階のどこかに、ほかに泊まっている人たちが確かにいる。彼らは言い争っていて、もしかしたら、母子《おやこ》かもしれない。

強烈な好奇心に突き動かされて、ぼくはドアを開けた。廊下は真っ暗なので、自分の部屋から漏れ出ている灯りだけが頼りで、声の聞こえてくるほうに向かって手探りで進むうちに、とうとう見つけた。ぼくの部屋の向かい側、三つ目の部屋だ。言い争う声はその部屋から聞こえていた。

そっとドアを叩くと、部屋の中の声はぴたりと止み、幽霊客桟全体が静まり返った。ぼくはそのまま真っ暗な廊下に立っていたが、本当は恐怖に震えていた。だって、こんな夜中にいったい何が出てくるか、わからないじゃないか。しかし、部屋の中の人のことを考えたら勇気が出てきた。好奇心のほかにも理由がある。本当を言えばぼくはひとりでいるのが怖かったんだ。だから、とにかく誰かと話がしたかった。ぼくはその部屋のドアに向かって大きな声で言った。「すみません、入ってもいいですか？」

「どうぞ」。部屋の中から、女性の声が聞こえた。

ぼくはそっとドアを開けて、ゆっくりその部屋に入った。ぼくの部屋よりいくらか大きくて、ベッドは二つあった。十二、三歳くらいの少年がベッドに横になっていて、そのそばに三十代とみえる女性が立っていた。

女性は非常に美しく、体つきも若々しくてほっそりしていた。唯一残念なのは顔色が青白いことで、病気なのかもしれないと思った。彼女はぼくを疑わしげに見て、沈黙していた。少年の表情も彼女と同じだった。顔の輪郭がとても似ているので、一目見ただけで親子だとわかった。

ぼくはやっと沈黙を破って話しかけた。「すいません、誰かが言い争うような声が聞こえたものだから……。何か困ったことでもあるんですか？　ぼくにできることはありますか？」

「いいえ、問題なんてありません。さっきは……」。女性は薄いナイトウエアを着ており、少年のそばに行って座ると、言葉を続けた。「息子に言い聞かせていただけなんですよ」

「そうですか。すみませんでした。お邪魔してしまって……」

「違うよ！　ぼくはただ、知りたかっただけだ……」。男の子が突然口を挟んだ。頑固そうな少年だ。

「黙りなさい、小龍《シャオロン》」

母親は荒々しく息子の話をさえぎり、不自然な笑顔を浮かべた。「すみませんね。この子は病人なので、わけのわからないことや、おかしなことをよく言うんですよ。気にしないでくださいね」

「そうでしたか」。その女性の言うことを信じていいのかどうかわからなかったが、とにかく話を合わせるしかなかった。

彼女は突然、眉をひそめて言った。「今まで見たことがありませんね。新しいお客さんですね？」

「そうです。周旋といいます。廊下の向かい側の十三号室です」

「いつまで泊まるんです？」

「さあ。明日の朝帰るかもしれないし、しばらくいるかもしれません」

彼女は奇妙な表情を浮かべた。まるで、誰かに同情するような表情だ。そして、首を振りながら言った。「お気の毒に。もう帰ることはできませんよ」

ぼくはびっくりした。「それはいったい、どういう意味です？」

「ああ、幽霊客桟はあなたの来る場所じゃなかったのに」

「どうしてです？　わけを聞かせてください！」

彼女は今度はなんだかけだるい表情になり、淡々と言った。「慌てなくても、今にわかりますよ」

その後はもう何も言わない。男の子も黙ったまま、冷たい目でぼくを見ている。もう出ていってほしいと思っているのは明らかだったから、ぼくは親子に会釈して言った。「じゃあ、さようなら。何か、助けがいるときは遠慮なく呼んでください」

ぼくはその部屋を後にして、真っ暗な廊下を速足で歩いて自分の部屋へ戻った。

部屋の中には湿った海風のにおいが満ちていて、黴臭さはほとんどなくなっていた。だが、窓を閉めると、また拭い去れない古臭いにおいがした。また眠気が襲ってきたので、ぼくは湿った服を脱いで、タオルで体を拭いた。

そっと電灯を消すと、暗闇に包まれた。上半身は裸のままで、茣蓙の上に体を横たえ、薄い毛布をかけた。外の風も少し弱まったようで、ぼくはゆっくりと夢の中に入っていった。

どれくらい時間がたっただろう。水底に沈んだ人間が水面に浮かび上がったように、ぼくは大きく息をした。石が放り込まれて、水面の静けさを破ったような気がしたからだ。今、なにか聞こえたんじゃないだろうか？

そうだ。なにか奇妙な音が聞こえた。まるで蟻が耳の中に入ってきたみたいに、ぞっとして鳥肌がたった。ぼくは暗闇の中で目を開けたが、何も見えず、ただ、すすり泣くようなかすかな声が耳にまとわりついてくる。

真夜中に泣き声？

なんだか、小さい子どもの泣き声のように聞こえる。それがまるで空気のように幽霊客桟の中を漂っている。ぼくはベッドから飛び起きて、息をひそめ、灯りも点けずに、闇の中で手探りした。声がどこから聞こえてくるのかはわからない。この建物のどこかの片隅から聞こえるのかもしれない。

ここに泊まった最初の夜に恐怖のあまり死んでしまうなんて嫌だ。ぼくは勇気を振り絞って、ドアをさっと開け、廊下の漆黒の闇の中に飛び出した。

変だ。ぼくが部屋を出た瞬間に、あの子どもが泣くような声はぴたりと止まった。

何も見えないし、何も聞こえない。体のすべての感覚器官が役に立たなくなったが、心の中にはなにか特別な感覚があった。もうすぐなにかが起きるんじゃないかという予感だ。

暗闇の中で待っていると……。

数秒後、それは起きた。

突然、なにかがぼくの顔にぶつかってきた。柔らかいけれども強靭で、まるで小さな野生動物が狩人の懐に飛び込んできたみたいだった。その瞬間、ぼくの鼻は温かい息を感じた。手を伸ばしたら、ちょうど、丸く滑らかな両肩に触れた。確かに、誰かの体がぼくの懐の中で胸を上下させている。それに、喘ぐような息も聞こえた。

人間だ。いや、もっとはっきり言えば、若い女性だ。心臓が喉から飛び出しそうになったが、両手はしっかりと相手の肩をつかんで放さなかった。ぼくの手の中から逃げてしまうのではないかと心配でならなかったんだ。そのとき、彼女がどんな人か、ぼくはもう心の中にその姿を思い浮かべていた。

彼女は罠に落ちた小さな獣のようにもがいている。暗闇の中にその夜行性動物のような両目が見えたような気がした。

美しい目だ。

とはいっても、ここにはまったく光が射していないのだから、自分がどうしてこの闇の中で見ることができたのかはわからない。とにかく、ぼくはその両目をどこかで見たことがあった気がしたし、一瞬でノックダウンされてしまったので、だんだん手を緩めてしまった。

彼女は逃げなかった。あいかわらず、ぼくのそばにいて、すっかりぼくに身をゆだねているのだ。

ぼくは再び彼女の肩を抱き寄せた。今度は本当にそっと。彼女がぼくをじっと見ているのがわかった。いくらか困惑しているようではあるが、助けを求めているみたいだ。

そこで、ぼくは顔をうつむけて、できるだけ小さな声で言った。「君は誰なの?」

本当に小さな声で言ったつもりなのだが、あの真っ暗で静まり返った廊下では、異様にはっきり響いてしまった。一瞬の後、彼女は答えた。「水月《シュイユエ》」

まるで磁石みたいに人を惹きつける魅力的な声だった。細やかで澄んでいて、テレビドラマの吹き替えのような美しい声だ。

「水月っていうの?」

ぼくは突然、どうしても彼女の顔を見たいという強烈な欲望を感じて、彼女の返事を待たず、すぐに自分の部屋の中に引っ張り込んだ。

手探りで灯りを点けると、白い光線が部屋を照らして、一瞬、目を開けていられなくなり、数秒後にやっと彼女の顔がはっきり見えた……。

なんということだろう! 彼女の顔はさっきぼくが想像したのとすっかり同じだった。

まったくそのとおりの顔が、現像液の中の写真のようにぼくの目の前でだんだんはっきり姿を現していく……。

なんという美しさだろう。

葉蕭、君はきっと信じないだろうね。まさか、幽霊客桟のような所で、こんな美しい女の子がぼくの懐に飛び込んでくるなんてね。まるで『聊斎志異』の中のストーリーみたいだろう？　真っ暗な夜、寺に一夜の宿を求めた若者が美しい娘に出会う……。それからいったい何が起きるのか、ぼく自身だって信じられない気がしたよ。

そうだ、彼女はとても若くて、二十歳《はたち》を過ぎていないように見えた。まさに昔の人が絵に描いた春の盛りの美少女だった。その生き生きとした顔がぼくの記憶に深く刻み込まれた。細長い眉はわずかに持ち上がり、目は昔の巻物の絵画の美人のようで、限りなく何かを訴えかけてくる。いくらかけだるく、いくらか驚いているかのようでもあった。形のいい小さな鼻、唇はほんの少しすぼめられ、やさしげな顎はちょっと震えていた。白いワンピースを着て、灯りの下でとても清らかな様子にみえた。

ぼくの呼吸は速くなった。すぐに手を離すと言った。

「ごめん。怖がらせてしまった？」

彼女は一歩下がって壁に寄り、顔を上げた。あの目でじっとぼくを見つめた後、やっと口を開いた。「だいじょうぶ」

ぼくは声を抑えて質問した。「どうして、夜中にひとりで歩きまわってたの？」

「わからない」

「いったい、どこから来たの？」

今度は返事をしなかった。唇をキュッと結んで、目を大きく見開いてぼくを見つめている。どうやら、すごく怖がっているようだ。もしかしたら、ぼくは本当に彼女を怖がらせてしまったのかもしれない。そう思ったから、一歩下がって言った。「もう、帰ったほうがいいね」

「ありがとう」。彼女は本当にかすかな声でそう言うと、身をひるがえして、ぼくの部屋から出ていった。

ぼくもドアの外に出たが、真っ暗な廊下にあの白いワンピースがひらめいたかと思うと、もうその姿は見えなくなり、足音さえも聞こえなかった。

ぼくはそのままドアのそばにしばらく立っていた。まだ彼女のにおいがするような気がして、何度も深く息を吸った。まるで映画を上映するみたいに、頭の中にたった今起きた事がよみがえった。とりわけ、彼女がぶつかってきたときのあの感じはどうしたって忘れることはできないだろう。

「水月？」

ぼくは小さな声で彼女の名前を呼んだ。声にしてみると、なんだか南海観音（浙江省舟山群島の普陀山という島にある大観音像）のような感じの名前だ。そういえば、彼女の顔や目つきを思い出してみると、確かに子どもの頃に見たあの観音像の表情に似ているような気がする。それに、ここは普陀山からは遠くない。客船に乗れば真夜中にならないうちに着けるだろう。ああ、なんて罰当たりなことを考えてるんだ。ぼくは自分の両頬を軽く叩いた。観音様、お許しください。

ぼくはため息をついて、ベッドの上に戻り、目を閉じた。

その後はもう悪い夢は見なかった。

幽霊客桟での第一夜はこんなふうに過ぎていった。

目を覚ますと、夜明けの光が部屋に射し込んでいて、ぼくの顔を照らしていた。ぼくは茣蓙の上から起き上がって、窓を開けた。昨日の雨はすでに止んでいたが、空気は湿り気を帯びていた。ぼくは大きく深呼吸して、窓の外に目をやった。


海だ！

葉蕭、ぼくは自分の目が信じられなかったよ。昨夜、丁雨山が言ったのは嘘じゃなかった。ここの景色は本当に素晴らしく美しいんだ。あの海岸をどう言ったらいいんだろう。美しいだけでなく個性があって、ほかとは違う美しさなんだ。周囲の環境と一体となったその自然美は、ひと言でいえば、荒涼の美とでも言うべきだろうか。

海はここから数百メートルのところ、荒れ果てた丘の下にある。黒い岩礁があって、そこに波が打ちつけ、白い波頭が泡立っている。昨夜、ぼくはその波の音を聞きながら、眠りについた。夏だというのに、窓の外に緑はほとんど見えなかった。ただ、苔や草、低い灌木が生えているだけだ。あるいは、こういう植物でないと、塩分を含んだ海風の中では生きていけないのかもしれないね。

実際、ここは心を落ち着けてものを書くにはぴったりの場所だ。こういう世間から隔絶された環境の中で、独特の美しい景色を見ながら、浮世の喧騒としがらみを離れ、雑念もなく、波の音を聞きながら書くことこそ理想だと考える作家は少なくないはずだ。葉蕭、ぼくは決めたよ。あの木匣を渡す使命を達成できてもできなくても、ここに二日はいようと思う。

　そう決めたところで、ぼくは携帯電話を出して君と話をしようと思った。だが驚いたことに、ここでは電波が通じていないんだ。おかしな話だ。西冷鎮のような裕福な町なら、携帯電話は全域で通じるはずだ。通じないなんてことがあるだろうか？　まさか、この海辺では電磁波の妨害があるとか？

　ぼくはもう一度、部屋をよく調べた。電話線の差込口はない。ただ、コンセントがひとつある。コンセントがあるなら、それでいい。ぼくは旅行バッグからノートブックパソコンを出して、コンセントに差し込んだ。だが、信じられないようなことが起きた。スイッチを入れたら、電源ランプが点いた途端にカチッと音がして、電源ランプも消えてしまった。

　しまった！　ぼくはもう一度、電源を入れようとした。だが、どうしても電源が入らない。電源ランプもまるで燃え尽きた蠟燭みたいに二度と明るくならなかった。変圧器を調べたら、かすかなにおいがした。パソコンのほうも同じにおいがした。

　まさか、最悪の事態が起きたんだろうか？　電圧が合わないから、パソコンがダメになっちゃったのか？　まったく、がっくりきたよ。

　そのときになってやっと、昨夜、丁雨山に言われたことを思い出した。「部屋の中のコンセントは使わないでくださいよ」あのときはまったく気にも留めなかったが、今考えてみると、この幽霊客桟みたいに訪れる人も滅多にいない場所では、電圧が不安定になるのもよくあることかもしれない。電圧が変圧器の対応範囲を超えたら、パソコンは当然、煙を出して壊れてしまう。

　後悔してもしかたない。それに、このパソコンは別にそんなに大事な物でもない。もともと中古品だったしね。そう思ったら、落ち込んだ気分もちょっとましになった。

　時計を見たら、もう七時半だ。ぼくは部屋の鍵をかけて、廊下に出た。朝だというのに廊下は薄暗い。唯一、階段からは光が射している。

　ぼくは気をつけながら階段を下り、一階の広間に入った。入り口近くの場所に窓が二つあったから、朝の光が雨の後の湿気をまとって射し込んでおり、幽霊客桟もいくらか人間味のある場所にみえていた。

　広間にいたのは丁雨山ひとりで、帳場に座ってなにか計算しているらしかった。ぼくを見ると微笑を浮かべ、「周さん。昨晩はご不満はありませんでしたか？」

ぼくはなんと答えたらいいかわからなかったよ。あんなに奇怪なことがたくさん起きて、しかも、さっきはこのろくでもない電圧のせいでノートパソコンが壊れちゃったんだから。それでも、阿昌の仕事ぶりだけは満足のいくものだったから、ちょっとうなずいて言った。

「ええ、不満はありません。ところで、ご主人、もしかして、ここは電圧が不安定なんですか？」

「コンセントに差し込んだんですか？」。彼の表情が険しくなった。「申し訳ないが、注意しておいたはずです。お客様の責任ということになりますよ。もしも、旅館が全部焼けてしまうことにでもなったら、本当に面倒なことになります」

そんなことを言われて、ぼくはもうノートパソコンの話をする気もなくなったので、別の質問をした。「ところで、ここには電話はありますか？」

「この旅館ができたその日から、一度も電話を引いたことはありません」

というわけで、ぼくはもう、君に電話をするのはあきらめた。「それなら、郵便は？」

「郵便局員はここまで来ません。郵便を出したいなら、ここから一番近い荒村《ホアンツン》まで行けば、郵便ポストがあって、毎日郵便を集めに来ますよ。だが、ここに配達には来ませんから、それはあきらめてください」

「わかりました」

そう言い終わった途端に、あの口のきけない阿昌が熱い粥《かゆ》の鍋を運んできた。ほかに鍋一杯の饅頭《マントウ》と漬物もある。彼のあの醜い顔を見れば食欲がなくなる人もいるかもしれないが、ぼくはなにしろ腹ペコだったから、阿昌の手から碗と箸を受け取ると、自分でお粥をよそって、饅頭をつかみ、人目も気にせずにガツガツ食べ始めた。

だが、食べ始めた途端に、誰かが階段を下りてくる音がした。顔を上げて見ると、二十歳前くらいの女の子が二人、背が高い子と低い子で、どちらも今どきの若い女の子の流行の服を着ている。この二人のことは昨夜は見なかった。もしかすると、この旅館には意外にたくさん人が泊まっているのかもしれない。

二人はすぐにぼくがいるのに気づいて、ちらりとぼくを観察してから、向かいの席に座った。ぼくは何と挨拶したらいいかわからず、ちょっと気まずい感じがしたが、二人はぼくのことなど気にもしていないように、自分の朝食を取って食べ始めた。食べながら、小さな声でおしゃべりを続けているが、とても小さくて低い声でしゃべっている。特に、背の低いほうの女の子、ショートカットで目の大きい子はいつまでもきりなくしゃべっている。二人のおしゃべりがほんの少し聞き取れた。背の小さいほうの子だ。「あの子はどうして下りてこないのかしら？」

背の高いほうは切れ長の美しい目をしかめて答えた。「昨夜もふらふら、どこか行っちゃってたからね。まだ眠り足りないんじゃないの」

背の低いほうは急に声をひそめて言った。「あの子、最近ますます変よね」

そのとき、背の高いほうが突然、咳払いをした。二人はそれきりおしゃべりを止めた。ぼくに聞かれるのが嫌なのだろうか？　ぼくは変な気がして、ふと頭を上げると、ちょうどあの目が見えた。

彼女だ。昨日の夜中に廊下でぶつかってきたあの女の子だ。

水月という名前の彼女だ。

ぼくは思わず何か言いそうになったが、結局何も言わなかった。ただぼんやりと彼女を見つめ、彼女もぼんやりとぼくを見ている。今日も白いワンピースを着ていて、黙って食卓のそばまで歩いてきた。あの少しけだるい感じの美しい目に一瞬かすかな揺らめきが生じて、ぼくはちょっと気まずい思いがした。

「水月、どうしたの？　はやく座れば？」

背の低いほうの女の子が彼女を呼んだ。

水月はうなずいて、二人の女の子の隣に座った。それから、下を向いて粥をよそったが、それは人間と同じ物など食べない仙女のような彼女にはふさわしくない感じがした。彼女は何も言わず、黙って食べ始めた。わざとぼくを避けているみたいだ。

三人の妙齢の女性を前にして、ぼくはますますぎこちなくなって、急いで朝食をすませると、逃げるように食卓を離れた。

そのとき、ぼくは突然、丁雨山がじっとこっちを見ているのに気づいた。その目にはちょっと嘲《あざけ》るような色がある。ぼくは彼の視線を逃れて急いで階段を上り、自分の部屋に帰った。

葉蕭、ぼくは壊れてしまったノートブックパソコンを見た瞬間に決心した。もっとも古風な方法で君に連絡をとろう、つまり手紙を書こう、ということだ。でも、ここでは手紙を受け取ることができないから、ぼくたちは一方通行の通信しかできない。ぼくは毎日、君に手紙を書く。幽霊客桟でぼくが見たすべてを、君への手紙に記録するよ。

封筒や切手などはバッグにたくさん入っている。普段は使わないんだが、いざという時に使おうと思っていたんだ。

バッグから便箋とペンを出して、机の上に広げたが、白い紙を前にぼくはしばらく呆けていた。実を言うと、ぼくはもう長いこと手紙を書いていなかった。まして、ペンで書くのは慣れていない。しばらくペン先が震えていたが、やっと紙の上に下りて、最初の一行を書き始めた。そう、君の名前だ。

不思議なことに、書き始めたら、すらすら書けた。「考えもせずに筆がすらすら動く」とはこういうことかと思ったよ。まるでペンに命が宿ったようにぼくの手を導いて紙の上を飛び回り、自然に文字が流れ出してきて、止めることもできなくなった。

葉蕭、君は信じられるか？　今は午前十時で、たった三時間でもうこんなにたくさん書いたんだよ。この十数枚の便箋を読み返して、本当に自分が書いたかどうか信じられなかったよ。もしかしたら、これも幽霊客桟の環境のおかげかもしれないね。ここにいるとインスピレーションが湧いてくるみたいだ。ペンが飛ぶように動くのがその証拠だよ。

さて、葉蕭、幽霊客桟からの最初の手紙はここまでにするね。

明日の午前中の同じ時間にまた手紙を書く。そのとき、まだ生きていたらの話だけどね。

では！

幽霊客桟にて　君の友　周旋

＊　＊　＊

手紙の最後の文字を読んで、葉蕭はやっと深呼吸した。

ずっと胸に何か詰まったようで息ができない感じがしていたのだ。午後の時間がどんどん過ぎて、窓の外には黄昏が静かに降りてきていたが、葉蕭の心はこの幽霊客桟からの手紙にすっかり吸い込まれていた。魔力をもつような文字を読んでいると、葉蕭は自分もまるで周旋のそばにいて、いっしょにその暗黒と恐怖を体験しているような気がした。

葉蕭は今朝自宅のポストを開けてみたときに、この幽霊客桟からの手紙を見つけた。ポストの中のたくさんの広告のゴミの中から、この周旋の筆跡の封筒を見つけたとき、葉蕭の手は条件反射のように少し震えた……。

封筒には葉蕭の郵便番号、住所、名前が記され、右上の隅には八角の普通の切手が二枚貼ってある。周旋はきっと便箋の枚数が多いので重量オーバーになるのではないかと心配して、わざわざ切手を二枚貼ったのだろう。切手の上にはぼやけた消印が押してあって、「西冷鎮」という字をなんとか見分けることができた。消印は二日前のもので、封筒の下の端に「浙江省西冷鎮幽霊客桟周旋」と書いてある。そのうち、「幽霊客桟」の四文字はひと目見ただけで特に目をひいた。

手紙を読み終わった葉蕭は、封筒の中にほかにも何か入っているのに気づいた。写真だ。周旋は手紙の中で、インスタントカメラで写真を一枚撮ったので同封すると書いていた。

葉蕭はじっとその写真を見た。黄昏時、しかも雨風が強いことは明らかで、写真全体が暗く憂鬱な色調だ。写真の遠景に黒っぽい建物がぽつんと建っている。大雑把な輪郭が見えるだけで細かいところはわからないが、これが幽霊客桟に違いないということは葉蕭にもすぐわかった。

彼はそのまま何分かじっと写真を見ていたが、結局、客桟の窓や扉ははっきりわからず、全体がぼんやりと暗く沈んだ黄昏の嵐の中で震えているようだ。

葉蕭は何か思いついたようにつぶやいた。「周旋、はやく帰ってこいよ」

＊　＊　＊

そのとき、写真は彼の手からはらりと落ちた。

二通目の手紙

葉蕭
　やあ、元気かな？

　一通目の手紙を読んでどう思った？　君の表情が目に浮かぶけど、心配しなくても大丈夫だよ。ぼくはちゃんと生きている。

　昨日の午前中、君宛ての手紙を書き終えて切手を貼ると、いつも持っている小さなバッグの中に手紙とカメラを入れて足早に階段を降りた。

　一階にはまた、丁雨山がいた。「周さん、もうすぐお昼ですが、チェックアウトですか？」彼はそこでちょっと黙ってから、ゆっくりと言った。「そうじゃないですね」

　ぼくはため息をついて答えた。「そのとおり。あと三泊します」

　そうして三百元払った。

「ありがとうございます」彼は札を数えて言った。「お出かけですか？　その前に昼食をどうぞ」

　そう言われてみると、お腹が空いた気がしたので、食卓についた。それとほとんど同時に、階段を降りてくる足音が聞こえた。階段を見ると、前夜のあの親子だった。

　三十代らしい母親はぼくを見ても驚かず、軽く会釈をすると、息子をつれてぼくの向かいに座った。今の彼女は息子に気を配り、いかにも普通の優しい母親という感じで、前の晩とはまったく違ってみえた。息子のほうも今日は穏やかな様子だったが、顔色は悪く、しょっちゅう咳をしていた。

　ぼくはやっと言った。「あの、昨夜はお休みのところをお邪魔してすみませんでした」

「いいえ。わたしたちがうるさくしていて、申し訳ありませんでした」。彼女の話す声も優しく穏やかで礼儀正しかった。「わたしは清芬《チンフェン》、この子は小龍《シャオロン》といいます」

　その小龍という少年の方を見ると、うつむいて何も言わなかったが、突然咳をし始めた。

　清芬は息子の背中を優しく叩きながら、ぼくに尋ねた。

「今日も泊まるんですか？」

「ええ。もう何泊かするかもしれません」

　そのとき、阿昌が食事を運んできた。意外なことに海鮮料理も何皿かあって、ぼくの好みに合ったし、食べてみると味も素晴らしかった。料理をほめようと思ったが、彼はもう姿を消していた。

ぼくは食事を続けながら、朝に会った三人の女の子のことを思い出して、しょっちゅう顔を上げて階段口を見たが、彼女たちの声は聞こえてこなかった。時計を見るとまだ十一時だ。ぼくが降りてくるのが早すぎたのかもしれない。

食べ終わると彼女たちが降りてくるのを待たず、君に出す手紙を持って、幽霊客桟の扉を開けた。

やっと空の下に出たので、ぼくはむさぼるように空気を吸い込んでから、駆け出した。

葉蕭、君は想像できるだろうか？　荒涼とした海辺の原野を全力で走っていくと、耳もとでヒューヒュー音を立てながら過ぎていく風の音だけが聞こえた。昨夜は一晩中雨が降っていたから、地面はまだ乾いていなくて、地面に足を下ろすたびに何度も泥水が跳ね上がった。振り返って見ると、幽霊客桟はもう遥か彼方になっていた。遠くから見ると、旅館は本当にぽつんと荒野に建っていて、それを見るとなんだか心がざわついた。ぼくはふと、ある本のタイトルを思い出した。『ライ麦畑でつかまえて』（J・D・サリンジャーの小説）だ。もちろん、ここらに生えているのは、麦ではなくて灌木や草ばかりだけどね。

ぼくは昨日バイクに乗ってきたあの小さな道をたどって、高い丘の上に出た。ここからなら、四方の景色を望むことができる。東の海岸線は湾曲しながら伸びており、海辺には多くの崖や岩礁が聳《そび》え、その上にあるのが幽霊客桟のある荒れ野だ。荒れ野の残りの三方には連綿と丘が並び、その辺りは世の中から隔絶した独自の世界になっている。近くに並ぶ丘と遠くに見える緑の山脈が相まって典型的な浙江東部の海岸丘陵地帯を形成している。おそらくは長期にわたって強い海風の侵入を受けていたせいだろう、海に面した辺りでは山全体が植物のない禿山で、至る所に黒い岩が露出しており、ただ日の当たらない谷間や、尾根の反対側だけにいくらか樹木が生えている。

葉蕭、誓って言うが、君がもしこの景色を見たら、やはり一生忘れることはできないだろう。ぼくはそのまま、しばらくの間、海を見ていた。遠い海面に波がきらめいていて、水平線までも見とおすことができた。水と空が交わる所には、小さな島々の影も見え隠れしていたよ。だが、不思議なことに、ぼくの視界の及ぶ範囲の中には船は一艘も見えなかった。小さな湾のように見えるこの海岸線全体に人の住む家も見えず、ただ、ときおり、海鳥がかすめ飛んでいくだけだ。この荒涼とした海岸線はまるで人類が誕生する前の先史時代のままのようだ。ただ、幽霊客桟だけが孤独に建っているので、まるで遥かな昔の文明の残した遺跡のように見えた。

ぼくはやっとその場所を離れて、急ぎ足で丘を降りていった。昨日バイクで来たとき、まわりの地形によく注意しておいた。だから、二十分もたたないうちに荒村近くの道にたどり着いた。

この道は細いけれど、海辺よりはずっと歩きやすいし、道の両側は見渡す限り緑豊かな丘で、その麓は田畑になっている所もある。山をひとつ隔てただけで、海辺のあの荒涼とした景色とはすっかり違っている。

ついに人の姿や家が見えた。十数人の老人たちが村の入り口の木陰でおしゃべりをしている。その後ろには美しい家々が並んでいて、ここが豊かな村だとわかる。そして、村の入り口の道端には緑色の郵便ポストがあった。

ぼくがポストに近づいていったら、老人たちがすごく変な目つきでこっちを見た。ぼくは最初、自分が服の着方を間違ってるんじゃないかと思った。後になってわかったが、きっとぼくが海岸の方向から来たことが、彼らの警戒心を呼び起こしたんだろう。老人たちはすぐに座っていた小さな木の椅子を持ってその木陰を離れ、ぼくからずっと離れた所に集まって、こっちを指差して何か言っていた。

ポストには郵便を集めにくる時間が書いてあった。毎日、午後二時ぴったりに村の郵便局員がポストの中の郵便物を取りにくることになっている。ぼくはバッグの中から、君に送る手紙を取り出してポストに入れた。

手紙を投函すると、西冷鎮の茶館のときのような気まずい思いをさせられるのは嫌だったから、まったく立ち止まらず、すぐにもと来た道を幽霊客桟に向けて帰ることにした。

だが、あの高い丘の上まで来たとき、ぼくは方向を変えた。そんなに早く旅館に帰ってもしょうがないと思ったのだ。この辺りの独特な景色をもう少し見てから帰ることにしよう。

そこで、ぼくは南向きの道をたどった。いや、実はそれは道でもなんでもなくて、ただ、剝き出しの岩が並んでいるだけの場所だった。そして、奇妙な形をした丘をひとつ迂回したとき、ああ！　何が見えたと思う？

墓だよ！

いや、ひとつの墓ではない。絶壁の数百メートル下の海に臨んで、何百、何千という数の墓が山の斜面と頂に並んでいるんだ。つまり、そこは大きな墓地だったんだよ。

ぼくはゆっくり墓地の中に入っていった。その墓地はなんというか、上海郊外の公共墓地とはまったく違う感じなんだ。葉蕭、ちょっと想像してみてくれ。君が荒涼とした海辺を歩いているところを。荒地の草を踏みながら歩いていくと、前後左右にあるのはいろいろな時代の墓ばかりで、四方を見まわしても人影はひとつもないんだ……。気が変になりそうだと思わないか？

ぼくは本当に気が変になりそうだと思ったよ。

そのうえ、まずいことに空がだんだん暗くなって、海からの風もだんだん強くなり、塩辛いにおいが鼻に感じられるようになった。ぼくは呆然として墓地の中を行ったり来たりした。どっちを向いても見渡す限り、饅頭《マントウ》のような形の荒れ塚が並んでいる。

そのとき、阿彪《アービャオ》が幽霊客桟へバイクで向かう道すがら、話してくれたことを思い出した。何百年もの間、西冷鎮とその周辺の村々の人々はこの辺りを墓地にしていたと言っていた。もしかしたら、今ぼくの目の前にあるのはその墓地のほんの一部に過ぎないのかもしれない。だって、数百年にもわたってこの地に埋葬された死者の数は十万人以上の大軍にもなるかもしれないじゃないか。

そこにある墓はいろいろな時代のものだった。見るからにとても古いものもあれば、ほんの数年前に建てられたような墓もある。山のてっぺんに近い高い所には、石と青煉瓦《れんが》で作った墓がたくさんあった。そこには中央に石造りの墓があるだけでなく、その後ろと両側には石垣が築かれていて、まるで墓の主人が肘掛けのついた椅子に座っているようにみえる。あれは中国東南部の沿岸地方の代表的な墓地の形式で、普通は裕福で地位のある人でないとああいう墓には入れないだろう。山の斜面や下の方にある墓はそれよりかなりみすぼらしい。ちょっとましなのは煉瓦の墓が建っているが、もっと貧しいのは墓碑すらも見つからない。もしかすると、土饅頭さえないものも多いのかもしれない。社会の貧富の差は墓地にも現れているわけだ。

目の前に広がる墓地の景色を見ているうちに、ぼくはいつのまにか、あの有名な詩「海辺の墓地」を思い出していた。フランスの詩人ポール・ヴァレリーの詩だ。ぼくは今でも少しは暗唱できるよ。

死者たちはこの土に眠り
　土のぬくもりが彼らの秘密を乾かす

ぼくがヴァレリーの詩を思い起こしていると、突然、変な声がした。もう、びっくりして死にそうになったよ。

その声はまるで天の声みたいに、頭のてっぺんから聞こえた。肝をつぶして上を見上げると、黒い鳥がぼくの頭の上を掠《かす》めて飛んでいった。烏だ。

烏は羽をバタバタいわせて、枯れ木の上にとまった。その枯れ木はちょうど風の当たらない窪地に生えていて、一枚の葉もないが、とても奇妙な形をしていて、何もない枯れ枝がまるで死人の十本の指のように空に伸びている。枯れ木の根もとにはひとつだけ孤独な墓があったが、その上の枝に烏がとまっていた。ぼくは急に恐ろしくなった。烏の目がじっとぼくを見つめているのに気づいたからだ。

やめてくれ！

ぼくはただちに方向を変えて、海岸に向かって走り出した。走り出してまもなく、急な崖にぶち当たったので、その横にあるすごく急な小道を降りていくしかなかった。その小道はとても歩きにくくて、十数分かかってやっと墓地から離れることができた。

墓地を離れると、そこにあったのは海辺だった。黒い海だ。

ぼくは大きく深呼吸して、海のにおいを胸いっぱいに吸い込んだ。この荒涼とした海岸に到着した後、初めてこれほど海の近くまで来たから、なんともいえない気持ちだった。

ここには、どこでもよく見る砂浜もなければ、上海や江蘇省沿岸によくある干潟もない。ただ、海に牙をたてているような、岩礁と崖があるばかりだ。岸に近いところでは海の中から黒い岩礁が水面に露出している。きっと水の中にはもっと多くの危険な暗礁が隠れているに違いない。もしかすると、この辺りで船が一艘も見えないのはそのせいかもしれない。無数の暗礁が船乗りたちを墓地の近くの水中に葬ってしまうんだから、こんな危険な場所に近づいてくる船はないんだろう。

目の前のこういう景色を見ていたら、ぼくはふと有名な油絵「死の島」を思い出した。描いたのは十九世紀のスイスの画家ベックリンだ。それは四方を海に囲まれた孤島の絵で、海面に高く聳え、まわりは奇怪な形の岩や険しい崖ばかりだ。見る人を窒息させそうな暗い背景の中、一艘の小舟が島に向かっていく。その船首には白い服の男が静かに立っているんだが、あれはきっと死神だろう。それはベックリンの作品の中でもっとも優れた絵であると同時に、おおいに論議を呼んだ作品でもある。数年前、ぼくは実際にこの絵を見たとき、震えが止まらなくなった。あれは、見る人一人ひとりの心の中に入りこんでくる、特別に高い次元の美意識なんだと思う。

ぼくはバッグの中からインスタントカメラを出して、目の前に広がる海岸の景色に向け、急いでシャッターを押した。続けて何枚か、別々のアングルで、海と岩礁、崖を撮影した。

写真はすぐに出てきて、なかなかうまく撮れていたので気に入った。葉蕭、写真は全部今日の手紙に入れるから、気をつけて受け取ってほしい。

それからの数時間、ぼくはひとりで海辺を散歩した。岩だらけの海岸から、高い崖の上まで歩いたが、誰にも会わなかった。ぼくはもう長いこと、これほどの静けさを味わったことはなかった。まるで世界に自分ひとりしかいないみたいだ。ここはひとりでゆっくりものを考えることのできる場所だが、同時になんだか気が変になりそうな場所でもある。

空はだんだん暗くなってきた。海辺の風が絶え間なく髪を乱す。ぼくはある崖の上まで来た。海面からの高さは数十メートルはあるだろう。葉蕭、覚えているかな？ ぼくが高所恐怖症だってこと。高い所に立って下を見ると、すごく怖くなるんだ。その崖の上に立って下を見ると、ただ、黒い海水が岩礁と崖を激しく打ち、濁った色の波しぶきを上げているばかり、その波の音はまるでヘビーメタルのコンサートを聞いているようだった。その瞬間、天地がひっくり返るような目眩を感じ、数十メートル下の海水が強力な吸引力でぼくを崖から引きずり落とそうとしている気がした。ぼくの足は崖の縁から数センチしか離れていなかったから、死まであと一歩だった。幸運なことに、ぼくは後ろにひっくり返ったので、岩の上にひどく尻もちを突いただけですんだが、額には冷や汗が流れていた。

ちょうどその時、遠くの崖の上に誰かいるのが見えた。

ぼくはびっくりして、すぐに起き上がり、そっちのほうへ歩いていった。だんだんその人の輪郭がはっきり見えてきて、背の高い、見たことのない男性だとわかった。ひとりで高い崖の上に立って、前にイーゼルを置き、手に持った絵筆を動かしている。

絵を描いているのか？

ぼくが速足でその崖の上にたどり着くと、彼はすぐにこっちを振り返って、警戒心に満ちた目つきでじっと見ている。年は三十代だろうか、髪はぼさぼさの長髪で、顎髭《あごひげ》を伸ばしていて、目つきはすごく鋭い。

その男のほうから先に口を開いた。

「君はいったい誰だ？」

「周旋です。幽霊客桟に泊まってるんです」

「いつ着いたんだ？」。彼の言い方はまるで容疑者の取り調べのようだった。

だが、ぼくは我慢して穏やかに答えた。「昨日の夜です」

「道理で見たことがないと思った」。彼の唇に微笑が浮かんだ。「こんにちは。わたしもあの旅館に滞在してるんだ。名前は高凡《ガオファン》。『凡』は『平凡』の『凡』だよ」

「こんにちは」。ぼくは彼の後ろのイーゼルを指差して聞いた。「あなたは画家なんですか？」

「まあね。全然有名じゃない画家だよ」

イーゼルの前に行って見ると、画用紙には濃い色の油絵具が塗られていたが、めちゃくちゃな線がいっぱい引かれていて、大雑把な輪郭がなんとなくわかるだけだった。ぼくはそっと尋ねた。「海を描いてるんですか？」

「そうだ。ここらの海はすごく美しいと思わないか？」

彼はぼくのそばに寄ってきた。崖の上を海風が吹いて彼の髪を乱した。なんだか、ロックシンガーの迪克牛仔《ディック・カウボーイ》に似ている。特にあの遠くを見るような目つきが。

ぼくは何と答えたらいいかわからず、ちょっと考えてから言った。「ここらの景色は確かに独特ですね。あなたはこの景色が気に入ってるんですか？」

「そうだよ。もう何か月もここにいるんだ」

「絵を描くためにですか？」

「ここは画家にとっては天国だよ。ファン・ゴッホがアルルを、ゴーギャンがタヒチを見つけたように、高凡は幽霊客桟を見つけたってわけさ」

いかにも得意げな言い方をして、彼はもうこの景色の中に没入しているみたいだ。彼の言うことはぼくにもよくわかった。そのとき、静かに黄昏が降りてきて、夕陽がぼくたちの後ろから射したので、海は一面、金色に染められた。まるで別世界にいるみたいで、金色の光の中、目の前に映画のシーンが広がったみたいだった。

葉蕭、ぼくも認めないわけにはいかない。ここの黄昏の景色は本当に美しいんだ。

「もう遅いよ。旅館に帰ろう」。高凡はイーゼルと絵具などを片づけ始めた。

「まだ完成してないいんじゃないの？」

「この絵はもう一週間も描いてるんだ。明日、また描くさ」

高凡は道具を片づけ終わると、幽霊客桟のほうへまっすぐ歩き始めた。ぼくも夜の海岸にひとり残されるのは嫌だったから、急いで彼の後を追った。

風が強くなってきた。

高凡は歩きながら、ぼくに言った。「寒くなってきただろう。ここでは夜は外に出ないほうがいい」

彼の言うことはもっともだと思ったが、ぼくは質問した。「どうして？」

「亡霊が出るからだよ」

彼は冷ややかな声で言った。

「亡霊？」

「あそこの墓地を見ただろう？」

ぼくは「うん」と言ってうなずいた。

「死んでも死にきれない人間の霊が必ずいるものさ」

ぼくはそんな話は信じないほうだから、わざと聞いてやった。「だから、幽霊客桟って名前なの？」

彼はそうだとも、そうでないともはっきり言わず、ただ、「そうかもしれない」と言った。

高凡はこの辺りの地形をよく知っているらしく、あっさり幽霊客桟に帰り着いた。夕陽の名残りがあの黒い建物を取り巻いて、一瞬、まぶしくて目がくらんだ。何かと思ったら、三階の窓ガラスに夕陽が反射していたんだ。

ぼくは入り口の前に立ち止まって、三階の窓を見上げた。

「どうしたんだ？　入らないのか？」。高凡が冷たい声で言った。

「いや、なんでもない」

ぼくは最後にもう一度あの窓を見て、なんだか変だなと思ったが、そのまま幽霊客桟に入っていった。

広間には青白い電灯が点いていて、まぶしいくらいだった。目を擦ってやっと見えたが、すでに何人も食卓についていた。丁雨山は入り口に向かいあった上座に座っていて、食卓の左側には今朝会った三人の女の子たち、右側に清芬と小龍の母子がいたが、阿昌のあのカジモドのような顔だけが見えなかった。

「夕食ですが、あなた方を待ってたんですよ」。丁雨山は大きな声で言った。「はやく座ってください」

高凡は何も言わずにさっと清芬の隣の空席に座った。

だが、ぼくはそのまま、ちょっとの間、そこに突っ立っていた。食卓を囲んだ彼らを見たら、目の前にまた、有名な絵画が浮かんでくるみたいで、なんだか不思議な気分になった。レオナルド・ダ・ヴィンチの「最後の晩餐」だ。

青白い灯りが照らす下で、食卓についている全員の顔がまるで白い粉を塗って、青い光を発しているように見える。そればかりでなく、彼らが食卓を囲んでいる様子はどう見ても大昔の生贄《いけにえ》の祭りのようだ。みんなひと言も発さずにぼくを見ているが、その目つきはなんだか変で、まるで生贄にされる罪人を待つ死刑執行人のようだし、食卓はまな板にするのにちょうどよさそうにみえる。

気まずい思いをしていると、食卓の左側の三人の女の子のうちの水月がぼくに目配せした。ぼくはそれでやっと人心地がついて、緊張もほぐれ、そっと食卓に歩み寄ると、入り口を背にした下座に座った。

「それでは、食事にしましょう」

丁雨山が微笑《ほほえ》んで言うと、阿昌が料理を次々に運んできて、数分のうちに食卓の上には豊かなご馳走が並んだ。見た目にもおいしそうで、よいにおいがしたので、急に食欲が湧いてきた。阿昌はカジモドみたいな顔をしてるけど、本当に素晴らしい料理の腕の持ち主だ。

阿昌は料理を全部並べ終わると、いつのまにか、いなくなった。何度まわりを見まわしても、食卓についた人々は奇妙な雰囲気だ。だが、おいしそうな料理を前にして、ぼくは食欲を抑えられなくなり、人目も気にせず、ガツガツ食べ始めた。

かなり食べてから、他の人は誰も箸を動かしていないことに気づいた。静かな広間に自分が骨をしゃぶる音だけが響いている。ぼくはすっかり恥ずかしくなって、わけもわからず、聞いた。「みんな、どうして食べないんですか？」

「そんなことはないよ。ちゃんと食べていますよ」

丁雨山はちょっと箸を動かしながら言った。そうか、彼の食べ方があんまりゆったりして静かなので、食べていることに気づかなかったんだ。他の人たちも同様で、みんな、上品な食べ方が習慣になっているらしく、食べる音もほとんど聞こえないくらい静かなのだが、食卓の上の料理はいつのまにかなくなっていった。

ぼくもしかたなく食べる速度を落とし、音を立てないように気をつけた。それでも、なんだかおかしいと思ったので、つい、こう聞いてしまった。「幽霊客桟ではいつもこんなに静かに食事するんですか？」

「それがこの客桟の伝統ですからね」。丁雨山は静かに答えた。

「客桟の伝統？　それじゃあ、ここに泊まる人は誰でもその伝統に従わないといけないんですか？」

「いいえ、みんな、自分の意志で従っているんですよ」

ぼくは急に大胆になってみんなに聞いた。「みんな、そうしたいと思ってるんですか？」

「そうだよ。みんなもう慣れてるんだ」。画家の高凡が答え、隣に座った清芬もうなずいた。

ぼくは続けて質問した。「それじゃあ、この客桟には他にも何か伝統があるんですか？」

丁雨山は答えた。「それは気にしなくていいですよ。長く泊まっていれば、自然にわかりますから」

「つまり、この客桟には長い歴史があるっていうことなんだよ」。高凡がつけ加えた。

「それはそうでしょう、伝統というのは常に歴史から生まれるものですからね」。ぼくはうなずいた。それから、広間を見渡して話題を変えた。「阿昌以外、全員ここにいるんですか？」

誰も答えなかった。

急に緊張した空気になった。どうしたらいいかわからなくなったとき、あの水月という女の子の目に気づいた。昨日の夜中と同じように、彼女とぼくの視線がぶつかったが、その目はぼくに向かって何か言おうとしているようだ。

彼女の言いたいことがわかったような気がしたので、ぼくはもう話すのをやめた。

晩餐は終わり、彼らはひと言も口をきかないまま、それぞれ自分の部屋に帰っていった。

丁雨山は広間を出る前に突然ぼくに尋ねた。「周さん、昨夜は入浴していないでしょう？」

「入ってません。シャワーがあるんですか？　それなら、ぜひ熱いシャワーを浴びたいな」

「毎晩八時から十時の間です。あの後ろの扉の向こうです。熱いお湯も出ますよ」。彼は広間の後ろにある木の扉を指差し、それから、階段を上っていった。

そのとき、阿昌が入ってきて、食卓を片づけ、また黙って出ていった。広間にはぼくひとりが残り、座ったまま、ぼんやりしていた。

何分かたち、立ち上がって、広間の中を一周してみると、壁に掛けられた額縁に目が止まった。初めて近くでよく見たが、額縁は三つあって、どれも大きく引き伸ばした白黒写真が入っている。

一枚目は若い女性の顔で、まるでベールをかけたかのように、ひどくぼんやりしている。とても古いせいかもしれない。不思議なことに、それほど曖昧な写真であるにもかかわらず、その人の優雅さは隠しようになかった。彼女のヘアスタイルはとても珍しいもので、清末か民国初期が舞台のテレビドラマの中でしか見たことのないものだった。

二枚目は若い男性だが、一枚目の女性の写真よりもさらにぼんやりしている。瓜皮帽（六枚接ぎのお椀型の帽子）を被っていて、ヘアスタイルもわからない。だが、その写真を見て、ぼくは強く感じた。幽霊客桟とこの人の間にはなんらかの重要な関係があるはずだ。

三枚目の写真も古いものだが、前の二枚に比べれば、いくらかはっきりしている。別の中年男性の写真で、ヘアスタイルも西洋風で、着ているものもスーツらしく見え、黒いネクタイをしている。この写真は前の二枚に比べて、もっと現代に近い時代に撮られたものだろう。

ぼくは一歩下がって、ぼんやりと三枚の写真を見ていた。そして、その壁の下の方に戸棚があって、その上に何か置いてあるのに気づいた。

近寄って見ると、戸棚の上にある物は一台の古い蓄音機だとわかった。そばには二つの小さなスピーカーもある。

幽霊客桟でこういう物にめぐり会えるとは、なんという幸運だろう。ぼくの家にも昔、こんな蓄音機があった。LPレコードを置いて、針をレコードの溝に落とすと、自動的に回転を始め、スピーカーからさまざまな音楽や人の声が聞こえる。あの頃、父がよくこういう蓄音機を使っていたが、後にテープレコーダーを買ってからは使わなくなった。捨ててしまったのかどうかも覚えていない。こういう物はこの頃また価値が出てきた。旧式の蓄音機をコレクションしている人たちもいる。そうやって、昔を懐かしんでいるのかもしれない。

目の前にあるこの蓄音機は埃にまみれていて、きっと長い間使われていなかったんだろう。ぼくは身をかがめて、その商標を見た。「上海電唱機廠一九六五年」とある。

この蓄音機がどんな音を出すのか、どうしても聞いてみたくなったが、我慢した。

そのとき突然、どこからかわからないが冷たい風が吹き込んできて、頭の上にぶら下がった電灯が揺れ始め、青白い光が誰もいない広間に揺らめいて、一瞬目がチカチカした。ぼくはもうそこにいる気はなくなって、急いで階段を上った。

やっと部屋に戻り、すぐに旅行バッグの中の木匣を調べた。ああ、よかった。ちゃんとあった。ぼくはこの木匣を見ただけで、ひどく心が乱される。葉蕭、いったいどうしたらいいんだろう？　ぼくはもうこの木匣を幽霊客桟まで持ってきた。これだけで任務を完了したことになるんだろうか？　木匣をここに置いて去ればいいのだろうか。それとも、誰かに渡さなければならないのか？　だとすれば、いったい誰に？　田園はまだ言いたいことがあったのに、最後まで言えなかった。まだぼくに頼みたいことがあったのかもしれない。まったく、この木匣をどうしたらいいんだろう？

ぼくは木匣を旅行バッグに戻した。これをどうするかは、明日考えることにしよう。

ぼくはベッドに横になり、テレビのリモコンのスイッチを入れた。テレビは国産の二十一インチのカラーテレビだが、この客桟にはもちろん、有線テレビはない。テレビの上のアンテナだけが頼りだ。

画面はひどくぼんやりしていて、どうやら、この頃流行の清時代の宮廷ドラマをやっているらしい。ぼくはこの手のドラマが大嫌いなので、リモコンを動かして次々にチャンネルを変えた。ここで映るチャンネルは意外に多くて、上海では見られないものまであるが、電波が弱すぎるせいで、画面はまるで砂をまいたみたいにひどかった。ぼくは窓を開けて、アンテナの位置をいろいろ変えてみたが、結局、うまくいかなかった。

突然、画面は一面の砂嵐になった。その後は黒い線がチラチラしている。最後にぼんやりした形が見えてきて、それがだんだん人の姿になった。ぼくは目を見開いて画面を見ていた。耳にはテレビのスピーカーから奇怪なガラガラ声が聞こえてきた。

途端に胸がドキドキしてきた。テレビの画面の人影はあまりにぼんやりしているので、どんな顔をしているのか、男か女かもわからない。スピーカーから流れる音はぼわんぼわんと奇妙な波長で部屋の中を漂っている。

一瞬、あの有名な日本のホラー映画の場面が頭に浮かんだ。そのシーンというのは、ほら、テレビの画面の中から……。

何を言っているんだ。そんなことあるわけないって、わかってるじゃないか。それでも、体の震えが止まらない。ぼくは慌ててリモコンを置いて、テレビのスイッチを切った。

画面はもとの暗く淡い灰色に戻って、声は消えた。ぼくはため息をついて、ベッドの上にどさっと横になった。ちょっと自分が情けなくなったね。この客桟では、テレビまで、ぼくをからかっているんだ。

夜の九時だ。食事の後で丁雨山に言われたことを思い出した。熱いお湯が出るうちに、シャワーを浴びに行かなきゃ。

ぼくは着替えとタオルを持って部屋を出ると、一階の広間に下りた。今は誰ひとりいなくて、ただ電灯がゆらゆら揺れている。丁雨山の言っていた小さな扉まで行って、軽く押したらすぐ開いた。

扉の向こうは狭い廊下だった。両側は黒い木の板の壁で、低い天井に暗く黄色っぽい電灯が下がっている。廊下の突き当たりにまた木の扉があって、隙間から熱い空気が漏れていた。

そのまま歩いていくと、突き当たりの扉がいきなり開いて、中からあの三人の女の子たちが出てきた。

女の子たちはおしゃべりしながら歩いてきたが、ぼくがいるのに気づくと黙りこんで、一人ひとり体を横にしてぼくとすれ違っていった。この廊下はすごく狭くて、普通に歩いてすれ違うことはできないので、ぼくも横に避けてやり過ごすしかなかった。

シャワーを浴びたばかりの女の子たちはパジャマに着替えていて、濡れた髪の毛が肩にかかり、手にはタオルやシャンプー、着替えた服などを持っている。三人とも体から熱い湯気を発散していて、それがこの狭い廊下に充満して、ぼくの視線もぼんやりした。

あの背の低い女の子が一番前を歩いてきて、警戒した目つきでぼくを見た。真ん中が背の高い子で、まるでぼくがそこにいないような顔をして無視した。一番後ろから来たのが、あの水月っていう女の子だ。

水月がぼくの目の前を通り過ぎたとき、彼女のいいにおいがするような気がした。お互いに横向きになっていたから、顔を見合わせてすれ違うことになった。その瞬間、彼女はぼくのすごく近くにいて、ほんの数センチしか離れていなかったと思う。彼女の鼻が、それに胸も、ほとんどぼくにくっつきそうだったから、ぼくはしかたなく、なるべく後ろに反っていたけれど、後ろは木の板の壁だから背中がぴったりくっついてしまっていた。

彼女の目がぼくを見ているのがわかった。水月っていう名前のとおりに水がしたたるみたいで、清らかで色白の顔だ。すごく接近してすれ違ったとき、洗ったばかりの濡れた長い髪の毛がぼくの顔を掠めていった。

数秒後、彼女は廊下の向こう側で、こっちを振り返りながら扉を閉めた。扉がすっかり閉まって見えなくなるまで、ぼくはこっちを振り向いている彼女の目をじっと見ていた。

ぼくはため息をついた。狭くて天井の低い廊下に女の子たちの湿気が残っているみたいだった。それに、水月の視線も。ぼくは前にある木の扉を開けて中に入った。水蒸気で視界が朦朧としたから、全体がはっきり見えたわけではないが、そこはだいたい六、七平米ほどしかない狭く閉ざされた小さな部屋で、四方の壁も天井も木の板でできていた。板はすっかり水分を吸っていて、触ってみるととても柔らかく、上等なコルクみたいだった。

浴室の真ん中に丸く大きな木の風呂桶があった。ぼくたちが小さい頃に行水に使っていた盥《たらい》に似ているけど、それよりはるかに大きくて、高さは身長の半分くらい、直径は一メートル半くらいあり、大人がゆっくり入浴できる大きさだ。いや、三人が同時に入ることもできるかもしれない。どうやら、これも幽霊客桟の「伝統」の浴槽なんだろう。

風呂桶の底には水を抜く穴があって、今はすっかり空になっていたが、それでも、桶からは熱気が発散されていた。風呂桶の上に蛇口があって、試しにひねってみると熱いお湯が出てきた。昔の銭湯みたいな所なんだが、シャワーを浴びることはできないんだ。近くに風呂桶を洗うスポンジと浴槽用消毒液があった。ぼくは消毒液をたくさん風呂桶にかけて、お湯を使ってスポンジで内側をごしごし擦った。力のいる仕事だが、疲れるとは思わず、なんだか子どもの頃を思い出した。

すっかりきれいになったと思ったところで栓をした。お湯がゆっくり桶の中に溜まっていき、ぼくは服を脱いで、お湯に飛び込んだ。葉蕭、正直言うと、ぼくはこういう木の風呂桶に限らず、ずいぶん長い間お風呂に入っていなかったんだ。ぼくはすぐ熱いお湯の中にすっかり体を沈めた。蛇口のお湯を止め、目を閉じて入浴した。温度もちょうどよくて、本当にいい気持ちだった。

木の壁に囲まれた小さな浴室に水蒸気が立ちこめた。ぼくは風呂桶に身を沈めて、眠りそうになってしまった。以前読んだ推理小説にも書いてあったが、熱いお風呂ほど人をリラックスさせるものはなくて、簡単に人を自己催眠状態にしてしまう。ましてこういう旧式の木の風呂桶で入浴していると、時間と空間の錯覚が起きて、別の時代にいるような気がしてくる。実際、ぼくは一種の催眠状態に入っていたと思う。体がすっかり浮き始めて、一本一本の毛穴が最大に開いて、熱い湯が全身に浸み込み、溶けてしまいそうになった。

そのとき、なにかが聞こえた。

ぼくが自己催眠状態になっている、まさにその時にその音がやってきた。まるで、この狭い浴室の中から聞こえたような気がした。ぼくはびっくりして、催眠状態から目を覚ました。

だが、目の前には水蒸気がたちこめるばかり、視界はぼんやりしていて、ほとんど何も見えない。まるで裸のまま、高い空の雲の層に放り込まれたみたいで、もし、今、ぼくを殺そうとたくらむ者がいたら、簡単に殺されてしまうだろう。

その音は続いていた。かすかな女の声みたいだ。

ぼくは呆然としてまわりを見まわしたが、何もはっきり見えなかった。声はすぐそばから聞こえる。ぼくはいきなり手を伸ばしてお湯の中で振り回したが、ただ、お湯と空気をつかむばかりだった。ダメだ、ここから逃げなきゃ！

もう石鹸で体も洗ったし、ぼくは風呂桶の底の栓を抜いて、桶から飛び出した。やっとのことでタオルを見つけて体を拭き、着替えを出して着ると、浴室から飛び出した。

廊下に人影はなかった。ぼくはもうそこにいられず、大急ぎで走って、二階の自分の部屋へ戻った。

肝をつぶしたまま、部屋に戻り、すぐにベッドに横になったが、頭の中ではまだあの声が響いている。ぼくは急いで目を閉じた。すぐに眠ってしまいたいと思ったんだ。

なにしろ、熱いお風呂に入ったばかりだから、すぐに気分が緩んで、意識がなくなった。

だが、たぶん数時間たった頃だと思うが、またあの声が聞こえたんだ。

寝ぼけたまま、目を開けたが、全身、鳥肌がたっていた。ぼくはベッドに横になったまま、心の中で自問した。幻覚じゃないのか？　いや、確かに聞こえる。壁のあらゆる所から浸み込んできて、部屋中で聞こえる。

またしても、あの弱々しい女の声だ……。

ぼくはとうとう起き上がって、部屋の扉に駆け寄って開けた。真っ暗な廊下に出ると、ついにあの声の出所がわかった。頭の上、暗い天井の上から聞こえるんだ。

この客桟の三階……。

上にはいったい何があるんだろう？　強い疑問を感じながら、ぼくは息をひそめて階段まで行くと、用心しながら上がっていった。

だいたい半分ほど上がったところで突然、後ろから足音が聞こえた。そして、冷たい声が響いた。「止まれ！」

ぼくはその瞬間に彫刻みたいに固まってしまい、それから、ゆっくり後ろを振り返った。

灯油ランプの暗く黄色っぽい灯りがぼくをまっすぐ照らしている。ぼくは無意識のうちに手を伸ばして目をかばい、灯りをさえぎった。

「周さん、下りてください」。そのときやっとわかったが、それは丁雨山の声だった。

ランプの向こうの顔がやっと見えたが、その顔もなんだか幽霊みたいにゆらゆらしていた。彼の言うとおりにするしかないと思ったので、ぼくはゆっくり階段を下りた。

「すみませんでした。でも、変な声が聞こえたんですよ」

「わたしには聞こえませんでしたよ」

奇妙なことに、そのときには本当に何も聞こえなくなっていて、旅館全体が静まり返っている。ぼくは首を振った。なんと言いわけしたらいいか、わからない。

丁雨山はぼくの前を通り過ぎ、階段を上がりかけて言った。「覚えておいてください。絶対に三階に上がってはいけません。これはこの客桟の決まりごとです」

「どうしてですか？」

「どうしてってことはありません。決まりなんですよ。わたしの忠告を聞かずに勝手に上がったりしたら、どんなことになってもご自分の責任ですよ」

そう言うと、彼はランプを掲げて三階に上がっていった。

丁雨山の姿も、あの仄暗い灯りもすぐに見えなくなり、ぼくひとりが二階の暗い廊下に残された。もう、眠れるとは思えなかったから、そのまま階段を下りて広間へ行った。

広間の電灯は点いていなくて、ただ、帳場のカウンターの上に灯油ランプが置いてあった。仄暗い灯りがちらちら瞬いて、闇の中に怪奇な雰囲気を醸し出している。ぼくは大きく息を吸って、ゆっくり歩いていった。こんなことをしていて長い夜をやり過ごせるのかどうかはわからなかったけれど。

突然、また、なにか奇怪な音が聞こえた。さっきの音とはまったく別の音で、金属がぶつかるような音だ。どこから聞こえるかというと、今度ははっきりわかった。客桟の一階だ。

ぼくは急いで広間の端まで行った。そこにも小さな扉があって、そっと押して開けると、やっぱりそこも暗い廊下だった。廊下の向こう端にかすかな光が見える。

ぼくはほとんど爪先立ちで歩いていった。呼吸の音さえも聞こえないように気をつけていたが、いったい何が起きるのだろうと気が気ではない。

やっと、あのかすかな光が何かわかった。一本の白い蠟燭だ。かすかに揺れ動く蠟燭の灯りの下に男の姿が見えた。力一杯シャベルを振るって地面を掘っている。

まさか、死体を埋めているのか？

ぼくは思わず小さい声で尋ねてしまった。「何をしてるんだ？」

その男は驚いて飛び上がり、振り向いてシャベルを構えた。ぼくも震えながら、一歩後ろに下がった。そのとき、やっと彼の顔がはっきり見えた……。画家の高凡だ。

はじめはひどく緊張していて、襲いかかってきそうにもみえたが、ぼくの顔がわかると、すぐにシャベルを置いて、激しい息遣いで言った。「なんで、君がこんな所に？」

「眠れないから、広間に下りてみたら、ここから音が聞こえたんだ」

高凡はうなずくと言った。「何でもないよ。部屋に戻るといい」

しかし、彼が掘っていた場所を見ると、やっぱり墓穴のように見えるので、ぼくはまた尋ねた。「いったい、何をしてるんです？」

「それは今は言いたくない。あと何日かしたら話すよ」。彼は手に持ったシャベルを引きずるようにして、そこから出ていった。「部屋に帰って寝ろよ。夜中に幽霊客桟の中をうろうろしないほうがいい。本当に亡霊に会うことになるぞ」

ぼくも彼の後について広間に戻り、小さな声で聞いた。「今のはどういう意味？」

「今にわかるさ」

彼は急ぎ足で階段を上っていく。

二階の廊下に到着すると、彼は急にぼくに近寄り、声をひそめて言った。「約束しろ。今日のことは誰にも言うな」

ぼくはびっくりした。彼が暴力を振るうんじゃないかと思ったんだ。でも、真っ暗で何も見えないし、慌ててこう答えるしかなかった。「わかった。誰にも言わない」

すると、高凡は冷たく笑って言った。「それなら、あとで褒美をやるよ」

それから、ドアを開ける音、閉める音が聞こえ、高凡の姿は一瞬のうちに消えた。

ぼくももう真っ暗な廊下にはいたくなかったから、慌てて自分の部屋に帰った。そして、鍵をしっかり掛けて、窓も全部きっちり閉めて、横になって寝た。

一晩中、悪い夢を見て、朝の六時にもならないうちに目が覚めた。大急ぎで顔を洗い、歯を磨くと、階下の広間に駆け下りた。

広間には阿昌ひとりがいて、食卓の上にはもう朝食の支度ができていた。阿昌はいったいいつ起きてきたのだろう。ぼくはひとりで朝食をすませると、すぐに部屋に戻り、紙を広げて君に手紙を書き始めた。

葉蕭、そういうわけで、今日の手紙はここまでだ。

もう十時近くになってるけど、急いで投函してくれれば、昼御飯にまにあうかもしれないからね。

じゃあ、さよなら。こう言っても、信じてもらえるかどうかわからないけど、本当にぼくのことは心配しなくても大丈夫だよ。

では！

幽霊客桟にて　君の友　周旋

＊　＊　＊

葉蕭はこの手紙を読み終えて、ちょっと首が痛くなった。周旋は本当にとんでもない場所にいるのだなと思って、変な感じがした。この手紙は今朝受け取ったが、葉蕭は夜に職場から家に戻った後でやっと手紙を開封したのだった。

もう深夜だ。封筒にはまた、三枚の写真が入っていた。

一枚目は広い海の写真で、採光もなかなかよくて、黒っぽい大海に激しい波が寄せ、遠くに水平線が見え、寂しく悲壮感のある写真だ。

二枚目は海岸の岩礁を撮影したものだが、周旋のカメラはいい物らしく、岩の上に寄せる波頭まではっきりと写っている。

三枚目は崖の写真だ。葉蕭は写真の中の崖を見て、ぶるっと震えた。崖の上にひとりの女が写っていたからだ。距離はものすごく遠いが、それが女性であることははっきりわかる。たったひとり、孤独に崖の上に立っているのだ。

周旋の手紙では、この女性のことは何も言っていない。それは確かだ。それなら、なぜ、彼女はこの写真の中に出現したのだろう？　考えれば考えるほどわからなくなったので、葉蕭はとうとう写真を置いて、机の引き出しを開けた。

引き出しには新聞記事のコピーが入っていた。彼が図書館でコピーしてきたもので、一九三三年の新聞の別刷に載っていた文章、「幽霊客桟」だ。

スタンドの柔らかい灯りの下で、葉蕭は陶酔《タオズイ》の書いた文章をゆっくりと音読した……。

幽霊客桟は海と墓地の間にある。

初めて幽霊客桟の名を耳にしたのは、民国二十一年（一九三二年・昭和七年）の春のことであった。折しも、中国軍は上海において日本の侵略軍と激戦を繰り広げており（日本でいうところの「第一次上海事変」）、虹《ホン》口《キュウ》の文化人諸君もほとんどがフランス租界に避難して戦火を避けていた。私も友人の世話になって大公報の記者の家に仮住まいをすることとなった。その避難生活の折りに、この友人の記者から、幽霊客桟にまつわるさまざまな逸話を聞いたのであった。

戦火が去った後、私は虹口に戻ったが、心にひとつの願望が芽生えていた。すなわち幽霊客桟を訪れてみたいという願望だったが、残念ながら懐具合が厳しく、それから二年近くというもの、旅費の工面さえできぬ有様であった。やっと一か月前になって、私の長編小説が出版の運びとなり、わずかな原稿料を得たが、これがちょうど旅費を払うのにぴったりの金額だった。そこで私は即座に汽車の切符を買い、幽霊客桟への旅路についた。寧波《ニンポー》で下車した後、馬車を雇い、夜を日に継いでK県西冷鎮に急ぎ、夜になってようやく幽霊客桟に到着した。

幽霊客桟は浙江省東部の海岸にある。周囲はいづこも山紫水明の郷とはいいながら、この地の海岸ばかりは不毛の地で、見渡す限り、一面の荒れ野原、ただ一棟の三階建ての客桟が吹き荒れる海風の中にあるばかり。数里の外には一つの墓地があり、周辺数十里の町や村の住人の陰宅（生者の陽の世界に対する陰の世界の家、つまり墓のこと）となっている。まさに陰鬱な環境であり、幽霊客桟の名にふさわしいと言わざるを得ない。

　客桟を訪れたのは、月暗く、風の吹く夜で、客桟のうちの人々の眠りを破ることとなり、私は幾度も謝罪の言葉を述べるしかなかった。意外にも、この客桟に宿泊する旅客は少なからず、その多くは私のような文人で、上海、杭州、南京などの地から、客桟の評判を聞いて訪れている。客桟の主人は上海の商人で、姓は丁《ディン》、名は滄海《ツァンハイ》といい、一夜語らううちにその経歴の非凡なるを知った。丁氏は若くして文学を学び、李白、杜甫のごとき詩文を書く志を立てたが、後に実業の道に進んで十年余、百万もの資産を築いた。三年前、丁滄海は偶然にこの地を通り、そこに荒涼たる孤楼の建つのを見た。中に入ってみると、客桟は荒れ果て、人の気配とてなく、ただ、壁に前の主の肖像写真が二枚掛けられていた。丁氏は付近の海岸に遊び、再びこの客桟をよく見るに、此処こそまさしく残りの人生を過ごすにふさわしき佳境と覚えた。西冷鎮に赴いて客桟の由来を尋ねたところ、創業は清朝時代の宣統三年（一九一一年）秋、主は当地の富豪の息子で、建物の名前は幽霊客桟だと知れた。開業以来、商売は暇なほうだったが、毎年の清明節と冬至の時期になると周辺から多くの人々が墓参りに訪れるので、これらの節句には客桟は賑わったという。しかるに、客桟創建の次の年、すなわち民国元年（一九一二年）のことだが、世間を震撼させる怖ろしい殺人事件が起きた。台風の吹き荒れるある夜、客桟の主人が突然発狂し、斧を振ってすべての客を切り殺したという。犠牲者の数は十三人に上り、助かった者は一人もいなかった。殺戮の後、主人自ら客桟の三階で首を吊って自害した。当時、浙江省全体がこの事件に大騒ぎしたが、民国の初めの時局の混乱した時期であったため、当局は急いでこの事件を幕引きとしてしまった。それ以来、当地では幽霊客桟に関する数々の奇妙な逸話が語り継がれているという。丁滄海は大金を払ってこの土地を買い、客桟を修復し、その奇譚をもって各地からの旅行客を引き寄せ、さらにこの地の独特な風景をもって上海などの珍しもの好きの人々を喜ばせようと考えた。かくして、幽霊客桟はまもなく再び開業し、それから三年、無数の客を接待してきたという。

その夜、私は客桟の二階の一人部屋に宿泊し、以後まるまる半月にわたって滞在を続け、少なくない新しい友を得て、昼間は付近の海岸の美しい景色を楽しみ、夜には二、三人の友と『聊斎志異』の物語を語りあったりした。このように快い生活を楽しむうち、私は大いに著作の霊感を得て、ほんの数日の間に文章の構想が泉のように湧いて、続けざまに数編の小説を書いたが、どれも近年ではもっとも満足のいく作品となった。

しかし、怖ろしい悲劇がついに起きた。ある漆黒の夜、客桟のうちの誰もが、身の毛もよだつような、実に怖ろしい声を聞いた。皆が一階の広間に集まったが、ただ、主人の丁滄海の姿だけが見えない。そこで、三階へ上がってみると、なんと、丁滄海が自室で首を吊っているのを発見した。

梁《はり》からぶら下がった丁滄海の死体を前にして、皆は慌てふためき、しばらくはただ心を乱すばかりだったが、やがて一斉にわっとばかりに散らばって、それぞれ自分の荷物を持って、その夜のうちに幽霊客桟から逃げ出した。結局、私ひとりで丁滄海を梁から下ろし、夜が明けるのを待って、当地の役場に届け出た。当局は著名な刑事部長を寄こして捜査させたが、疑わしい点が数々あるにもかかわらず、結局、丁滄海は自殺と断定された。

こうして、幽霊客桟は再び荒廃することになった。私も涙をふるってその地を離れ、大いに心残りを感じながら、上海へと戻ってきた。しかし、この数日というもの、まるで心に深く刻まれた映画の場面のように、あの海辺の客桟の姿が私の眼前に浮かんでくる。ただ、この一文を記して自らの慰めとすると同時に、丁滄海氏を弔い、彼があの世で私の哀惜の念を知ってくれることを祈るばかりである。

葉蕭は大きなため息をついた。これが七十年前の幽霊客桟の話だ。彼は窓に歩み寄ると、外の漆黒の夜に向かって、幽霊客桟にいる周旋の無事を祈った。

＊　＊　＊

三通目の手紙

葉蕭、元気ですか？

君に会えたら、そして、面と向かって話ができたら、どんなにいいだろう。

昨日の午前中、二通目の手紙を書き終わってから、ぼくはまた手紙とカメラを持って客桟を出た。今度はもっと速い足取りで、前の日と同じ荒村への道をたどった。ずっと人影は見えなかった。三十分もたたないうちに、荒村にたどり着いた。村の入り口の郵便ポストまで行くと、周囲の村人たちはわっとばかりに逃げ去った。まるで亡霊でも見たか、ぼくが村に怖ろしい疫病でも持ち込んだかのように。ぼくはしかたなく、まるで盗人のように身をかがめて、大急ぎで手紙をポストに投げ込んだ。とにかく、早く君のところに届くといいと思いながら。

ぼくは飛ぶように客桟の方向へ走り出した。だが、行けば行くほど何かがおかしい。とうとう、行く手は奇怪な形の岩が重なった丘に塞《ふさ》がれてしまった。この道はこれまで歩いたことがないし、まわりの景色にもまったく見覚えがない。目を上げて四方を見まわしたが、幽霊客桟も見えないし、方角もわからない。曇った空を見上げると、重たい石が胸を塞ぐように感じた。道に迷ってしまったんだ……。

葉蕭、ぼくはもうぞっとしてしまって、最悪の事態まで想像したよ。こんな、前を見ても後ろを見ても何もわからない所で道に迷うなんて、もしかしたら、死んでしまうかもしれないじゃないか。大声で助けを求めようかと思ったが、それはやっぱりやめた。だって、どこにも人影も見えないのに、聞いてくれる人がいるわけがないからね。そう思った時、急に海のにおいがした。

ぼくは思い切ってまっすぐ歩き始めた。きつい坂を上って、あの草も生えない丘の上にたどり着いた。驚いたことに、その丘に上がった途端、目の前が一気に開けて海が見えた。

ここは海面からの高さが三十メートルほどだろうか、下にはデコボコした岩が並んでいる。丘の反対側では傾斜がきつくなっていて、数十メートル向こうの海に直接入りこんでいる。そんな景色がまるで巨大な油絵のようにぼくの目の前に広がっていた。

　この海辺の高い丘の上に立ってようやく、かなり遠くに幽霊客桟が見えた。南側の一キロほど向こうの荒れ野原にそびえ立っている。焦っていた気持ちもようやく落ち着いて、むさぼるように海辺の空気を吸い込み、それから、ゆっくり周囲を見渡した。

　あそこに誰かいる。

　ぼくから数十メートル離れた所に、ここと同じような丘があって、その上に立っている。ぼくはそっちに歩こうとしたが、急な斜面に阻まれた。その人の顔はよく見えない。わかるのは、三十代くらいの女性だということで、全身黒い服を着て、ひとり海に向かって立っている。

　幽霊客桟で三十代の女性といえばひとりしかいない。あの清芬という若い母親だが、あそこにいるのは彼女だろうか？

　額に手をかざして光線を避けたり、目を細めたりしてみたが、やっぱりわからない。望遠鏡があったらよかったのに、と思った途端、バッグの中にカメラがあるのを思い出した。バッグから急いでインスタントカメラを取り出すと、その女性の方向に焦点を合わせた。

　カメラのレンズの中で、その人の顔ははっきり見えた。

　清芬ではなくて、一度も見たことのない人だ。

　レンズの中に見えるその人はとても美しい人だった。顔の細かいところまではっきり見えたが（ぼくのカメラはなかなかいいだろう？）、成熟した物憂げな眼をしていて、同じくらいの年齢の清芬よりもなお美しかった。

　それから、ぼくはレンズを押し出して、彼女の全身を見ようとした。黒いワンピースを着ていて、絹のようなスカートの裾が風にかすかになびいて、なんだか葬式の美しい寡婦のようだ。

　いったい、あそこで何をするつもりだろう？

　あんな高い所にいて、前に一歩踏み出して、高さ数十メートルの崖から落ちたりしたら、下にあるのは硬い岩と海ばかり。そう考えただけで、ぼくは緊張した。

　そのとき突然、レンズの中の彼女が顔をこっちに向け、まっすぐぼくのほうに視線を投げた。

　ぼくを見た！

　あの物憂げな目で、冷たくぼくのカメラのレンズを見つめている……。

カメラのフレームをとおして見ると、まるでぼくのすぐ前にいるみたいだ。まっすぐぼくの目を見て、今にも手を伸ばしてぼくに触りそうだ。

その人は口もとに奇妙な表情を浮かべ、それから、身をひるがえして、レンズの中から消えた。

ぼくはびっくりしてカメラを置いたが、あの高い丘の上にもう人影はなかった。ぼくは呆然としてその人の姿を探し、最後に崖の下に目をやった。

まさか、飛び降りたんだろうか？

濁った海の水が岩礁に叩きつけられて飛沫《しぶき》を上げ、胸も張り裂けそうな音を立てている。怖ろしくて、その先を考えることはできなかった。

いや、もしかしたら、彼女はただの通りすがりの旅行者かもしれない。とにかく、無事を祈るばかりだ。昼間の太陽が頭に照りつけてきた。ぼくはため息をつくと、カメラをしまって、幽霊客桟のほうへ歩き出した。

客桟に戻ったら、広間に丁雨山の姿はなく、ただ、清芬と小龍の母子が食卓についていて、阿昌が昼食を運んできた。清芬の姿を見たら、さっき海辺で見かけた女性のことを思い出したので、彼女のそばに座った。

彼女は礼儀正しく会釈して言った。「こんにちは。いったい、どうしたんですか？」

さすがに大人の女性の目は鋭い。ぼくが何かを気がかりに思っていることにすぐ気づいた。ぼくはちょっと考えてから答えた。「さっき、道に迷ったんですよ」

「まあ、それは危ないわね」

「そうなんです。でも、なんとか、戻って来れました」

ぼくはやっぱり、さっき海辺で見たことを簡単に話すことにした。話しながら、小龍が横目でこっちを睨んでいるのが気になり始めた。この十二歳の少年の視線を感じると、なんだか居心地が悪くなる。

「小龍、どうかした？」

そう聞いてみたが、反応がない。清芬が苦笑して言った。「気にしないで。この子はいつもこんなふうなんですから」

「小龍はどうかしたんですか？」

「息子は肺の病気なんですよ」

「肺の病気？」

昔の結核患者の様子が思い浮かんだ。医療が発達していなかった頃には、大勢の中国人がその病気で命を落とした。

「怖がらなくてもいいですよ。伝染するものではないですから」。清芬は息子の髪の毛を撫でながら言った。「かわいそうに、生まれたときからの病気なんです」

「そうなんですか。治るものなんですか？」

彼女はしかたないというように首を振った。「わからないんです。お医者様の話では、特効薬はないそうで、安静にしているのが唯一の治療法だそうです。空気がよくて、環境のいい所で静養するのが、この病気にはいいんですって」

「それでこの幽霊客桟に来たんですね？」

「そうなの。もう何か月もいるんですよ。毎日、窓を開けて、新鮮な空気を吸って。治療法は他にはないらしいんです」

「おひとりで息子さんの世話をするのは大変でしょう。旦那さんは来ないんですか？」

清芬は淡々と答えた。「夫はもう亡くなりましたから」

「すみません」。ちょっと気まずくなってしまった。

「いいんですよ。もう五年もたちましたし。やっぱり肺の病気だったんですよ。小龍の病気は父親の遺伝なんです。夫は体が弱くて、結婚したときからずっと咳をしていました。死ぬまでずっと」

ぼくは小龍をちらっと見た。あいかわらず、黙ってこっちをじっと見ている。それから、清芬のほうを見たが、まったくの無表情だ。ぼくは彼女に同情した。肺病の人と結婚して、子どもも体が弱いなんて、幸福だったことはないのかもしれない。ぼくは思わず、ある名言を口にしていた。「幸福な人はみな似たものだが、不幸な人にはそれぞれの不幸がある」

清芬はかすかに笑って言った。「まったくそのとおりね」

今日の昼食はゆっくり三十分以上かけて食べた。そこへ、丁雨山が現れた。帳場の後ろの小さな扉から出てきて、帳場に座り、何か計算を始めた。ぼくは母子に挨拶してから、二階の部屋に戻った。

部屋に入るとすぐ、ベッドの上に腹ばいになって窓のそばに寄り、深呼吸をしながら、窓の外の海を眺めていたら、ようやく気持ちが落ち着いてきた。ぼくは自問した。そもそも、ここに何をしに来たんだ？　田園の遺言を果たすためか、それとも小説を書く霊感を得るためか？

ぼくは今、ひとつの小説を書くことができるように思う。だが、あの木匣をどうするんだ？　そうだ、あのまま旅行バッグに入れっぱなしでいいわけがない。ぼくはすぐに丁雨山のことを思った。彼は幽霊客桟の主人なんだから、彼のほかにあの木匣をどうするか決められる人はいないはずだ。

そこで、ずっと部屋の中に置いてあったバッグを開いて、注意深く木匣を取り出し、部屋を出て一階に下りた。広間には丁雨山ひとりしかいなかった。彼はぼくが来たのにすぐ気づいて、鋭い目をして言った。「周さん、いったい何の御用ですか？」

ぼくはまわりをそっと見まわして、他に誰もいないことを確かめてから、そっと木匣を帳場のカウンターの上に置いた。

その瞬間、広間に異常な静けさが訪れた……。

何分もたってから、彼はやっと口を開いた。「これは、いったいどういう意味です？」

「丁さん、これが何だかわかりますか？」

彼は冷たい目でぼくを見返した。「どういう意味です？」

それから、丁雨山は顔をうつむけて、しげしげと木匣を見た。そして、その表面をそっと撫でたが、まるで感電でもしたかのように手を引っ込め、同時に奇妙な叫び声を上げた。

ぼくもびっくりしてしまった。まさか、本当に感電したんだろうか？

丁雨山は何歩も後ろに下がり、顔は土気色になった。そして、顔を上げてぼくをまっすぐ見ると言った。「これはいったい、何なんです？」

「この木匣、見たことないっていうんですか？」

「わたしが嘘をついてるとでも言うんですか？　今まで見たこともありませんよ」

ぼくは疑いの眼差しで彼を見た。さっき、あんな奇妙な態度を取らなかったら、ぼくも彼を信用したかもしれない。だが、今となっては、彼が否定すればするほど、信用できなくなった。ぼくはしっかり木匣をつかんだ。心の中に湧き上がる声が何度も自分に警告している。この木匣を丁雨山に渡してはいけない、と。

そうだ、木匣はこの男に渡してはならない。この男に渡すところを見たくないと田園は思っている。ぼくはそう確信した。急いで木匣を取り返し、しっかり自分の胸に抱え込んだ。

「ちょっと待って。いったいそれは何なんです」。丁雨山はぼくの持った木匣を見つめながら、食い下がった。

「見ればわかるでしょう？　木匣ですよ」

「中には何が入ってるんです？」

「それは……それは教えません」

丁雨山は首を振って言った。「周さん、誤解しないでください。あなたの物を取ろうというわけじゃありません。ただ、その木匣の表面に触ったとき、手に奇妙な感覚があったんです。まるで何かの力が手の指を通して全身に浸み込んでくるような……まるで、弱い電流で痺れるような……」

そういうことだったのか。ぼくは少し困ってしまい、小さい声で言った。「どうも、お邪魔してすみませんでした」

ぼくが後ろを向いて去ろうとすると、丁雨山はついてきて言った。「すみません、その木匣はどこから来たのか、教えてもらえませんか？」

「教えられません」。ぼくはきっぱり断り、木匣を抱えて二階に上がった。

幸い、彼はぼくの後ろについては来なかった。暗い二階の廊下に上がって歩みを緩めたところで、突然、近くから人の声が聞こえた。立ち止まって耳をすますと、その声は左側の七号室から聞こえていた。

ほんの少し開いたドアの隙間から聞こえてきたのは、あの高凡という画家の声だ。「昨夜はどうして来なかったんだ？」

「疲れてたのよ」。そう言う声は、驚いたことに清芬の声だった。

「怖くなったのか？」

「いいえ……。さあ、わからないわ……」彼女はひどく緊張した声で答えた。

高凡はますます厳しく迫った。「いったい、何を怖がってるんだ？」

ふいに話し声が止まったが、しばらくしてから、清芬が少し震えるような声で答えた。「わたし……。わたし、見たのよ……」

「見たって、誰を？」

「あの人よ……」

清芬の言う「あの人」とは男だろうか、それとも女だろうか？

「あの亡霊を見たのか？」

またしばらくの間、部屋は静かになったが、ぼくの心臓はドキドキしていた。「亡霊」という言葉が心の中にこだましていた。

「ええ。あれはあの人だわ」

「そんなはずはない！」。高凡がますます張りつめた声で言ったが、やがて落ち着いた声でこう言った。「おいで」「小龍が待ってるから」

「放っておけよ」

清芬が今度は大きな声を出して言った。「そうはいかないわ！」

すぐに足音が聞こえ、突然ドアが開いてぼくにぶつかりそうになった。ぼくはさっと暗がりに身を隠したが、清芬が部屋から急ぎ足で出てきて自分の部屋に戻るのが見えた。

こちらの部屋のドアもすぐに閉じられた。ぼくはやっと息を吐いて、静かに自分の部屋に戻った。

ぼくは手に持った木匣を見つめた。気が動転してしまい、また、あの崖の上の姿が思い浮かんだ。ぼくは木匣を旅行バッグに戻して、ベッドの莫蓙の上に横になり、目を閉じて眠ってしまった。

夜の七時になってやっと目が覚めた。窓の外はもう暗かった。ぼくは急いで一階に下りた。広間はがらんとしている。食卓にはあの三人の女の子がいるだけで、ほかの人たちはどこへ行ったのかわからない。

ぼくが女の子たちの向かいに座ると、阿昌がぼくのために碗や箸を持って来てくれた。今晩の料理はわりと簡単なものだったが、それでもぼくにとっては十分だ。向かいに女の子たちがいるので、ぼくはなるべく行儀よく食べた。

あの背の低い女の子は三人のうちで一番左にいて、いくらしゃべってもしゃべりたりない様子で、ぼくがいることは気にも留めず、隣にいる背の高い子とひそひそ話をしている。水月という名の女の子は右端にいて、ずっと黙ったままだ。顔をうつむけてゆっくり食べているが、まるで、お碗の中のご飯が全然減らないようにみえる。

背の低い女の子が突然顔を上げて、ぼくに話しかけた。

「あなた、新しく来た人でしょ？」

いきなり話しかけられてびっくりしたぼくは黙ってうなずいた。

隣の背の高い子が言った。「名前を教えてくれる？」

「周旋《ジョウシュエン》」

「周璇《ジョウシュエン》？」。背の低い子がびっくりしたように言った。「それは昔の三〇年代の上海の大スターの名前よね？」

「ぼくの『シュエン』は『旋回』の『旋』で、玉偏《ぎょくへん》はない字だよ。ぼくも上海出身だけどね」。水月のほうを見たら、彼女も顔を上げてこっちを見ていたから、質問した。「君たちはどこから来たの？」

背の低い女の子が答えた。「わたしたちは杭州の大学生。わたしは琴然《チンラン》で、隣は蘇美《スーメイ》と水月」

「夏休みで来てるの？」

「そう。幽霊客桟が大好きなの」。背の高い蘇美が答えた。

「どうして？」

「だって、なんだか独特でしょ」

だいぶ気楽な雰囲気になったので、ぼくは彼女たちを観察しながら言った。「そうだね。ほんとに独特だよね」

琴然は紙ナプキンで口を拭って言った。「それじゃあ、あなたは何しにきたの？」

ぼくは言葉につまった。今の今まで、いったいここへなにしに来たのか、自分でもよくわかっていなかったからだ。木匣のためなのか？　だが、木匣の話はしたくない。だから、考えてから言った。「小説を書きにきたんだ」

「小説？」。琴然は目を大きく見張って言った。「作家なの？」

「いちおうね」

すると、彼女は続けて聞いた。「どんな本を書いたの？」

ぼくはこれまでに出版した何冊かの本のタイトルを言った。

「ちょっと待って、その本なら読んだかもしれない」。蘇美という背の高い子が口を挟んだ。「あ、思い出した。民国時代の殺人の話でしょ？　作者の名前が周旋だって覚えてる」

ぼくは気恥ずかしくなり、笑って言った。「それは何年も前、最初に書いた本だよ」

「驚いた。ここで作家に会えるなんて」。琴然はちょっと興奮したみたいに言った。

ぼくは照れ笑いしながら、こっそり水月のほうを盗み見たが、彼女はまたうつむいて食事を続けており、ずっと何も言わなかった。

「わかった」蘇美がまた口を挟んだ。「作家が長編小説を書くときには静かな環境が必要でしょ？　この幽霊客桟みたいに世間から隔絶した所がね。そうでしょ？」

「まあね」

「作家と知りあいになれるなんて光栄ね」。琴然は何か思いついたらしく、バッグから手帳を出してぼくの前に出した。「サインをもらえますか？」

「ぼくのサインなんか、何の価値もないよ」。そう言いながらも、ぼくは手帳にサインした。

ぼくはもう彼女たちとそんな話をしているのは嫌になったので、突然話題を変えて言った。「ところで、この幽霊客桟て、何か変なところがあると思わない？」

琴然は眉をひそめて答えた。「変なところ？　変なところは多いよね。この旅館も泊まってる人たちも、それに『客桟の伝統』っていうやつもね」

本当のところ、ぼくは水月が何か言ってくれればいいのにと思っていたんだけど、彼女はずっとうつむいてご飯を食べ続けていて、しかも、そのご飯を永遠に食べ終わりそうにない。

「だけどね、最近ね、わたし、ほんとに何か見たのよ」。そう言ったのは蘇美で、その表情は急に深刻なものになった。

それを聞いてぼくは興味をかきたてられたので、小さな声で聞いた。「いったい、何を見たの？」

彼女は切れ長のぱっちりした目をぐるっと回し、それから、まわりを見渡して、ほかに誰もいないのを確認してから、それでも人に聞こえないように顔を下げて、秘密めかした声で言った。「幽霊を見たの」

広間の空気が一瞬で固まった。彼女の声はすごく小さかったのだが、不思議なことに、その息遣いははっきりとぼくの耳に伝わってきた。ぼくはじっと彼女の目を見て、そのまま黙っていた。

やっぱり、琴然が沈黙を破り、半信半疑の様子で聞き返した。「蘇美、幽霊を左の目で見たの？　それとも、右の目で見たの？」

蘇美はまた、怖ろしげな声で答えた。

「左の目だったと思う」

　ぼくは彼女の左目を見つめた。その明るく美しい目の中に何か見つかるかと思ったのだ。すると、水月が顔を上げて、奇妙な目つきでぼくを見ている。

「もういいってば。また、でたらめ言って」。琴然は蘇美の眼前で手を振って、蘇美を引っ張って立たせようとした。「部屋に帰りましょ」

　蘇美はうなずき、隣の水月を突っついて言った。「水月、あなたは戻らないの？」

　すると、水月はやっと口を開いた。柔らかく、やさしい声だ。「まだ食べ終わってないの。先に行ってて」

「わかった」。琴然はまたぼくを見て言った。「周旋、知りあいになれてよかったわ。じゃあね」

　そう言うと、蘇美と手をつないで階段を上っていった。

　広間にはぼくと水月だけが残った。なんだか照れくさくて、何を話したらいいかわからないでいると、彼女のほうが言った。「わたしも食べ終わったわ」

「どうして、あの二人といっしょに行かなかったの？」

　彼女は食卓の上を少し片づけて言った。「ひとりでちょっと歩いてみたかっただけ」

「歩くって、どこへ？」

　水月はあの観音像のような目を大きく見開いて立ち上がると言った。「ここよ」

　彼女は食卓を離れると、広間の中をゆっくり歩き始めた。その足音はあまりにも軽く、体形はほっそりしているし、歩く姿には独特の風情があった。ぼくも彼女のすぐ後ろについて歩き始めた。彼女はあの壁に飾ってある三つの額の前で立ち止まった。

「その写真を見てるの？」ぼくは強い疑問を感じ、壁の三枚の写真を指差して尋ねた。

「この人たちは誰なんだろうって思って」

「さあね。もしかしたら、この客桟の昔の主人かもね」

　彼女はあいかわらず、写真の三人の姿をじっと見つめている。どうしてなのか、ぼくにはわからなかった。最後に彼女の視線は壁際の棚の上に落ちた。あの古い蓄音機だ。

　水月は棚のそばに立ち、身をかがめて蓄音機をよく見ている。よほど興味をひかれたらしく、にっこりして言った。「これは何？　なんだか映画の中で見たような気がするけど」

「蓄音機だよ。レコードを聞くんだ。今のＣＤプレイヤーみたいに」

彼女はその機械に興味津々だった。「聞かせてもらえる？」

「やってみようか。でも、まずレコードを見つけないと」

「棚の中にあるかしら？」

ぼくははっとして、棚の扉を開けてみた。そこにはレコードが何枚かあったが、長い間使ったことがない様子で、埃がぶ厚くたまっている。ぼくはそのレコードを注意深く取り出すと、乾いた布巾でそっと埃を拭い、それから、蓄音機のほうも拭いた。

床の上に蓄音機のプラグを見つけて、壁の下方のコンセントに差し込んだ。

レコードはどれも六、七〇年代に発行されたもので、その内容はぼくが聞いたこともない地方の伝統演劇のジャンルで「子夜曲《ツーイユ》」というものだった。

「子夜曲？」。水月はレコードを見て小さな声で言った。「変わった名前ね。お芝居の曲なのかな？」

ぼくは自分の限られた知識でわかる限り説明した。

「ぼくもこの名前は聞いたことがないな。でも、中国には古くから戯曲の歴史があるし、各地方の方言も芝居の節回しもいろいろだから、全国には百以上の地方劇があるよね。浙江省は南曲（宋の時代に始まったと言われる中国南方の芝居の曲調の総称）の発祥の地だし、あちこちの市や県に独自の地方劇があるだろうね」

「越劇だって『山村小調』から発展したものですもんね」

「そのとおり。南方の各地の方言はいろいろ異なっているから、たくさんの小さな地方劇がごく狭い地域だけに伝わって、その土地以外の人は聞いてもわからない。だから、その美しさが広く知られていないのもよくあることなんだね」

水月はうなずき、レコードの中から一枚を手に取ってしみじみと見ながら、いつか見たような気がする不思議な表情を浮かべ、あの、人を惹きつける声で言った。

「古楽府《こがふ》（古い時代の宮廷の音楽を司る役所）に『子夜歌』という曲調があった。もとは『子夜』という晋の時代の女性が作ったものと伝わる。その歌曲の風格は哀切を極め、東晋の名門である王軻の屋敷では亡霊さえもその曲を聞いて感動したと伝えられる。この他『子夜四時歌』などもあって、すべて南朝『清商曲』のうちの江南呉声の一種である。後になって、南唐の李後主（南唐最後の王で、詞の作者として名高い）も子夜歌を詞牌とする（子夜歌の形式のメロディーに合わせた）詞を書いている……」

ぼくはびっくりして言った。「驚いた。どうしてそんなに詳しいの？」

「わたしは中国文学専攻で、今は中国文学史を勉強してるところなの。古楽府や、南朝の民間戯曲のことも出てくるわ」

「そうだったのか。君は南朝の清商曲《せいしょうきょく》が好きなの？」

「大好きよ。でも、残念なことに、呉声歌にしろ、西曲歌《せいきょくか》にしろ、江南神弦曲にしろ、その曲調はとっくに失われているから、わたしたちはただその歌詞を読むことができるだけで、どう歌われていたかはわからないの」水月は本当に惜しくてたまらないという表情をした。そして、手に持っていたレコードを持ち上げて言った。

「これを聞きたい」

「それは現代の地方演劇で、昔の清商曲とは関係ないよ」

それでも、彼女はぼくの近くに寄ってきて、小さな声で言った。「聞かせてよ」

突然、どこからとも知れず、不思議な風が吹いてきて、彼女の長い髪を吹き上げ、乱れた髪の毛がぼくの顔を掠めたので、細い髪の毛が当たってひんやりとした。その風は冷たく湿った空気を吹き込み、広間の天井の電灯もゆらゆら揺れ始めたので、白っぽい灯りがぼくたちの顔の上を行ったり来たりした。彼女の顔が明るい光と闇の間に浮かぶのが見えた。着ている白いワンピースの裾も冷たい風にひらめき続けた。彼女は両手で自分の肩を抱いて、冷えた空気を吸い込んだ。

ぼくはそのレコードを蓄音機にのせた。まず、レコードの位置を確認し、それから、子どもの頃、家にあった蓄音機の使い方を思い出して、レコードの溝の間にそっと針を落とした。

その瞬間、レコードが回り始めた。

同時にスピーカーから音が出たので、水月とぼくは息を呑んだ。

簫《しょう》だ。ぼくはすぐにその楽器がわかった。簫のうちでも洞簫というもので、その音は低くゆったりしている。

ぼくはふと、その楽器にはタブーがあるのを思い出した。日没には吹いてはいけない、その物寂しい音が亡霊を呼びよせるからというものだ。

続いて、女性の歌声が聞こえた。最初に起伏のある長い声が響き、それから、「いいやあー」と歌詞が始まって、洞簫、笛、古箏《こそう》の音とともにゆらゆらと響いた。

その声を聞いた途端、ぼくの心は揺さぶられて、歌い手の女性の手の中にしっかり握られ、砕けて、ひとつの音符になってしまったような気がした。あの声をなんと表現したらいいのだろう。とにかく、「人の心を奪う」声としか言いようにない。

その詞はすべてこの土地の方言で、ぼくにはひと言もわからなかったが、無意識のうちにその歌の意味が分かるような気がした。玉を転がすような滑らかな歌声と変化のある節回しを聞いていると、金色の刺繍を施した舞台が目の前にあって、豪華な衣装を着た女優が袖の長い白絹をひらひらさせて、「いいやああーー」とばかりに心を締めつけるような美しい声を響かせ、古い曲を歌っているのが目に浮かぶような気がした。

ふと水月のほうを見ると、その歌声にすっかり魅了されている様子で、瞼を半分閉じ、陶酔した表情を浮かべている。唇が独り言を言うように動いていて、レコードの役者の歌声に合わせて心の中で歌っているらしい。

レコードは回り続け、曲調はますます凄みを帯びて美しくなっていく。中国の芝居の「泣くが如く、訴えるが如く」というのはこういうことかとぼくにも初めてわかった。この女優はますます気持ちをこめて歌っていて、笛と古箏の伴奏はいつしか止んで、簫の音だけが残っている。そして、レコードの音の中に奇怪な雑音が少し混じり始め、音楽の間に挟まるようになった。最後に、あの魂をかき乱すような簫の音も聞こえなくなり、伴奏のない独唱になった。まるで幽霊が歌っているように悲しい声だ。

その声を聞いて、ぼくの体には震えが来た。まるで別の世界に入りこんだような気がしたが、水月も大きく目を見開いて、いつのまにか、ぼくに寄りかかってきた。

奇怪な風はますます激しくなり、広間の天井の電灯はまるで雨嵐に吹かれるように大きく揺れている。

そんなとき、人影が飛び出してきて、ぼくたちの前まで来ると、レコードの上から針をはずした。

その瞬間、レコードの甲高い声が止まった。

その人影は阿昌だった。あの左右の大きさの違う目でぼくを睨んでいる。水月はびっくりしてしまって、ぼくの後ろに隠れるように身を寄せた。

阿昌は手を動かして必死に何かを伝えようとしているが、なにしろ、声が出せない。殴られるのではないかと心配になったが、彼は静かにレコードを持ち上げて、棚の中にしまった。

それから、またぼくを睨むと、奥の部屋に戻っていった。ぼくはため息をついて、蓄音機に目をやり、それから頭を上げて壁の三枚の古い写真を見た。なんだか気分が暗くなった。

水月がうつむいて言った。「ごめんなさい。わたしのせいで」

ぼくは彼女を慰めて言った。「気にしないで。もう大丈夫だから」

それから、ぼくたちは広間を離れて、二階のそれぞれの部屋に戻った。彼女は四号室にあの二人の女の子といっしょに泊まっていた。

自分の部屋に戻って一時間以上もベッドに横になっていた。夜の九時半にやっと、入浴できる時間は十時までだと思い出したので、タオルと着替えを持って一階の浴室に向かった。

一階のあの扉を開けると、驚いたことに誰かの後ろ姿が見えたのだが、その姿は狭い廊下で幽霊のようにふと消えてしまった。

驚いたぼくは、足を速めてそっちへ行ってみた。すると、廊下にはもうひとつ小さな扉があるのがわかった。その中は小さな湯沸かし室で、豆炭もそこに備蓄してある。その薄暗い部屋の中にさっきの後ろ姿が見えた。女性のようで、長い髪から湿った熱気が上がっている。

その狭い部屋の奥にまた一本の廊下があり、後ろ姿の人は廊下に入っていった。ぼくはその後についていったが、灯りが暗いので、顔はわからない。廊下はくねくね曲がっていて、しかも何度か分かれ道があり、両側にはいくつか小さな部屋がある。ぼくはその女性の後についで何度か曲がった。まるで迷宮の中に入ったようだ。

客桟の中に迷宮？　ぼくはなんだかぞっとした。そうして、一瞬躊躇したすきに、その後ろ姿は消滅していた。

ぼくは呆然と迷宮のような廊下を見まわした。冷たい風が吹き込んできて、頭上の電灯がぐらぐら揺れ始めた。まるで自分が罠にはまった野獣で、もうすぐ狩人がやってくるような気がした。我慢ができなくなって、近くにあった扉を開くと、そこは厨房だった。厨房の外は客桟の広間だ。ということは、ぼくはぐるっと一回りして、また広間に戻ったというわけだ。この幽霊客桟にはまだまだ知らないことが多すぎる。

また急いで浴室に戻り、蛇口をひねってみると、幸い、まだ熱いお湯が出た。ぼくは急いで体を洗い、自分の部屋に戻った。

涼しい茣蓙の上に横になると、急に疲れを感じて、目を閉じた途端に眠ってしまった。

幽霊客桟での第三夜はこうして過ぎていった。

目が覚めた時には、窓の外の空はいまだにサファイア色で星もいくつか残っていた。時計を見ると、まだ朝の四時半だ。今日はどうして、こんなに早く目が覚めたんだろう？　それでも、もう一度眠れそうにはない。目を擦りながらベッドを降りると、急いで洗面、うがいをして、一階に降りていった。

広間の電灯はもう消されていて、ただほの暗い朝の光が天窓から射し込んでいる。ひとりで広間を一周したが、なんだか湿っぽい気持ちになった。

そして、昨夜の「迷宮」のことを思った。今はまだ朝早いから、どうせ誰もいないはずだ。迷宮の中を歩いてみたらどうだろう。ぼくはこっそり厨房に入りこみ、昨日出てきた道筋から、あの折れ曲がった廊下に足を踏み入れた。

何歩も歩かないうちに、前方をゆらゆらする人影が見えた。ぼくは息をひそめて、足音も立てずに後ろをつけていった。相手はぼくに気づかない様子で、そのまま廊下を進んでいく。

天窓がある場所まで来てやっと、前を歩く人影は昨夜の女性ではなく、阿昌だとわかった。

驚いて見ていると、何度か曲がった後で、阿昌は扉を開けた。扉の外は一面の荒野だ。なんと、ここは幽霊客桟の裏口だった。

ぼくは注意しながら阿昌の後について、幽霊客桟から外に出た。周囲を見まわすと、目の前のそれほど遠くない所に海が見える。空の色はまだ明けきっておらず、空気には露が満ちて、ぼくの着ている服もすぐに湿ってきた。ぼくは阿昌からかなりの距離を保って、絶対に気づかれないように細心の注意を払った。

阿昌は海岸の小道をたどっていく。歩き慣れた道のようだ。十分もたっただろうか、荒れ果てた墓地に到着した。

海辺の墓地……。ここは前にぼくが来た場所だ。何千、何万という墓が集まる、千年来の死者たちの世界。

阿昌は風の当たらない窪地に入っていった。そこには枯れた老木があって、葉のない枝が奇怪な形で空に向かって伸び、根もとに一基だけの孤独な墓がある。ああ、ぼくは一昨日あそこに行ったじゃないか。鳥がぼくの頭を掠めて飛び、あの枯れ木に止まったのを覚えている。

阿昌はその墓の前でしばらくの間、黙って立っていた。体が少し震えているようだ。どこからか、箔《し》を貼った紙銭《せん》の束を出して、墓の前の空き地に撒いた。それから、マッチを擦って紙銭に火を点けた。海風の中、白い炎がさっと燃え上がり、薄い煙がゆらゆらと立ち昇って空中に散った。

ぼくはこの一幕を見て驚いたが、十数メートル離れた灌木の後ろに隠れてこっそり阿昌を観察し続けた。まだ空も暗い明け方に、まるでカジモドのような容貌の彼が荒涼とした海辺の墓地にやって来て、一基だけぽつんと離れた墓に向かって銀色に光る紙銭を燃やす光景にはまったく鬼気迫るものがあった。

紙銭の束はすぐに燃やし終えたが、阿昌はそのまま、墓に向かってしばらく立っていた。それから、もとの道を帰っていく。ぼくはずっと灌木の陰に隠れていたので、見つかることはなかったと思う。

阿昌が去るのを待って、ぼくはやっと立ち上がり、あの枯れ木の下の墓の前に行ってみた。奇妙なことにその墓には墓碑銘がない。いったい誰の墓なのだろう？　もしかしたら、阿昌の亡くなった家族が埋葬されているのだろうか？　今日は清明節（旧暦の春分から十五日目）でも、冬至でも、七月十五日でもないけれど、亡くなった人の命日なのかもしれない。

ぼくはなんだか寒気がしてきた。この墓にはなにか奇怪なところがあると感じたけれど、その感じをどう言い表したらいいのかわからない。そのとき、あの嫌な鳥がまた飛んできて、枯れ木の枝に止まると、耳障りな声で鳴いた。まるで、ぼくに向かって警告を発しているような声だった。

ぼくが息を切らして客桟に駆け戻ると、阿昌は食卓について朝食を食べていた。彼は毎朝こんなに早い時間に朝食をとっていたんだ。ぼくは何もなかったようなふりをして、彼の向かいに座っていっしょに食べた。彼は疑わし気な目つきでぼくを見た。何も言わないけれど、どういう意味かわかったような気がする。

食べ終わると、ぼくは部屋に帰って君への手紙を書き始めた。驚いたな、今はまだ午前九時過ぎだ。四時間もかからず、一万字以上書いたんだな。まるでペンに魔力がとりついているみたいだ。ぼくがこんなにたくさんの具体的なこと、特にいろいろな人たちとの会話を書きとめたのが、もしかしたら、君には信じられないかもしれないね。でも、ぼく自身はこれらの会話の記録を信じている。だって、自分の記憶に頼って書いたんじゃない、自然に流れ出てきたんだ。

葉蕭、今日の手紙はここまでにするよ。ポストに入れてこないといけないからね。

ああ、やっぱり、言わずにはいられないから、言ってしまおう。昨夜、ぼくはまた、小曼の夢を見た。

ごめん。

では。

幽霊客桟にて　　君の友　周旋

＊　＊　＊

四通目の手紙

葉蕭

やあ。この前の手紙を読んで、どう思った？　君がいま何を考えているかはわかってる。心配しなくてもいい。まして、ぼくを探しに幽霊客桟まで来ようなんて考えないでくれ。もしも、ぼくからの手紙が届かなくなったら、その時はぼくが死んだということだ。

昨日の午前中に三通目の手紙を書いてから、ぼくは手紙を投函しに外に出た。前の日と同じく、幽霊客桟を出てからまもなく荒村にたどり着いたが、村の入り口には誰ひとり姿が見えない。きっと、ぼくが来ることを予想して、わざと村の中に隠れていて出て来ないんだと思う。ぼくはさっさと手紙を投函して引き返した。

前の日の教訓があるから、帰りは方角によく気をつけて、絶対に道に迷わないようにした。やっとわかりやすい道を見つけたから、その両側の目印をよく覚えておくようにしたんだ。

幽霊客桟の近くまで戻ると、ぼくはまっすぐ入っていかずに、客桟のそばの高台に登った。剝き出しになった岩の上に立つと、幽霊客桟の黒い屋根や、もっと遠くの海を見下ろすことができる。ぼくはなんとか頭をすっきりさせようと、高所の空気を精一杯吸い込んだ。

ここからは客桟の裏口も見える。突然、その扉が開いた。そうだ、今朝早く、阿昌の後について出たあの裏口だよ。意外なことに、扉から出てきたのは見たことのない女性だった。

だが、すぐにその女性が誰かわかった。昨日の午前に崖の上にいた人だ。

呼吸が速くなった。彼女に見つからないように、ぼくは体を伏せた。あの三十代くらいの女性は全身黒い服を着ていて、海風でスカートの裾がひらめいているので黒い雲が移動しているようにみえる。その姿はまっすぐに海岸のほうに向かっている。ぼくはすぐに高台から降りて、数十メートルの距離を保つようにしながら、こっそり後をつけた。

彼女はだんだん客桟から遠ざかり、ごつごつした岩の並んでいる所まで行った。彼女が人であろうと、亡霊であろうと、今日は彼女を逃がすつもりはない。どんどん走って追いかけながら、大声で呼びかけた。「すみません！　ちょっとお話しできませんか？」

彼女はびっくりした様子で、振り返ってぼくを見ると、そのまままっすぐ走り出した。

ぼくは彼女の後にしっかりついていった。前方の地形はどんどん複雑になって、あの黒い後ろ姿が奇妙な形の岩の間を見え隠れしている。ぼくは急勾配を上っていった。胸の鼓動が激しくなった。この先にはいったい何があるんだろう。

女性は走り続けているが、足もとが乱れてきた。奇妙な叫び声を上げたのが聞こえた。

ぼくはぱっと飛び出していって、彼女の手をしっかりつかんだ。そして、自分の手が強い力で引かれるのを感じた。全身がすっかり引っ張られてしまいそうで、必死で足を踏ん張った。そのときになって気づいたが、目の前は絶壁で、彼女の足の片方は崖の上にあったが、もう片方は空中に踏み出していたのだ。もしぼくが手をつかんでいなかったら、遥か下の海に落ちていただろう。

いま考えてみると、本当にぞっとするよ。あのとき、もしぼくがしっかり踏ん張っていなかったら、あの謎の女性だけでなく、ぼくまでも一緒に引きずり落とされていただろう。ぼくは全身に冷たい汗をかいていた。崖の下の岩に打ちつけては砕ける波の音を聞きながら、頭の中にたくさんの場面が浮かんだ。あれは本当に奇妙な体験だった。これまでの人生で経験したことが数秒の間に目に浮かんだんだ。葉蕭、君はそんな経験をしたことがあるだろうか？　生と死の間の一瞬のうちに。

あの女性もすっかり恐怖に怯えている様子だった。崖の上にくずおれて、黒い服に隠された体はずっと波打っていた。やっと彼女の顔を見た。カメラのレンズを通してではなく、すぐ目の前で。とても優美な女性だった。年は三十ちょっとだろう。顔色が真っ青だった。

ぼくは黙って彼女を見ていたが、だいぶたってから、やっと言った。「どうして逃げたの？」

だが、彼女は想像したよりもずっと気の強い人だった。ぼくを睨んで、さっと立ち上がり、衣服を整えると、もとの高慢な表情を取り戻した。そして、一歩下がると言った。「あなたはわたしよりもいくつも年下よね。そういう口のきき方をするもんじゃないわ」

命を救ってやったのに、そんな高飛車な言い方をされたので驚いた。ぼくは首を振って言い返した。「たった今、二人とも死んでたかもしれないんだよ」

「それはわかってる。だけど、あなたがついてこなかったら、こんなことにはならなかったんだから」。ぼくはもう呆れかえってしまい、何と言ったらいいかわからなかった。それでも、彼女はすぐに続けて言った。「だけど、助けてくれたことは確かね。どうもありがとう」

そこで、ぼくもやっと口調を緩め、微笑して言った。「いいんです。ぼくの誤解だったかもしれないし」

「誤解ってなに？」

「あなたが自殺する気かもしれないって思ったんだ」

彼女はすぐには答えず、崖と海のほうを振り向き、成熟した女性らしい目つきで見下ろしながら、しばらくの沈黙の後で言った。「自殺？　自殺なんてしないわ。少なくとも今は」

それが何を意味するのか、ぼくにはわかった気がした。

海からの風が彼女の黒髪を吹き上げ、黒髪の色は黒い服や、暗く沈んだ海や空の色の背景と一体になっていた。ぼくは一歩下がって言った。「ごめんなさい」

「もう行かなきゃ」。彼女はうつむいて坂を下りていこうとした。

ぼくはもう一度、彼女の手をしっかり握った。その手は柔らかく冷たくて、ぼくの手から逃れようと動いていた。だが、ぼくは、どこからそんな力が出てくるのかわからなかったが、しっかりその手を握って放さなかった。ぼくは彼女に近づいて言った。「あなたは誰？」

「放して」

「あなたが幽霊客桟から出てくるところを見た。それから、昨日の夜も……」

「もう聞かないで」。彼女はとうとうぼくの手を振り解いた。目つきも穏やかになって、かすかにため息をついた。「今にわかるわ。もう行かなくちゃ。いい？　二度とわたしをつけたりしないで」

なぜだかわからないが、ぼくは彼女の言うことに従い、彼女が岩の間に姿を消すのを黙って見ていた。

ひとりで高い崖の上に立っていたら、不思議な気持ちになった。崖の下の波の中でかすかな光が瞬いているような気がしたんだ。目眩がしてきて、自分が崖から飛び降りようとしているような幻覚を感じた。そうなんだ、わかっただろう、ぼくは高所恐怖症だからね。もしかしたら、こういう場所では誰でもそんな気になるのかもしれないけどね。崖から飛び降りて自殺する人たちは、もしかしたら、本当に死にたかったわけではなくて、そういう幻覚によって引きずり落とされてしまうのかもしれない。ああ、だめだ。もうこれ以上考えてはいけない。ぼくは慌ててその場を去った。

幽霊客桟に戻ってみると、広間はがらんとしていて、阿昌ひとりしかいなかった。

ぼくは気にせず、ひとりで昼食を食べてから、部屋に戻った。

部屋に入るとすぐに木匣を調べた。ちゃんとそこにあった。それから、机の前に座った。ノートパソコンは壊れてしまったけど、ここ数日ずっと君に手紙を書いていたので、紙にペンでものを書く感覚が戻ってきたみたいだから、長編小説を書く準備を始めたところだ。

葉蕭、最初から言っていたとおり、ぼくがこの幽霊客桟に来た目的は二つある。第一に、田園の遺言に従って木匣を届けること。もうひとつは自分のための目的で、小説を書くためのインスピレーションを得ることだ。

第一の目的は達成できるかどうか、わからない。正直に言うと、木匣はなんだか重荷になってきた。でも、だからといって、いいかげんに処分してしまうわけにはいかない。ここにほったらかしにするなんて、それは田園の望むことではないだろう。もしかすると、この幽霊客桟にはこの木匣を託すのにもっとふさわしい人がいるのかもしれない。まだその人を見つけていないだけなのかもしれない。

二番目の目的についていえば、本当にいい場所を見つけたと思っている。この幽霊客桟に到着した日以来、ぼくはこの荒涼として怖ろしい場所からインスピレーションを受けているんだ。苦しみ抜いていた作家にとってはまったく、「山重水複路無《さんちょうすいふくみちな》きかと疑《うたご》うに、柳暗花明《りゅうあんかめい》また一村《いっそん》」（陸游の詩「困難に苦しみ、もう望みはないかと思ったところに道を見出した」の意）といったところだよ。幽霊客桟に来てから、ずっとすごい物語の構想を練っているんだ。その物語はぼくの頭の中でかなり出来上がってきていて、そろそろ書き始めるべきときが来ている。

その小説がどんな話なのかはまだしばらく秘密にしておく。だけど、葉蕭、安心してくれ、いつかはきっと君にも読んでもらえるから。

書き続けるうちに午後五時になり、窓の外に夕陽が見えた頃、ぼくはようやく書くのを止めた。実はもう随分長いこと、これほど心ゆくまで、思う存分、ものを書いたことはなかった。創作から得られる、こういう快感っていうのは本当に最高だよ。ぼくは窓辺で何度も深呼吸して、やっと自分の気持ちを小説の中から引き戻した。

階下に行って夕食を食べるにはまだ早いから、旅行バッグから一冊の本を出して読み始めた。『野性の証明』という本で、作者は日本の森村誠一だ。彼の代表作といえる「証明」三部作のうちの一冊で、あとの二冊が『青春の証明』と『人間の証明』だっていうことはきっと君も知っているだろう。

この本は、上海を離れる前にだいたい読み終わっていて、残りは数十ページだけだった。途中でやめるのは忍びなかったので、こっちに持ってきた。ぼくはこの本を原作とする同じタイトルの映画を見たことがある。主演は高倉健で、ストーリーは随分違うけど、肝心なところは同じだ。森村誠一の書いた主人公は本当に高倉健にぴったりなんだ。
　絶望しきった男で、人間らしさと野性を合わせもち、まわりの暗黒の世界とただひとり戦っている。正直に言うと、ぼくはこの映画を見て本当に感動してしまった。
　数分後、『野性の証明』の最後から二番目の章を読んでいたとき、ぼくはそのうちの一段落を声を出して読まずにはいられなくなった……。
「味沢は、いま殺戮の颶風《ぐふう》に乗ってなにものもとどめることのできない勢いで突っ走りながら、柿の木村の虐殺の狂気が、自分にも乗り移っていることを悟っていた。
　そうだ。長井孫市の怨霊《おんりょう》がいま自分の体に乗り移り、あの狂気を再現進行させているのだ。
　新たな犠牲者を求めて斧を振り上げたとき、瞼に越智朋子の顔が浮かんだ。それはたちまち越智美佐子のおもかげと重なった。
　まなかひ（目と目の間）に幾たびか　立ちもとほつ
たかげは
うつし世に　まぼろしとなつて　忘れられた
見知らぬ土地に　林檎《りんご》の花のにほふ頃
見おぼえのない　とほい晴夜《せいや》の星空の下《もと》で
その空に夏と春の交代が慌《あわただ》しくはなかつたか
——嘗《かつ》てあなたのほほゑみは　僕のためにはなかつ
た
——あなたの声は　僕のためにはひびかなかつた
あなたのしづかな病と死は　夢のうちの歌のやうだ
こよひ湧くこの悲哀に灯をいれて
うちしほれた乏しい薔薇をささげ　あなたのために
傷ついた月のひかりといつしよに　これは僕の通夜
だ
おそらくはあなたの記憶に何のしるしも持たなかつ
た
そしてまたこのかなしみさへゆるされてはゐない者
の——
《林檎みどりに結ぶ樹の下におもかげとはに眠るべ

し》

——角川文庫「立原道造詩集」より——

かつて学生時代に愛唱した立原道造の「みまかれる美しきひとに」がよみがえった。

黄昏どきの幽霊客桟で、血の色の日の光が窓を通して本を照らしている。ぼくは一字一字、囁き声でゆっくりこの詩を読んでいった。すると、耽美的な油絵が目に浮かんできた。空には残月と流星、もうすでに死んでいる美しい少女が若い詩人の目の前に漂うように姿を現す。この世にあっては詩人が心から愛する人だったが、死後も離れず、亡霊となっている……。どうしてかわからないけど、この詩を読んだら、『聊斎志異』の古い物語を思い出したよ。

葉蕭、ぼくはこの詩を読んで震えが止まらなくなった。行間から流れ出てくる情感はあまりにも強烈で、まぼろしとなった少女を恋い慕い、懐かしみ、悲しむ詩人の心が文字からぼくの心まで染み通ってくる。その詩を読み終わった瞬間、ぼくは自分が立原道造になり、彼の魂がぼくとひとつになって、静かにぼくの体を乗っ取ったのを感じた。ぼくは彼の深い愛を感じ、抑えがたい苦しみを感じた。

いいや、違う、これはぼくが自分で経験したことだ……。みまかれる美しきひとに……。

そうだ、彼女はまぼろしとなってしまっている。もう何年も前のあの夜、ぼくは彼女を永遠に失ってあれほど苦しんだ。今、彼女の顔がまたぼくの目の前に浮かんでくる。ぼくのもとに戻ってきて微笑んでいる。葉蕭、君ならぼくの言うことがわかるだろう。

ああ、ごめん、葉蕭。彼女の話はするべきではなかったね。

ぼくは以前は詩が大好きで、随分たくさん読んだし、自分でもたくさん書いた。だが、立原道造の詩はあまり多くは読んでいなかった。立原道造について知っていたのは、彼が二十世紀の日本の詩人で、ソネットと呼ばれる十四行の詩が得意だったこと、彼の作品には田園詩の風格、憂鬱な雰囲気があったが、惜しいことに彼の人生は短く、肋膜炎で二十四歳で夭折したということくらいだ。

読みかけの本はあと数ページになったが、読み続ける気がしなくなったので、本を置いて部屋を出た。

階下の広間へ行くと、みんなはもう食卓に着き、ほとんど食べ終わっており、ぼくの来るのが遅かったようだ。ぼくも彼らに加わり、こっそりみんなの顔を見渡した。丁雨山、画家の高凡、清芬と小龍の母子、それに琴然、蘇美、水月がいる。

何分もたたないうちに、みんないなくなった。それぞれ何も言わずに階段を上がっていった。まだ座っているのは丁雨山ひとりだけで、ぼくはなんだか居心地が悪くて、急いで食事をした。そして、その時になって急に夜中の荒野を歩いてみようと決めた。

食べ終えると、まっすぐ出口に向かった。すぐに丁雨山に呼び止められた。「どこへ行くんです？」

「退屈だから、外を歩いてみようと思って」

「いけません」

ぼくは言い返した。「なぜ？」

「ここで夜に外に出るのは危険です。怖ろしい目にあいますよ」

「怖ろしいって、亡霊のこと？　墓地なら、もう見ましたよ。あんなにたくさんの墓があるから、夜になれば亡霊が出ると思ってるんでしょう？」

丁雨山は首を振り、真面目な声で言った。「それだけじゃない。ほかの理由があるんです」

「ちょっと散歩をするだけだから、危ないことなんてないはずだ。この辺にはこの幽霊客桟以外には誰も人がいないでしょう？　人がいないなら、危ないことなんてない。だって、世界で一番危険なのは人間であって、幽霊じゃないんだから」。そうは言ったものの、自分でも心もとなかった。ただ、強がりを言っていただけかもしれない。

彼はしかたなく、こう言った。「どうしてもと言うなら、止めるわけにもいきませんね。ところで周さん、もうひとつお聞きしたいことがある。今晩が宿泊予定の最後の晩ですが、明日はご出発ですか？」

ぼくは素早く考えた。いや、小説も書き始めたばかりだから、ここにいる必要がある。「丁さん、明日は出発しません。あと二週間泊まろうと思います」

「大変けっこうです。どうやら、幽霊客桟を気に入ってくれたみたいだ。友だちになれれば嬉しいな」

彼は帳場に入って会計をし、ぼくはその場で宿賃を払った。

最後に丁雨山は丁寧に言った。「それでも、やはり、夜は外に出ないことをお勧めします」

「ありがとう。十分注意しますから」

それから、ぼくはさっと扉を押し開けて、夜の荒野に足を踏み出した。

今日は十五夜かもしれない。空の月は珍しいくらい明るく、冷たい光で荒野と山々を照らしている。ぼくは速足で歩いた。振り返ると、月の光に包まれた幽霊客桟が見えた。まるで別の世界から来たもののようで、屋根の輪郭は伏して眠る野獣のようだ。

ぼくは荒野の中心まで来た。今夜は海風が特別に激しく、何か奇怪な物音を交えて耳もとを掠めていく。全身に震えがきた。

月の光に助けられて四方の地形を見渡すと、ここらで一番高い山が見えた。少なくとも、百五十メートルくらいの高さはあるだろう。

夜に山登りなどしたことがないが、今晩はやってみようと思った。ぼくは深呼吸してから、その山に向かってさっさと歩き始めた。ふもとに着くと、あまり急ではないルートを選んで、月光の下、登り始めた。

その山は剝き出しの岩だらけで、他には低い灌木があるばかり、風で侵食された形跡のある所が多く、月の光の下で一面に荒れ果ててうら寂しい景色だ。半分も上らないうちに汗をかいた。丘の中腹から海を望むと、月光に照らされて波が銀色に光り、まるで一枚の美しい銅版画のようだ。道はやはり、それほどきつくはなくて、十数分後には山の頂上に着いた。

意外なことに、頂上はかなりの広さの平らな場所になっていて、石や草に覆われていた。

さらに驚いたことに、そこには小さな建物があった。

正確に言えば、それは祠《ほこら》だった。

凄惨な月光が照らす下で、ぼくは注意深くその祠に近づいた。それは本当にみすぼらしい祠で、ただの小さな小屋にしか見えず、低い屋根に崩れかけた壁、ほとんど朽ちかけている木の窓と扉、まったくの廃屋と言ってよかった。

月の光が扉の上の扁額《へんがく》（横長の額）を照らしているので、なんとか、そこに書かれた三文字を判読することができた。子夜殿……。

「子夜殿《ツーイエディエン》？」

小さな声で読んでみたが、奇妙な名前だ。こんな小さくておんぼろの小屋に「殿」なんていう額を掛けているが、「殿」という呼称はもっと雄大な殿堂につけるものじゃないだろうか。

ぼくはふと、南朝楽府の「子夜歌」を思い出した。「子夜」という名の江南の女性が作った歌で、哀切きわまりなく、死者の魂をも泣かせるといわれている。目の前にあるこの「子夜殿」はその女性を祀ったものなのだろうか？

ぼくは深呼吸をして、その祠のもう朽ちかけている扉から、そっと中に入った。しまった、月の光は中まで届かず、真っ暗で何も見えない。

自分の手の指すら見えぬ真っ暗な古い祠の中で、突然、奇妙な思いにとらわれた。暗黒の闇の奥から、誰かの目が自分をじっと見つめているのではないか。背中に冷や汗が流れた。

子夜？

暗闇の中で、ぼくはその千六百年以上前の女性の名をそっと呼んでみた。

そのとき突然、何か声が聞こえたような気がした。ぼくは息をひそめ、耳を澄ました。

聞こえてきたのは、かすかな歌声だ。

葉蕭、君は信じられるか？　山の上の古い祠の中で、夜中に歌声が聞こえている！

どうか信じてほしい。本当に聞こえたんだ。でも、その声がどこから聞こえてくるのかはっきりわからない。すごく遠くのような気もするし、すぐそばの耳もとで聞こえるような気もする。その声はぼんやりとしか聞こえないのだが、若い女性の声が古い曲調で歌っていることは確かだ。ただ、その歌の文句ははっきりわからなかった。

それ以上、暗闇の中にいたくなかったので、慌てて祠から転がり出て、月光の下に戻った。

それでも、あの幽かな歌声はまだ続いていた。憂いに満ち、凄みを帯びて、この海辺の荒野の上を漂っている。ぼくはまた、「子夜歌」を思った。古い書物に書かれているように、死者の魂が彼女とともに歌っているのだろうか？

まさか。ぼくは怖くなって耳を塞いだ。

そのとき、ぼくの視線は山の下の幽霊客桟のほうを向いていた。ここから見下ろすと、幽霊客桟は曖昧な輪郭しか見えず、まるで縮小した祠のようだ。突然、客桟の三階に小さな灯りが点いた。それは夜空にはっきり見える。

あの灯りはまるで鬼火のようだ。

ぼくは目を大きく見開き、耳を押さえていた両手を離した。

声は消えていた。

おかしい。ぼくは山の頂上付近をもう一度ぐるりと回ったが、あの歌声はもう聞こえず、ただ、古びた祠があるだけで、いつ倒れても不思議ではないようにみえる。

まさか、さっきの声は幻覚だったのか？

ぼくはもう考えるのを止めて、その場所を離れ、もと来た道のとおりに丘から下った。

帰り道は順調で、すぐに幽霊客桟に着いた。

広間にはさっきと同じまぶしい電灯が点いていたが、誰もいなかった。ぼくは大きなため息をついて二階に駆け上がり、着替えを持って下りてくると浴室に向かった。

ちょうどよいタイミングで、誰にも会わなかった。浴室に入ってお湯の蛇口をひねり、木の風呂桶にお湯をためた。

すぐに熱い水蒸気が狭い浴室に立ち込めた。山歩きをしたせいか、ぼくはすっかり体の力が抜け、汗もかいていた。目を閉じてお湯に沈むと、眠りについた魚になった気がした。だんだん全身がくつろいで、さっき丘の上であったことはもう想像もできなくなってきていた。

お湯につかっていると、朦朧となって、本当に一匹の魚のように自分の体から意識が抜け出していく。

そうするうちに、ぼくは小曼のことを思った。

前にも言ったが、ぼくは永遠に彼女のことを忘れられない。葉蕭、君だって忘れられないはずだ。ぼくたちが十七歳だったあの年の春、それにもう二度と演じられることのないあのときの舞台を。

君はあの芝居を覚えている？　ぼくははっきり覚えているよ。小曼は舞台の上で白い衣装を着ていた。背景は真っ黒だったから、黒と白が強烈なコントラストを成していた。まぶしく白い光が彼女に当たって、滑らかな額が明るくみえた。あのときの彼女の顔は忘れられない。

これほど美しい人が人間の世界にいるはずがない、どこか別の世界にしかいないはずだと思った。彼女の目はぼんやりとして、虚無を見るように遠くを見ていた。彼女は手を伸ばし、その手は最前列にいたぼくを指していた……。

ああ！

あれから何年もたつのに、その場面がぼくの心の深いところに烙印のように焼き付けられて、永遠に消すことができない。

ぼくはお湯の中から飛び出して、なんとか頭をはっきりさせようとした。

これ以上、お湯に入っていたら、頭が変になってしまう。ぼくは急いで体を洗うと、ズボンだけを穿いて、上半身は裸のままで浴室を出た。

ところが、扉を開けた途端、目の前にあの美しい顔があった。

水月だ……。

ぼくはその場で固まってしまい、どうしたらいいかわからず、呆然と戸口に立っていた。彼女のほうも気まずそうにぼくをちらっと見たきり、恥ずかしそうにうつむいている。

まずい。ぼくは肩も丸出しで、頭から水を滴らせ、上半身は裸で女の子の前に立っていた。

突然、彼女が顔を上げたので、ぼくたちはしっかり顔を見合わせることになった。電灯の下で、彼女は目を大きく見開き、その目で何か言おうとしているみたいだったが、何が言いたいのか、わからなかった。ぼくはもうドキドキしてしまって、何も言えないまま、ただ、彼女が通れるように脇に避けた。

すると、彼女はうつむいて急いで浴室に入ると、しっかりと扉を閉めた。

ぼくはやっと息を吐くと、大急ぎで服を着て、広間に戻った。

どうしてかわからないが、自分の部屋に戻る気がしなかったので、ぼんやりと広間の中に立っていた。水月は今頃、浴室を使っているな……。ぼくの頭ときたら、突然そんなことを考えた。とんでもないことだ。

ぼくは広間の奥の帳場のそばに行った。カウンターの上には帳簿や領収書がごちゃごちゃ置かれているが、どれも古い物ばかりで黴臭いにおいがしている。カウンターを離れて、あの壁のそばの棚の蓄音機を見たが、もう使ってみる気はしなかった。そうしているうちに二十分あまりが過ぎて、あの木の扉が開いた。

水月が入ってきた。

入浴後の髪の毛が肩に広がり、彼女は全身から熱気を発散し、顔色も随分赤みがさしている。白いパジャマを着て、手には管《くだ》の付いたシャワーヘッドを持っている。それを見てやっとわかった。自分でシャワーヘッドを持ってきているんだ、それを蛇口につなげばシャワーを浴びることができる。そのほうが浴槽に浸かっているより、ずっときちんと体を洗える。

彼女はぼくを見てびっくりした様子で、うつむいて小さな声で言った。「どうして、まだここにいたの？」

ぼくは何と言ったらいいかわからなかったので、ちょっと困ってから答えた。「夜は暇だから、ぶらぶらしてるだけだよ」

「そう。ここではよく変な風が吹くから、入浴後は風邪をひかないように気をつけたほうがいいわ」

「変な風？」。ぼくは目を見張り、微笑して言った。「それはどうも」

彼女も少し笑みを浮かべて、柔らかい声で言った。「どういたしまして。同じ屋根の下で暮らしてるんですもの。お互いに気を配るのは当然でしょ」

「そうだね」。ぼくは同意し、話題を変えて言った。「水月、あの二人の友だちはどうしていっしょじゃないの？」

「わたしより先に入浴したの。っていうか、本当はわたしといっしょは嫌なのね」

「どうして？」

「どうしてって……」。水月はちょっと黙ってから続けた。「わたしのこと、ほかの人たちとは違うって思ってるから」

どういう意味か、ぼくにはわからなかった。「ほかの人たちと違うって、どういうこと？」

「どういうことか、わたしにもわからない」。彼女は急に黙って、それから微笑んで言った。「それじゃあ、わたし、部屋に戻るから」

あっという間に彼女は子鹿のように階段に姿を消した。

十分後、ぼくも自分の部屋に戻った。その時、窓から奇妙な風が吹き込んできて、体の震えが止まらなくなった。ぼくは慌てて窓を閉めた。窓の近くに腹ばいになってみたら、あの明るい月がもう見えないことに気づいた。

ぼくは莫蓙の上に横になって、すぐに眠ってしまった。

それから、どれくらい時間がたっただろう。もう真夜中を過ぎていたかもしれない。突然、凄まじい叫び声で目が覚めた。

あんな声は普通の時に聞いても、誰だってぞっとするだろう。だが、ここは真夜中の幽霊客桟だ。ぼくは飛び起きた。声は上の階から聞こえている。

ぼくは部屋を飛び出し、真っ暗な廊下に出た。階段口で何秒か躊躇したが、やっぱり三階へ駆け上がった。今にも崩れ落ちそうな木の階段を上って、何か独特なにおいのする三階に着いた。

そこもやはり真っ暗だったが、あの叫び声はここから聞こえたと確信があった。しばらく手探りで廊下を進んだ後、何かに導かれるようにそのドアを押した。

柔らかい灯りが目の前を照らしていて、その人が見えた……あの崖の上にいた女性だ！

そこはとても広い部屋で、都会的な内装を施してあり、シンプルできれいで、幽霊客桟全体の雰囲気とはすっかり異なっている。彼女は大きな西洋風のベッドに横になっていて、長い髪が広がり、顔色は真っ青で、両目をきつく閉じていた。

怖ろしいことに、その腕には傷があって、血がだらだらと流れている。

幸い、傷は浅く、危険な位置にあるわけでもなく、動脈からは離れているので、出血の量はそれほどでもない。ぼくは急いで駆け寄ると、考える暇もなく、シャツを脱いで引き裂き、軍事教練のときに習った衣服を包帯の代わりにして傷を縛る方法で傷口を縛った。出血はまもなく止まった。

見たところ、もう大丈夫だろう。呼吸も緩やかになってきたが、ただ、両目はいまだにきつく閉じている。そのとき、床の上に小さなカッターの刃が落ちているのに気づいた。刃には血が付いており、おそらくこれで腕を切って自殺を図ったのだろう。しかし、死ぬのもそれほど簡単なことではない。切る位置を間違っているし、ほんのかすり傷と言っていい。

彼女はやっと目を開いた。ぼくのほうを見たが、まだ朦朧としている様子で、弱々しい目つきで首を振ると、小さな声で言った。「わたしはまだ死んでないの？」

「安心して。死んだりしないよ」。ぼくは彼女のそばに座って言ったが、その時になって、自分が上半身裸であることに気づいて、ちょっと恥ずかしくなった。

だが、彼女は気にもせず、うなずいて言った。「あなたが助けてくれたのね」

「自殺する気なんじゃないかって、前から思ってたんだ。やっぱり、そうだった。話してくれる？　どうして死のうなんて思ったの？」

「違うわ。わたしが死にたいわけじゃない」彼女の顔にこのうえない恐怖の色が浮かんだ。「あの人がわたしを死なせたがっているの」

「あの人って誰？」

だが、彼女は答えず、横目で視線を部屋にさっと走らせた。まるで、ぼくの後ろに誰か立ってでもいるように。ぼくはびっくりしてしまって、慌てて振り返ると、そこには大きな人影があった。ドキッとしたが、すぐに気づいた。それはぼく自身の影に過ぎなかった。

ぼくは苦笑して言った。「わかったでしょう？　部屋の中には何もないよ」

「いいえ。あの人はここにいた。さっき、あの人の目が見えた。わたしをもうひとつの世界に連れていくつもりなの」

「だから、あの人って誰なの？」

そのとき突然、冷たい風が吹き込んで、彼女の髪の毛が大きく乱れた。彼女は恐怖に震える声で言った。

「人ではないのよ」

「人ではないって？　それなら、幽霊だっていうの？」

彼女はそれには答えず、ますます秘密めかした声で言った。「あの人はこの幽霊客桟にいるの。わたしたちのすぐそばに」

ぼくはもう何と言ったらいいかわからなくなり、ぞっと寒気がしたが、まあ、それも上半身むき出しでいるからだろう。彼女はもう大丈夫そうだったので、ぼくは立ち上がって言った。「明日の朝、西冷鎮まで行ったほうがいい。あそこなら、きっと病院もあるでしょう。なんなら、ぼくが送っていきましょうか？」

「ありがとう。でも、必要ないわ」

「それじゃあ、ぼくは行くね。その傷、あなたが自分でやったのかどうか知らないけど、とにかく、しっかり生きていてほしい」。彼女の返事を待たず、ぼくは急いでその場所を離れた。

二階の自分の部屋に戻ると、ぼくは急いで服を着て、ベッドの莫蓙の上に横になった。

なんと、彼女はぼくの真上の部屋にいたんだ。だけど、どうして、人に会わないようにしているんだろう。まるで、劇場の屋根裏に住む宋丹萍《ソンダンピン》（フランスの『オペラ座の怪人』をもとにしたストーリーで一九三七年に中国で撮影され、一九九五年に香港でリメイクされたホラー映画『夜半歌声』の登場人物）みたいに。だけど、彼女は元気なんだし、別に顔に大けがをしてるわけでもない。ぼくにはさっぱりわけがわからないし、彼女の名前さえも知らない。もしかしたら、この幽霊客桟には他にもたくさんの秘密が隠されているのかもしれない。彼女がさっき言っていた、人間でない「あの人」っていったい何者だろう？　彼女はまるで亡霊でも見たかのような様子だったから、ぼくまでぞっと鳥肌がたった。自分まで亡霊を見たかのような気持ちになったんだ。

たくさんの疑問を抱えたまま、ぼくはだんだん眠りについた。

こんなふうに、また一晩が過ぎた。

六時にならないうちに目が覚めて、一階の広間に下りてひとりで朝食をとり、それから部屋に戻って君に手紙を書いている。

葉蕭、今は午前十時だ。もう手も腕もくたくただから、今日はここまでにするよ。

それでは。

幽霊客桟にて　君の友　周旋

＊　＊　＊

幽霊客桟からの四通目の手紙を読み終えて、葉蕭は目が熱くなるのを感じた。ぶ厚い便箋に顔を埋めると、周旋のインクのにおいがするような気がした。

だいぶたってから、葉蕭は立ち上がり、窓の外の夜にくるまれた都市に目をやると、窓ガラスの反射の中に自分の顔が見えた。一瞬、その顔が別の顔に変わったような気がして、彼は思わず、声を出した。「小曼……」

すると、その顔が再びはっきりと目に浮かんできた。思い出のすべてがまるで映画の一場面のように、葉蕭の目の前に現れた。
あの年、彼も周旋も十七歳だった。二人は一番の親友だったが、小曼がやって来てから、彼らの人生は変わった。

葉蕭はその日を今でもはっきり覚えている。それは二学期（春学期。中国の学校は二学期制で夏休みの後に学年が始まる）の初めの日だった。ひとりの見知らぬ女子生徒が教室の入り口に現れた。全身黒い服で、肌が青白く、黒髪が頬に被さっている。うつむき加減で、内気な性格のようにみえる。あの時、彼女はクラス全員の視線を集めていた。彼女は突然、顔を上げて葉蕭の方向に視線を投げたが、しっかり目が合った気はしなかった。振り返って見ると、彼女は葉蕭の後ろにいた周旋を見つめていることがわかった。葉蕭はちょっとがっかりした。先生の紹介によると、この女子生徒は転校生で、耳に快い小曼という名前だった。

小曼は学校で一番美しい女の子だったから、密かに彼女に憧れる男子生徒は多く、葉蕭は彼女に近づこうとも思わなかった。しかし、すぐにわかったことだが、小曼は非常に内向的な性格で、彼女の機嫌を取ろうとした男子生徒たちはみなやんわりと拒絶されていた。一方、女子生徒たちはよくある嫉妬から、わざと彼女を仲間はずれにした。だから、彼女はめったに人と口をきかず、いつも独りぼっちで、友だちもいなかった。そんなふうなので、彼女について憶測にもとづいた奇妙な噂がいろいろ流れ、相手にされなかった男子生徒や、嫉妬する女子生徒たちはいつも陰で悪口を言っていたが、それが聞こえても彼女は気にもしていないようだった。

まもなく、学校では五月四日の青年節を祝うため、新しい演劇を上演することになった。脚本は葉蕭たちの国語の先生が書いたもので、題名は『自由の花』、女性革命家の秋瑾《しゅうきん》の一生を描いた演劇だった。配役は生徒の中から選ばれることになっていたから、何人もの活発な女子生徒が秋瑾の役を狙っていたが、意外なことに主役に選ばれたのは小曼だった。

この劇にはあと二人の重要な登場人物がいて、ひとりは秋瑾の意気地なしの夫で葉蕭が演じ、もうひとりは革命家の陳天華《ちんてんか》で周旋が演じることになった。

小曼は美しかったが、内向的な気質だったから、秋瑾の自由で豪放な性格とは大違いだ。みんなは彼女が演じるのは無理だと心配したし、小曼本人もまったく自信がなかった。リハーサル前のある日、周旋は葉蕭と相談して、小曼が自信をもてるよう、話をしてみることにした。葉蕭はそんなことをしてもうまくいかないと思っていたが、それでも、周旋といっしょに行った。

小曼は周旋の提案に応じ、彼らとともに学校の実験劇場にやって来た。昼休みの時間だったが、学校の劇場はかなり大きかったので、誰もいないときに前の列の座席に座って、黒い幕やドーム型の天井を見ていると、なんだか押さえつけられているような気分になった。そのときどんな話をしたか、葉蕭はほとんど覚えていない。とにかく、小曼はほとんど何も言わず、ずっと周旋が滔々《とうとう》と話し続けていたはずだ。葉蕭のほうは黙って小曼を見つめていた。劇場の薄暗い光線の下で、彼女の目の中で何かがきらきら光っていた。

次の日の放課後から、正式に劇場での稽古が始まった。脚本を書いた先生が演出家でもあったから、彼の指導の下で、小曼は初めて舞台に立った。彼女が舞台の中央に立ち、その真っ白な服が照明に照らされたとき、舞台の下に座っていた葉蕭と周旋は目を見張った。舞台の上の小曼はいつもとは別人だった。溌剌《はつらつ》として輝き、両目にも力があふれ、まさしく革命の女性英雄に見えた。小曼は脚本に書いてあったとおり、秋瑾の「宝刀歌」という詩を暗唱した。しっかり練習してきたらしく、一回目の稽古でも、長い台詞《せりふ》をすべてまったく間違いなく言うことができた。彼女の演技がこれほど素晴らしいとは誰も予想しておらず、彼女にいつも嫉妬していた女子生徒たちまでも羨望の眼差《まなざ》しで見ていた。リハーサルが終わると、先生は小曼に来年は上海戯劇学院を受験するべきだと言って励ました。

しかし、小曼は舞台から下りるとすぐにいつもの彼女に戻り、秋瑾の英姿の面影はまったくない、美しいが憂鬱そうな少女に戻っていた。稽古の合間に葉蕭はこっそり彼女に尋ねた。「小曼、君は舞台の上と下では別人だね。どうしてだろう？」

「わたしにもわからない。でも、舞台に立つともう、自分ではなくなった気がするの。すごく変な感じ、なんて言ったらいいか……」。そこで彼女はちょっと眉を寄せたが、その後は話し方までも変わっていた。「誰か別の人間が自分の中に入ってきたみたいで、その瞬間に目に見えるすべても変わるの。もう真っ暗な劇場ではなくて、春の日の公園になっているの。近くに大きな桜の木があって、枝にはすっかり白い桜の花が咲いている。そこへ突然風が吹いて、花びらが雪のように散る。あれほど美しいものはないわ」

劇場の隅の暗がりで、彼女の声はだんだん細くなり、最後には裏声のようになって、まるで霊魂が話しているようだと葉蕭は思った。小曼はこれまで一気にこんなに多くを話したことはなかったから、本人も少し驚いている様子だ。

「本当に桜の花が見えたの？」

「そう。だけど、ライトが消えたら、何もかも元に戻ってしまった。わたしも桜の木の間から真っ暗な劇場に戻ってたの」

さっきの小曼の演技は秋瑾が日本に留学していたときのシーンだと葉蕭も知っていた。しかし、小曼が今話したような不思議なことは、どんな俳優も経験したことはないだろう。

その日以来、葉蕭は自分と小曼が友だちになれたと感じていた。毎回の稽古の休憩時間や、終了後には彼と小曼、それに周旋はいっしょに座っておしゃべりした。はじめのうちは主に稽古のことを話していたが、だんだんほかの話もするようになり、最後にはどんなことでも話すようになった。彼ら二人がいっしょにいさえすれば、小曼は女の子らしい活発さを発揮するようになった。まるで秋瑾の豪気さが芝居の稽古を通して小曼の体に浸透してきたかのようだった。

その芝居は青年節を記念して上演するものだったから、稽古はまるまる一か月以上も続いた。彼ら三人はその間ずっといっしょだったが、先生もそれを気にしない様子だった。なんといっても、三人はこの芝居でもっとも重要な役を演じるのだから、三人で芝居の話をするのは当たり前のことだった。葉蕭自身はあまり話をせず、小曼と周旋が話すのをじっと聞いていることが多かったが、小曼はとても頭のいい女の子だということがわかった。彼女は芸術の方面には天才的な素質があり、日頃、小説家になりたいと言っていた周旋も彼女にはかなわないと言うことがあった。

男子か女子かを問わず、十七歳は感じやすく、いろいろな幻想を抱きがちな年頃だ。葉蕭も自然と小曼に夢中になった。稽古中、舞台の上で小曼と二人の会話のシーンで秋瑾の意気地なしの夫を演じながら、「秋瑾」が感情をこめて愛国心を語るとき、葉蕭は彼女を見つめていて、うっかり自分のセリフを忘れてしまい、演出の先生にひどく叱られたこともあった。あの頃、葉蕭は自分のそういう気持ちが何なのか、よくわかっていなかった。何年か後に雪児《シュエアル》という女の子を深く愛したときに初めて、あのときの感情がなんだったか理解したのだ。

しかし、葉蕭と小曼の間には、周旋の存在があった。さらに葉蕭を悲しませたのは、小曼は自分よりむしろ周旋と話したがっていたことで、もともと周旋には女の子を惹きつけるところがあったのかもしれない。それに、周旋が演じるのは革命家の陳天華で、秋瑾とは志を同じくする人物だが、葉蕭が演じるのはそれとは正反対で、秋瑾が軽蔑する男性の役だ。葉蕭は密かに嫉妬を感じたが、それを口に出すことはなかった。なぜかというと、彼と周旋は本当に仲がよく、どんな状況であっても、彼が周旋との友情を捨て去ることはなかったからだ。それだけに葉蕭はますます気まずく困難な立場になっていた。

「周旋……」

そこまで考えて、彼は小さな声で親友の名を口にした。今日までずっと、葉蕭は彼にどう接したらいいのかわからなくなっていた。今、周旋は謎に満ちた幽霊客桟にいて、毎日、不可思議な経験をつづった手紙を送ってくる。

葉蕭は首を振った。明日の手紙にはいったいどんなことが書いてあるのだろう？

＊　＊　＊

五通目の手紙

葉蕭、元気ですか？

昨日の手紙を読んでから、君はきっと追憶に沈んでいるだろう。申し訳ないと思っている。

その前の数日と同様に、手紙を書き終わるとすぐに幽霊客桟を出発した。道中何も問題はなく、三十分ほどで荒村に着いた。村の入り口には誰もいなくて、ぼくは手紙を投函するとすぐに村を去った。

幽霊客桟への帰り道、ぼくは突然方向を変えて、昨夜のあの山の頂上まで行ってみることに決めた。

昼間にその山を見ると、夜とはまったく違っていて、ひとつの巨大な墓のようにみえた。昨夜登ったあの道はまるで古代の帝王の陵墓へ続く参道のようだ。ぼくはちょっとどきっとしたが、すぐにその考えは捨て去った。浙江省には確かに五代と南宋の時代の帝王の陵墓があるけれど、その数は少ないし、絶対にここではないはずだから。

前の晩の山道をたどって、すぐにあの頂上の平らな場所に着いた。あの崩れかけた古い祠が依然としてその頂上にあり、昼間なのではっきり見える。祠の入り口の上に掛けられた額の「子夜殿」という三文字も夜よりはっきりと見える。だが、ぼくはすぐに中には入らず、祠のまわりを一周してみた。この祠は本当に小さい。面積は五十平米を超えないだろう。建物の軒の形式からして随分古い時代のものだ。少なくとも、近代のものではない。

ぼくは深呼吸をして、気をつけながら祠に入っていった。埃が舞い上がった。内部はかなり暗かったが、何本かの光線が上から照らしている。顔を上げて見ると、屋根にはいくつも大きな穴が開いていた。普通の廟や祠と比べて、この子夜殿は天井がとても低い。手を伸ばせば、梁に手が届く。部屋の両側に柱が一本ずつあるが、すっかり腐りかけているようだ。

中央に祭壇がある。ここで祀《まつ》られている神様のものに違いない。薄暗く崩れかかった祠の中、一本の光線が破れた屋根から射し込み、祭壇の上の彩色を施された神像を照らしている。

一瞬、ぼくは自分の目が信じられなかった。なんと、子夜殿に祀られているのは若い女性なのだ。

それだけではない。その神像はすごく美しかった。

ぼくは古代の彫像をいろいろ見たことがある。完全なものもあれば、欠けているものもあったが、いずれにしても、それらの彫像には非常に厳かで静謐《せいひつ》だという共通点があった。女性の特徴を備えた仏像もたくさんあるが、どれも上品で威厳があり、慈母に対するような畏敬の念を抱かせるものばかりだ。

しかし、目の前のこの像はまったく違う。

葉蕭、どういう言葉で表現すればいいのか、ぼくにはわからない。生きているようにしか見えないんだ。像ではなくて、血も肉もそなえた人間に見える。

その祭壇に座っているのは生きている美しい女性なのだと錯覚を起こしそうになった。明るく輝く瞳、細長い眉、線のくっきりした顔、そして均整のとれた魅力的な体つき……。彼女は普通とは違う名前をもっている。子夜……。彼女は美しい歌を歌える。その声は憂いに満ちて凄みがあり、天地《あめつち》の間をさまよう孤独な亡霊をも泣かせ、千年以上の時を超えて数知れぬ傷つきやすい人間たちを感動させてきたはずだ。

身を震わせ、感傷に浸っていたぼくは、何分もたってやっと目を覚まし、一歩下がって、改めてその艶やかな像をよく見た。まったく不思議な話だ。どうしてこれほど生き生きとしているんだろう？　大きさも普通の人間と同じくらいだし、体や顔立ちもバランスがとれていて、手のごくわずかな凹凸さえもはっきりしている。なにより理解しがたいのは、その目が生きている人間とまったく変わらないことで、むしろ、それ以上に魅力的で人を惹きつける。その点は、たとえルネッサンス時代の彫刻の巨匠たちでさえ、真似できないだろう。

それに、この長年の間、雨風にさらされ続け、ぼろぼろになっている祠の中で、この像はどうしてこれほど完ぺきに保存されているのだろう。敦煌の石窟の中の仏像だって自然によって徹底的に破壊されている。ましてやここは湿気の多い海岸で、空気にも塩分が含まれている。これほど生き生きした色艶のまま保存しておくことなど不可能なはずだ。

ぼくは我慢できなくなって、手を伸ばして像に触れてみた。

驚いた！　これは彫像ではないじゃないか！

一瞬、恐怖のあまり、気を失いそうになった。手に触れたのは本物の女性の皮膚だった。そして、その肌は氷のように冷たかった。

ぼくはびっくりして後ろに下がった。体がぼろぼろの扉にぶつかった。全身の震えが止まらないまま、じっとその像を……いや、その女性を見つめた。

何度も深呼吸して、ようやく気分が少し落ち着いてきた。その女性の目をじっと見て、少なくとも、生きている人間ではないことは確信した。

「ミイラなのか？」

頭の中にふと、即身成仏という言葉が浮かんだ。観光名所のお寺で即身成仏のミイラを見たことがある。悟りを開いた高僧が亡くなった後、その肉体が腐敗することなく、元の姿を保っていて、なんらかの技術的な処理を施すことによって、仏像となって礼拝の対象になっている。そういうミイラの中には何百年たっても姿の変わらないものもある。

もちろん、子夜殿に祀られているのが仏像であるはずはない。

もしかしたら、この美しい女性が亡くなった後、なんらかの高度な防腐処置をおこなって、完ぺきな状態で保存し、この祠に安置しているのだろうか。

いったい、この女性は誰なんだろう？

子夜？

ぼくはもうそれ以上は考えられなかった。千六百年以上前に死んだ女性が今ぼくの目の前に端座しているというのか？　みぞおちの辺りに嫌な感じがした。ぼくは自分の右手の掌を見つめた。この手で数分前にこの女性に触った。

この手は腐ってしまうのだろうか？

「嫌だ！」

ぼくは大慌てで子夜殿から飛び出すと、丘の下に向かって必死に走った。

なんとか山のふもとまで駆け下りて、まだ息もつけないでいるうちに、向こうからひとりの男が歩いてくるのが見えた。よく見ると、画家の高凡だ。

彼はぼくのほうに手を振ると言った。「なんだか顔色が悪いな。どうしたんだ？」

自分がどんな顔をしていたかなんてわからない。ただ、全身ぐっしょり汗をかいているのはわかった。ぼくは強がって答えた。「体を鍛えてるんだ。この辺は空気がいいから、ジョギングを続けてれば、きっと健康にいいと思って」

「それなら、いっしょに歩こう」

高凡はぼくの肩を叩いてそう言うと、海辺に向かって歩き出した。

彼がどういうつもりでそう言っているか、わかったので、急いで言った。「あのことだったら、心配しなくていいですよ。誰にも言わないから」

「ありがとう」

「だけど、秘密を守ってあげるんだから、教えてくれてもいいはずだ。あの晩、あなたは幽霊客桟で何を掘ってたんですか？」

彼は大きく息をしてから聞き返した。「それを教えたら、必ず秘密を守ってくれるか？」

「もちろん。命にかえても」

「わかった。それなら教えよう。金塊を探してたんだ」

「え、金塊だって？」

「冗談で言ってるんじゃない。本当に金塊を探してるんだ」。高凡は低い声で言ってから、顔を上げてまた続けた。「そのことは、おれの爺さんが死ぬ前に言ったんだよ。七十何年か前、爺さんは幽霊客桟でしばらく暮らしていて、あそこのことはよく知ってた。爺さんは死ぬ前にこう言った。その頃、客桟の主人の丁滄海が遺産を残したんだそうだ。全部で千両の黄金だったらしい。それは丁滄海が全国で商売をして貯めた金なんだ」

ぼくは疑問に思った。「あなたのお爺さんはなんでそんなこと知ってたんですか？」

「爺さんは丁滄海がかなりの金を持ってるって前から知ってた。ある晩、丁滄海を招待して二人だけで酒を飲み、彼を酔わせたんだ。思ったとおり、丁滄海は酔って秘密を爺さんに話したんだ」

「そんなの本当のことだって思ってるんですか？」

高凡は自信ありげに言った。「丁滄海についてはいろいろ調べた。生前はかなりの金を持ってたはずだ。だが、奇妙な死に方をした後、家族には一文の金も残さなかった」

「遺産はなかったってこと？」

「なかった。もしかすると、あまりに突然死んだせいかもしれないが。丁滄海が死んだとき、妻と息子は上海にいた。慌てて幽霊客桟に来て葬式をした後、そこらじゅうをひっくり返して探したが、何も出てこなかったそうだ。だが、おれは信じてる。その金《きん》は必ず幽霊客桟のどこかに隠されてるはずだ」

話しながら、ぼくたちは海辺に着いた。高凡はまわりを見まわしてから、話を続けた。「君は知らないだろう、丁雨山は丁滄海の孫なんだ。ずっと上海に住んでたんだが、ほんの何年か前に幽霊客桟に来て商売を継いだというわけだ」

「そうだったんですか。それなら、もう金を見つけたかもしれないな」

「もう見つけたんなら、幽霊客桟を続けてるわけはないじゃないか。きっとその財産を持って外国にでも行って幸せに暮らしてるさ。だから、幽霊客桟で客の世話をしてるのは、隠れ蓑に過ぎないんだよ。丁雨山の本当の目的はその金を見つけることなのさ」

ぼくは理解できなくて聞き返した。「先祖の残した遺産なんだったら、丁雨山はなぜこそこそする必要があるのかな？」

「こっそり調べてみたんだが、丁滄海には息子や娘が何人もいたんだ。三代目まで数えれば、遺産をもらえる人間は少なくとも二十人はいる。均等に分けたら、一人分はたいしたことがないだろう。丁雨山はきっと遺産を独り占めしようと思ってるんだ。もし見つかったら、すぐにその金を持って高飛びする気だろう」

「あなたがあそこで穴を掘ってるのを、彼が気がつかないってことがあるだろうか？」

「それは心配いらない。何十年か前にあの小さな部屋で人が死んだそうで、それ以来、誰もあの部屋に入ろうとしないんだ。丁雨山も含めてだ。もちろん、おれは怖いなんて思ってないがね」

ぼくは首をかしげて言った。「だけど、その金はどう考えたって、あなたの金じゃないでしょう？」

「地面に埋まってる物は、見つけた者に権利があるのさ。君が手伝いたいって言うんなら、山分けにしてもいいぞ」

「やめておきますよ。ぼくはそんな金はいらない。だけど、秘密は守ります。あなたと丁雨山のことに口を出したりもしません」。ぼくは理性を働かせて、そう答えた。その手のことにかかわりあうのは危険に決まっている。魅力的な餌の向こうには罠が待ちかまえている。

「融通のきかないやつだな。第一、丁雨山がおれの目的に気づくはずなんてないんだぞ」

「その話はもういい。もっと他の話をしましょう」

高凡は軽くため息をついた。もうぼくのことを信用しているらしく、微笑を浮かべて言った。「わかったよ。何の話がしたいんだ？」

ぼくはしばらく考えてから、心の中の疑問を口にした。「知ってますか？　幽霊客桟の三階にもうひとり、女性が泊まっているんですよ」

彼はびっくりした様子で、目を見張ると言った。「見たのか？」

「見ただけじゃない。話もした」

「その女には近づくな」。高凡はぼくの目をまっすぐ見て、ひどく緊張した様子で言った。「君はまだ若いんだから。この幽霊客桟には君の知らないことがまだまだたくさんあるんだ」

「どんなこと？」

高凡は激しく頭を振って、独り言のように言った。

「いいや、言えない……言うわけにはいかない……」

そう言うと、彼はさっと振り返って、幽霊客桟のほうへ走っていった。

ぼくはため息をついた。もう昼の十二時だ。客桟に戻って昼ご飯を食べないといけない。

戻ってみると、広間では清芬と小龍の母子だけがまだ食事中だった。ぼくは静かに彼らの向かいに座って軽く会釈をした。阿昌が碗や箸を持ってきてくれた。ここ数日でぼくは幽霊客桟に「同化」してしまったらしく、食事のときも清芬たちと同じように、ほとんど音を立てなくなった。

昼食の後も、ぼくたちはすぐに部屋には帰らず、食卓でしばらくおしゃべりした。ほとんど何もしゃべらない小龍を見ているうちに、ぼくは耐えられなくなって話しかけた。「小龍、君は幽霊客桟が好き？」

小龍は疑わしげな目つきでぼくを見ると、首を振った。

すると、母親が言った。「今はこんなふうに全然しゃべりませんけど、もともとはそうではないんです。本当は孤独を怖がる子なんですよ」

「孤独？　そういえば、小龍はここでは友だちもいないし、あなたとしか話をしませんね」

「それが、今ではわたしのことも相手にしないんです」。清芬はため息をついて、悲しそうに言った。「この子はいつも窓のそばに腹ばいになって、ずっと海を見ているんです。一日中見てるときもあるわ。誰が話しかけても無駄で、まるで何かにとりつかれたみたい。この頃ではこの子の肺よりも心のほうが心配なんですよ」

その声には母親の息子に対する深い愛情が感じられた。

ぼくはそっと尋ねた。「小龍は海が好きなんですか？」

「前は好きだったんです。なのに、どういうわけか、幽霊客桟に来てから、海をすごく怖がるようになって」

「それなら、どうしてずっと海を見てるんだろう？」

そのとき、小龍がやっと口を開いた。「海の中に人がいて、ぼくに話しかけてくるから」

「変なことを言わないで」。清芬がどうしようもないというように首を振って言った。「この子ったら、また変なことを言い出して」

「いつもこんなふうに変な話をするんですか？」

「あなたが客桟に来てからは、ますます目つきが変になって、何か奇妙な物を見たって話ばかりなんです」

少年は頑なに口をとがらせて言った。「だって、見たんだ。聞こえたんだ」

ぼくは好奇心にかられて尋ねた。「何を見たんだい？」

小龍は首を振り、喉の奥から秘密めかした声でひと言ひと言区切りながら言った。「天機は漏らすべからず」

（「重大な秘密は絶対に漏らすべきではない」という意味）

ぼくはその声にびっくりした。だが、彼の目つきを見ると、でたらめを言っているわけではないのは確かだ。ぼくは続けて聞いた。「何が聞こえたの？」

彼はちょっと躊躇してから答えた。「海の中から歌声が聞こえてきたんだ」

「歌声って？」

「わからないよ」。小龍はひどく苦しそうに記憶をたどっていた。「思い出した……。若い女の人の声で、歌の意味はわからないんだ……。なんだか、すごく昔の民謡か何かのようだったよ」

「まさか……」。ぼくはびっくりして飛び上がりそうになった。小龍の話は昨夜ぼくが丘の上で聞いたのと同じじゃないか。

すぐに清芬が息子の口をふさぐと、うつむいて言った。「すみませんね。この子の言うことを本気にしないでくださいね」

「いや、いいんです」。ぼくは急いで立ち上がった。「じゃあ、ぼくは部屋に帰ります」

部屋に戻ると、すっかり疲れて体がだるかった。部屋の中はむしむしして、急いで窓を開けたが、外にもまったく風がなくて、いつもの波の音さえ聞こえてこなかった。

すっかり汗をかいたところで、突然、そっとドアを叩く音がした。

ドアを開けると、薄暗い廊下に白い影があった。

なんだかびっくりしたが、一歩後ろに下がってよく見ると、そこにいたのは白い服を着た人、水月だった。

「何か用なの？」

彼女はちょっと下を向いて、恥ずかしそうに答えた。「用はないけど、少しおしゃべりしたいなと思って……」

ぼくのほうも照れくさかったのか、緊張してしまったのか、すぐには返事ができなくて、やっとのことで言った。「どうぞ、入って」

水月はゆっくりと部屋に入り、それから、まっすぐ窓に向かって歩いていった。目つきがちょっと変な感じになって、じっと海を見たまま、しばらく何も言わなかった。

「どうしたの？」

彼女はため息をついてから答えた。「ごめんなさい。さっきのは嘘。本当は、あなたとおしゃべりしたくて来たんじゃないの。あなたの窓を借りて、海を見たかったの」

「ぼくの窓を借りて、海を見るってどういうこと？」

「あなたが羨ましかったの。部屋の窓から海が見えるから。わたしの部屋の窓は反対側で、荒山しか見えないの」

「君はずいぶん感受性の強い女の子なんだね」。ぼくは笑いながら首を振り、彼女の近くへ行って尋ねた。「海を見るのが好きなの？」

「さあ、わからない。ただ、ここの海は特別な気がするの。なんだか、前世からここの海と縁があるような……」

ぼくは眉を寄せて彼女の話を聞いていた。実を言うと、ぼく自身も幽霊客桟に来てからというもの、同じような気持ちになっていた。なんだか、小さい頃に夢の中でこの海を見たような気がする……。それは悪夢だったけれど。

水月も黙りこんで、そのまま窓のそばに立ち、黒い海をじっと見ていた。彼女の目にはまるで淡い霧がかかっているようで、水のように柔和なその眼差しは見る人の心を揺り動かした。

そんなふうに十数分が過ぎたが、彼女は突然振り向くと、顔をうつむけて言った。「ごめんなさい。すっかりお邪魔してしまって。わたし、帰る」

ぼくは無意識のうちに彼女を引き留めていた。「もうしばらくいればいいよ」

水月は何か言いそうになったが、机の上の森村誠一の『野性の証明』の上に視線が止まった。彼女は本を取り上げて言った。「この本を読んでるの？」

「そうだよ。森村誠一の小説が好きなんだ」

彼女はうなずいて、本をぱらぱらと見ていたが、ちょうどぼくが角を折り曲げていたページまで来た。立原道造の「みまかれる美しきひとに」の詩のページだ。

そのページにはある種の磁力でもあるらしく、水月の目はそこで止まった。彼女はそのまま夢中で何分間も読み続け、そばにいるぼくの存在など忘れてしまったようだった。

突然、彼女の唇がかすかにふるえたかと思うと、柔らかなやさしい声が発せられた。

まなかひに幾たびか　立ちもとほつたかげは
うつし世に　まぼろしとなつて　忘れられた
見知らぬ土地に　林檎の花のにほふ頃
見おぼえのない　とほい晴夜の星空の下で

彼女がその詩を最後まで読み終わったとき、ぼくは大きくため息をついて言った。「本当に心をこめて読んでたね」

水月はまだ詩の世界に浸りきっているようで、胸元が大きく起伏していた。そして、ぼうっとしたまま言った。

「羨ましいわ」

「羨ましいって、誰が？」

「この詩の中の女の人よ」

ぼくはびっくりした。「この人が羨ましいって？　この『みまかれる美しきひとに』が？」

「そう。この人は死んでしまったけれど、幻になってしまったけれど、でも、だからこそ、ひとりの男性の心を勝ちとって、深く愛され、慕われているんだから」。水月の目が急に光った。彼女は窓の外を見ながら、静かに言った。「わたしが死んだ後、彼女と同じように幸運だったら、何も思い残すことはないわ」

そんな話を聞いて、ぼくはもうどうしたらいいかわからなくなった。彼女の目は憂いに満ちていて、その心はあまりに感じやすい。ぼくは手を伸ばして本を閉じ、わざと気楽な声で言った。「そんな話はやめよう。もっと楽しいことを考えた方がいいよ」

彼女もやっとにっこりした。「ありがとう。今のは日本人の詩よね。中国人の詩も聞きたい？」

ぼくはうなずいた。「聞かせてよ」

水月はすらすらと一首の詩を暗唱した。「前絲《ぜんし》は纏綿《てんめん》を断ち、意は交情を結ばんと欲す。春蚕《しゅんさん》は感化し易く、絲子《しし》はすでに復《ま》た生ず（ここでは「恋人との仲は裂かれたが、今も結ばれたいと願っている。春の蚕が感化を受けやすいように、思いの糸はまた生じている」という意味）」

彼女の暗唱する中国の古い詩には、さっきの立原道造の詩とはまた違う味わいがあった。この詩はたった四行しかないが、ぼくはそれを聞いて沈黙してしまった。

「楽府詩みたいだね」。ぼくはふと彼女が一昨日の晩に広間の蓄音機の前で話したことを思い出した。「それは『子夜歌』なの？」

「そのとおり。『子夜歌』は全部で四十二首あって、わたしは全部暗唱できるけど、一番好きなのはこれなの」彼女はまたうつむいて小さな声で言った。「本当は『子夜歌』は詩じゃなくて、ある女性の恋文なの」

それを聞いて、ぼくは何を言ったらいいかわからなくなり、ぼんやりと水月を見ていた。なんだか急に気まずくなってしまった。

彼女は突然首を振って言った。「ごめんなさい。すっかりお邪魔してしまって」

まだいてほしいと言いたかったが、水月はすでに部屋から飛び出して、暗い廊下に姿を消していた。

部屋の中には彼女のにおいが残っているような気がして、ぼくは何度も深呼吸した。

いつのまにか、額にたくさん汗をかいていた。ぼくはベッドに横になってしばらく休むことにした。そうして、元気を回復してから、また小説の続きを書き始めた。

この日の午後は異常に蒸し暑くて、風はそよりとも吹かない。部屋はまるで大きな蒸籠《せいろ》にでもなったみたいだ。窓はずっと開けているのだが、背中の汗が絶え間なく染み出してきて、着ているものもぐっしょりしている。

四時までがんばって書いていたが、それ以上は座っていられなかった。いつもだったら、暑い日にはプールに行って涼むことにしている。夏の日に水の中にいるのは、言葉では表せないくらい気持ちがいいものだ。一年でもっとも暑い頃には、普陀山の海岸に海水浴に行くことにしている。そこまで考えて、ぼくはふと窓の外の海を見た。なんだ、ここにだって海があるじゃないか！

そういうわけで、ぼくは水泳パンツを持って、幽霊客桟から飛び出した。そして、海岸線に沿って走りながら、泳ぐのにいい場所を探した。だが、この辺は崖が多くて、あの墓場の近くでやっと、わりと平らな入り江を見つけた。

海が満潮にならないうちにと、ぼくはすばやく服を脱いで水着に着替え、浜辺でちょっと体操をしてから、そろそろと水に入った。

水は冷たく、皮膚に浸み込んでくるようだった。足の下はすべて小石で、あまりいい気持ちではなかったが、それにもすぐ慣れ、水の深いところで泳ぎ始めた。

小さな入り江の中は風も波も静かで、ほんの小さな波が肩を掠めていくのが本当に気持ちよかった。ぼくの体はすっかり海水に包み込まれて、一本一本の毛細血管が海の涼しさを吸収していくようだ。正直言って、ぼくはもう本当に長いこと、これほど気持ちよく泳いだことはなかった。ここは普陀山や海南島よりもっと気持ちがいいくらいだ。唯一の欠点は暗礁がとても多いことで、よく見ながら泳がないといけない。

泳げば泳ぐほど面白くて、どんどん深いほうへ泳いでいって、そのうちにその小さな入り江の外に出ていた。息を止めて海の底のほうへ潜ってみたが、下のほうは真っ暗でどれほど深いかわからなかった。

水面から頭を出してみると、空はすでに暗くなり始めていて、一陣の風が海面を過ぎた。急になんだか怖いような感じがしてきた。もうすぐ満潮になるのだろうか？首をめぐらせて岸のほうを見て驚いた。まさか、これほど遠くまで泳いできていたとは。入り江も崖もずっと後方にあった。遠く山の上にはぎっしり並ぶ墓が見え、幽霊客桟も見えた。海の上から見るのは初めてだが、距離があまりに遠いので、海辺に建つ孤独な姿の輪郭だけが見えている。もしかすると、遠くからこの海域にやって来る船が最初に見るのは幽霊客桟なのかもしれない。

もう帰らないといけない。ぼくは入り江に向かって泳ぎ始めた。

突然、何か聞こえた。昨夜と同じ、あの歌声だ。

心臓がドキドキして、どうしたらいいかわからなくなった。もっと怖ろしいのは、その歌声が海底から聞こえてきたことだ……。

必死になって泳ぐうちに、突然、足首をつかまれた！

ああ！　ぼくは条件反射のように叫び声を上げげた。海水が口の中に入り、むせてしまって、頭がぼんやりした。

ぼくは必死に息を吸ったが、足首をつかむ力はどんどん強くなった。何者かの手がぼくを下に引きずり込もうとしている！

ぼくは全身の力を振り絞って足を動かしたが、どうにもならなかった。目の前が真っ暗になり、全身が真っ暗な海中に引きずり込まれようとしていた。

葉蕭、その瞬間、ぼくは死を思っていたよ！

一瞬、息を吸うことができたので、なんとか息を止めて、海の中で目を大きく見開いた。だが、体はどんどん下に落ちていく。どこまで深いのか見当もつかない。何も見えず、まわりは冷たい海水だけ、絶望がぼくを包んだ。

その時、あの幻の姿が見えた……。

海底は真っ暗だったが、それでも、彼女の姿が見えた。どういうわけかわからないが、はっきり見えたんだ。

彼女は深い水の中に漂っていた。白く長い袖を水になびかせて……。海底で歌っていた。

ぼくには彼女の声が聞こえた。ああ、いけない、さっき吸い込んだ空気ももう尽きようとしている。

まさにその時、自分が力を回復しているのを感じた。ぼくは必死で両手を動かし、どんどん上に上がっていった。まったく不思議だった。

やっとまた空気を吸うことができた。

あのときの気持ちをなんと表現したらいいのかわからないよ。極度の恐怖、それとも、極度の興奮というべきか？　とにかく、ぼくはまだ生きていたんだ。

大きく息をしながら、全力で岸に向かって泳いだ。もしかしたら、潮の満ちる勢いに助けられたのかもしれない、すぐに入り江の中に入ったので、注意深く暗礁を避けながら、最後の力を振り絞り、やっとのことで陸に上がった。

人間はやっぱり、陸の動物だよ！

ぼくはもう全身の力が抜けてしまって、歩こうにも足がぐらぐらしてしまい、地面にばったり倒れた。

そろそろ日が暮れる。夕暮れの色が海を覆っているし、ここから遠くない山肌に並んだ無数の墓を見て、理性がぼくを立ち上がらせた。適当に体を拭くと、急いで服を着たが、今になって寒さを感じた。だが、少しは体が暖まってきたので、すぐに幽霊客桟に向けて全力で走り出した。

へとへとになって幽霊客桟に着いたときには、すっかり日が暮れていた。扉を押し開けると、冷たい風がぼくといっしょに広間に吹き込み、天井の電灯がぐらぐら揺れた。揺れ動く青白い電灯の下でみんなが食卓についていた。冷たい風が水月の髪の毛を乱した。彼らはなんだか異様な目つきでぼくを見ていた。まるでぼくが溺死した水死体でもあるかのように。

「どこに行ってたんです？」。丁雨山が立ち上がって聞いた。

「泳ぎに行ってたんですよ」。ぼくは自分の肩を抱いて震えながら答えた。ちょっと迷ったが、結局さっき海底で見たものについては言わないことにした。ただ、とりつくろってこう言った。「海の水がすごく冷たくて、足がつっちゃったんですよ」

「なんてことだ！　生きて戻ってこられただけで奇跡ですよ」。彼はまるでぼくが溺れ死ぬのが当然だとでも思っているように、ものすごく驚いた顔をした。

ぼくはうなずいて言った。「まったくです。奇跡ですね」

「何を見たんです？」

ぼくは呆然として彼を見つめた。なんと返事をしたらいいか、わからなかったのだ。

すると、彼は続けて言った。「海底で何を見たかって聞いてるんですよ」

ぼくは黙って彼を見返して、答えなかった。横目で食卓の方を見ると、水月と目が合った。

丁雨山は低い声で言った。「海底で亡霊を見たんでしょう？」

「もうやめて。やめてください」。ぼくは答えたくなくて、下を向いた。

「言っておきますがね、客桟のまわりの海には亡霊がいるんですよ。この辺の海ではたくさんの人が死んでるんです。先週もこの付近で座礁して沈没した船があって、乗組員十三人全員が死んだんです。遺体は未だにひとつも上がっていないんですよ」

「やめてくださいってば」。ぼくは彼の話をさえぎり、震える両肩を抱いて言った。「ぼくは凍えて、お腹も空いてるんです。何か食べさせてもらえませんか？」

みんなはすぐに席をつめて、ぼくのために場所を作ってくれた。阿昌も駆け寄ってきて、熱いスープをよそってぼくの前に出してくれた。ぼくは人のことは気にせず、一気にスープを飲み干した。体に熱いものが染みわたり、すぐに気分がよくなった。それから、ぼくは飯碗を抱え込んでがつがつ食べた。十分もしないうちにお腹がいっぱいになった。

その時、丁雨山の声が聞こえた。「阿昌、周さんのためにお湯を沸かしてやってくれ」

ぼくはすぐに立ち上がって、阿昌の後について浴室への廊下を行った。

阿昌はなんだか変な目つきでぼくを見ていたが、首を振りながら、小さな湯沸かし室に入っていった。ぼくは服を脱ぐのももどかしく、すぐに浴室に入って、熱いお湯の蛇口をひねった。そして、お湯の入った木の風呂桶に体を沈めて、大きくため息をついた。だが、今でも海の水の中にいるような気分だった。湯気を立てる熱い海の水だ。それでも、浴室の中で溺れる心配はないはずだ。

さっき海の中で起きたことをもう一度考える勇気はなかった。ただの悪い夢だったと思いたい。だが、そのとき、ふと思い出したことがあって、うつむいて自分の足首を見た。信じたくもないが、右の足首に赤い痕がついていて、今もなお誰かに引っ張られているような感覚がある。まさか、さっき海の中で経験したことは本当だったのか？　あれはいったい何だったんだろう？　ぼくは熱いお湯の中でむきになって足首をさすった。赤い痕は消えなかった。

すぐに体を洗い終わって、浴室から出たが、広間にはもう誰もいなかったから、ぼくもさっさと二階に上がった。

部屋に戻った時には、外では雨が降り始めていた。窓の外の海は漆黒の闇に包まれている。ぼくは清潔な服に着替えて、どさっとベッドの茣蓙の上に倒れた。

昏々と眠って、どれほど時間がたっただろう、突然目を開けて、時計を見たら、まだ夜の十時だった。もう十分休養できた気がしたし、気分もさっきよりずいぶんよくなっていた。ぼくは旅行バッグを開けると、あの木匣を取り出した。どうしてそんなことを思いついたのかわからないが、ある人に会いにいくことにした。そう、この木匣を持ってだ。

ぼくは服を取り出して木匣を包むと、静かに部屋を出た。暗い廊下から階段に向かい、まったく音を立てずに三階に上がった。

昨晩の記憶をたどって、そっとあの扉を開けた。

柔らかい灯りの下、あの人がベッドの脇に座っているのが見えた。顔色は青白く、腕にはまだ包帯を巻いている。

彼女は最初、意外そうな目でぼくを見たが、すぐにあの高慢な表情を取り戻して、冷たい声で言った。「なにしに来たの？」

ぼくはちょっと堅苦しく答えた。「ちょっと見にきただけです。傷はよくなった？」

「ありがとう、もうなんともないわ」。彼女はぼくの目をじっと見つめた後、突然言った。「正直に言って。いったい何があったの？」

女性の目って本当に鋭いものだね。ぼくはびっくりして言った。「どうしてわかったの？」

「あなたの顔を見れば書いてあるわ。あなた、何か見たんでしょう？」

ぼくの顔はまた青くなっていたと思う。どもりながら、やっと返事をした。「海で……。海の中で……」

その瞬間、彼女はこの上なく厳しい表情になり、じっとぼくを見ていたが、しばらくしてからやっと言った。

「海に泳ぎに行ったの？　あれを見たの？」

「あれって、何のこと？」

彼女はため息をついて、小さな声で言った。「昨夜、わたしを殺しかけたのも、やっぱりあれなの」

「話してよ」

「周旋、それは無理よ」

「ぼくは自分の名前をあなたに言ったことはないはずだ」

彼女はハッと息を吐くと言った。「それは、とっくに知ってたわ」

「それなら、あなたの名前を教えてくれるよね？」

「わたしの名前は秋雲《チォウユン》」

ぼくは聞き返した。「秋の空の雲っていうこと？」

「そのとおり」。彼女の口もとに、やっと微笑らしきものが浮かんだ。「さすがに作家の言うことは違うわね」

「そんなことまで知ってるの？」

彼女はまばたきをしてから、気だるげな態度で言った。

「もういいわ。ほかに何か用なの？」

「見せたい物があるんだ」。そう言って、くるんでいた服をほどき、木匣を秋雲の前に置いた。

彼女は目を見開いて、木匣を注意深く見た。彼女の目つきを見ていて、奇妙な感じがした。前から知っている人のような気がしたのだが、どういうことかわからない。秋雲はふいに、大きく息を吸い込んだ。まるで木匣の中に特別な空気でも入っているかのように。そして、突然言った。「これはいったい何なの？」

「なんだか知らないの？」

彼女はまるで木匣を避けようとするように、体を後ろに投げ出しながら言った。「知らないわ。今まで見たこともない」

嘘を言っているのかどうかわからなかったが、問いつめてもなんにもならないだろう。ぼくは木匣をまた服で包んで言った。「それなら、いいんだ」

「ちょっと待って、周旋。この木匣はどこから来たの？」

「本当に知りたいの？」。ぼくは彼女の目をまっすぐ見てしばらく考えた。もしかしたら、全部話してしまえば、何か役にたつことを思い出してくれるかもしれない。そう思ったから、ぼくは田園の不思議な死のことも含めて、木匣の来歴をすっかり秋雲に話して聞かせた。

たっぷり三十分もかかって話し終えたときには、自分でも背中がうすら寒くなっていた。

ぼくが話している間、秋雲はずっと黙って聞いていて、ひと言も発しなかった。最後に、彼女は目を閉じると、何か思い出そうとしている様子だった。そして、とうとうこう言った。「わたしは田園を知ってるわ」

「なんだって？」

ぼくはびくっとした。これは正しい方向に進んだのかもしれない！

秋雲はため息をついてから、話し始めた。「何年か前、きれいな若い女の子が幽霊客桟に来たの。ちょっと特別に品のある感じで、すぐに注意を引かれたわ。多分、休暇中だったんでしょう、ここに一か月以上滞在していたから、ときどきおしゃべりしたわ。名前は田園で、伝統演劇の俳優だってことは聞いた。ほかに覚えているのは、夜中に彼女が客桟の一階をうろうろしているのを何度か見たことね。何してるのって聞いたら、慌てて隠れてしまった。わたしの知ってるのはそれだけよ」

ぼくはうなずいた。少なくとも、田園はここに来たことがある。幽霊客桟は田園にとって特別な意味のある場所に違いない。

「ありがとう、秋雲」

「周旋、気をつけないとだめよ。あなたの顔には灰色の影があるわ」

「灰色？」。ぼくは自分の顔をこすって、首を振ると言った。「それじゃ」

ぼくは木匣を持って、三階から下りた。

部屋に戻ると、ぼくはすぐに鏡を取り出して自分の顔を見た。だが、灰色の影なんて見えなかった。もしかしたら、秋雲はぼくを怖がらせようとしただけなのか？

ぼくの視線は木匣に向かった。

これをどうしたらいいんだろう？

この木匣を見るたびに田園の目を見るような気がする。彼女は今、別の世界にいて、ぼくに期待している。だけど、ぼくはどうしたらいいんだろう？

これ以上、先延ばしにするわけにはいかない。幽霊客桟に来て、もう五日になる。その間、この木匣はずっとここに置きっぱなしで、まるで骨箱のようにぼくを見つめている。今日、ぼくは海でもうちょっとで溺れ死ぬところだった。もしかしたら、あれは密かな警告だったのではないだろうか？

海の深さは少なくとも二十メートルはあったと思うが、酸素の最後の一口《ひとくち》が尽きてしまう前にぼくは海面に浮かび上がることができた。

そうだ。この木匣のことを早く解決しなければならない。

そう思ったとき、ひとつの強烈な思いが浮かんだ……。木匣の中身はいったい何なんだろう？

ぼくは下を向いて、木匣に掛けられたあの鎖をよく見た。すっかり錆びて今にも崩れそうだ。この鎖を壊すのは簡単なことだ。この木匣を開けたら、いったい何が出てくるのか、ぼくの頭の中でいろいろな幻想が浮かんだ。すっかり固くなった人の首とか、あるいは黄金の塊とか、ありとあらゆる怖ろしい物、素晴らしい物を思い浮かべた。ああ、もうたくさんだ！　ここでいろいろ考えて自分を苦しめるより、さっさと開けてしまえばいいんだ。

一瞬のうちにぼくは決断してしまった。

机の上に置いた木匣を見て、大きく深呼吸をした。それから、旅行バッグからモンキーレンチを取り出した。旅行中によく使う工具だ。ほんのちょっとためらってから、ぼくはレンチで木匣に掛かった鎖をつかみ、そっとひねってみると、もともとひどく錆びていたから、簡単に鎖が断ち切れた。

どういうわけかわからないが、胸がどきどきした。

ぼくは切れた鎖を注意深く取り外し、ひんやりと冷たい匣を両手で持ち上げた。手が震えるのを感じた。木匣の中から何かの力が飛び出してきそうな気がした。

数秒後、ぼくはゆっくりと木匣の蓋を開けた……。

かすかな香りが空中に漂った。

その瞬間、珍しい清らかな香りを感じた。大きく息を吸うと、その香りが気管を伝わって肺にいっぱいになった。不思議な香りで、ラベンダーのようでもあり、インドのローズマリーのようにも感じられたが、はっきりはわからない。

その香りがだんだん散らばっていって、ようやく木匣の中の物がはっきり見えた。

それは一着の昔の服だった！

いや、もっと正確に言えば、芝居の衣装だ。

ぼくは見惚れてしまった。鮮やかな刺繡が新品のようにツヤのある絹の布地に映えて、灯りの下で美しい光を放っている。ぼくは「遊園驚夢」（蘇州の演劇・昆劇の名作）の杜麗娘（主人公の深窓の令嬢で、夢の中で出会った貴公子に恋焦がれる）の歌う歌詞を思い出した。「紫に紅に花咲き乱れ……」、まさかこの木匣の中に「紫に紅に」花々が咲き乱れていようとは。

どの芝居の衣装なのかはよくわからない。とにかく、これまでテレビで見た芝居の衣装に比べて、ずっと美しく上品で鮮やかだ。華やかで光が溢れているけれど、清らかであっさりしていて、中国の独特な古典美が満ちている。

両手が震えたが、気をつけてそっと一着を取り出した。明らかに女性の衣装で、絹の生地のあちこちに花々が刺繡されている。女褶《じょしゅう》と呼ばれる合わせの上着だろう。広げてみると、裾は膝までの長さしかない。木匣の中には青いスカートもあり、ちょうど女褶の下に穿くのによさそうだ。木匣の中の十数着の衣装を見てみたが、どれも女性のもののようで、おそらく青衣《チンイー》（しとやかな女性の役柄）か花旦《ホアダン》（活発な若い女性の役柄）のものだろう。寸法や雰囲気からして、おそらく同じ人のために作られた物に違いない。

木匣の外観はとても古くて、あのぼろぼろの鎖はこれまで一度も解かれたことがないようだ。それから判断するに、この舞台衣装もずいぶん古い物だろう。だが、木匣の中では時間が止まってでもいたのだろうか、長い年月を経ても、色彩豊かな舞台衣装は新品と同じで、まるでどこかの青衣、花旦の体から脱いだばかりのようにみえる。

衣装は一種の伝統的な畳み方で畳んであり、木匣の中にちょうどよく収まっていた。ぼくは手を伸ばして、木匣の一番下に入っていた赤い服に触ってみた。花模様を刺繍したもので、形からして肌に直接着る物だろう。

どういうわけか、突然、心臓の鼓動が速くなった。言葉にはできない恐怖がぼくのまわりの空気に満ちた。

何かが見えたような気がした。

まさにその一瞬、木匣の中に入れていた手がまるで感電でもしたように、しびれた気がした。

突然、何もしていないのに窓が開いた。そして、不気味な冷たい風が雨粒をまじえて部屋に吹き込んできた。全身にさっと鳥肌がたった。

時計を見たら、まさに子夜、午前零時だ。

子夜（真夜中）の風は人にいろいろなことを思い出させるものだ。ぼくは風に逆らって窓に近づき、力を振り絞ってやっと窓をしっかり閉めた。

窓に寄りかかって息を切らし、木匣のほうを振り返って見ると、何枚かのごく薄い雲肩《かたかけ》が風にあおられて木匣から飛び出している。ぼくは急いで木匣のそばに戻り、取り出した衣装を全部中に収め、忘れている物がないかどうか、もう一度きちんと調べた。

数秒後、ぼくは木匣の蓋を閉めた。

木匣はすっかり元どおりになった。ただ、ぼろぼろの鎖が外れた以外は。

まったく不思議な話だ。木匣の中には芝居の衣装がつまっていたとは。田園はもしかしたら、この箱を開けたことはなかったのかもしれない。ぼくは灯りを消してベッドに横になった。しばらく考えたが、やっぱりわからない。木匣の中の芝居の衣装はそもそもこの幽霊客桟とどういう関係があるんだろう。田園がここに来たことはわかった。それに彼女は伝統演劇の俳優だ。彼女がぼくに託した木匣には芝居の衣装が入っている。ぼくはもう、その木匣を幽霊客桟に持ってきている。これらのことにはいったい、どういう関連があるんだろう？

そういう疑問がぼくの頭の中で破片のように行ったり

来たりしているうちに、ぼくはすっかり眠りこんでいた。

目を覚ましたときには、空がかすかに明るくなっていた。

目を開くと、木匣の蓋が開いていて、あの花模様を刺繍した女性の衣装が夜明けの光に照らされて、艶やかに光を放っている。

そんなはずはない。寝る前にちゃんと木匣の蓋を閉めたのを覚えている。

ぼくの記憶違いだろうか？　ぼくは木匣の蓋を閉めて、歯を磨きにいった。

それから、一階の広間に下りると、阿昌だけがいた。ぼくはひとりでさっさと朝食をすませると、部屋に戻って君に手紙を書き始めた。

ここまで書いたら、すっかり力が抜けた。何時間もこんなにたくさん書き続けられたのが不思議だ。もう疲れたから、今日はここまでにするよ。

葉蕭、この前の手紙を読んで、君はきっと小曼を思い出しただろうね。本当にごめん。彼女のことは永遠に忘れなければいけないと君は言ったけど、君もぼくもそれはできないと思うよ。

それでは。

幽霊客桟にて　君の友　周旋

＊　＊　＊

今度の手紙でも、また小曼のことを書いているのはなぜだろう。

葉蕭は幽霊客桟からの五通目の手紙を置くと、しようがないなというように頭を振った。今度の手紙を読んだら、昨夜一度は中断された追憶がまた目の前に浮かんできた。

葉蕭は苦笑した。周旋の書いているとおりだ。二人とも小曼を忘れることなどできるはずはない。

十七歳のあの年、葉蕭と周旋は小曼にすっかり夢中になっていた。だが、そのときには二人とも愛がなんたるかなどわかっていなかった。それはただ、ぼんやりとした感情だった。それはちょうどゲーテが『若きウェルテルの悩み』に書いたような、純潔で美しい感情だった。だから、葉蕭の悩みも心の奥深くに秘められていて、小曼といっしょにいるときでも、どちらも一線を越えようとはしなかっただけでなく、無意識のうちにわざと一定の距離を保とうとしていた。今振り返ってみると、あの頃の自分は本当に単純だったと思う。

小曼は葉蕭や周旋といっしょのときは前よりずっと明るくて楽しそうだったが、それ以外のときにはあいかわらず口数が少なく、みんなから仲間はずれにされていた。後になって、彼女についての心ない噂が葉蕭の耳にも聞こえてきた。噂には校内で広まっているだけでも、いくつか異なるバージョンがあったが、もっとも意地の悪い噂はこういうものだった。小曼は見た目はおとなしそうだけど、体はもう純潔ではなくて、本当はいやらしい女の子だというのだ。生徒たちがいかにも本当らしくそんな話をするのを聞いたとき、葉蕭は怒りのあまり自分を抑えられなくなり、もう少しで彼らに殴りかかるところだった。

葉蕭はそんな噂を信じたくはなかったが、噂は広まってあちこちから聞こえてきた。実際、彼は小曼のことをあまりよく知らない。たとえば、彼女は家族の話を一切しない。まるで家族が存在していないかのように。数日後、葉蕭はとうとう我慢できなくなって、演劇の稽古のあいまにこっそり小曼に言った。「小曼、君のことで噂が広まってるの知ってる?」

彼女は一瞬驚いた様子だったが、やがて淡々と答えた。

「陰口を言われてるのは知ってる。どんなことを言われてるかも知ってる」

「あんなの、根も葉もないでたらめだよね。そうだろ?」

しかし、小曼は返事をせず、下を向いている。その肩がかすかに震えている。

「返事をしてよ、小曼!」。葉蕭は催促した。

「でたらめじゃないわ」

葉蕭はびっくりした。自分の耳が信じられなかった。しかし、小曼の清らかで美しい瞳を見ると信じないわけにもいかなかった。彼は首を振りながら言った。「嘘だ。そんなの嘘だ」

小曼は突然目を大きく見開いた。その瞳には身を切るような恐怖が浮かんでいる。ちょうど芝居に集中しているときのように精神状態が朦朧としたかにみえたが、突然、気が狂ったように大声で叫び出した。「いや、来ないで。こっちに来ないで!」

小曼は自分を守ろうとするように両手を胸の前で振り

回したかと思うと、きびすを返して劇場から飛び出していった。葉蕭はいったい何が起きたか理解できず、そのまま、ひとり、ぼんやり座っていた。

それからの数日、リハーサルの段階になって、学校にも稽古の成果を報告することになっていた。出演する生徒たちはみな緊張し、夜まで残って稽古する日もあった。だが、葉蕭はどうにも気が塞いでしまって、心に鉛の塊でも詰まっているように感じ、わざと小曼を避けて、ただ稽古の終わった後にほんの少し話をするだけだった。

正式な上演の前の晩、みんなは学校に残って夕食をとり、夜の七時過ぎまで稽古した。葉蕭はその晩のことを今でもはっきり覚えている。小曼の演技はすばらしかった。映画スターなどよりもずっと優れていると先生も言った。特にあの秋瑾が革命に身を捧げて処刑される場面だ。小曼の眼差しは本当に複雑で、革命家の情熱と、死に直面した悲しみ、生への執着を余すところなく表していた。彼女は白い衣装を着ていて、象徴的な意味を表す黒い背景の前にいた。強靭な眼差しには淡い憂いが隠されていた。小曼はゆっくりと両手を前に伸ばし、悲しみに満ちた声であの有名な辞世の詩を歌った。「秋風秋雨《しゅうふうしゅうう》、人を愁殺《しゅうさつ》す……」

彼女がこの最後の一行を言い終わったとき、死刑執行人が紙で作った刀を振り上げ、それから幕がゆっくりと落下した……。秋瑾は死んだ。

みんな呆然としていた。秋瑾が処刑された二十世紀初めの紹興の古軒亭口にいるような気がしていた。

リハーサルが終わった後はみんな疲れ切っていて、葉蕭もすぐに家に帰りたかった。そのとき、小曼が突然、劇場の隅の暗がりから出てきて、葉蕭に小さい声で言った。「ちょっと残っててもらってもいい？　話がしたいの」

葉蕭は彼女の目を見て、何か聞いてほしいことがあるらしいと思ったが、それでも首を振ってこう言った。「いや、もう帰るよ」

「お願いだから」。彼女の声はますます悲し気になった。そのとき、葉蕭は先生がこっちに歩いてくるのに気づいた。そこで、そのまま小曼を置き去りにして、急いで劇場を出た。

家に帰っても、一晩中不安で落ち着かなかった。小曼のことが心配だったのだ。

次の日の朝、学校に着くと、劇場の入り口に大勢の人がいた。葉蕭が人をかき分けて一番前に出ると、小曼が劇場の入り口に倒れていた。黒ずんだ血が地面に広がっており、もうとうに固まっていた。

小曼が死んだ……。

葉蕭はあの瞬間を永遠に忘れることができない。小曼は秋瑾が殺されるときのあの白い衣装を着たまま、奇妙な姿勢で地面に横たわっている。葉蕭は自分の目が信じられなかった。大声で泣きたかったが、泣くことができなかった。警察官の群れが小曼の死体を囲んで写真を撮っている。葉蕭は彼らに突進しようとして、先生に止められた。

まわりを取り巻く人の群れの中に周旋がいた。顔色が真っ青で、震えているようだったが、すぐに人々の中に姿を消した。葉蕭は追いかけていって、いったい何が起きたんだと周旋に聞いた。だが、周旋は自分は何も知らないと答えた。

警察は現場検証をして、小曼は自殺と断定した。学校の劇場の屋根から飛び降り、後頭部を地面に打ちつけ、即死だった。

芝居を上演するはずの日だったが、主役が死亡したので、演劇は中止になった。

それから後のことを葉蕭はよく覚えていない。とにかく、その後ずっと苦しかったこと、あの晩のことをものすごく後悔したことだけを覚えている。あのとき、劇場に残って小曼の話を聞いてやっていたら、彼女が死を選ぶことはなかったかもしれないのだ。

小曼の死は永遠に葉蕭の心の傷になった。同時に、周旋との友情にも細い亀裂が入った。仲違《なかたが》いしたわけではなく、他人から見れば二人は今もよい友だちにみえただろう。だが、彼らの間に入った亀裂はもう繕うことのできないものだった。小曼は死んだが、彼女の影が永遠に二人の間を隔てていて、目に見えない壁になってしまったようだった。高校を卒業してからは、葉蕭と周旋はそれぞれの道を行き、連絡を取りあうこともめったになく、最近ではもうこのまま永遠に周旋に会うことはないだろうと思っていたほどだ。

それから何年もたって、警察官になってから、葉蕭は小曼の自殺に関するファイルを調べてみて、初めて彼女の身の上を知った……。

　小曼がまだ生まれる前に父親が事故で亡くなった。母親はひとりで小曼を育てたが、小曼が十二歳になった年、離婚歴のある男性と再婚し、その男性は小曼の継父となった。小曼の無邪気な子ども時代はそのときに終わった。継父は見た目には垢抜けて穏やかな男性にみえたが、夜になると悪魔に変わった。母親はしばしば彼に暴力を振るわれたが、小曼のために黙って耐えていた。

　それ以来、小曼は家庭内暴力の影におびえ、性格もだんだん内向的で憂鬱になり、精神状態が朦朧とすることさえあった。

　小曼が十五歳のとき、不幸なことに母親が交通事故に遭い、植物状態になってしまった。継父はずっと寝たきりの母親の世話をしていたが、小曼を暴力の新しい標的と見るようになっていった。

　彼女が十六歳になったある夏の夜、男は獣《けだもの》の本性をあらわし、非情にも義理の娘をその色欲の餌食《えじき》にした。その後で彼女を脅し、もしもこのことを人に話したら、母親の面倒もみない、それればかりか、意識のない母親を殺してしまうとまで言った。小曼はひどく苦しんだが、母親のために黙って耐え忍ぶうちに性格も変わってしまった。男はその後もしばしば小曼を虐待したが、傷跡を残さないようにしていたから、他人はずっと彼を寝たきりになった妻とかわいそうな義理の娘を世話している模範的な夫で継父だと思っていた。

　小曼が自殺してから、やっと彼女の悲惨な境遇について通報した人がいた。警察はすぐに継父を召喚し、取り調べの結果、彼は自分の罪行を認めた。小曼の自殺の原因もはっきりした。彼女が命を絶った前の晩、またしても継父に凌辱され、人に話すな、話せば母親を殺すと脅されたのだ。最後のリハーサルがおこなわれた夜、小曼は家に帰らなかった。それ以上虐待の苦しみに耐えることはできなかったので、死によって解放されることを選んだのだ。

　その後、人のふりをした獣のような男は死刑の判決を受け、小曼の母親は政府に保護されたが、何年もたたないうちに病状が悪化して亡くなった。

　それが葉蕭が小曼について知っているすべてだ。彼女の自殺についての書類を読み終わったとき、すでに警察官になっていた葉蕭は子どものように泣いた。そのとき、彼は雪児を失って間もない頃で、愛する人を失う痛みを知った彼はもう小曼のことを思い出さないようにしようと誓い、その記憶を永遠に封印しようと思ったのだ。

それなのに、周旋があらわれたこと、そして幽霊客桟から送られてくる手紙のせいで、葉蕭は再び悲しい追憶のうちに陥っていた。

＊　＊　＊

六通目の手紙

葉蕭、元気でお過ごしのことと思います。

昨日の午後、君への手紙を書き終わると、ぼくはすぐに幽霊客桟を出て走り始めた。三十分後には荒村に着いたが、荒村の人たちはあいかわらずで、ぼくのことを疫病神みたいに避けていた。ぼくは手紙をポストに入れると、もと来た道をさっさと引き返した。

歩いていくうちに、空がだんだん暗くなっていった。まさしく、「山雨来たらんと欲して、風楼に満つ」（唐・許渾「咸陽城東楼詩」）って感じだった。客桟の前まで来たが、ぼくはすぐには入らずに、建物の裏にまわった。そして、海岸寄りの岩の上に立って、客桟の裏口をじっと見つめた。

突然、裏口の扉がそろそろと開いて、黒いワンピースを着た女性が出てきた。ぼくはもうその人の名前を知っている。秋雲だ。

秋雲は外に出たとたんにぼくに気づき、びっくりして、また引っ込もうとした。ぼくはすぐに声をかけた。「待って」

秋雲は立ち止まって、またぼくのことをじっと見たが、何も言わない。

ぼくは続けて言った。「どうして、ぼくを見た途端に行ってしまうの？」

「あなたとは関係ないわ」。彼女はやっと口を開いた。そして、前を向いて歩きだし、ぼくの前まで来て暗い海のほうを向いた。冷たい風が吹いてきて、吹き乱れた髪の毛がすごく素敵にみえた。

「どうして、いつも裏口から出入りしてるの？　正々堂々と表から出入りするわけにはいかないの？」

秋雲は海のほうを向いたままで言った。「わたしがこそこそしてるって言いたいの？」

「いや、そういう意味じゃないけど」。彼女は何でもはっきり言うので、ぼくはちょっと気まずくなった。「ぼくはただ、傷はもうよくなったのか、聞きたかっただけだ」

「もうすっかりなおったわ。周旋、助けてくれてありがとう」

彼女はやっとこっちを向いた。その鋭い視線に正面から見つめられて、ぼくはどうしたらいいかわからなくなり、ちょっと後ろに下がった。「どういたしまして。それより、聞きたいんだけど、崖の上に何をしにいくの？」

「人を待ってるの」

「誰を？」

秋雲はぼくをまっすぐ見て、ゆっくり言った。「夫を」

意外な答えだった。ぼくは振り返って遠くの崖を見ながら言った。「あの崖の上で旦那さんを待ってるの？」

彼女は視線を海に向けて、独り言のように言った。

「三年……。もう三年、ここで彼を待ってるの」

「旦那さんはどこへ行ったの？」

「遠くへ……」

その言葉をあまりにもゆっくり言うものだから、なんだか変な感じがした。

ぼくは好奇心を抑えられなくなって質問した。「あなたの旦那さんて、どんな人？」

「幽霊客桟の主人」

「なんだって？」。ぼくはびっくりした。「幽霊客桟の主人は、丁雨山じゃないの？」

秋雲は首を振った。「丁雨山は夫の弟よ」

「どういうこと？」

「幽霊客桟の主人は丁雨天という名前で、わたしの夫。五、六年前までわたしたちはここからずっと遠い都市で暮らしていたんだけど、丁家には西冷鎮に遺産があると聞いて、ここに来てみたの。そのときの幽霊客桟はまるで遺跡のようだった。客桟では口のきけない阿昌がひとりで暮らしていて、客桟は何年も前に死んだ人の僵屍《キョンシー》みたいに見えた。わたしと夫はすぐにここの独特な景色に夢中になって、この幽霊客桟の歴史も知った。それで、決心したの。このキョンシーみたいな幽霊客桟を生き返らせようって」

ぼくはびっくりした。「死体を生き返らせるって？

なんだか怖い話だね」

「営業を再開するっていう意味よ。わたしたちは営業許可をとって、百万元もの資金を投資して、もともとの構造を変えないっていう条件で建物を改装し、ついに幽霊客桟を復活させたの」。そこまで言うと、彼女はゆっくり息を吐きだした。「客桟の営業を再開すると、遠くからのお客さんがたくさん来たわ。その後は人数は減ったけれど、いつも長期滞在のお客さんが少しはいるから、なんとか採算がとれているの」

「それじゃ、丁雨山は？」

「さっき言ったとおりよ。わたしの夫の弟で、客桟の営業を始めてから、夫の手伝いに来て経理を担当しているの」

「それなら、旦那さんはどうしてここを離れたの？」

するると、彼女は少し複雑な表情になった。ぼうっとした目つきになって、顔を背けると言った。「飽きてしまったんでしょう」

「幽霊客桟の生活に？」

「そう。ここは世の中と隔絶していて、生活も静かすぎるでしょう。だけど、夫は冒険が必要な人なの。それで、三年前に幽霊客桟を離れて旅に出たの。ひとりでね。だって、わたしはもうこの幽霊客桟が大好きになっていたし、この海辺を離れたくなかったから。夫が旅に出てからは、丁雨山が客桟の仕事をやってくれてる」

「旦那さんはどこへ行ってるの？」

秋雲は首を振って言った。「知らない。あの人はわたしと結婚する前から旅が好きで、全国ほとんどどこへでも行ったし、外国旅行にもしょっちゅう行ってたわ。もしかしたら、今この時にも、アンデス山脈の小さな登山電車に乗って、谷間の古代遺跡を眺めているかもね」

「帰ってくるの？」

「もちろん」。彼女は自信ありげに答えた。「出発する前に、必ず帰ってくるって約束したもの。長くても、三、四年だって。きっと今にもこの幽霊客桟に帰ってくるはずよ」

「今にも帰ってくるって？」。ぼくの心に怖ろしい場面が浮かんだ。真っ暗な真夜中、幽霊客桟に突然、亡霊のような人影が現れる……。手には一本の蠟燭を持っていて、暗く瞬く蠟燭の灯りがその旅に疲れた顔を照らす……。

ぼくはその思いを振り払って尋ねた。「どうして、崖の上で待ってるの？」

彼女は遠い水平線を見つめて言った。「誰かのことを本当に思っていたら、毎日、崖の上に立って海を見ているだけで、たとえその人がどんなに遠くにいても、きっと感じてくれるはず」

ぼくは何と返事していいかわからなくなった。ただ、秋雲から何か特別ないいにおいがするのを感じていた。秋雲は見た感じでは清芬と同じくらいの年のようだが、二人の個性はまったく違っている。

突然、ぼくは顔の上に冷たいものが落ちたのを感じた。上を向いて見ると、雨が降り出した。夏の海の天気は変わりやすい。ほんの一瞬のうちに、バケツをひっくり返したような大雨が降ってきた。

ぼくと秋雲は不意を突かれてどうにもできず、頭から足まですぶ濡れになった。彼女はぼくの手をつかむと、降りしきる雨の中、客桟の裏口に向かって駆け出した。

濡れネズミになって客桟に戻ったが、秋雲は笑い出して言った。「こんなに雨に濡れたのは久しぶりだわ」

ぼくも照れながら笑い出したが、目の前の暗く折れ曲がった廊下を見て、質問したくなった。「どうして、ここは迷宮のようになってるの？」

「それは、幽霊客桟を設計した人自身が、ひとつの謎のような人だったから」

「設計した人って誰？」

彼女は首を振った。「そんなこと聞かなくていいわ。二階に連れていってあげる」

秋雲がぼくを連れて複雑な廊下を通り抜けていくと、狭い階段の下に出た。ぼくはこの階段は見たことがなかったし、上を見ると真っ暗闇だったのでドキッとしたが、彼女のすぐ後について、びくびくしながら上っていった。

そこは二階の裏側で、そこにも隠された廊下があった。何歩も歩かないうちに、目の前に人影が現れた。丁雨山だ。

「どうしていっしょにいるんだ？」。彼はひどく驚いた様子で、ぼくの前に立つと、凶悪な口調で言った。「なんで、彼女といっしょなんだ？」

ぼくはちょっとびくついたが、口先だけは強がって言った。「丁さん、なんでそんなに動揺してるの？」

「なんだって？」。丁雨山は大声を出した。怒らせたようだ。

ぼくがぐずぐずしていると、秋雲が突然言った。「もういいでしょ、雨山。見てよ、わたしたち、ずぶ濡れなのよ」

そう言うと、彼女は丁雨山を連れて去っていった。

ぼくの頭からはまだ水が滴っていて、まったくひどい有様だった。急に気分が悪くなって、寒気がした。時計を見ると、もう昼近い十一時半だ。廊下をぐるっと回って、やっと出口を見つけ、自分の部屋の前に着くことができた。

部屋に入ろうとすると、突然、扉が勝手に開き、中から誰か飛び出していった。驚いて追いかけていって、階段の上でそいつをつかまえた。薄暗い所で見ると、まるでカジモドのようなその顔は阿昌ではないか！

「どうしたんだ？　何があったんだ？」

彼が口をきけないことは知っているのに、ぼくは矢継ぎ早に問いただした。阿昌の顔はますますねじれ、あの左右の大きさの違う醜い目は怖ろしくみえた。阿昌は手に何かの道具を持っていて、部屋を片づけに来ていたらしい。彼はいかにも何か言いたそうで、喉から曖昧な音を出したが、やはり話すことはできないのだった。それから、身振り手振りで何か伝えようとしたが、どういう意味かわからなかった。

どうしようもないので、そのまま阿昌を帰らせた。彼は階段を下りていった。ぼくはわけがわからないと首を振りながら、寒気を覚えて、急いで部屋に戻った。まさか、盗みに入られたわけじゃないだろうなと思った。だが、急いで部屋に入って見ると、何もかもきちんと片付いていて、何の異常もなかった。ただ、窓の外の荒野から、激しい雨の音が聞こえてくるだけだ。

なんだろう？　疑問を感じたとき、背後に奇妙な感覚があった。その時になってやっと気づいたのだが、机の上の木匣が開いている。まさか、阿昌がぼくの木匣を開けたのか？

そばに寄って見た途端、心臓がドキリとした。木匣の中は空っぽで、何にも入っていない。

「阿昌！」。ぼくはカッとなって、阿昌をつかまえるために部屋を飛び出そうとした。入り口のほうを振り返った瞬間、扉に昔の衣装を着た女性がぶら下がっているのを見た。

それだけではない、もっと怖ろしいことに彼女の首の上には頭がない……。

頭のない死体？

「わあー！」

ぼくは肝をつぶして、床の上にくずおれそうになった。だが、まだ理性を失ったわけではなかったので、気持ちを落ち着かせてから、もう一度よくよく見ると、扉にぶら下がっているのは女の人ではなくて、芝居の衣装一式だとわかった。

ぼくはため息をついた。ああ、びっくりした。額には冷や汗をかいて、体は雨でぐしょ濡れだし、全身力が抜けてしまった。

扉に掛けられた衣装一式はまるで人間が着ているようにみえる。花模様を刺繍した女褶とそれに合わせた青いスカート、両脇にひらひらと垂れ下がっているピンク色の水袖（袖口についている長い布）、女褶の肩に掛けられた薄絹の雲肩、それにスカートの下からは花の刺繍の靴のつま先がみえている。この一式の芝居の衣装は本当に見事な組み合わせで、東洋の女性の優雅な体つきをそのままに表している。だから、頭のない女性がぶら下がっているようにみえるのも当然かもしれない。

こういう経験をした人は多いに違いない。壁にコートを掛けておいて、夜中に目を覚まし、寝ぼけたまま、それを見てびっくり仰天、誰かがそこにぶら下がっていると思った人は。

しかし、不思議だ。これらの衣装をきちんと組み合わせるには、かなりの専門知識が必要なはずだ。まさか、阿昌は芝居のことがよくわかっているんだろうか？　ぼくはちょっとため息をついた。まったく、不思議なことだ。それから、扉に掛かっている衣装に触ってみた。柔らかくて滑らかな手触りだ。中には長い衣装掛けがあった。それで、衣装の中に女性の体があるようにみえたんだ。

そう思ったとき、急に目眩がして、体の力が抜けた。ぼくはゆっくりベッドに倒れたが、関節が痛いだけでなく、額に触ってみたら、熱があることがわかった。

ぼくは小声で悪態をついた。まったく運が悪い。さっき雨にあたって、濡れた服が体に貼り付いている。もしかしたら、昨日の午後海で泳いだとき、もう風邪をひいていたのかもしれない。それから一晩、不注意にもまた雨にあたったから、一気に具合が悪くなったんだ。

濡れた服を脱いだが、まだ寒気がする。ぶ厚い毛布にくるまるしかなかった。そのときにはもう、立ち上がる気力もなくて、ベッドの上で虫のように丸くなった。

窓の外は土砂降りだ。

目は開けているのに、意識が朦朧としてきて、金色の光の破片が目の前を飛び始めた。きっと、発熱のせいだろう。瞼が半分おりてきて、視界もぼんやりしてきた。部屋の中を見回して、最後に扉に掛かった衣装を見た。しまおうと思っていたのに、もうその気力もない。そのとき、衣装の両方の水袖がひらひら動き始めて、まるで虹のようにぼくの視界を掠めていった。

まさか。そんなはずはない！

しかし、その次には衣装の全体が水袖に従って動き始めた。まるで、古代の装束を身にまとった女性が舞い始めたかのように。

胸がドキドキして、魂も吹き飛んでしまいそうなほど驚いた。これは幻覚なのだろうか？

ぼくはゆっくり目を閉じた。耳には雨が窓ガラスを打つ音が聞こえてくる。

突然、誰かが扉を叩いているのが聞こえた。ぼくはやっと力を振り絞って言った。「どうぞ」

ぼやけた視界の中で、扉がそっと開き、白い人影が入ってきた。その人がベッドにそっと座ると、やっとその美しい目がみえた。それは水月だった。

あまりに突然のことで、ぼくは気まずい感じがした。まして、今のぼくときたら、上半身は裸で毛布にくるまっているし、いかにも具合の悪そうな顔をしているだろうから。何か言わなければと思ったが、言葉が出てこなかった。

水月はぼくを見て瞬きすると、あの魅力的な声で言った。「どうしたの？」

ぼくはかすれ声で答えた。「なんでもない」

彼女は首を振って白い手を伸ばすと、ぼくの額に触った。その瞬間、熱のある額を氷のような涼しさがかすめた。

水月はすぐに手を引っ込め、うつむいて言った。「周旋、あなた熱があるわ。風邪を引いたの？」

ぼくは彼女の目を見ながら、こらえきれずにうなずいた。「寒気がして熱があるだけだよ」

「あなたがお昼ご飯を食べに下りてこないから、様子を見にきたの」。彼女は小さなため息をついて言った。「具合が悪かったのね」

「水月、ありがとう。多分、ちょっと眠ればよくなると思う」

「でもね、ちょっと待ってて」

彼女はすぐに戻ってきた。手にはお湯の茶碗を持っている。「ごめんなさい。薬を探したけど見つからなかったから。まず、お湯を飲んで汗を出すといいわ」

ぼくはうなずくと、お湯の茶碗を受け取って飲んだ。熱いお湯が喉を通っていくと、砂漠を雨が潤すようにぼくの心も少し暖かくなった。

水月は小さい声で聞いた。「お腹が空いたでしょ？」

ぼくは何も言わず、黙って彼女を見ていた。

「ちょっと待ってて」。そう言うと、また部屋から出ていった。

ぼくは目を閉じた。十分もたたないうちに、水月は食事を持って戻ってきた。お盆をベッドの脇に置くと、湿った部屋にご飯やおかずの暖かさが広がった。

「さあ、どうぞ」

ぼくはなんと言ったらいいかわからず、無意識のうちに毛布にくるまった上半身を起こし、飯碗と箸を持って食べ始めた。水月がそばにいると、なんだか恥ずかしくて、彼女もそれに気づいたらしく、そっと部屋から出ていった。そして、ぼくが食べ終わってから、また戻ってきて、食器をさげてくれた。

ぼくは扉に掛けてある衣装のことを思い出した。いくらか体力も回復していたので、急いでシャツを着て、ベッドから降りようとしたところで、水月が戻ってきた。

彼女は今回は扉を閉めたので、扉の内側の衣装が見えてしまい、ぼくは緊張した。そのとき、水月はぼくのほうを向いていたから、自分の後ろにある物には気づかないまま、小さな声で言った。「あなたの部屋を見せてもらってもいい？」

不意を突かれた感じがしたが、ぼくは返事をした。

「もちろん、いいよ」

「あっ、これは何？」

水月の視線は木匣の上に止まった。すぐに持ち上げて、よく見ている。彼女のその目つきは前に見たことがあるような気がした。両手で木匣の内側を撫でている。そして大きく息を吸うと、ゆっくりと言った。「かすかになにかの香りがするわ」

そのとき、彼女は突然振り返ると、扉の内側に掛けてある衣装を見つけた。

ぼくはドキリとした。何が起きるのだろうと思った。

水月は驚いた様子で、無意識のうちに一歩下がったが、それから、また扉のほうをよく見ると、ふっと息を吐いて言った。「ああ、これは服だったのね」

ぼくはそっと言った。「それに近寄らないで」

だが、彼女はぼくの声が聞こえなかったかのように、まっすぐ扉のそばまで歩いていった。あの芝居の衣装にすっかり興味をひかれた様子で、ツヤのある女褶を軽く撫でると言った。「本当にきれい……」

「水月、それは芝居の衣装なんだよ」

「わかってるわ」

水月は唇の端をちょっと上げてそう言うと、女褶を上から下へと撫でていき、片方の水袖を持ち上げた。その水袖を自分の手で巻き上げるると、ふわっとそれをふるったので、水袖は空中に弧を描いて漂った。まるで彼女が実際に着ているようにみえた。

水月は突然振り返ると言った。「周旋、この衣装着てみてもいい？」

「だめだ」。ぼくはきっぱりと断った。

水月は小さな女の子のような表情で言った。「きれいだなって思ったから、ちょっと着てみたかっただけ。着てみたら、すぐに返すから」

「だめだ！」

「わかったわ」。彼女はしかたなくうなずいた。「でも、教えてくれる？　この衣装はどこから来たの？」

ぼくはちょっと迷ったが、結局、木匣を指差して言った。「あの中から出てきたんだよ」

「あの入れ物の中にあったの？」

「木匣だよ」

水月は木匣のそばに寄って言った。「それじゃあ、これはどこから来たの？」

「田園っていう女の子がぼくに渡したんだ」

窓の外から土砂降りの雨の音が響く中、ぼくは木匣の来歴も、田園の不思議な死のことも、何もかも水月に話して聞かせた。話し終わると、喉が熱っぽくて、声も出なくなってきた。

「ごめんなさい。いろいろ知りたがったりするべきじゃなかったわ。あなたは休養しなくちゃいけないし」。水月はゆっくり出口のほうに歩いていった。「周旋、よく眠ってね。そうすれば、きっとよくなるから」

言い終わると、あとは黙って部屋から出ていった。

水月が去ってから、ぼくの視線は扉に掛かった衣装に止まった。なんだか心配になったので、なんとか起き上がると、扉から衣装を下ろし、丁寧にたたみ、きちんと数も数えて、何もなくなっていないことを確認してから、木匣の中に収めた。それから、木匣の蓋をしっかり閉めて、旅行バッグの中にしまった。

それがすむと、ぼくはまたベッドに横になった。水月の言うとおりだ。とにかくよく眠る必要がある。窓の外の大雨の音を聞きながら、ぼくの意識は朦朧としてきて、やがて暗く湿った谷底に沈んだ。

大雨は午後の間ずっと降っていた。

どれほど時間がたっただろう、奇妙な音が聞こえてきて、ぼくを谷底から呼び起こした。寝ぼけ眼《まなこ》を見開いて天井を見たら、白い灯りが注いできて、突然、幽霊のような顔が目の前に現れた。

ぼくは無意識のうちに大声で叫び、体を起こして壁に寄った。目を擦って見ると、それは阿昌の顔だった。

ぼくはため息をついて、自分の胸をおさえながら言った。「阿昌、びっくりしたじゃないか」

阿昌は口がきけないから、ただ、ぼくを見てうなずいた。見ると、熱いお粥と付け合わせの小皿をいくつか持ってきてくれたのだ。熱を出したときにちょうどよい夕食だ。窓の外を見ると、すでに日が落ちていたが、激しい雨はまだ降り続いていた。

「ありがとう、阿昌。机の上に置いてください」

彼は夕食を置いて出ていこうとしたが、ぼくは呼び止めた。「阿昌、ちょっと待って。聞きたいことがあるんだ」

阿昌はじっとぼくを見てかすかにうなずいた。そのときには、ぼくの頭もはっきりしてきたので、引き出しから紙とペンを出すと、阿昌の前に置いた。「字を書けるでしょう？」

彼はちょっと躊躇してからうなずいた。

「よかった。ちょっと聞きたいんだけど、今日の昼にこの部屋に掃除に来たでしょう？」

阿昌は変な目つきでぼくを見たが、ペンを持って、きちんとした字で「はい」と書いた。

「ぼくの木匣に触りましたか？　ほら、あの木匣だけど」

彼は激しく首を振って、紙にきれいな字で一行書いた。「わたしが入ったときには、あの匣はもう開いていました」

「それじゃあ、中の物は？」

阿昌は書いた。「中は空で、後ろを振り返ったら、あの扉に」。そこまで書いたところで彼の手は突然止まり、ペン先で強く紙を突いたので穴が開いてしまった。

ぼくは彼の顔を見て叫んだ。「どうしたの？　阿昌！」

彼は少し震えているようで、顔を上げて部屋の中を見回すと、何か発見した様子で、彼の恐怖を浮かべた目と曲がりくねった顔を見て、ぼくもぞっとしてしまった。

ぼくは続けて尋ねた。「阿昌、扉の裏に芝居の衣装が掛かっていたのを見たんでしょう？」

阿昌は首を振った。そして、震える手で紙に手のひらほど大きな字を書いた。「亡霊」

「亡霊？」

彼の目はまっすぐぼくを見つめ、口を開いたものの、喉からは奇妙な音が出るばかりで、言葉は出てこない。心臓の鼓動が速くなった。彼のそのときの様子のほうがよほど亡霊みたいだと思った。

突然、阿昌は字を書いた紙をつかみ、あっという間に細かく引き裂いた。そして、それを空中に投げたので、紙切れは雪のように落ちてきた。彼はもうすっかり怯えて、理性を失っているようで、ぼくが立ち上がって何か言おうとしたときには、飛ぶように部屋から出ていってしまった。

床に散らばった紙切れを見て不安な気持ちになったぼくは、ゆっくりベッドから起き上がってそれを拾い集めた。それから、阿昌が持ってきてくれた食事を食べ始めた。彼の作る料理は本当においしくて、ぼくはあっという間に食べ終わった。

ベッドに横になった途端、阿昌が突然また現れたのでびっくりしたが、彼は食器を片づけに来たのだった。そして、一瞬もぐずぐずしないで、すぐに出ていった。

ぼくはゆっくり息を吐き出して、両目を閉じ、静かに窓の外の雨の音を聞きながら、だんだんに眠りについた。

数時間後、ゆっくり目を覚まし、半分だけ目を開けて部屋を見回すと、柔らかい灯りがぼくの額にあたっていて、ぼんやりした視界になんだか黒い影が動いているような気がした。

　ぼくはまたしてもびっくり仰天した。そのとき、なんだか珍しいにおいがした。ぼくは息を吸い込んだ。いやあ、とんでもなく変なにおいだ。とても言葉では表せないくらいだ。

　ぼくは目を大きく開けて、その黒い人影をよく見た。そうだ、黒いワンピースが見えた。それに成熟した美しさをたたえた青白い顔、長い黒髪……。

「秋雲？」。ぼくは小さな声で彼女の名前を呼んだ。

　窓の外は朦朧とした雨の夜だ。

　彼女の顔がだんだんはっきりしてきた。ちょっと口を尖らせて、ぼくのそばに座っている。よく見ると、陶器の壺のような容器を持っている。まるで河姆渡《かぼと》遺跡（浙江省で一九七三年に発見された紀元前五〜三世紀の遺跡）の太古の昔の陶器みたいだ。

　秋雲は無表情のままで言った。「周旋、具合が悪いって聞いたから」

　彼女の顔は白い光の輪で覆われているように見えた。ぼくはぼんやりしたままでうなずいた。すると、彼女のほうからあの鼻を刺すような変なにおいがした。ぼくは彼女の持っている入れ物を見て尋ねた。「それ、何が入ってるの？」

「あなたに飲ませる薬」

「薬？」

　その一文字を聞いて、ぼくは魯迅の『薬』という短編に書かれた血饅頭（死刑囚の血に浸した饅頭《マントウ》が万病に効くという迷信があった）の話を思い出してしまい、ぶるっと寒気がした。

　秋雲は怪訝《けげん》そうな表情を浮かべて小さい声で言った。

「そうよ。病気になったら、薬を飲まないといけないでしょ」

「何の薬？」

「熱が出て寒気がするんでしょう？　漢方薬を煎じたの。寒気や発熱に効く薬よ」

「漢方薬？」。ぼくは河姆渡遺跡の物みたいな容器を見て疑わし気に言った。

「漢方薬を信用しないの？　わたしはね、中国医学を学んで、二年間漢方医として働いたこともあるのよ。ここ何年かでかなりの薬草を収集したの。この薬も自分で取ってきたのよ。安心して飲んで」

彼女は容器を机の上に置いて、どこからかガラスのコップを出すと、容器の中の液体をコップに注いだ。その液体は黒くて、まだ熱そうで、汚く濁っていた。そのうえ、本当に嫌なにおいで、ぼくは吐きそうになってしまい、慌てて鼻をつまんだ。

秋雲はそんなぼくの様子を見て少し笑った。「ひどいにおいでしょ。でも、良薬は口に苦しっていうでしょ。さあ、飲んで」

ぼくはうなずくと、コップを受け取って目の前に置いた。濁った薬汁のにおいが鼻を突き、ぼくは目をつぶって、ごくっと一口飲んだ。

薬が舌の先に触れた瞬間、とても言葉には表せない苦みを感じた。歯を食いしばって飲み込まないと、吐いてしまいそうだった。葉蕭、君は苦丁茶《クーディンチャ》を飲んだことがあるかな？　苦丁茶の苦さなんて、この薬に比べたら、まったくたいしたことはないよ。

ぼくはもう礼儀にかまっている余裕はなくなり、反射的に舌を出してぜいぜい息をした。

すると、秋雲は冷たく言った。「残りも全部飲んで」

「え？」。ぼくは彼女の目を見て恐怖を感じた。

彼女は命令口調でまた言った。「さあ、はやく全部飲んで。飲めば病気はよくなるわ。でも、飲まないと死ぬことになる」

最後のひと言を聞いて、ぼくはびっくりした。これくらいの寒気と熱で死ぬことなんてあるだろうか。いいや、きっと脅かしているだけだ。そう思った途端にコップを持った手がぶるぶる震え始めた。秋雲の不思議な目つきを見ているうちに、自分は彼女にコントロールされているのであって、命令に従う以外どうしようもないという気がしてきた。

「飲みなさい！」

秋雲がまた冷たい声で言った。

ぼくはもう抵抗できず、薬汁を全部口に入れた。温かい薬汁が舌と喉を刺激し、胃に流れ込んで本当に吐きそうになった。ぼくは手で口をおさえながら、必死で自分の喉をなだめ、とうとう薬を全部飲み込んだ。

そのとき、秋雲は気味の悪い笑い声を出した。「周旋、それでいいわ」

彼女の声には一種の魔力があって、まるで催眠術をかけられたみたいに頭がぼうっとなった。同時に、背中にびっしり汗をかいて、体の中を熱いものが上がったり下がったり、激しく流れているような気がした。

いったい、何を飲まされたんだろう？

突然、ぼくはある古いひとつの漢字を思い出した。

「蠱《こ》（毒虫）」だ。

だが、ぼくはもう自分をコントロールできなくなっていて、視界がぼんやりし、ただ、秋雲の両目だけがはっきり見えた。ぼくは手を振って、あの陶器の入れ物を床に叩き落とした。同時に、それが割れて砕ける音が聞こえた。

「やられた！」。ぼくは心の中で小さく叫んだが、すぐに目の前が真っ暗になった。意識が曖昧になってきて、窓の外の雨音以外はなにも感じられなくなった。

葉蕭、それから何が起きたか、ぼくはまったく覚えていないんだ。秋雲がいつ部屋を出ていったかもわからない。

暗い暗い海がまたぼくを飲み込んでいった……。

再び、鋭い叫び声で目が覚めるまで。

そのときはもう、真夜中だった。それはまるで聞く者の胸が張り裂けそうになる声で、ぼくの心もちぎれそうになった。ぼくは無意識のうちに飛び起きたが、全身汗びっしょりになっていた。それでも、体にいくらか力が回復したように感じられたので、そのまま眠るのはやめて、ベッドから飛び降りると、暗い廊下に飛び出していった。

廊下に出たとたんに誰かにぶつかったので、その人をつかまえてみると、柔らかい肩にあたったが、その感触とにおいだけですぐに誰だかわかったから、漆黒の闇の中で小さな声で呼びかけた。「水月なの？」

「そうよ。具合はいくらか、よくなった？」

「だいぶよくなったよ。水月、さっきの叫び声を聞いた？」

彼女が答えないうちに、また叫び声が聞こえた。その声は何か言おうとしているようだが、何を言っているのかはっきりしない。もしかして、阿昌の声だろうか？ 阿昌は口がきけないけれど、まったく声が出ないというわけではない。ぼくは彼が食事を持ってきてくれたときのことを思い出してドキッとしたので、水月の手を引いて一階に駆け下りた。

広間には灯りが点いていて、阿昌は帳場に寄りかかっていたが、まるで気が変になったみたいに向かいの壁をにらんでいる。

そのとき、ばたばたと大勢の足音が聞こえたので、振り返って見ると、丁雨山、高凡、それに水月の友だちの琴然と蘇美、清芬と小龍の母子も下りてきていた。みんな寝ぼけ眼で慌てている様子だが、彼らも阿昌の叫び声で目が覚めたのだろう。

丁雨山は厳しい表情で阿昌の前に寄ると、「いったい、どうしたんだ？」と大声で聞いた。

阿昌は口を開けて荒い息をしながら、手を伸ばして向かいの壁を指差した。

みんなの視線が向かいの壁に集まったが、何も異常はないようにみえる。三枚の古い写真が掛かっていて、その下には棚と蓄音機がある。

突然、水月がぼくの手をギュッと握って、震えながら言った。「見て！　写真の中の人たちの顔を！」

水月にそう言われて、ぼくもやっと変化に気づいた。壁に掛けられた三枚の白黒写真、もっと正確に言えば三枚の遺影というべきだろうが、三枚とも写真の中の顔が変わっている。

三人とも恐怖の表情を浮かべ、目を大きく見開き、口も開けていて、眉を逆立て、顔は少しねじれ、まるで墓の中から目覚めたばかりか、それとも、よほど怖ろしいものを目にしたかのようだ。しかし、三枚のうちのあの女性の写真はあいかわらずぼんやりしていて、細かい様子はわからず、ただ、恐怖を浮かべた表情だけは見てとれた。

「そんな……。そんな馬鹿な！」。丁雨山が自分の頭を押さえて叫んだ。

ほかのみんなも写真の変化に気づいたようで、琴然が鋭い叫び声を上げ、蘇美と身を寄せ合っていた。高凡ひとりがゆっくり壁に近づいていって、三枚の写真をよく見ていたが、やがて振り向いて、奇妙な目つきでみんなを見た。その目には疑いと怒りがあって、まるでわれわれの中から何かを探そうとでもするように、一人ひとりをじっと見ていった。

「何を見てるんだ？」。丁雨山が厳しい口調で言った。

突然、小龍少年が大声を出した。「あの人だ！」

彼の目はまっすぐ前を見据えていて、本当に何か見えているようなのだが、ぼくにも他のみんなにも何にも見えない。広間の中にはますます恐怖が満ちた。清芬が息子をつかまえて言った。「変なことを言わないで！」

丁雨山が少年の前に歩み寄って優しい声で言った。「何を見たんだ？　言ってごらん」

小龍が瞬きをして、何か言い出そうとしたとき、入り口の扉が耳障りな音を立てた。

客桟の入り口の扉が突然開いて、冷たい雨風が広間の中にヒューヒューと吹き込んできたのだ。天井の電灯が風に吹かれて大きく揺れ、灯りが明滅している。外の激しい雨音が天地を揺るがすように響き、風が無数の雨粒をぼくたちの体に叩きつけてきた。

清芬が鋭い叫び声を上げ、それから、琴然と蘇美も悲鳴を上げた。まるで悪魔が入ってきたかのように、みんな恐怖にとらわれている。広間にいる全員が大騒ぎを始め、丁雨山までが慌てふためいて大声を出している。

「いったい、何が起きたんだ？　扉の鍵は確かに締めておいたぞ。なんで風が吹き込んでるんだ？」

水月も震え出して、ぼくにぴったり寄り添ってきた。ぼくは彼女の肩を抱いて、そっと耳打ちした。「怖がらなくていいよ。大丈夫だよ」

それから、ぼくと水月は階段を駆け上がり、他のみんなも逃げるように階段を上がってきた。しばらくの間、客桟には女の叫び声と男の罵り声、それに狂ったように吹き荒れる雨風の音が満ちた。

ぼくはよろよろしながら、自分の部屋にたどり着いた。だが、水月はいっしょに部屋に入ってはこなかった。扉の陰で息を切らしながら、小さな声で言った。「周旋、暖かくして、早く休んでね」

「君は大丈夫？」

水月が答える間もなく、彼女の友だちの琴然と蘇美がやって来た。二人はもっと怖がっている様子で、水月の肩をつかんで言った。「水月、はやく部屋に戻りましょ」

水月はうなずき、二人といっしょにぼくの視界から消えた。

ぼくは深呼吸して、部屋の扉を閉め、ベッドにどさっと倒れた。窓の外では今も嵐が暴威をふるっている。ぼくはゆっくり目を閉じて、あれこれと考えながら、眠りについた。

今朝、目を覚ましたときには、だいぶ気分がよくなっていた。口の中が少し苦かったが、昨夜の漢方薬の味が残っていたんだろう。ベッドから飛び起きて額に触ってみると、熱もすっかりひいていた。確かに、秋雲の言うとおり、彼女の煎じてくれた薬には不思議なほどの効果があるようだ。ぼくはちょっと体を動かしてみて、もうすっかりよくなったと確信した。

窓を開けて海を見ると、一晩中降っていた雨もやんで、空気がしっとりして、いい気分だ。ぼくはさっさと顔を洗い、歯を磨くと、一階に駆け下りた。

広間に入ると、昨夜のことを思い出して緊張した。びくびくしながら、壁のほうへ行くと、頭を上げてあの三枚の古い写真を見た。

おかしい。ぼくはびっくりした。あの三枚の白黒の写真は以前とすっかり同じで、何も変わったところはない。目を擦ってよく見たが、三枚の遺影はやっぱり変わっていなくて、もとのとおりだった。ぼくは首を振った。昨日の夜中に確かに見た。写真の中の三人の顔は恐怖の表情に変わっていた。それなのに、なぜ今はもとに戻っているんだ？

「周さん、何を見てるんです？」。丁雨山の声が後ろから突然聞こえて、ぼくの思考は中断された。

ぼくは急いで振り返って言った。「見て。写真がまた元のとおりになってる！」

「いったい何を言ってるんだか、さっぱりわかりませんね」

「丁さん、昨日の夜中にあなたも見たでしょう？」

彼は首を振った。「いいえ、昨夜はぐっすり眠っていて、夜中に起きたりはしませんでしたからね」

「なんだって？」。自分の耳が信じられず、続けて聞こうとしたが、結局、何も言えなかった。

まさか、昨夜のことはなかったというのか？　高熱のせいで、ぼくが悪い夢を見ていたということか？　それとも、秋雲の薬を飲んだせいで幻覚を見たのか？　だめだ、これ以上質問したら、頭が変だと思われてしまう。

丁雨山が冷たい声で言った。「何かあったんですか？」

「いや、なんでもないです」。ぼくは壁を離れて、食卓についた。「お腹が空いたんで、朝ご飯を食べさせてもらえますか？」

すぐに阿昌が粥と饅頭を持ってきた。例の左右の大きさの違う目で、奇妙な目つきをしている気がした。そのとき、丁雨山が言った。「周さん、あなたが来て以来、阿昌はちょっと様子がおかしいんですよ」

「彼の様子が変なのが、ぼくと関係あるっていうんですか？」

「いやいや、ちょっと思いついただけです」。そう言うと、彼は帳場の中に戻った。

ぼくはすぐに朝食を食べ終えて、もう広間にはいたくなかったから、急いで二階の部屋に戻り、この手紙を書き始めた。

自分でもどうしてしまったのかわからないけど、いったん書き始めたら、あっという間に四時間もすごい速さで書き続けて、こんなにたくさん書いてしまった。まったく自分でも驚いたよ。今日はここまでにして、もう元気になったことだし、すぐに手紙を出しにいく。どうかぼくのことは心配しないでくれ。

葉蕭、実はお願いがあるんだ。今朝、ぼくは夢を見た。父親の夢なんだ。どうして、父の夢を見たのかわからないが、もしかしたら、長いこと会ってないせいかな。父はきっとすごく孤独に感じていると思う。今この時も、ぼくはすごく後悔してるし、申し訳ないと思ってる。今は幽霊客桟にいるけど、心の中では父を思ってる。葉蕭、ぼくの代わりに父に会いにいってもらえないだろうか？おみやげなんか持っていかなくていい。ただ、よろしく伝えてくれればそれでいいんだ。今はすごく父に会いたい、今やっていることが片づいたら、帰っていっしょに暮らすからって伝えてほしい。父に直接手紙を書けばいいようなものだけど、なんて言ったらいいか、わからない。実を言うと、もう二年も父に会っていないんだ。だから、君にお願いするしかない。父は今でも昔の家に住んでいる。君もあの頃よくうちに遊びに来たよね。父のことも覚えているよね。どうか、お願いします。

それでは。

幽霊客桟にて　君の友　周旋

＊　＊　＊

幽霊客桟からの六通目の手紙を読んで、葉蕭はまるで深夜に『聊斎志異』を読んだような変な気分になった。うっかりすると、美しい狐の精でも出てきそうな感じだ。

手紙の最後で周旋に頼まれた件については、自分に頼んできたのは当然だと葉蕭は思った。中学、高校の頃は周旋の家によく行ったものだ。旧式の家でいつも古臭いにおいがしていた。周旋の父親は周寒潮《ジョウハンチャオ》という名前で、文化関係の職場で働いていた。少年時代の葉蕭の印象では、周旋の父親は憂鬱そうな男性で、笑うところを見たことはなかった。おそらく、周旋の母親が早くに亡くなったせいではないかと葉蕭は思った。周旋の父親はその後ずっと独り身を通しているし、ちょっと変人のようにみえるのもしかたないことなのだろう。

ちょうど明日は葉蕭は非番だ。周旋の父親に会いにいくことにしよう。

次の日の午前、葉蕭は周旋の家の古い建物にやって来た。そこは暗い横丁で、両側とも旧式の三階建てが並んでいる。だが、その低い軒の向こうの遠くない所には高層の住宅が並んでいて、この辺りをすっかり囲んでいる。もしかすると、ここも近いうちに取り壊されることになるのかもしれない。

周旋はおみやげなどいらないと言ったが、それでも、葉蕭は果物を一袋買った。狭くて暗い階段を上っていくと、子どもの頃の光景がすぐに目の前に浮かんできた。葉蕭と周旋はまるでトンネルの中を行ったり来たりするように、この階段を上ったり下りたりしたものだ。三階の狭く長い廊下を行ってあの懐かしいドアにたどり着いた。

葉蕭がノックすると、たっぷり二分も待ってドアが開いた。五十代の男性が顔を出して、疑い深い目つきで葉蕭をじろじろ見た。葉蕭は笑顔で言った。「おじさん、ぼくを覚えてますか？　周旋の同級生で親友だった……」

相手はまだしばらく彼をじろじろ見てから、突然、ハッとしたような目をして聞いた。「君は……。葉蕭か？」

「よかった。覚えていてくれて」

「さあ、入りなさい」

周寒潮は葉蕭を部屋に招き入れた。葉蕭は広い客間を見回した。小さいころに見たのとほとんど何も変わっていない。今もきちんと片づいているが、ずいぶん暗い。

「向かいに高い建物ができてから、日光がさえぎられてね、太陽を見ることはなくなったよ」。周寒潮は窓の前に立って言った。「葉蕭、わたしの記憶の中では君は今でも鼻を垂らした少年なんだよ。何もかも昨日のままのような気がするのに、時間のたつのは速いものだな」

「ぼくは公安局に就職してもう何年にもなります」

葉蕭は周寒潮をよく見た。実際の年齢よりいくらか老けてみえるが、髪の毛は若い者と変わらず黒く豊かで、目にも輝きがあり、若い頃にはきっとハンサムだっただろう。周旋は幸運なことにそんな父親によく似ている。

「警察官か。それはよかったな」。周寒潮はうなずいてから、本題に入ろうとした。「それで、どういう用で来たのかな？」

「おじさん、周旋に頼まれて、様子を見にいってくれと言われたんです」

「わたしの様子を見にいけと言われたのか？　それなら、どうして自分で来ないんだ？」

「周旋は今遠くにいるんです。すぐには戻れないんです」

周寒潮は冷ややかに言った。「永遠に来ないつもりだろう」

「いいえ。遠くにいるって伝えてくれと言われたわけじゃないんです。だけど、本当に上海にはいないんです」

「どこにいるんだ？　まさか、地の果てではないだろう？」

葉蕭は首を振って、ゆっくりとその名を口に出した。

「幽霊客桟」

その瞬間、部屋の中は死のように静まり返った。

周寒潮は自分の耳が信じられない様子で、呆然としてしまい、奇妙な目つきで葉蕭を見つめ、口を大きく開けて言った。「葉蕭、もう一回言ってくれ」

「幽霊客桟……。西冷鎮の海岸にある幽霊客桟です」

「周旋が西冷鎮の幽霊客桟に行っているのか？」

葉蕭はうなずいた。周寒潮の上下の歯がガタガタ震えてぶつかる音まで聞こえるような気がした。わけもわからないまま、葉蕭の心臓までドキドキした。葉蕭は質問した。「おじさん、何かまずいことでもあるんですか？」

突然、周寒潮の表情が苦痛に歪み、大豆ほども大きい汗の粒が額に流れた。葉蕭がどうしたらいいかわからないでいると、周寒潮は口を開けてあえぎ、手で胸をおさえた。

その呼吸がどんどん速くなっている。「幽霊客桟……。幽霊客桟……」

周寒潮の繰り返すその四文字はまるで呪いの言葉のように聞こえたので、ぞっとした。葉蕭は彼の肩を支えたが、顔色がすっかり変わっていることに気づいた。もしかして、心臓病だろうか？

ぐずぐずしているわけにはいかない。葉蕭はすぐに一二〇に電話した。それから、そっと周寒潮に尋ねた。

「おじさん、薬はどこです？」

周寒潮は手を伸ばして、引き出しを指差した。

葉蕭は引き出しを開けて薬を見つけ、すぐに周寒潮に飲ませた。

数分後、救急車が到着した。葉蕭は救急車のスタッフを手伝って周寒潮を乗せ、最寄りの病院に向かった。

周寒潮は担架に乗せられ、大急ぎで救急治療室に運ばれた。その目は半分閉じられ、ぼんやりした視界に見えるものは飛ぶように後退していく天井と白い壁、まわりを取り巻く白衣の人々ばかり、唯一の例外は息子周旋の親友の葉蕭の顔だった。

葉蕭はすっかり動揺して、申し訳なく思い、自分を責めていた。周寒潮に幽霊客桟のことなど話すべきではなかったのだ。しかし、そのとき、周寒潮の意識は薄れてきていた。彼の弱い心臓は生死を賭けた最後の戦いに臨んでおり、この難関を切り抜けられるかどうか、自分でも自信がもてなかった。目の前がだんだん暗くなり、廊下のすべての照明が消えてしまったようだった。

もう何も見えなくなった。自分がどこにいて、まわりにいる人たちが誰なのかもわからなくなった。周寒潮の目の前に黒い海が出現していた。海辺は荒涼とした原野で、その憂鬱な海岸に黒い三階建ての建物がそびえ立っている……。幽霊客桟だ。

目の前にフラッシュバックしていくすべてが、まるで何十年も保存しておいた白黒の映画フィルムのように、手作業で一コマ一コマ画面に現れてくる。そして、あの人が……。あの人が見えた。

＊　＊　＊

七通目の手紙

葉蕭《イエシャオ》、こんにちは。

父に会いにいってくれただろうか？　元気だった？　もちろん、返事をくれなくても大丈夫だよ。君のことを信頼しているから。

この前の手紙を書き終わると、ぼくは急いで客桟を出て、手紙を出しにいった。荒れ野の地面はまだ湿っていて、雨の後の空気を吸い込みながら、まもなく荒村《ホアンツン》に着いた。手紙を投函すると、すぐに客桟のほうに戻った。

客桟の前まで来て、時計を見るとまだ十一時だったから、海岸を歩いてこようと思った。少なくとも、病気が治った後の体にいいだろうから。海岸に着くと、後ろから声がした。「周旋、待ってよ」

振り返って見ると、白いワンピース姿がこっちに駆けてくる。ぼくは目を見開き、手を振って言った。「水月《シュイユエ》」

水月は海辺の子鹿のように軽快にぼくの前まで走ってくると言った。「偶然ね。わたしも海辺を散歩しようと思ったの」

「そうしよう」。ぼくは彼女といっしょに海辺の高台に登った。すぐそばが険しい崖だから、ぼくはつい、彼女の手を握った。「ここ、怖くない？」

水月は高い崖の上から下を見渡して、ちょっと目眩がしたみたいだったから、ぼくは慌てて彼女を支えた。彼女は落ち着くと、大きく息をして言った。「でもね、わたしはここの景色が大好き。なんだか、イギリスのゴシック小説に出てくる海岸みたい。それにね、ここに来るたびに不思議な感じがするの。なぜかしら」

「どんな感じ？」

「誰かがわたしの耳もとでささやいているみたいな……」

「いったい誰が？」

水月はちょっと辛そうに首を振った。「わからない。とにかく、その声は海の中から聞こえるみたい。高い崖を越えて、直接わたしの耳に伝わってくるの。何を言っているかはわからない。せわしなく、ぼんやりした声で、女の人がひそひそ内緒話をしているような……」

「もう、その話はやめよう。それより、はやく下りようよ」。ぼくは彼女の手をぎゅっと握って、山道をたどって崖から下りていった。歩きながら、ぼくは小さい声で言った。「水月、ぼくの秘密を言っちゃうよ。実は高所恐怖症なんだ」

「高所恐怖症？」。水月はうなずいてから言った。「そういう人はたくさんいるわね。わたしだって、すごく高い所に行くと、たまに怖いと思うこともある。もしかしたら、人類の本能なのかも」

「その話はもういいよ。それより、君の友だちのことだけど。あの二人はいつもいっしょなのに、君はひとりでいることが多いよね。どうしてなの？」

「あの二人はわたしのことを変だと思ってるの」。水月は少し笑って言った。「ほんとは陰でなんて言われてるか、わかってるの。わたしのこと、神経質だって思ってるみたい」

どうしてかわからないが、そのとき、ふと小曼のことを思い出した。ぼくは水月をまっすぐ見て言った。「違うよ。君が魅力的だから、無意識のうちに嫉妬してるんだ」

「周旋《ジョウシュエン》、そんなこと言わないで。わたしがきれいだからとかじゃないの。わたしが人とは違うからなの。実はね、わたし、小さい頃から夢遊病なの」

「夢遊病？」。ぼくはすぐに幽霊客桟に来た最初の夜の出来事を思い出した。「水月、ぼくたちが初めて会ったあの夜も、夢遊病で廊下を歩いてたの？」

水月はちょっとためらってから、やっとうなずいた。

「そう。自分でも、どうして廊下に出たかわからないの。あなたがわたしの肩をつかんだときにやっと目が覚めて、そうしたら目の前にあなたがいたの」

「そうだったのか」

「子どもの頃にはお医者さんに診てもらったけど、ずっと治らなかった。大学に入ってからはいくらかよくなったんだけど、それでもたまに夜中に眠ったまま歩くことがあるの。部屋のベッドから起き上がって、女子寮の廊下をどんどん歩いていって、宿直の先生に見つかって、同じ寮の学生をみんな起こしてしまったこともあるし」

「それで仲間はずれにされてるわけだ。君が悪いわけでもないのに」

水月は小さなため息をついた。「周旋、あなたはきっと信じてくれないと思うけど、わたしはときどき他の人が感じないようなものを感じることがあるの。だから、わたしの目はいるはずもない幽霊が見えるんだなんて言われるの」

「ぼくは君を信じるよ。永遠に信じる」

彼女は首を振って前に歩き出した。「いいえ。わたし、自分でも自分が信じられない」

「だから、君は口数が少なくて、敏感で、憂鬱そうなんだね」

いつのまにか、ぼくたちはあの小さな入り江まで来ていた。そう、ぼくが溺れて死にそうになった場所だ。だから、なんだか不吉な感じがして、すぐにここから離れたいと思ったが、水月はこう言った。「周旋、見て。ここは本当にきれいね」

ぼくは自嘲気味に言った。「そう、ここの海はほんとにきれいだね。あまりにも美しくて、ぼくは永遠に引き留められそうになったよ。海の底にね」

水月は突然振り返ると、山の斜面の巨大な墓地のほうを見て言った。「ここに埋葬されてる人たちは毎日この入り江を見ることができるんだから、幸運と言ってもいいかもね」

ぼくはまた、ヴァレリーの「海辺の墓地」を思い出したので聞いてみた。「あの墓地、君は怖いとは思わないの？」

「どうして怖いの？」。彼女はにっこりして言った。「わたしたちはみんな、いつかはお墓に入るんじゃないの」

暗い崖と海が互いに映えて美しい景色の中、水月のうっとりするような笑顔をぼくは一生忘れることができないと思う。「でも、ぼくは墓の外の人生のほうがずっと美しいと思うよ」

「それはもちろん、生きてるってことはいいことだわ。だって……」。水月はそこでちょっとためらってから、ゆっくりと言った。「だって、愛情があるから」

水月がまたにっこりしたので、彼女の気持ちが伝わってきて、ぼくの心にかかっていた暗い影もだんだん晴れていくようだった。

突然、白い物が空から落ちてきて、どすんとぼくたちの足元に落ちた。

ぼくたちはびっくりして飛び上がり、水月は小さな叫び声を上げて、ぼくの後ろに隠れた。地面を見ると、白い海鳥が落ちている。どうやら、もう死んでいるようだ。

ぼくは緊張して、顔を上げて空を見たが、何も見えない。飛ぶ鳥の姿なども ない。不思議なことがあればあるものだ。この海鳥はたまたまここを飛んでいたときに突然墜落して、それでぼくたちの目の前で死んでしまったということか？　それとも、空を飛んでいるときに命が絶えて、自然に真っ逆さまに落ちてきたということか？

そのとき、水月がしゃがんで、勇気を出して海鳥を見ていたが、やがて立ち上がると言った。「この鳥の目、すごくきれい」

「もういいよ。はやく帰ろう」

幽霊客桟の入り口に着くと、水月の二人の友だちが待っていた。琴然は疑わしげな目つきでぼくをじろじろ見ると、水月の手をつかんで、その耳もとでひそひそと何か言った。

何を言っているのか、ちっとも聞こえなかったが、三人の女の子たちは身を寄せあってひそひそ話している。すっかり気まずくなって、ぼくは何も言わずに広間に入っていった。

昼食がすぐに運ばれてきた。秋雲と阿昌以外、客桟にいる人たちが全員、食卓に集まっている。水月と琴然《チンラン》、蘇美《スーメイ》はあいかわらず小さい声でひそひそ話している。何か相談しているようだ。昼食はすぐに食べ終わって、みんなは次々に二階へ上がっていった。最後に広間にはぼくと丁雨山《ディンユーシャン》だけが残った。

ぼくが立ち上がって去ろうとすると、丁雨山に呼び止められた。「周さん、すっかりよくなったようですね」

「はい。お陰様で。あなたにも阿昌《アチャン》にもお世話になりました」

すると、彼は鋭い目でぼくを見ながら言った。「もうご存じだと思うが、わたしは幽霊客桟の主《あるじ》ではないんです」

「いや、それはあなた方の家庭の事情だから、ぼくは興味ありませんよ」。ぼくは彼の目つきがちょっと怖くなったが、それでもやっぱり、聞きたいと思っていたことを聞いた。「丁さん、あなたは秋雲《チォウユン》さんを人と会わせないようにしているんですか？」

「そうです。彼女には近づかないほうがいい」

ぼくはうなずいて、ゆっくり壁のほうに近寄り、三枚の古い写真を指差して言った。「この写真のいわれを聞かせてくれませんか？」

「もちろん、いいですよ」。丁雨山はぼくのそばまで来ると、写真を見上げて言った。「三人ともこの幽霊客桟と深い関係のある人たちです。真ん中の写真から始めましょうか。この若い男性が幽霊客桟の創設者です」

「宣統三年（一九一一年）の設立ですよね？」

葉蕭、ぼくは君が図書館で見つけてくれた古い新聞記事のことを思い出していた。

「そのとおり。この人は銭過《チエングオ》といって、家は代々、西冷《シーロン》鎮《チュン》の名家でこの百里四方で一番の金持ちでもありました。

幽霊客桟を建てたとき、彼はまだ二十代だったんです」

「丁さん、ぼくは不思議に思ってたんだけど、彼はどうしてこの場所に客桟を建てようと思ったんですか？」

「それは、ひとりの女性と関係があるんですよ」

丁雨山は大きく息を吸うと、手を上げて左側の古い写真を指差した。

「この女性ですか？」。ぼくはその若い女性の白黒写真を見たが、その女性の顔はあまりにもぼやけているので、見ていると不安な気持ちになった。

「そうです。この話はわたしが年寄り連中から聞いてきたものですが、まあ、才子佳人の物語と言っていいでしょうね。その頃、銭過は才能豊かな若者で、家族は彼を杭州にやって国学（中国の古典）の勉強をさせました。そして、西湖のほとりで美しい女役者と知りあったのです。子夜《ツーイエ》という芸名でした」

「子夜？」

ぼくはすぐに南朝楽府の「子夜歌」の話を思い出した。あの千六百年前の美女の話だ。

丁雨山はそのまま話を続けた。「伝えられるところによると、その子夜という役者は大変な美女で、芝居で歌う声も素晴らしかったそうです。当時の杭州の名優だったというわけです。当然、『才子、佳人を愛す』という成り行きで、銭過はすぐに彼女に夢中になり、密かに逢引きを重ねるようになりました。子夜のほうも銭過の書く詩や才能が素晴らしいと思い、二人はすっかり意気投合して、生涯を誓い合ったのです」

「それでは、写真の女性は子夜なんですか？」

ぼくは壁に掛けられた写真を見た。不明瞭な写真ではあるが、確かに特別な美人だろうという感じはする。

「そうです。これが彼女の人生でたった一枚の写真なんです。その頃の撮影技術はあまりよくなかったので、今ではもはっきり見えなくなってしまいましたが。銭過と子夜は自由恋愛でしたが、それでも銭過は伝統的な教育を受けた人ですから、子夜を家に連れていって正式に娶《めと》ろうと思ったのです。それで、子夜は梨園（芝居の世界）を退き、銭過とともに西冷鎮にやって来ました。しかし、銭過の父親は息子が役者ふぜいと結婚したがっているというので激怒しました。もとより家柄を重んじる考え方でしたから、世間から軽蔑される役者など絶対に屋敷には入れないというわけです。銭過は父親に屈服するつもりはなく、子夜をつれて海辺にやって来ると、粗末な墓守の家で暮らし始めたのです」

「それがここだったんですか？」

「そう。昔の人は父母が亡くなると三年間喪に服して墓を守りました。いま幽霊客桟のあるこの場所には清朝の時代に墓を守る人たちの住む小屋があったのです。銭過と子夜がここに住み始めて間もなく、銭過の父親は息子のために縁談を決めました。もちろん、家柄の釣りあう娘とです。しかし、銭過は絶対に父親の言いなりにならず、とうとう悲劇が起きました。銭過の父親は自分が重病だと偽って、息子に知らせをやったので、銭過は急いで西冷鎮に戻りました。その隙に銭過の父親は下男たちを墓守の家に行かせました。彼らは子夜を棒で散々打ちのめし、殺してしまったのです」

「ひどい！」。ぼくは思わず叫んだ。

「銭過が戻ったとき、子夜はもう息がありませんでした。もちろん、銭過は自分も死にたいと思うほど悲しみました。子夜をあまりにも愛していたので、その死体を抱いて放さず、土に埋めるなどとんでもないと思ったのです。その当時、西冷鎮にはちょうどドイツ人の診療所がありました。その医者はヨーロッパで有名な生理学者だったのが、ドイツ政府の怒りを買って中国まで亡命してきたのだと噂されていました。銭過は大金を払ってそのドイツ人医師を招くと、子夜の遺体を保存してほしいと頼んだのです。ドイツ人医師がどういう特殊な方法を使ったのかはわかりませんが、とにかく子夜の遺体をそのまま完ぺきに保存しました。彼の技術は当時の世界で一流だっただけでなく、今であってもやはり誰にも超えることのできないものではないでしょうか。ただ、彼が中国に亡命していたために、その防腐技術は後世に伝わることがなかった。科学界にとっては残念なことです」

「子夜の遺体は保存されたって言うんですか？　どこにあるんです？」

「この近くで一番高い山の頂上に、いつの時代のものかわからないが『子夜殿』という祠があって……」

ぼくはびっくりして叫んだ。「子夜殿？　ぼくはそこに行きましたよ！」

丁雨山は意外に思ったようだ。疑わしげに聞いた。

「子夜を見たんですか？」

「それは、あの美しい彫像のことですか？」

「あれは彫像じゃありませんよ。子夜の肉体そのままなんです。あの子夜殿はもうずっと前に破壊されて、誰も拝みに行く人もいなかったので、だからこそ、銭過はあの場所を選んだのです。それに、『子夜』という名前も、偶然ですが、ぴったりだったわけです。『子夜殿』というこの三文字の名前さえも、まるで天が定めたようじゃありませんか。銭過は防腐処理を施した子夜の遺体を運んで、あの子夜殿に納めました。銭過以外にあの山に登ろうという者もいないし、まして、子夜殿に入ろうなんて者はいません。当たり前ですよ。あんな怖ろしげなおんぼろの祠に入って、ずいぶん前の死体を見ようなんて人がいるもんですか。だから、あの祠は子夜の墓というわけです。実はわたしは前に一度だけ行ってみましたが、もう、怖ろしいのなんの、こんなに長い年月がたっているのに、あの死体はまったく傷んでもいなくて、美しい姿は生きているときのままでした。そのときのドイツ人の医者というのはまったくたいしたもんですな。今の世に生きていても、やっぱり超一流だったはずだ」

「銭過はそれからどうなったんです？」

「子夜が死んでから、すっかり絶望してしまい、父親の決めた縁談にも従いませんでした。この荒涼とした海辺でずっと暮らして、山の上の子夜のそばにいようと決心したんです。しかし、父親に無理やり連れ戻されることを恐れて、この海辺に客桟を建てて、客桟の経営に専念したいと言いました。父親にしてみれば、息子は自分の言うことには従わないが、それでも客桟の経営というのは真面目な商売には違いない、そのうちには気が変わるかもしれないし、と考えて、息子に客桟を建てる金を出してやりました。というわけで、それから間もなく、ここに一軒の客桟が建てられ、銭過は子夜を記念するために幽霊客桟と名づけたわけです」

「だが、次の年に大惨事が起きたわけですね？」

「あの事件は当時、全省を騒がせたそうですよ」。丁雨山はうなずいて言った。それから、壁に掛けられた第三の写真を指差して、ゆっくりと言った。「こちらがわたしの祖父の丁滄海です。三〇年代に私の祖父が幽霊客桟を再建しました。銭過と子夜の写真を壁に掛けたのも、祖父なんです。しかし、それから何年もたたないうちに、祖父も亡くなり、この幽霊客桟は再び放棄されたのです。

土地と建物はずっと丁家の所有だったんですが、六〇年代になるとこの地の人民公社に没収されて、一度は西冷人民公社の宿泊所になったこともあります。文化大革命が終わると、この不動産は再びわたしたちのものになりました。それから後のことは、もうだいたいご存じでしょう?」

「はい」。ぼくは一歩下がって、また、壁の三枚の白黒写真を見ると、心の中で震えながら言った。「それじゃ、失礼します。部屋に帰ってちょっと休みます」

丁雨山の返事を待たず、ぼくは階段を駆け上がった。

二階の廊下に着くと、ぼくは部屋には戻らず、そのままままっすぐ行って、裏側の曲がった廊下に出た。それから、昨日の記憶に従って、もう一つの狭い階段まで行き、びくびくしながら上った。三階に着くと、秋雲の部屋のドアをそっと叩いた。

だいぶ待ってから、ドアが開き、秋雲が驚いた様子で顔を出すと冷たい声で言った。「どうして来たの?」

「お礼を言いにきたんです」。ぼくはなんだか急に堅苦しく言った。「薬を煎じてくれてありがとう。本当に効き目があって、今朝にはすっかり熱が引いてました」

「ああ。入って」

ぼくは静かに部屋に入ってから聞いた。「秋雲、ぼくが知りたいのは、昨夜あの薬を飲んだ後のことなんだけど……。頭がぼんやりしてしまって、何にも覚えていないんだ」

「もしかして、心配してるの……?」

ぼくは慌てて首を振った。「いいや、違うってば。そういう意味じゃないですから」

秋雲は笑い出した。「何も起きてないわよ。あなたはすぐに眠ったから、わたしは薬を持ってすぐに部屋を出たわ」

「あなたはきっとぼくのことを笑ってるんでしょ?」

ぼくは急に気が楽になって、窓のそばまで歩いていくと外を見た。ここは二階に比べてはるかに視界が広く、海岸線も広々と見渡すことができた。

「昼前に窓から見ていたら、あなたがあの女の子と海辺を歩いているのが見えたわ」。秋雲がそばに来てそう言ったので、ぼくは思わずびくっとした。

「偶然会ったんです。それでいっしょに海辺を散歩しただけ」。ぼくはちょっと緊張して答えた。

「あのきれいな女の子、なんて名前？」

「水月」

秋月は何か考えている様子で言った。「独特な名前ね。鏡中の花、水中の月（どちらも、つかまえることのできない美しい幻の比喩）」

ぼくは思わずうなずいた。

「見ていてわかったわ。あなたは水月が好きなのね。そうでしょ？」。秋雲は微笑して言ったが、その声にどんな気持ちが含まれているのか、よくわからなかった。

「言いわけなんてしなくていいのよ。わたしだっておとななんだから、あなた方の気持ちはわかるわ」

おとなの女性の目というのは本当に怖いね。ぼくは降参して言った。「そう。あの子のことが好きなんです」

「周旋、あなたは本当に単純な人ね」

「それは褒めてるの、それとも、馬鹿にしてるの？」

彼女は意味深長な口調で答えた。「もちろん……褒めてるのよ」

迫力のある目で見つめられて、ぼくはそれ以上そこにいられなくなった。「じゃ、そろそろ失礼します」

ぼくは慌てて秋雲の部屋から出て、やっと息を吐き出した。

そのとき、三階の廊下に人影があった。すごく暗いので、顔がはっきりわからない。ドキドキしたが、勇気を出して近寄って見ると、それは水月だった。

「どうしてこんな所にいるの？」。そっと声をかけてみた。

水月はぼくを見てすごく嬉しそうで、ぼくの手を引っ張りながら言った。「周旋、また別の階段を見つけたの」

ぼくは「静かに」と口の前に指を立て、小さな声で言った。「人に聞かれてしまうよ」

水月はうなずいた。そして、暗がりの中で目をキラキラさせながら、ぼくの手を引っ張って三階の廊下の曲がり角まで行った。そこには確かに狭くて急な階段があった。

見上げると、階段のてっぺんには蓋のような扉がある。水月はぼくの耳もとで囁いた。「上に上がってみましょうよ」

ぼくは躊躇したが、水月の目を見ると反対できなかった。そして、二人で注意しながら階段を上った。

扉を上げた瞬間、白い光線が射して一瞬目が見えなくなった。そこは幽霊客桟の屋根の上だったんだ。ぼくは目を擦り、水月を引っ張って屋根の上に座った。

もっと正確に言えば、そこは幽霊客桟の屋根の棟《むね》だった。

さっと風が吹いて、水月の髪を乱した。彼女はとても興奮した様子で、ぼくの手をつかんだまま言った。「ここ、素敵ね」

ぼくは何と言ったらいいかわからないまま、屋根の上を観察していた。どこも黒い瓦に覆われているが、瓦は長い年月を経たもので、その隙間には雑草が生えて風に揺れている。ところどころ瓦が割れている所もあるので、危険かもしれないと思い、水月を支えてじっと座ったまま、一歩も動かないでいた。

不思議なことに、こんな高い所に座っているのに、ちっとも怖いと思わない。ぼくは昔からずっと高所恐怖症なので、突然眩暈《めまい》を感じたりするかもしれないと思ったが、そのときは珍しく、階下の部屋にいるのと同じように安心して座っていられた。もしかしたら、水月がそばにいるからかもしれない。ぼくはずっとしっかりした気持ちでいられた。

それから、また四方を見回してみた。葉蕭、君は三階の上の屋根に座って遠くを見たことはある？　本当に特別な感じだよ。まるで青空が天井で、空気が壁で、風が窓みたいだ。視界は三百六十度で、四方の荒れ野も、崖も、山や丘も、海も全部目に入ってくるんだ。

ふと、ここらで一番高いあの丘を見つけた。でも、屋根の上に座っていても、頂上の古い祠はやっぱり見えない。振り返って水月を見ると、目の前の景色に夢中になっている様子で、なんともいえない魅力的な笑顔だった。

寒くなってきたのか、少しずつ、ぼくのほうに身を寄せてきた。そして、だんだん力を抜いて、とうとう頭をすっかりぼくの肩にもたせかけた。ぼくは思わず、彼女を抱き寄せた。胸がドキドキした。彼女の柔らかい体がぼくの手の中にある。あの感じはなんて表現したらいいかわからないよ。

それなのに、どういうわけか、屋根の上にいたぼくは突然ほかの人のことを考えてしまった。そうだよ、あの夜、同じように屋根の上にいた、同じように美しい女の子だ。

そうなんだ、ぼくはまた、小曼のことを思い出して、体が震えてしまった。

　水月はぼくの様子がおかしいと気づいて、耳もとで尋ねた。「周旋、どうかしたの？」

「なんでもない」。ぼくは気持ちを落ち着かせようとした。屋根の上を吹く風が水月の髪の毛をなびかせ、ぼくの顔に貼り付かせた。ぼくはそっとその柔らかい髪の毛をよけて言った。「水月、ぼくが数え間違ってなければだけど、ぼくたちは知りあってからまだたったの七日しかたってないね」

「周旋、あの晩のこと覚えてる？　わたしたちが初めて会ったときのこと」

「もちろん覚えてるよ。君は眠ったまま歩いていたんだよね」

「そう。あの晩、わたしは夢を見たの。若い男性の夢。その人は憂鬱そうな目をしていて、大きな旅行バッグをしょっていて、旅行バッグの中には古い木匣が入っていた。黄昏時、雨風の激しい中を悲し気に幽霊客桟に到着したの」

　ぼくはびっくりした。「そんなはずは……。それはぼくじゃないか！」

「信じてくれないかもしれないけど、わたしは今でもあの夢をはっきり覚えてる」。水月は目を細くしてその夢の追憶に浸っていた。「あの夜、その若い男性が幽霊客桟に入って来る夢を見ていたとき、突然、誰かにつかまえられた感じがしたの。その人の両手でわたしの夢は壊されてしまった。そして、夢遊状態から目を覚ましたとき、自分がベッドにいるんじゃなくて、真っ暗な廊下を歩いていることに気づいたの」

　ぼくは少し後ろめたく感じながら、うなずいた。「そのとき、ぼくが暗闇の中で君をつかまえたんだ」

「そう。その瞬間にわたしはまるで感電したような気がしたの。そう、本当にちょうど電気でビリビリするような感じで、全身に震えが走った。その瞬間に、まわりは真っ暗闇なのに、あなたの目が見えたような気がした。あなたが、『君は誰』って言うから、わたしは逆らうことができず、自分の名前を言ったの。それから、あなたがわたしを部屋の中に入れたから、柔らかい灯りの下で、あなたの顔が見えた。驚いたわ。だって、その直前に夢で見た男の人とそっくりだったから！」

「ぼくが君の夢の中に侵入したっていうこと？」

水月はもうほとんど陶酔していた。屋根の上の風がすっかり彼女の緊張を解いたのだろうか、まるで酔ってでもいるようにあのときのことを話すんだ。「夢の中にいた人が本当に目の前にいるのを見て、幻覚みたいな不思議な気持ちになったの。あなたは見知らぬ人じゃない、何十年も前に出会って愛しあったんだけど、何かの原因で辛い別れをしたんだ、って。そして今、あなたがはるばる幽霊客桟にやって来たのは、わたしとめぐり逢うためなんだって」

「信じられないような話だね」。初めて水月と会ったときの様子が、ぼくの頭の中で映画のように再現された。確かに彼女の言うとおりかもしれない。あのときの彼女の目つきは本当に不思議だったから。

水月は目を大きく見開いてぼくを見ると言った。「周旋、わたし、本当のことを言うわね。初めて会ったときから、あなたのことを好きになったの」

「だけど……」。ぼくは喜んでいいのか、心配したらいいのかわからなかった。「君はぼくのこれまでのことを全然知らないんだよ」

「周旋、わたしは運命を信じてる。運命があなたをわたしの前に出現させたの。運命だから、人はなんの理由もなくても、出会って愛しあい、そして別れるの」

「何の理由もなくても?」。ぼくはとうとうなずいた。「もしかしたら、この世の愛なんてどれも理由もないのかもしれないね。理由をはっきり言える人なんていないんだろうね」

屋根の上の風はどんどん強くなって、ぼくたち二人をひとりにくっつけてしまいそうだった。何分かたって、ぼくは水月を抱き寄せて屋根から降りると、あの狭い階段を下りて廊下に戻った。

ぼくたちは二階で別れ、それぞれ自分の部屋へ戻った。

午後、ぼくはずっと机に這いつくばるようにして小説を書いていたが、水月が屋上で言ったことが頭を離れなかった。いつのまにか何時間もたって、黄昏時になってから、一階に下りていった。

広間の雰囲気はまた陰気なものになっていた。秋雲と阿昌以外、客桟の人間は全員食卓についていて、海鮮料理が並べられていた。水月はぼくの向かいに座っていたが、人に気づかれないように、ちらっとこっちを見ただけだ。

まして、他の人たちはひと言もしゃべらず、食卓は窒息しそうな空気に包まれていた。一人ひとりを観察してみたが、何の表情もない。ぼくと違って、食べ方が本当に上品なんだ。

この怖ろしい沈黙を破るために大きな声で話をしようと思った途端、不思議な音がした。

簫の音だ……。誰が吹いているんだろう？

ぼくはびくっとした。他の人たちも頭を上げた。朦朧とした夜の闇の中の簫の音に全員がぞっとしている。

その音はいったいどこから聞こえてくるのだろう。みんな、呆然として四方を見まわしている。しかし、その簫の音は外から聞こえているようではないのだ。

すぐに、簫の音だけでなく、若い女性の声が「いーやー」とばかりに歌い出した。

ああ、この声は……。壁際の棚に目をやると、あの古い蓄音機の上で、レコードの上に針が落とされ、ぐるぐる回っているではないか。

声はあの蓄音機から聞こえている！

すぐに、洞簫と笛、笙、古箏の音がいっしょになり、あの花旦《ホアダン》か青衣の曲が悠々と幽霊客桟全体に響き渡った。

すると、水月がこの地方の伝統演劇の題名をそっと口にした。

「子夜歌」

ぼくはうなずいたが、丁雨山と高凡《ガオファン》の顔つきが変わって、恐怖に歪んでいるのに気づいた。琴然と蘇美は身を寄せあって震えている。清芬《チンフェン》と小龍《シャオロン》はというと、やはり、恐怖に怯えて顔が土気色になっている。蓄音機から響く曲はますます凄みを帯びて、人の心を砕きそうな美しさだ。

全員が怯え、動けないでいるところへ、厨房から人影が飛び出し、壁際に駆け寄って、蓄音機の針を上げた。ラッパ型のスピーカーから聞こえていた曲はぴたりと止まった。

全員が長いため息をついた。

阿昌はひどく慌てていて、レコードを棚の中に収めると、丁雨山に何か言いたいことがあるらしく、しばらく手を振り回した後、怒りを抑えられない様子で厨房に戻っていった。

「誰がレコードをかけたんですか？」。やっと、丁雨山が言った。怖ろしい顔つきをしている。

広間の中は静まり返り、誰も何も言わない。ぼくが沈黙を破った。「レコードが鳴り始めたとき、全員が食卓についていましたよ。蓄音機のそばには誰もいなかった」

「それなら……。レコードが自分で勝手に鳴り始めたっていうんですか？」

ぼくは肯定も否定もせず、黙って彼を見ていた。

高凡が立ち上がり、驚いた様子で言った。「まさか、この蓄音機も、レコードも、命があるとでもいうのか？」

「違う！　ぼくは見たよ」。小龍が突然言い出した。母親がやめさせようとするのにもかまわず、暗い声で言った。「みんなには見えない影が来て、レコードを蓄音機にのせて針を下ろしたんだ」

高凡が大声を出した。「見えない影だって？　亡霊だとでもいうのか？」

「お願いだから、子どもの言うことなど信じないでください」。清芬も大声を出すと、小龍の頭を抱き寄せ、いっしょに急いで階段を上がっていった。

他の人たちも、広間の中に幽霊が漂っているとでも思ったのか、逃げるように階段を上がっていった。ぼくは真っ青になった丁雨山の顔を見てから、やはり二階に上がっていった。

部屋に戻ると、ずっと部屋の中を行ったり来たり歩きまわり、全身にぐっしょり汗をかいた。一時間ほどたつと、ぼくは着替えを持って階下の浴室に向かった。

広間には誰もおらず、そのまま浴室に行ったが、運よくぼくが最初のひとりだった。

すぐに熱いお湯に入った。幽霊客桟に来てから七日間の出来事を思い出して、頭がぼうっとしてきた。ぼくはゆっくり目を閉じた。お湯と水蒸気がぼくの皮膚をすっかり包み込み、すべての毛穴から浸み込んでくるようだ。

ぼくはまた自分が催眠状態に入っていくような感じがした。水月が夢遊状態になっていたときのように、暗黒の中でよく知っている顔が見えた。ぼくは必死で彼女を忘れようとしているのに、彼女はぼくの首を絞めつけるように何度も何度もぼくを窒息させようとする。あれは小曼《シャオマン》だ……。

その瞬間、耐えきれずに涙があふれ、涙と浴室の水蒸気が溶けあって空中に散った。

そうして、ぼくはまた、小曼が自殺したあの夜を思い出していた。

葉蕭、許してほしい。ぼくはずっと君に本当のことを言わなかった。君は知らなかったが、あの晩、小曼といっしょにいたのはぼくなんだ。

あの晩、小曼が君と話したがったのに、君は拒絶した。彼女は何も大変な要求をしようとしたわけではない。話したいことがあったんだ。君が帰ってから、彼女はぼくのほうに来た。葉蕭、ぼくは彼女の要求を拒絶することはできなかった。みんなが帰ってから、ぼくたちは暗い劇場に残っていたが、彼女は何も言わず、ただ震えていた。それから、彼女は突然立ち上がって、劇場の階段を駆け上り始めたんだ。ぼくはすぐに追いかけて、いっしょに劇場の屋根に上がった。

君も知っているとおり、ぼくは高所恐怖症だ。高い屋根の上にいると、目眩がしてくる。だから、小曼の近くまではいけずに、戻ってくるようにと説得を続けた。彼女はもう自分を抑えられなくなっていて、苦しみの涙を流しながら、不幸な身の上を全部打ち明けた。もしかしたら、君も後になって誰かから聞いたかもしれない。彼女は本当に獣《けだもの》にも劣る義理の父親と暮らしていたんだ。あまりに悲惨な話で、ぼくは何も言えなかった。あのとき、小曼はもう家には帰れない、最近もひどい目に遭わされたばかりで、家に帰ったら、また魔の手が伸びてくると言ったんだ。本当に信じられないような話だった。ついー時間前には舞台の上で意気軒高として秋瑾を演じていたのに、そのときにはもうすっかり崩壊していたんだ。彼女は苦しみをすべて演技の中に発散していたが、稽古が終われば、苦しみはもうやり場がない。それをすっかりぼくに話してくれても、どうにもならないんだ。

とうとう、彼女は生きる気力を失って、劇場の屋根のてっぺんまで行くと、飛び降りる姿勢をとった。ぼくももう言葉では救うことはできないとわかったから、怖いのもかまわず、彼女を捕まえようと近づいた。だが、ぼくの手が届く寸前に、彼女はひらりと身を投げ出して落ちていったんだ……。

ぼくの記憶の中で、彼女の白い影は一筋の美しい白い虹のように夜の中に弧を描いて、劇場の前に墜落していく……。

いけない。もう、考えるのはやめなければ。あれはぼくの永遠の悪夢だ。小曼は飛び降りた後、即死だった。

ぼくも恐怖のあまり死にそうだったよ。慌てて家まで走って帰ったが、一晩中一睡もできなかった。

次の日、学校へ行くと、公安局が小曼の遺体を片づけていた。君が疑わし気な目でぼくを見ているのにも気づいた。数日後、何度も躊躇した後で、事件を担当している警察官に会いにいって、あの晩のことをすべて話してきた。もちろん、小曼が自殺する前に言ったこともだ。公安局はぼくの話を手掛かりに、小曼のあの人でなしの継父を逮捕した。そいつはまもなく何もかも自供して、最後は銃殺刑の判決が下った。

　あれから何年もたったが、今でも小曼の死をどう考えるべきかわからない。あるいは、彼女にとっては苦しみからの解放だったのかもしれない。だけど、やっぱり、生きていてほしかった。そして、自分の目であの獣が裁判にかけられるところを見てほしかったと思う。そうすれば、彼女の心を覆っていた影を晴らすこともできたかもしれない。とはいえ、人の心にできた傷《トラウマ》は一生消えないことも多いというからね。まして、小曼みたいな女の子の場合……。運命は本当に残酷だ。

　葉蕭、本当は一生、秘密にしておくつもりだったんだ。でも、それは無理だったよ。ぼくは内心の苦しみに耐えられなくなり、熱いお湯から飛び出し、急いで体を拭いて服を着ると、浴室を出た。

　部屋に戻ると、なんとも言葉にできないような複雑な気持ちだった。ぼくはもう考えるのはやめにして、電灯を消し、ベッドに倒れて、疲れた瞼を閉じた。

　部屋の中は死のように静かで、ぼくは水から出た魚のようにだんだん意識を失った……。

　暗闇の中でぐっすり眠ること数時間、慌ただしいノックの音で目が覚めた。やっと目を開けたが、意識はまだぼんやりしていて、その音も夢の中の音なのだと思っていたが、突然心臓の鼓動が速くなって、ノックの音がはっきり聞こえた。なんだか音楽のようなリズムをもった音だった。

　これは夢じゃない。

　ぼくはベッドから飛び起きて、灯りを点ける暇もなく、扉に駆け寄った。すると、扉を隔てて誰かの目がこっちをじっと見ているような気がした。

　ちょっとためらってから、そっと扉を開けた。暗闇の中で目をこらすと、ただ白っぽい影がふわふわと部屋の中に入ってくるのが見えた。

彼女だ……。

それから、扉が閉まった。

胸がドキドキしてきた。ぼくは彼女のそばに寄って小さい声で呼んだ。「水月……。水月……」

部屋の中は真っ暗だから、彼女の顔は見えない。ただ、彼女の息と花のような香りが顔を掠めるだけだ。そしてそのとき、あの魅力的な声が聞こえた。「わたしはどこにいるの？」

「ぼくは周旋だよ」

「周旋、教えて。これは夢なの？　それとも夢じゃないの？」

まるで夢から覚めたばかりのような声だ。「水月、君はまた、眠ったまま歩いてきたの？」

「わからない。わからない。わたし、怖い」

彼女の声が震え、怯えているので、ぼくはやさしく言った。「怖くないよ。ぼくがいるから」

ぼくは彼女の肩を抱くと、手探りで電灯のスイッチを入れた。

突然、白く眩しい灯りがついて、二人とも目がくらんでしまい、夢と現実の区別がつかなかった。もう一度よく見ると、彼女は水の膜がかかったような悲しい目をしていて、きらきら光る涙が流れ出している。

ああ、もうすっかり泣き出した。

二筋の涙の痕が頬に印され、涙の粒が灯りにきらめいて顎まで滑り落ち、露のように滴るのも見えた。

それほど悲しそうな彼女を見て、ぼくの心に苦いものがこみ上げてきた。ぼくは息を整えて、落ち着こうと努めた。それから、そっと手を伸ばして、彼女の顔の涙を拭った。涙がぼくの指の間に暖かく滴って、まるで彼女の苦しみと憂いに直接触れたような気がした。

ぼくは彼女の目の隅を拭いながら、じっと目を見て言った。「どうしてそんなに悲しいの？　話してくれる？どうしてそんなに泣いてるの？」

水月は口を開けてぜいぜいと息をしながら言った。

「これも夢なの？」

「いったい、なんの夢を見てたの？」

「すごく怖い夢」。彼女は首を振って、いかにも心細そうに言った。「子夜歌が聞こえたの。山の頂上から聞こえてきたの」

「山の頂上？」。ぼくはあの崩れた子夜殿を思い出した。

そして、祠の中の「生身《なまみ》」の子夜も。

「それから、その声は海の中まで伝わっていった。歌の最後で、あの人を見たの。白い服を着ていて、かすかにわたしとあなたの名前を呼んだ……」

「それから？」

水月は眉をしかめて、夢の中のことを探しているようだったが、その表情はどんどん苦し気になって、最後に首を振りながら言った。「いいえ。あれはきっと前兆なんだわ。言えない。言っちゃいけない……」

「わかったよ。もう大丈夫だ。悪夢はもう過ぎ去ったんだから」。そう言って、ぼくは彼女の髪をそっと撫でた。

葉蕭、ぼくはどんな代償を払ってもかまわないから、水月の苦しみを消してしまいたい。

彼女はぼくをじっと見て言った。「本当に？　悪夢は本当に過ぎ去ったの？」

「水月、嘘じゃないよ。本当にすべては終わったことで、幽霊客桟にはぼくと君の二人しかいない。これからはぼくたちを苦しめる悪夢なんてない。ここは世界の果てで、ぼくたちのエデンの園なんだ」。ぼくは目を閉じて、自分の言うことに陶酔していた。「見えるだろう？　目の前に広がる美しい海……。ぼくたちは客桟の屋根の上に座っていて、白いカモメがぼくたちを取り巻いている。朝の海風が本当に爽やかだ。水平線の上に太陽がゆっくり昇ってくる。君は海の日の出を見たことはある？　本当に美しいよ。昇り始めたばかりの太陽の光に、君の髪に下りた朝露がきらきらとダイヤモンドみたいに輝いている。だけど、目の前の美しい景色も、微笑んでいる美しい君には及ばない。ぼくは君を見つめて、君を抱き寄せる。そうして、ずっとずっと、世界の終わりまでいっしょにいるんだ」

水月の目から美しい光が流れた。その視線はぼんやりとどこかわからない場所に留まっている。彼女はほほえんで言った。「見える……美しい海が。わたしたち二人だけ……。ずっといっしょ……永遠に……いっしょね……」

彼女は「いっしょに」と繰り返し、呪文のように言い続けている。それを聞いて、ぼくはもう自分を抑えられなくなった。水月も同じだった。

子夜の時刻の幽霊客桟で、ぼくたちの体と魂はひとつの炎に飲み込まれて激しく燃えた。目の前はぼやけていて、彼女の水のように輝く純潔な体だけがあった。それは抵抗することのできない誘惑だった。

その瞬間に理性は崩壊した。

水月は再び夢遊状態に戻ったかのように、やさしくぼくの名前を呼び続けた。生命の炎がこの死の地で激しく燃え上がった。ぼくたちは二人とも、この夜は夢だと思った。古い昔のエデンの園のアダムとイブの夢だ。

長い夜だった。

ぼくが再び目を開いたときにはもう、早朝の光がベッドの上に射していた。ぼくはまっすぐ天井を見上げた。体中が痛んで、心の中にも奇妙な感覚があった。目の前に子夜の時刻、真夜中の出来事が浮かんできた。いや、あれはただの夢だったはずだ。

しかし、そのとき、理性があれは夢ではなかったのだとぼくに告げた。あれは夢ではなく、ぼくと水月の間に起きた間違いだ。

幸福と思うべきか、辛いことだと考えるべきか、わからない。ぼくは小さな声で呼んだ。「水月？　どこにいるの？」

誰も答えない。

ぼくはベッドの上に起き上がった。すると、そばに誰かが立っていた。

古い昔の衣装を着た女性だ。

まさか、亡霊？

「わあ！」。ぼくは思わず叫び声を上げ、ベッドから転がり出た。心臓が口から飛び出しそうになった。

「周旋、どうしたの？」。あの魅力的な声が聞こえた。

水月の声だ。

勇気を出して頭を上げると、昔の衣装を着たその女性は水月だった。いや、正確に言えば、水月はあの木匣に入っていた芝居の衣装を着ていた。

早朝の夢のような光の中、何度見ても、それが水月だとは信じられなかった。まるで、大昔から時空を越えてやって来た別の女性が立っているみたいだったから。

「水月、どうして、その衣装を着てるの？」

「ごめんなさい。あなたの木匣から出したの」。彼女はちょっと気まずそうに微笑んで言った。「ちょっと着てみたくなっただけよ。どう？　きれい？」

ぼくはその姿を見つめた。なんて不思議なことだろう。

あの花の刺繡の女褶はまるで彼女のために寸法を測って誂《あつら》えたみたいだ。それに、あの青いスカート、手元になびく水袖、スカートの下に少し見える刺繡の靴に至るまで、すべてが天が水月に与えた贈り物のようにぴったりと体に合って、東洋の女性らしい優雅な体つきを生き生きと際立たせている。もしも、顔に舞台化粧を施したなら、そのまま舞台の上の花旦か青衣になるだろう。

ぼくは思わず、感嘆の声を上げた。「すごくきれいだ」

「ありがとう、周旋。この前、この衣装を見た途端に大好きになって、この衣装とわたしの間には何か不思議な縁があるような気がしたの」

「着てみたら、どんな感じ？」

彼女はちょっと考えてから、かすかな声で言った。

「なんだか、別の女性になったみたい」

ぼくははっとして、一歩下がって言った。「水月、すぐにその衣装を脱いで。その衣装はぼくの物ではないんだ」

水月はちょっと口を尖らせてから、うなずいた。

それから、ぼくは部屋を出て、彼女が着替えるのを廊下で待った。十分もたってから、彼女はやっと扉を開けた。あの白いワンピースに着替えている。

彼女はうつむいて言った。「衣装は全部ちゃんと畳んで、あなたの木匣の中に戻しておいたから」

「水月、昨夜のことだけど……」

「その話はしないで」。彼女はぼくの話をさえぎって、淡々と言った。「周旋、自分を責めないでね。わたしはただ……。あなたにお礼が言いたいの」

そう言うと、子鹿が飛び跳ねるようにぼくの部屋を離れて、女の子三人の自分の部屋へ戻っていった。

ぼくは大きく深呼吸をした。部屋に入って時計を見ると、まだ朝の五時過ぎだ。

もう一度ベッドに戻ろうとしたところで、部屋の扉が静かに開いた。水月が戻ってきたんだろうか？　ぼくは振り返って呼んだ。「水月？」

しかし、入ってきたのは水月ではなくて、秋雲だった。

ぼくは恥ずかしくなって、なんと言ったらいいかわからなかった。

秋雲は冷たい目でぼくを見て、口もとに曖昧な表情を浮かべて言った。「今、なんて言ったの？　水月？」

「何か用なの？」

「たった今、廊下を通りかかったら、あの水月っていう女の子が部屋から出てきて、あなたと別れを惜しんでるのを見たわ。どうやら、もう離れられない仲になったみたいね。朝の五時に若くてきれいな女の子が若い男の部屋から出てきたんだから、どういうことかわからないはずはないわ」

ぼくは首を振って言った。「全部見てたんなら、ぼくはなにも言うことはないよ」

秋雲は一歩下がって冷たく言った。「周旋、後悔するわよ」

「いいや、絶対に後悔しない」

彼女は小さい声で「ふん」と言うと、さっさといなくなった。ぼくはため息をついた。ちょっと変な気分になった。

一時間ほどたって、下の広間に行くと、水月、琴然、蘇美の三人がもう食卓について食べ始めていた。三人とも機嫌がよさそうで、まわりに構わずおしゃべりを続け、ときどき鈴のような笑い声をあげている。こっそり水月のほうを見たが、その表情に憂鬱そうなところはまったくなくて、二人の友だちと同様に青春のエネルギーに溢れているようにみえる。三人は何か相談している様子で、しかもそのことがとても楽しいらしく、話の中身はわからないが、とにかく昨日の夜のことでないことだけは確かだ。

そこへ突然、阿昌の醜い顔が現れた。帳場のカウンターの後ろから三人の女の子たちをじっと見ているが、その目つきがなんだか変な感じだ。ぼくと目が合うと、阿昌は素早く帳場の奥に姿を消した。

ぼくはさっさと朝食をすませ、その間、水月とは全然話をしなかった。それから、急いで部屋に戻り、君への手紙を書き始めた。

葉蕭、ほんとに不思議なんだけど、たった四時間で一気にこんなにたくさん書いたよ。こういうスピードで書けていたら、二週間で長編をひとつ書けるね。

おかしな話だが、急に不安な気分になってきた。手紙はここまでにするよ。

それでは！

幽霊客桟にて　　君の友　周旋

＊　＊　＊

葉蕭は朝早くにこの手紙を読み終わった。自分も周旋と同じように不安だった。特に、あの小曼のことを書いた部分を読んだときだ。朝の光が彼の額を照らしている。葉蕭は手紙をたたんで引き出しにしまい、急いで家を出た。

三十分後、葉蕭は病院に着いた。消毒液のにおいのする廊下を通っていって、その病室のドアをそっと開いた。そこは清潔な個室で、周旋の父親が静かにベッドに寝ていた。

昨日の午前の出来事で葉蕭はびっくり仰天していた。万が一、周寒潮《ジョウハンチャオ》が持ちこたえられなかったら、周旋にあわせる顔がないと思った。当時の状況は本当に危険で、周寒潮が病院に搬送されたときには心臓はほとんど止まりかけていた。救急治療室で三十分以上治療を受け、医師たちはあらゆる手段を使って、やっと彼を生き返らせた。

地獄の入り口まで遊びに行ったようなものだと医師は言った。

今はもう危険を脱していて、数日安静にしていれば退院できるだろうと言われている。葉蕭は後ろめたく思っていた。友人の父親に怖ろしいことを伝えてしまい、彼を死なせるところだったのだ。だが、葉蕭にはどうしてもわからなかった。どうして、「幽霊客桟」と言っただけで、周寒潮は電撃に打たれたようになってしまったんだろう？

葉蕭はもう幽霊客桟のことを話すのはやめようと決めていた。ベッドのそばでじっと見守っているうちに十数分が過ぎて、周旋の父親はゆっくりと目を覚ました。

周寒潮は目を半分開けて葉蕭を見てから、小さい声で言った。「わたしはまだ生きているのか？」

「もちろんですよ、おじさん。お医者さんたちが助けてくれたんです。休養していればすぐに治ります」

「君は葉蕭だな？　周旋の友だちの。どうやら、君が助けてくれたようだな。ありがとう」

葉蕭は本当に申し訳なく思った。「違います。ぼくが面倒をもってきたんです」

「ちょっと待て。昨日のことを思い出した。君は周旋に頼まれてわたしに会いに来たんだったな？」

「そうです」

「周旋はどこにいると聞いたら、幽霊客桟だと答えたな？」

葉蕭はなんと答えたらいいかわからなかった。もうその話はしないつもりだったのだ。彼はしかたなくうなずいた。

「いったいどういうことなのか、話してくれ」。今ではもう周寒潮の意識ははっきりしているようで、葉蕭の顔をまっすぐ見て質問した。「周旋はどうして幽霊客桟にいるんだ？　どうして、幽霊客桟を見つけたんだ？　わたしを目上の者だと思うのなら、言うことを聞いてくれるね？」

「それは……」

葉蕭はためらった。友の父親に嘘を言うわけにもいかないが、昨日のようなことになったら大変だ。悩んだあげく、結局、知っていることを全部話した。周旋が出発前に自分に話したことをそのまま伝えたのだ。だが、周旋が幽霊客桟から送ってきた手紙に書いてあったことは、具体的には話さなかった。


話を聞いている間、周寒潮はずっと冷静だった。あの木匣の話、そして、どうやって幽霊客桟を見つけたかなどを葉蕭が話す間、じっと耳を傾けていた。最後に周寒潮はうなずいて言った。「ありがとう、葉蕭。さあ、もう帰ってかまわないよ。わたしはひとりになりたいから」

「はい。それじゃあ、どうぞお大事に。何日かしたら、またお見舞いに来ますから」

葉蕭はそっと静かに病室を出た。

病室には周寒潮ひとりが残された。彼は何度か深呼吸して、昨日死にそうになっていたときのことを思い起こしていた。あのとき、頭をかすめたことどもが、いわゆる「臨死体験」というやつなのだろう。

そうだ。生死を分けるあの瞬間に彼は確かにあの海辺の幽霊客桟を見ていた。そして、あの人のことも……。

あれから、三十年が過ぎた。だが、記憶の中のすべてがほんの数時間前に起きた事のように今もはっきりと周寒潮の目の前に浮かんでいた。そればかりか、手を伸ばせば届くのだ。

手を伸ばしたら、柔らかい両手に触れた。

いや、あれは幻ではなかった。その瞬間、記憶の中のすべてが現実になったのだ……。

三十年あまり前、彼はまだ二十歳にもならない若者だった。同年齢の多くの若者たちと同様に、彼も生まれ育った都市を離れ、見知らぬ農村に向かった多くの知識青年のひとりだった。彼は今もはっきりと覚えている。汽車に乗って都市を離れるときのことを、ずっと後になってある詩の中で読んだときにも、やはり、涙がとめどなく流れたものだ。

周寒潮が人民公社の生産隊に入った場所はK市の西冷鎮だった。彼はそこで五年の年月を過ごし、人生でもっとも美しい青春の日々はその荒れ果てた海岸で無駄に流れ去った。その頃はまだK市西冷鎮ではなく、正式な名前はK県西冷公社だった。農村に送られた多くの知識青年を受け入れていたが、そのほとんどは周寒潮と同じ都市から来ていた。

運の悪いことに、彼は荒村という場所に派遣された。その名のとおり、その地域でもっとも荒れ果てた村だった。村全体で知識青年は彼ひとりだったから、孤独を友とする生活だ。まだ半分は封建時代のような村の環境で過ごすうちに、彼はすっかり無口で憂鬱な人間になった。二年もかけてやっとなんとかその地の方言を習得したものの、あいかわらず、村の農民たちとは話すこともなかった。農村の知識青年の生活は苦しく無味乾燥なものだ。毎日、田畑に出ては必死で働き、暗くなれば寝るだけだ。なにより辛かったのは、読む本が一冊もなかったことで、長い夜は苦しみだった。

長い長い五年が過ぎ、周寒潮は二十四歳になっていた。まるで流刑にされた罪人のようにこの荒村で青春を無駄にするのだと思っていた。その年の夏、公社から洪《ホン》隊長という人が派遣されてきて、荒村の周辺の海辺を視察し、そこらの土地がすっかり荒れているのを見て、突飛なことを思いついた。海辺の空き地を開墾させようというのだ。

洪隊長は西冷鎮の人間ではなかったので、この荒涼とした海岸に伝わるいろいろな伝説を知らず、当時はすでに荒れ果てていた幽霊客桟を開墾にあたる農民たちの宿舎と決めた。村の人たちはこの決定に反感をもった。子どもの頃から、海辺を怖れていたからだ。だが、なにしろ、洪隊長は「上から」来た人だから、その命令に逆らう者はいなかった。村でただひとりの知識青年である周寒潮はもちろん海辺の開墾に行くことになった。

すでに荒村で五年も暮らしていたが、周寒潮はまだ幽霊客桟に近づいたことはなかった。村人たちから何度も何度も警告されていたからだ。客桟についてのいろいろな伝説は、彼が長く退屈な夜を過ごす際のいい暇つぶしになっていたほどだ。とはいえ、実際に客桟に住むことになると、彼の心にもなんとも言えない不安がこみ上げてきた。

初めて幽霊客桟に足を踏み入れたあの黄昏時のことを周寒潮は今もはっきり覚えている。あの今にも崩れ落ちそうな扉を開けて、真っ暗な広間に足を踏み入れたとき、彼の後ろには村の若者たちや、働き盛りの男たちが十数人もいたのだが、誰ひとりとして、彼に続いて入ってくる者はいなかった。周寒潮はただひとり、あまり明るくない灯油ランプを掲げて漆黒の闇の中の階段を上った。あのときの気持ちは一生忘れられない。後ろから誰かの目がずっと自分を見ている気がするのだ。何度も振り返って、灯油ランプで後ろの闇を照らしてみたが、やっぱり何も見えなかった。客桟の中をひとりで三十分も歩きまわってから、周寒潮は外にいた者たちを呼び入れた。彼らは皆、茣蓙と布団を持って二階の部屋に入り、震えながら一夜を明かした。

次の日、彼らはその荒れ果てた建物をすっかり掃除した。それから、幽霊客桟で暮らす日々が始まった。

そして、周寒潮の人生でもっとも重要なその日が訪れようとしていた……。

＊　＊　＊

八通目の手紙

葉蕭、お元気のことと思います。

だけど、ぼくのほうは元気とは言えない。全然元気じゃない。いや、それは心の中のことなんだけど。ああ、どう言ったらいいんだろう？　昨日の午前中、君に手紙を書いてから、ぼくは急いで部屋を出た。ところが、廊下を歩いていたら、あるドアの中から言い争う声が聞こえて、好奇心をかきたてられてしまった。

男の暗い声は画家の高凡で、もうひとりのやさしい女性の声は清芬だ。ぼくは別に覗き屋ではないから、無理して聞こうとはしなかったので、何か言い争っているようだとわかっただけで、詳しいことはわからなかった。それでも、なんとなくわかったのは、清芬と高凡は人目をはばかる仲なんじゃないか、そしてそれが清芬の苦しみの原因なんじゃないかということだ。

そのとき、ドアの近くを人影がかすめるのが見えた。物陰に隠れている者がいたんだ。追いかけていって、広間に入ったところで追いついたが、それは清芬の息子の小龍だった。

何も言わないが、その目からは激しい憎しみを発している。そんな少年を見て、ぼくは怖くなった。広間には誰もいなかったから、そっと聞いてみた。「どうして逃げるの?」

小龍はじっとこっちを見て、少し掠れた声で言った。

「あいつらはろくな死に方はしない」

ぞっとした。とても子どもの言うようなことではない。広間の空気が重苦しくなった。

ぼくは少年の肩をつかんで言った。「小龍、なにもかも君の妄想だよ。本気にしてはいけないよ」

「何を言ってるんだ。妄想の中の人間は自分じゃないか」。彼は急に大人のような声で、ぼくの顔を指差して言った。それから、ぼくの手を振り解き、階段を駆け上っていった。

ぼくは長いため息をついた。子どもの言うことではあるが、強いショックを受けた。ぼくは首を振って、それから、客桟から飛び出した。

雲の多い空を見上げて、荒村を目指して走り、最短時間で到着した。手紙をポストに入れた途端、突然、わけもなく父親のことを思った。なんだか、ぼくのことを呼んでいるみたいだ。親子の血のつながりで気持ちが通じてるっていうこともあるんだろうか。

帰り道はゆっくり歩いた。昼食の時間まではまだ一時間ある。ふと、海辺を歩いてみようと思った。空はぶ厚い雲に覆われている。風さえも雲にさえぎられているみたいだ。昼の空気は湿って蒸し暑い。天地の間がまるで巨大な蒸籠《せいろ》になったみたいだ。

ぼくは崖の上まで歩いた。高い所で風にあたって涼もうと思ったんだ。でも、風はまったくなくて、服が汗でぐっしょりだった。ふと遠くの入り江に視線を向けると、そこで何人かの人影が動いている。よく見ると、水着を着た三人の若い女の子が海に入ろうとしていた。

ぼくはすぐに崖を離れて、速足で入り江のほうに歩いていった。水月がいた。水着を着ているので、白い肌が眩しい。もう半分水に入っている。琴然と蘇美が近くにいて、三人ともすごく楽しそうだ。波しぶきが顔にかかり、大声で笑っている。

「水月！　水月！」。ぼくは岸から大声で呼んだ。

そのとき、彼女はもう浅瀬で泳いでいて、振り返ってぼくを見ると笑いながら手を振った。

琴然と蘇美も振り返った。琴然が立ち上がって、大きな声で言った。「周旋、わたしたちの服を見張っててくれる？」

言われて気づいたが、海辺の石の所に袋がいくつか置いてある。ぱんぱんに膨らんでいて、衣服を詰め込んだものらしい。ぼくはその近くに行って、水の中の三人の女子学生を見ていた。驚いたことに、三人ともすごく泳ぎがうまい。フォームもきちんとしていて、少なくとも、ぼくよりはずっといい。まったく苦労せずに海の中で遊んでいて、どう見ても水泳の選手みたいだ。

ぼくはこの間、怖ろしい経験をしたばかりで、どうしても海に入る気にはなれなかったから、岸辺に立って水月を見ていた。三人はどんどん遠くへ泳いでいって、顔もよくわからなくなり、水面に白い腕が見えるばかり、まるで白い魚が泳いでいるようで、水着の色以外では三人の区別がつかなくなった。

突然、ぼくの額に影がさした。顔を上げると、空の色がだんだん変わっている。厚い雲の層が真っ黒になって、海の色をますます憂鬱なものにしていく。

海に視線を戻したとき、三人の姿はもうなくて、ただ茫々たる海の水が広がっていた。心臓の鼓動が速くなった。目を凝らして水面に三人の姿を探した。

海の上を鋭い叫び声が伝わってきた。

ぼくの心臓もその声に引っ張られそうになった。

ひとつの人影が水面に浮かび、すごい速さでぼくのほうに泳いでくる。水着の色から判断するに、あの背の高い女の子、蘇美だ。

蘇美は平泳ぎの形で腕を伸ばし、必死に泳いできて、まもなく岸に近づいてきた。ぼくは急いで靴を脱ぎ、裸足で海に入った。浅瀬で彼女を引っ張り起こしたが、すっかりうろたえていて、体も冷え、震え続けている。

ぼくは蘇美を支えて、大声で尋ねた。「水月と琴然は？」

「わからない……」

蘇美は怯え、全身震えながら、岸に駆け上がった。

そのとき突然、冷たい雨粒が一粒、ぼくの額に当たった。雨が降ってきそうだ。心配になって海のほうを向き、水月か琴然の姿が見えないかと探した。

その三十秒後、人影が海から姿を現し、岸に向かって必死に泳ぎ始めた。ぼくは急いでそっちに歩み寄った。海の水がもう太腿まで来ている。

その人影が近寄ってきたのを見ると、琴然だった。心臓がドキッとして、震えがきた。琴然もすぐにぼくのそばまで泳いできたので、手をつかんで引き起こし、体を支えて岸まで連れていった。

琴然は縮こまって、蘇美と抱き合い、息を切らしている。ぼくは大声で聞いた。「琴然、水月がどこにいるか見えた？」

琴然は顔を上げ、とぎれとぎれに言った。「海の中に何かいて……。わたしたちをどんどん下に引っ張っていくの……。もしかしたら、足がつっただけかもしれないけど……。いいえ……。ああ、わからない……」

「ああ！」。ぼくはすぐにあの日の自分の経験を思い出し、琴然の肩をつかんで言った。「それで？　水月は？」

琴然は呆然としたままで首を振り、ぶつぶつと言った。「水月は……。見えなかった……」

目の前が真っ暗になった。ぼくはひたすら心の中で名前を呼んだ。水月、水月、水月……。

水際に駆け寄ったが、彼女の姿はまったく見えない。そのとき、後ろに奇妙な感じがした。振り返ったが、そっちに見えたのはあの山と野を埋め尽くした古い墓地だけだった。

雨が降り始めていた。水滴がいくつか、目に入ってきた。いや、それでも、水月を助けなければ。たとえ、海の底に何が隠れていようとも。

水月！　今、助けに行くよ！

ぼくは服を脱ぐ余裕もなく、大きく息を吸うと、海に突っ込んでいった。

冷たい水がまたぼくを包み込んだが、心の中は火のように燃えていた。先日のことを思うと今も胸がどきどきするが、もう何もかまってはいられなかった。水月のことしか考えられなかった。

ぼくは必死で沖に向かって泳いだ。周囲の暗礁が危険であることも気にせず、もう深みに入りこんでいた。風が吹き始め、水面を雨粒が叩き始めた。ぼくはだんだん高くなる波の向こうに届くように四方に大声を出して、水月の名前を呼んだ。しかし、彼女の姿はまったく見えなかった。

海の中にどんな怖ろしいものが隠れているにしても、絶対に水月を見つけ出す。ぼくは大きく息を吸ってから、水中に潜った。

二、三メートル潜っただけで視界はぼんやりしてきた。正午の日の光が海水を通して屈折し、なかなか深い所まで届いていかない。海中は墓の中のように暗い。暗黒の海水に包まれ、視界は十メートルを超えていないだろう。ほんの少しの光と影がかすかに揺らめいている。

こんなに長い時間、しかもこれほど危険な入り江で潜ったのは初めてのことだ。そんな勇気と力がどこから出てきたのか、わからない。この辺りは水深が非常に深く、一匹の魚も見なかった。水深五、六メートルから下は完全な闇だ。

もうすぐ肺の中の空気がなくなる。ぼくは大急ぎで水面に出ると、大きく息を吸って、もう一度息を吸い込み、また水に潜っていった。

今度はたっぷり一分以上潜っていただろう。それでも、海中にはいくつかの暗礁が見えるだけで、水月の姿はまったく見えなかった。

ぼくは再び水面に上がり、息を吸い込むとまた潜った。そんなふうに命の危険も顧みず、続けて五回潜り、精も根も尽き果てたが、水月はどこにもいない。

それ以上潜るのは無理だった。ぼくは海面に仰向けに浮かんで荒い息をしていた。まずいことにまだ服を着ていたから、どんどん体が重くなって、今にも沈んでしまいそうだった。

その瞬間、ぼくは本当にそのまま海に沈んでいきたくなった。溺れ死ぬ直前にひと目、水月の姿を見ることができたら、それでいいと思った。

ここは死の海だ。

ぼくは絶望した。

しかし、死の国への敷居を前にして、生きたいという欲望が再びぼくを支配した。そして、知らず知らず、岸に向かって泳ぎ始めていた。いつのまにか、涙が顔を流れ、海の水と雨水と混じりあっていた。

葉蕭、あのときの苦しみをどう言ったらいいんだろう……。

自分がどうやって泳ぎ戻ったのか、わからない。もしかしたら、はかり知れない不思議な力が助けてくれたのかもしれない。ぼくはとうとう、岸に泳ぎ着いた。そして、ほんの数歩歩いただけで、体の力が抜けて岩の上にくずおれた。

琴然と蘇美がぼくのほうに走ってきた。二人は水着の上に服を着ていて、力を合わせてぼくを助け起こした。ぼくは断末魔のあがきのように大きく口を開けて息をした。顔には雨が滴り、視界がぼやけた。やっとのことで体を起こして立ち上がったが、ただ茫々と広がる海が見えるだけだ。

いけない。このまま、諦めるわけにはいかない。水月を助けなければ。幽霊客桟に戻って助けを求めよう。丁雨山たちなら、何か方法があるかもしれない。それだけが、そのときのぼくに残された希望だった。

ぼくは蘇美の手を引っ張って言った。「はやく……。はやく客桟に行って助けを呼んでくれ。みんなを連れてきて……。ここに連れてきて、水月を助けてもらうんだ……」

蘇美は怯えて口もきけなくなっていたが、ぼくを見てうなずくと、すぐに琴然の手を引いて幽霊客桟に向かって走り出した。

海辺にはぼくひとりが残った。岩の上に座って、雨風に打たれる入り江を呆然と見ながら、ただ奇跡の到来を待っていた。

もしかしたら、人はこういうときにだけ、敬虔な気持ちで奇跡の存在を信じるものなのかもしれない。

ぼくはそのまま十数分、海辺の冷たい風と雨に耐えていたが、奇跡は訪れず、やって来たのは丁雨山と高凡の二人だった。

すでに疲れ切っている琴然と蘇美が二人の大の男を引っ張ってきたが、彼らもパニックに陥ってどうしたらいいかわからない様子だ。丁雨山は顔に当たる雨を手で避けながら、まっすぐぼくのそばに来て大声で言った。

「周旋、あの子たちの言うのは全部本当か？」

どうやら彼はまだ、水月が行方不明になっていることを信じていないらしい。ぼくは彼をまっすぐ見て言った。

「本当だよ。本当に水月が行方不明なんだ。ぼくはもう疲れて動けない。どうか、水月を助けてやって」

ぼくはしまいには哀願していた。

丁雨山は一面の雨の幕に覆われた海を見ながら、唇を震わせて言った。「ここの海で事故に遭った者は間違いなく死ぬ」

ぼくは疲れ切っていて、声を張り上げる以外何もできなかった。「そんな！　どうか水月を助けて！　すぐに助けにいって！」

「海に入って助けろというのか？」。丁雨山は激しく首を振った。「だめだ。死にに行くようなものだ」

すると、高凡が言った。「海沿いに歩いて探すことはできる。もしかしたら、波で岸に打ち上げられているかもしれない」

「よし、そうしよう」。丁雨山はそう言うと、海岸に沿って北に向かって歩き出した。

高凡はとても厳しい顔つきで、力強い腕を伸ばすと、しっかりぼくの肩を支え、丁雨山の後ろについた。すっかり取り乱した琴然と蘇美もいっしょだ。

歩いている間ずっと、冷たい雨と風にさらされていた。ぼくは顔を濡らす雨水を拭い、奇跡が出現しないかと海辺の浅瀬を注意深く見ていた。

丁雨山はみんなをある崖の上に連れていった。高凡に支えられて下を見ると、ただ、濁った色の波が岩に打ちつけ、大きく飛沫を上げるのが見えるだけだった。一瞬、ぼくは目眩を感じた。高凡がしっかりおさえていてくれなかったら、落ちていたかもしれない。

高凡は首を振って言った。「ああ、もしも水月がここまで波に運ばれていたとしたら、岩に打ちつけられて体も砕けてしまっただろう」

ぼくたちはそれから、急いで崖を下りて、海岸を探し続けた。琴然と蘇美は声を振り絞って水月の名前を呼んだ。そうして幽霊客桟の裏側まで来たが、水月の姿は見えない。ぼくはなんとか持ちこたえて、みんなといっしょに歩き続け、海沿いを何キロも歩いたが、どこまで行っても荒れ果てて人の気配はなく、ただ、雨風が打ちつける海が茫々と広がっていた。

とうとう、登るのが不可能な崖の前まで来て、引き返すしかなくなり、また数十分かけてもとの入り江に戻った。振り返って見ると、山の上にぎっしりと並ぶ墓が見えるばかりで、奇怪な衝撃を感じずにはいられなかった。

とうとう、ぼくは動けなくなり、丁雨山と高凡の体もぐしょ濡れになっていた。琴然は我慢できずに泣き出し、海辺の岩の上に座って頭を膝に埋めていた。

「もういい。これ以上、水月を探すわけにはいかない。生きて見つかる可能性はない」。丁雨山は座っている琴然の手を引いて起こし、彼女の肩を軽く叩いて言った。「客桟に帰ろう。風邪を引くといけない」

ぼくは激しく首を振って言った。「ダメだ！　絶対に生きてる。ぼくは水月が帰ってくるのを待ってる」

「頭がどうかしてるようだ。連れて帰ろう」。丁雨山はそう言うと、泣き続ける琴然と蘇美を連れて客桟のほうに歩き出した。

高凡はぼくの肩をつかんで、連れていこうとした。ぼくは振り向いて茫々たる海を見つめながら、彼の手から逃れようとしたが、なにしろ、すっかり力尽きていたので、逆らうことはできず、高凡に引きずられるようにして客桟へ戻った。

何時に客桟に着いたかは覚えていない。広間は大混乱で、清芬、小龍、阿昌も待っていたが、ぼくたちの様子を見て怖くなったようだった。阿昌はすぐに生姜湯を持ってきてくれて、それから、奥に入って浴室の湯を沸かしに行った。

琴然と蘇美は生姜湯を飲み終わると、先に浴室に行った。ぼくは上半身の服を脱いで、食卓のそばに座っていたが、頭の中は真っ白だった。そのときのぼくの様子はよほど怖ろしいものだったらしく、みんなそばに座ってこっちを見ていたが、誰も話しかけてはこなかった。しばらくすると、阿昌がぼくに熱いお粥を持ってきてくれた。さっきも言ったとおり、あのときのぼくは気が変になっていたようにみえたらしいが、本能のなせるわざなのだろうか、いきなり大きな飯碗を持って食べ始め、あっという間に食べ終わってしまった。

広間の中は息がつまりそうな雰囲気で、誰も口をきかず、琴然と蘇美が浴室から戻るまで、みんなはただぼくをじっと見ていた。丁雨山はぼくに風呂に入りにいけと言ったが、ぼくは首を振って、じっと琴然を見た。

そのときにはいくらか頭がはっきりしてきたので、ぼくは琴然に質問した。「琴然、君たちはどうして海に泳ぎに行きたいと思ったの？」

「わたしは……水月が……わたし……」。琴然の髪からはまだ湯気が上がっていたが、恐怖に怯えた表情で、それ以上話せなくなってしまった。

「水月が泳ぎに行こうと言い出したのよ」。蘇美が代わりに答えた。「午前十一時頃、客桟の中があんまり蒸し暑いので、我慢ができなくなって。それで、水月が泳ぎに行こうって言い出したの」

「まさか、知らなかったわけじゃないだろう？　ぼくはこの前、あそこで怖ろしい目に遭ったんだよ」

「そのことはわたしと琴然も言ったのよ。でも、水月は海が危ないっていう伝説はどれも地元の人が子どもを脅かすために言ってるだけだって言うの」。そう言うと蘇美はちらっと丁雨山に目をやったが、彼が不愉快な表情をしているのに気づいて、慌てて言い添えた。「それに、水月は言ってた。あなたが怖い目に遭ったのは泳ぎがあまりうまくないからで、深い所まで行ったら、危ないのは当たり前だって」

「それじゃ、君たちなら大丈夫なのか？」

入浴して元気になった蘇美はちょっと興奮して言った。

「わたしたち三人は大学の同級生ってだけじゃない、小学校も中学校もいっしょだったの。小さい頃から体育学校でいっしょに水泳をやってた。わたしと琴然は中学卒業のときにやめたけど、水月は高校まで続けたの。水月は一流の選手で、全省の大会にも出て上位に入ってる。高校二年から後は毎年の夏休みにいっしょに普陀山や嵊泗《ションスー》（浙江省舟山群島の一部）の海で泳いでるの。わたしたち三人にとっては、海で何千メートルも泳ぐのはなんでもないことなの。今日みたいなことになるなんて、今まで考えてもみなかった」

「逃げられる者はいない。逃げられる者はいないんだ……」。高凡が真っ青な顔でぶつぶつつぶやいている。

「こんなことになるなんて、考えてもみなかった」。琴然がやっと口を開いた。涙がまた流れてきて、蘇美と身を寄せあって泣いている。「足がつるなんて、水月ならありえない。去年は普陀山で二時間続けて泳いでも全然なんともなかった。今日は十分しか泳いでないもの」

「もうやめましょう。みんな辛くなるばかりだから」。

自分も涙を流しながら、蘇美は琴然を慰めた。なんとか命拾いした二人は互いを支えあいながら、階段を上っていった。

ぼくは丁雨山のほうを見た。呆然としていて、すっかりショックを受けているようだ。広間の中を再び死のような静寂が支配し、阿昌も帳場の後ろからぼくをじっと見ている。

窒息しそうな雰囲気になったとき、突然、小龍が叫び出した。「昨日からわかってたんだ！　あの人が死ぬって。昨日からわかってたんだ！」

「変なことを言うんじゃないの！」。清芬が慌てて息子の口をふさいだ。

小龍の顔を見ているうちに、昨夜のことを思い出した。水月がぼくの部屋に来たときのあの悲し気な様子と涙を。あのとき、彼女は怖い夢を見たと言っていた。夢の中で、山の上と海の中から、子夜歌が聞こえたと。ああ、その夢は海からの死の呼び声だったんだろうか？

まさか、それが定めだったというのか？

そんなはずはない！　そんなこと、ぼくは信じない！

みんなの顔を見たが、もう広間にいるのは嫌になり、入浴する気にもならないので、海の水と雨の水に濡れた体のまま、階段を上っていった。

やっと自分の部屋に戻ったとき、肉体も魂も崩壊しそうだった。急いで濡れた服を着替えると、窓際に寄りかかり、大きく息をして、顔を上げてあの黒い海を見た。

水月が今もあの海の底にいる……。

ああ、ぼくはそれ以上見ていられなかった。冷たい雨と風が海と空を覆っている。雨粒が少し入ってきた。

ぼくはベッドの上に座り、水月に関するすべてを思い出そうとした。特に、昨日の普段と違う行動について。

ふと、旅行バッグに目が止まった。今朝早く、水月が芝居の衣装を着て、まるで古い時代から来た人のようにベッドのそばに立っていたときの様子が目に浮かんだ。あのときの彼女の様子は奇妙だった。まるで、別人になったみたいだった！

もしかしたら、あれは何かの暗示だったのか。死神の暗示だったのだろうか。

体に震えがきた。ぼくはバッグを開いて、木匣をベッドの上に置いた。そして呆然としてその古い木匣を見つめた。中には美しい芝居の衣装が入っている。この木匣は田園《ティエンユエン》という女性から、遺言によって託されたものだ。この木匣があったからこそ、ぼくは幽霊客桟にやって来た。そして、偶然、水月に出会い、深く愛するようになったのだ。

今になって、ようやくわかった。すべてはこの木匣が原因なのだ。木匣の中の衣装が原因なのだ。そっと木匣を開けると、あの絹の輝きを帯びた女褶がぼくの目に飛び込んできた。

そして、水月がこの衣装を着て、水袖を振っている美しい姿がまた目に浮かんだ。それなのに、彼女は今、冷たい暗黒の海の底に横たわっている。

そうじゃない！　この衣装が水月を連れていってしまったんだ。

この衣装を罰してやらなければならない。

そのとき、ぼくはまた理性を失っていた。旅行バッグからライターを探し出した。左手に美しい女褶を持ち、右手でライターの火を点けた。

青い炎が毒蛇の舌のようにチラチラしながら、女褶の裾に近づいていった。

ぼくはそのとき、人を殺すような気持ちになっていた。ぼくの視界の中で、小さな火はぼやけていって、すぐに燃え盛る炎になり、幽霊客桟を焼き尽くしていく……。

しかし、ライターの火が女褶に燃え移ろうとした瞬間、窓から冷たい風が吹き込んで、さっとその青い火を消した。

風に混じった雨粒がぼくの顔を打ち、女褶はぼくの手の中で無事だった。ぼくはうろたえて、窓に駆け寄ると、窓をしっかり閉めた。今度は風が入ってきたりしないはずだ。

ぼくは深呼吸すると、またライターの火を点けた。炎がだんだん女褶に近づいていく。今度は逃げられないぞ。

突然、鋭い叫び声が部屋の外から聞こえた。ぼくの手はびくっとしてしまい、ライターの火がまた消えた。

叫び声のおかげでぼくははっとして、ちょっとの間は混乱していたが、それから急いで衣装を木匣に突っ込んでから、部屋を出た。

叫び声のしたほうへ廊下を走って、ある空室に飛び込んだ。そこでは清芬がヒステリックな叫び声を上げていた。

顔を上げて見ると、小龍が天井からぶら下がっていた。

ああ、あの子は首を吊ってしまったのだ。

床には蹴り倒したらしい椅子があるが、小龍の両足は今もバタバタ動いているから、まだ首を吊って間もないようだ。ぼくはすぐに椅子に上がって、両手で必死に彼の腰を支え、体を持ち上げた。そのとき、高凡と丁雨山も駆けつけてきたので、三人で協力してやっと小龍を縄から下ろすことができた。

母親は甲高い声で泣き叫び、少年は大きく口を開けて荒い息をしている。ぼくと高凡は小龍を抱えて母子の部屋へと運んだ。人工呼吸をするまでもなく、小龍は自力で何度か咳をし、ゆっくり意識を取り戻して、呼吸もだんだん正常になった。

清芬はベッドのそばでずっとぶつぶつ言っている。なぜ首を吊ったりしたのかと息子に聞いているらしい。

高凡が突然言った。「今日は水月のことがあったから、ショックを受けたんじゃないか？」

「わからない。この子はいつも悲観的で世をはかなんでいるみたいだったけど、まさか、こんなことまでするとは……」。清芬は涙を拭いながら言った。「病気のせいかもしれない。可哀そうに生まれたときからずっと病気に苦しんで、治療法も見つからないものだから、とうとう絶望してしまったのかもしれない……」

高凡もうなずいた。「そうだな。それに、しょっちゅう何か怖いものを見たとか、亡霊を見たとか、気味の悪いことを言っていたから、精神的に悪影響があったのかもしれない」

それを聞いて、午前中に手紙を出しに行く前に、広間で小龍が言ったことを思い出した。ベッドに横たわっている少年を見たら、こっちまで震えがきて、何も言えずに部屋を出た。

ぼくは自分の部屋に戻った。とにかく、さっき中断されてしまったことをやり遂げたかった。そう、あの芝居の衣装を燃やしてしまうのだ。

だが、ベッドの上に置いた木匣を見て、ぼくは仰天した。

木匣は空だった……。

そんなバカなことがあるだろうか。木匣を持ち上げてよく見たり、ベッドの脚のところに這いつくばって調べたりしたが、どこにもあの衣装はなかった。ただ、ライターだけがぽつんとベッドの上に残されていた。

そのとき、首がひやりとするのを感じた。顔を上げて見ると、開いた窓から冷たい風が入りこんでいる。おかしい。さっき、風でライターの火が消えてしまったので、窓をしっかり閉めたはずだ。窓を閉めた後に、留め金錠をしっかり差し込んだのもはっきり覚えている。

不思議だ。ぼくはまた部屋の中を徹底的に探した。隅まで忘れずに調べたが、本当にない。でも、衣装に足が生えて自分で歩いていくはずはない。まさか、誰か部屋に入って盗んでいったのか？

ぼくは振り返って入り口を見つめた。もうそれ以上考える気がしなくなった。

それからの数時間、自分の部屋にこもっていたが、頭の中で海の中の様子が繰り返し再現される。まるで自分が今も海の中にいて腕を動かし続けているような錯覚をしていた。

夕方の六時、ぼくはふらふらしながら、広間に下りていった。清芬が部屋で小龍に付き添っている以外、全員が食卓についてぼくを待っており、阿昌も厨房の入り口に立って待機していた。

広間の電灯の白い光はかすかに揺れていて、みんな、死人のような顔色にみえた。ぼくはゆっくり高凡の隣に座った。丁雨山はいつものように上座に座り、ぼくの向かいは琴然と蘇美だったが、二人ともまだショックから立ち直っておらず、特に琴然の肩は震えていた。

ぼくが座ってすぐ、階段を下りてくる足音が聞こえた。清芬が小龍と来たのだろうか？

しかし、それは別の女性で、黒いワンピースを着て幽霊のようにみんなの前に姿を現した。

「秋雲！　どうして下りてきたんです？」。丁雨山は驚いた様子で大声を出した。

「今日のことは聞いたわ」。秋雲は冷たい声で答えた。それから、あのアーモンド形のぱっちりした目をぼくのほうに向けて、しばらくじっと見つめた後、食卓の反対側の端までふわりと歩いていくと、丁雨山の向かいに座った。「あんな大変なことが起きたんだから、もちろん下りてきて話を聞かないわけにはいかないわ」

「あなたは誰？」。そう尋ねたのは琴然で、まっすぐ秋雲を見ている。

丁雨山が秋雲のかわりに答えた。「彼女が幽霊客桟の本当の主人です」

「でも、今まで見たことがなかったわ」

「それはあなた方の観察力が足りないからよ。わたしはずっとあなた方の上の階にいたわ」。秋雲はちょっと唇を尖らせて言った。「もういいわ、そんな話は。それより、これからどうするかが問題よ」

広間は静まり返り、みんな暗い顔をしていて、窒息しそうな雰囲気だ。最後にやはり、蘇美が口を開いた。

「警察に知らせるべきじゃない？」

丁雨山が冷たく答えた。「もちろん、知らせたっていい。だが、警察に知らせて何の役に立つ？　水月が生き返るわけじゃない」

「やめろ！」。ぼくは彼の話をさえぎった。「遺体が見つからないうちは、死んでるなんて言うな！」

「それじゃ、まだ生きてると？」

ぼくの頭はすっかり混乱していた。そもそも、水月が事故に遭ったことを認めたくない。ぼくは大声で答えた。

「ほんの少しでも希望があるなら、諦めちゃいけない」

「もういいでしょう、周さん。思い出してみてください。あなたが来てからというもの、幽霊客桟の静けさは破られ、奇怪なことばかりが起きているんですよ」

それはそうだ。この幽霊客桟に足を踏み入れて以来、ずっと奇妙な感じがぼくにつきまとっている。この奇妙な感じが客桟のほかの人たちにまで伝染しているのだろうか？

丁雨山は疑いの眼差しでぼくを見ながら続けた。「あなたが来てから、阿昌の様子もおかしいのです。あなたを、そしてあなたの部屋を怖がっているみたいで」

ぼくは驚いて厨房のほうを振り向いたが、阿昌はとっくに姿を消していた。ぼくは口を開けてあえいだが、丁雨山に聞き返した。「それじゃあ、ぼくがこの幽霊客桟に災難を持ってきたっていうんですか？」

「いいや、そういう意味じゃないだろう」。高凡が口を挟み、ぼくの肩を軽く叩いた。「わたしたちはただ、原因を探したいと思っただけだよ」

「原因？　原因なら、あなた方のほうがわかってるんじゃないですか？」。ぼくは視線を秋雲に向けた。

彼女はぼくの視線を避けて、淡々と言った。「もういいわ。食事が冷めてしまうわよ」

それから、彼らは誰も口をきかず、夕食を食べ始めた。だが、ぼくの心は鉛の塊で押さえつけられているみたいで、ほんの何口かかきこんだだけで、食欲がなくなってしまった。水月が今も冷たく暗い水底に横たわっているかと思うと、心が休まらない。ぼくは誰より先に食卓を離れ、さっさと二階に戻った。

しばらく部屋で横になっていたが、急に寒気がしてきた。なにしろ、今日は海に入ったのだから、入浴しないわけにはいかないだろう。もう八時半だ。ぼくは急いで一階に下りた。

数分後には熱いお湯に体を沈めていた。目を閉じると、水月の顔が浮かんできた。そうだ、今も彼女はぼくを見ている。あの真っ暗な海底から。彼女があの暗い海の中でこの夜を過ごそうとしているなんて、想像したくもなかった。彼女は今、きっとものすごく寒くて、ものすごく孤独だろう。きっと、ぼくが彼女の肩を引き寄せて恐怖を追い払ってくれたら、と思っているに違いない。

そうしてあげることができるだろうか？

そう思った途端、また海がぼくを飲み込むのを感じた。ぼくの頭が水面に沈められ、暗い海域に生える無数の海藻がぼくの両足に巻き付き、深い深い海底に引っ張り込んでいく……。そこには、水月の姿があった。

白い幽かな光に包まれて、水月が静かにぼくを見ている。ここが二人の家、ぼくたちはもう二度と離れない……。

突然、ぼくの頭は木の風呂桶の底から跳ね上がって、水蒸気のたちこめた空気の中に戻っていた。ぼくはやっとのことで息をした。いったい、どうしたんだ！　ああ、ぼくは熱いお湯の入った大きな木の風呂桶の中で溺れ死ぬところだった！

慌てて体を拭くと、服を着て浴室を出た。

自分の部屋に戻ってから、たった今の浴室での出来事を思うと、冷たいものを感じずにはいられなかった。まさか、この客桟の中にも何かが潜んでいるのだろうか？

そのとき突然、部屋の扉を押し開ける音がした。驚いて振り向くと、秋雲が入ってきた。

ぼくは一歩下がって、緊張して尋ねた。「何しに来たの？」

「お風呂に入ったばかりなのね？」

そうだ、ぼくの頭はまだ濡れていて湯気が出ていた。ぼくはうなずいた。「うん。さっき、お風呂で溺れ死にそうになったんだ」

「水月があんなことになって、悲しいでしょうね？」

「そうだよ、悲しいよ。だけど、あなたには関係ないだろう」。ぼくは声を張り上げたが、最後は小さな声で言った。「ごめんなさい、秋雲。もう、どうしたらいいかわからなくなって……」

「周旋、本当の話、今どき、あなたみたいないい男の人はめったにいないわ」。そう言いながら、彼女はゆっくりぼくに近寄ってきた。「水月があなたを好きになったのは、見る目があるっていうことよ」

「やめてよ。お願いだから」

「いいえ、言わせてもらう。わたしにはわかるの。水月がこんなことになったのは、あなたが幽霊客桟に来たこととと関係があるのよ」

「そうかもしれない」。ぼくはうつむいて、ちょっと黙ってから続けた。「でも、ぼくは彼女を愛してるんだ。本当に愛してるんだ」

秋雲は奇妙な表情をして、冷たい声で言った。「でも、あなた方は知りあってから一週間くらいしかたってないじゃないの」

「そんなことはどうでもいい。重要なのはぼくたちが本当に愛しあってるってことだ」。ぼくは急に興奮してしまい、大声で言った。「秋雲、言っておくけど、ぼくは誓うよ。必ず水月を連れ戻す。どんな代償を払っても！」

「だめよ。あなた、きっと後悔するわ」。秋雲はそのひと言を投げつけ、悄然と去っていった。

ぼくはひとりでベッドの上に座り、何度も深呼吸して、速くなる鼓動を落ち着かせようとした。目を閉じたまま、ベッドの頭の辺りを手で探ると、何かプラスチック製の物に触ったので、目を開けて見たら、テレビのリモコンだった。

そういうわけで、テレビをつけてみた。

本当はテレビを見るような気分ではなかったんだ。ただ、苦しい思いを紛らわそうとしただけだ。画面にはこの地方のテレビ局で放送している退屈な時代劇が映った。チャンネルを変えようとしたとき、窓の外の真っ暗な夜空に電光が走り、一瞬後に低く轟く雷の音が聞こえた。

雷が鳴っているそのときに、テレビの画面が震え出した。テレビのスピーカーの音もなんだか変だ。ぼくは緊張し、リモコンを置くと、画面をじっと見た。

外の雷鳴はごろごろ響き、目の前のテレビの画面もだんだんぼやけて、無数の白い点が画面上を飛び回り始めた。まるで夏の虫の群れのようだ。突然、画面にぼんやりした人の姿が現れた。

ぼくは目を擦った。人の姿がだんだんはっきりしてくる。芝居の衣装を着た女性だ。

画面はずっとぶるぶる震えていたが、それでもその人の顔が見えた。顔にはピンク色の舞台化粧をしていて、目鼻立ちははっきりしない。なにより驚いたのは、その人の着ている衣装がぼくの木匣の中にあったものとすっかり同じだということだ！

まさか、あの衣装がテレビの電波の中に飛んでいってしまったのか？

ぼくの唇が震え始めたとき、上がったり下がったり、抑揚のある洞簫の音が聞こえてきた。びっくりして部屋を見回したが、確かにテレビのスピーカーから聞こえてくる。それから、テレビの中の女性が唇を開いて、かすかな声で歌い始めた。その後ろは簡素で品のいい舞台背景で、細かい筆遣いで花園が描かれているようだ。女性はしとやかで魅力的で、あの衣装がその人の上品な風格をひきたてている。女性は手でさまざまな形を作り、その歩みも所作も実に美しかった。なにより驚いたのはその表情だ。美しい眼差しをあちこちに投げ、恬然《てんぜん》として清らかな様子は見る者にさまざまな空想を抱かせるのだった。

簫、笙、笛、箏の伴奏とともに、だんだんにあの古い曲が聞き取れるようになってきた。その曲と女性の「いやあああ」というようなセリフの声がかすかな煙のように部屋に満ちた。

ぼくは小さい声を上げた。「これは、子夜歌？」

そうだ、ぼくにもはっきりわかった。テレビで放送している地方の演劇は、一階の蓄音機で聞いたのと同じ「子夜歌」だ。しかも、同じ芝居の同じ一幕だ。

まさか、雷の磁場によってテレビの電波が干渉を受け、この画面をぼくの部屋のテレビに飛ばしでもしたのだろうか？

ぼくは我慢できなくなって、リモコンを取り上げてスイッチを切った。それなのに、画面の中の女性はまだ低い声で歌っている。まるでテレビがもうリモコンの指示に従うのを止めたかのように。

これはいったいどういうことだろう？　ぼくは転がり

そうになりながらベッドから降り、テレビの電源を抜いた。

やっとテレビのスイッチが切れた。

ぼくはゆっくり息を吐き出した。耳にはまだ、あの子夜歌の残響が聞こえ、部屋の中を悠々と漂っているような気がした。

窓の外の雷鳴もやっと収まったが、夜の長雨はまだ止みそうにない。ぼくは部屋の灯りを消した。自分の上下の歯がガタガタ音をたてているのが聞こえた。

ぼくは真っ暗な部屋の中を歩きまわり、小さな声で水月の名を呼び続けた。ベッドに横になったときには涙が頰をつたっていた。

どうして、溺れ死んだのがぼくではないんだろう？

ぼくは目を閉じて、暗黒の海にのまれていった。

葉蕭、昨夜はぼくの人生で一番辛く苦しい夜だった。目が覚めたとき、窓の外はまだ暗かったが、雨はすでに止んでいた。昨日海で泳いだせいだろうか、体の節々が痛んだ。ぼくはやっとのことで体を伸ばすと、急いで部屋を出た。

一階で朝食をとった後は、部屋に戻って手紙を書いていた。まったく驚いたよ、今日の手紙も一気にこんなにたくさん書いた。だけど、いくら書いても、ぼくの恐怖と苦しみを書き尽くすことはできない。葉蕭、君ならわかってくれると思うけど。

今日はいったい何が起きるんだろう？　ぼくはもう頭が変になってしまいそうだよ。

最後にもう一度言う。ぼくは水月を愛している。

では。

幽霊客桟にて　君の友　周旋

＊　＊　＊

周寒潮は静かに病床に横たわり、昔の出来事を思い出していたが、そのとき、息子の周旋が数百キロ離れた幽霊客桟にいて、震えるペンで葉蕭に手紙を書いていようとは思ってもみなかった。

周寒潮は両手で体を支えて起き上がった。窓の外には緑の葉が茂り、一晩中降った雨を浴びて、まるで入浴後の少女たちのように生き生きとして美しかった。いや、どうしてそんな比喩を思いついたのだろう、周寒潮は不思議に思った。もう五十を過ぎて、あの頃の自分とは違うのに。

幽霊客桟での日々がますますはっきりと思い出されるようになり、手を伸ばせば届きそうな気もした。突然、自分の手が暖かく感じられ、思い出が泉のように湧き出してきた……。

三十年ほど前、知識青年として過ごした年月に、周寒潮は幽霊客桟に住んで海辺の荒れ地の開墾に当たった。まもなく彼らがすっかり掃除した客桟は西冷公社の集合宿舎となった。もちろん、幽霊客桟という名前は公社によって変更されたのだが、みんなはまだ習慣で元の名前で呼んでいた。

周寒潮は今でも覚えている。あの朝、彼は客桟の広間にいて水を飲みながら、全員出発の号令を待っていた。突然、客桟の入り口の扉が開いて、何人かの男女が入ってきた。彼らは清潔で質素な服を着ていて、数人の男たちは大きな箱を背負っていた。そして、若い娘たちはかたまってひそひそ話をしていた。

そのとき、作業に出発する号令が出て、周寒潮は人に押されながら客桟を出た。扉を出る瞬間にたまたま見かけた憂いを帯びた瞳が彼の心に深い印象を残したが、振り返ってその人を見ようとしたときには、すでにその視線は他の人たちの姿にさえぎられていた。

海辺の荒れ野での労働は非常に厳しいもので、そこに作物を植えることができるようになるとは誰も信じていなかったが、「上から」来た洪隊長はできると頑固に信じていた。昼の食事の時間になって周寒潮もやっと、朝に到着した人々が県都の地方劇団の団員たちだと知った。地元の人たちは「戯班子《シーバンツ》」と呼び、彼らの演じる戯曲の名前も独特で「子夜歌」というらしい。

「子夜歌」という地方の戯曲について、それまで周寒潮は聞いたことさえなかった。後で知ったことだが、非常に古いもので、宋朝の南戯まで遡ることができるらしく、専門家のなかには中国演劇史の生きた化石だという人さえいた。地域と方言の制限のせいで、数百年来、この辺りの二、三の県だけに伝えられてきた。中華民国時代、子夜歌は没落の一途をたどり、一九四九年には劇団がひとつしか残っていなかったが、これが政府によって地方劇団に改造され、文化部門の管轄下に入っていた。文化大革命以後、県都の人たちはもう子夜歌を見なくなっており、農村の人たちだけがまだ見たがっていたので、劇団は西冷鎮に移動を余儀なくされ、公社が幽霊客桟を臨時宿舎にあてがったのだった。

黄昏時に周寒潮が客桟に戻った後、その日移動してきた劇団員を含め、全員が広間で夕食をとった。彼の目は自然と朝に見かけたあの顔を探した。そして、とうとう、広間の隅にその人を見つけた。真っ白なブラウスを着た二十歳くらいの女性が、ものも言わずに食べている。そして、ふと顔を上げると、その愁いを帯びた目が周寒潮の目と合った。二人はそのまま十数秒見つめあっていたが、彼女は目にかすかな恐れの色を浮かべると、すぐに顔をうつむけて下を向いた。

その夜、周寒潮は眠れなかった。彼は荒村ですでに五年を過ごしており、村には若い女の子は大勢いて、そのうちの二人は彼に好意を示していた。だが、恋愛などということは考えてみたこともなく、今初めてそれを意識して、緊張もし、恐れも感じて眠れなくなってしまった。それもすべてあの劇団の娘のせいだったが、周寒潮はそのときはまだ彼女がどんなに美しいかを意識していなかった。ただ、あの目に強く惹きつけられたのだ。憂いを帯びた深遠な目で、彼が十六歳のときに読んだ目の美しさを称える詩を思い起こさせた。

次の朝、目を覚ましたとき、「いいやあああーーー」というかすかな声が客桟の中を伝わってくるのが聞こえた。周寒潮はまだ熟睡している仲間たちを置いて起き出し、暗い廊下を歩いていった。その声は上の階から聞こえてきたので、こっそり階段を上っていくと、三階の廊下の突き当たりに白い人影があった。窓が開いていて、その人は窓辺に立ち、胸の前に片手を高く、片手を低く構えて、独特の姿勢をとっていた。朝の光が水のように窓から流れ込み、その人の髪と額を照らしている。周寒潮は階段の上に立ったまま、呆然として、まったく動けなかった。やがて、その顔がはっきり見えてきた。そう、あの娘だ。

高く低く、抑揚のある声が彼女の口から発せられると、周寒潮は自分の心が一本の細い糸でつながれて、その糸のもう一方の端は彼女の声につながっているような気がした。突然、その歌声が止まって、白い服の娘が振り返った。「あなたは誰？」

周寒潮はどきっとした。朝の稽古を邪魔してしまったのを知って謝った。「ごめんなさい。わざと邪魔したんじゃないですから」

人に見られたらまずいだろうと思ったので、彼はうつむいて階段を下りようとした。すると、彼女に呼び止められた。「待って。わたしはただ聞きたかったの。わたしの歌、上手にできていたかどうか……」

周寒潮はすぐに立ち止まり、まっすぐ彼女を見て言った。「よかったよ。すごくきれいだった」

「ありがとう」。彼女は周寒潮の前まで来て尋ねた。「あなたの名前は？」

彼はびっくりして、自分の名を言った。

彼女はうなずくと言った。「わたしは蘭若《ランルー》」

「蘭若？」。周寒潮はちょっとぼんやりして、その名前をぶつぶつ繰り返した。特別な感じのする名前だと思った。そのとき、下の階で自分を呼ぶ声が聞こえたので、慌てて階段を下りていった。

それからの数日、周寒潮はなんだか力が抜けてしまって、仕事をするときにはいつもびりになってしまい、食事の量まで減ってしまった。劇団の人々は三階に住んでいて、毎朝、蘭若が稽古をする声が聞こえたが、周寒潮は上がっていって彼女と話をしようとは思わなかった。人に見つかるのを恐れたからだ（その頃、女性と二人きりになることは「間違いを犯す」ことだと彼は思っていた）。ただ、食事のときだけは顔を合わせた。口をきくことはなかったが、周寒潮はつい「うっかり」大勢の中に彼女を見つけ、そのまま見つめあっていることもあった。

そのうち、劇団は公演をすることになった。会場は幽霊客桟の前で、舞台は板で臨時に作り、舞台の下には座席もなく、ごく粗末な間に合わせのものだった。観客は付近の農民で、彼らは客桟を怖がってはいたものの、長年、何の娯楽もない生活だったから、県都の劇団の農村公演はありがたい機会だった。

周寒潮が人混みの中に立っていると、舞台の後ろから、伝統楽器の音楽が聞こえてきた。それから、昔の衣装を着た女性がおもむろに舞台に上がった。この役者が主役に違いない。

その顔をよく見たが、蘭若ではなかった。女優は最初に長い発声をして、すぐに舞台の下に立つ観客の喝采を浴びた。この芝居は子夜歌の古典といえる曲目だそうで、どれほど古いものか誰にもわからないくらいだが、とにかく、子夜という名の女性が愛のために命を落とす物語だという。公社がなぜ、この芝居の上演を許可したのか、周寒潮にはわからなかった。当時は革命演劇しか上演を許されていなかったからだ。そのとき気づいたのだが、観客の中にただひとり、座って芝居を見ている者がいた。洪隊長が目を閉じ、頭を揺すっていて、どうやら、すっかり子夜歌の台詞《せりふ》に陶酔しているようだ。周寒潮にもやっとわかった。洪隊長は子夜歌の熱心なファンなのだ。そして、彼自身が聞きたいから、芝居の上演が許されたのだ。

しかし、主役の女優の声は突然おかしくなって、ある高音がどうしても出せなかった。その後も声が少しかすれている。舞台の下の観衆から不満の声がもれ、洪隊長も面白くない表情だ。主役の女優はすごすごと舞台を下りてしまい、この芝居はもう失敗だと思われた。そのとき、古装姿の別の女性が舞台に上がった。花を刺繍した衣装を着て、長い水袖を振っている。口を開いた途端、さっきあの女優が出し損ねた高音をしっかり歌ったので、舞台の下の観衆の喝采を受けた。洪隊長も機嫌をなおしている。

周寒潮は目を見張った。驚いたことに、舞台の上の女優は蘭若だった。歌う声は泣くがごとく、美しい目には限りない悲しみをたたえて、いま演じている、子夜が愛する人との別れを強いられる場面にぴったりだ。

観客はみな魂を奪われたようになり、蘭若の演技に夢中になっている。周寒潮には彼女の歌う歌詞はほとんど理解できなかったが、その優美な曲調と歌声だけでも彼を陶酔させるに十分だった。彼はふと、蘭若の目が舞台の下に向けられ、人の群れの中に誰かを探していることに気づいた。やがて、彼女が探しているのは自分だとわかったのだった。

黄昏時が近づいた頃、芝居は終わった。途中から代役を務めた蘭若は思ってもみなかった成功をおさめた。貧しい農民たちは舞台におひねりを投げることもできないから、ひたすら拍手をし、歓声を送った。周寒潮は彼らがこれほど楽しそうなのを見たことがなかった。ここで生活をしている人たちにとって、古く美しい子夜歌を聞くことはお正月が来るよりもうれしいことらしい。彼ら農民は中国の古典文化や古典芸術は理解していないかもしれないが、子夜歌を聞く楽しみは何十代にもわたって受け継がれていて、彼らの生活の一部分になっているのだろう。

　次の日の朝も、上の階で歌を稽古する声が聞こえた。周寒潮はそっと三階の廊下まで行くと、蘭若が独特の姿勢をとるのを静かに見ていた。外では弱い雨が降り始めていて、階段の辺りから見ると、霧雨の茫々と降る窓が正方形の背景となり、すらりとした蘭若の姿はまるで、朦朧とした背景にはめ込まれた絵の中の女性の姿のようだった。

　朝の稽古を終えると、蘭若は周寒潮のもとに駆け寄って、そっと尋ねた。「わたし、昨日の芝居ではどうだった？」

　周寒潮は緊張してしまったが、「よかった。すごくよかったよ」と言った。

「それは皮肉？」。彼女はまた憂鬱そうな表情になった。「団長に叱られたの。あんなに悲しそうに歌うものじゃない、子夜の封建制度に対する反抗を強調しなくてはならないって言われたの」

「だけど、子夜は愛する人と別れるんだから、悲しいのが当たり前だよ」

「愛する人？」。彼女は急に声を低め、唇に指をあてて「静かに」という動作をすると、窓辺に歩み寄った。周寒潮が彼女のそばに近づくと、蘭若は窓に寄って小さな声で言った。「そんな言葉を人に聞かれたら大変。また、叱られてしまうわ。団長が言うの。子夜はその男性を愛してなんかいない、ただ深く恨んでるだけだって。なぜかというと、その男性は封建地主階級の象徴だからって」

　周寒潮はそれを聞いて我慢できなくなった。「そんなのでたらめだよ。子夜と彼女の恋人は『梁山伯と祝英台』（東晋の時代の愛しあう男女の悲恋の物語）と同じじゃないか。それを無理やり、『陳世美と秦香蓮』（北宋の物語。秦香蓮は科挙合格をめざす夫を支えて苦労するが、合格した陳世美は妻子を捨てて皇女の婿になり、名判官の包拯が秦香蓮を助ける）にしようだなんて」

　蘭若はびっくりし、慌てて自分の手で周寒潮の口をふさいだ。周寒潮は唇に蘭若の柔らかく冷たい指を感じた。その感覚は電流のように彼の唇を通って全身に広がった。数秒後、蘭若ははじかれたように指を引っ込めた。彼女も気恥ずかしく感じたのだ。

二人とも相手をまっすぐ見ることができず、言いあわせたように窓の外を見たが、朦朧とした朝の霧雨が果てしない海を包み込んでいるのが見えるばかりだった。蘭若は深呼吸してから言った。「ちょっと待っていてね」

彼女はそっと部屋に入っていった。周寒潮は落ち着かない気持ちで待っていた。三十秒もして部屋から出てきた蘭若は手に一本の黒い傘を持っていた。

「今日は仕事に出るの？」

「雨だから、開墾の仕事は休みだよ」

「それなら、いっしょに来て」。蘭若は静かにもうひとつの階段を下り、周寒潮は後についていった。目が回るくらい曲がりくねる廊下や階段を通って、二人は幽霊客桟の裏口に出た。

「いっしょに散歩してくれる？」。蘭若は傘を持って雨の中に飛び出し、振り返って周寒潮をじっと見た。

周寒潮は少し怖かったが、まわりに誰もいないのを確認してから、蘭若の傘に飛び込んで、傘を自分の手に受け取った。

「ごめんなさい、傘が一本しかなくて。少し海辺を歩いてみない？　こんな所に引っ越してきて、毎日、客桟の中で稽古するだけ。退屈で死にそうだわ」。そう言うと、彼女はまた深呼吸してから言った。「変ね。海の空気の中に誰か他の女の人のにおいがする……」

「ぼくにはわからないけど……」

「それはあなたが男だからよ。女のほうが鼻がいいのよ」。蘭若はそう言って笑った。二人はいつのまにか、海辺まで来ていた。二人で一本の傘に入っているせいで、興奮すると同時に怖くもあり、周寒潮の顔は耳まで赤くなっていた。

突然、蘭若は崖の道を登り始めた。周寒潮は慌てて後ろから傘を差しかけた。

蘭若は振り返って質問した。「ねえ、昨日のわたし、本当に上手に歌えてた？」

まったく、傍目《おかめ》八目《はちもく》とはこのことだな、と周寒潮は思った。彼女は自分がどれほどすばらしい演技をしたか、全然わかっていないのだ。そこで、彼は大きな声で言った。「まさか、芝居が終わったときのみんなの熱烈な拍手喝采が聞こえなかったの？」

「あれは主役のための拍手でしょ。わたしは臨時にちょっと代役を務めただけだもの」

「違うよ。みんな、ちゃんとわかってたよ。君のほうが主役の女優よりずっとうまかった。昨日の芝居で君が一番素晴らしかったよ。みんなは君だけのために拍手喝采していたんだ」

蘭若はそれでも半信半疑の様子で聞き返した。「嘘じゃないのね？」

「もちろんだよ。嘘じゃないって誓うよ。嘘だったら、今すぐこの崖から飛び降りるから」

後で思い返すと、どうしてあんなことを言ったのだろうと思うが、そのときは考えもせずにその言葉が口から出たのだった。

「そんなこと、言わなくていいわ。信じるから」。蘭若は彼の服の端を引っ張って崖の道を下り始めた。それから、小さな声で言った。「さっきね、あなたが本当に飛び降りちゃうんじゃないかって思ったの」

「でも、ぼくが言ったのは全部本当だよ」

「わかったわ。わたしを騙してるんじゃないって。ありがとう」。蘭若は微笑した。雨の中に花開いた白い蘭の花のようだった。

周寒潮が後で記憶を振り返ってみると、そのとき確かにかすかなよい香りがしていたような気がした。

＊　＊　＊

九通目の手紙

葉蕭
君はこの手紙を小説だと思って読んでいるのかな？もしかしたら、幽霊客桟での不思議な経験は世界に対するぼくの見方をすっかり変えてしまったかもしれない。
昨日の午前中に手紙を書き終わったとき、ぼくの心はすっかり混乱していて、このまま幽霊客桟にいるべきかどうか、わからなくなっていた。すっかり動揺したまま、ぼくは手紙を持って客桟を出た。雨の後の空気は湿って冷たかった。ぼくはめちゃくちゃに走って、ふさいだ心を軽くしようとした。
荒村の郵便ポストに着いて、手紙を投函した。それから、周囲を見回すと、まるで世界が自分とは隔絶している気がした。誰も自分を助けてくれない、自分以外は、と感じたんだ。

二十分後、ぼくは客桟に戻っていた。二階の廊下まで来ると突然、琴然と蘇美のことを思い出して、彼女たちの部屋のドアをそっと押した。

ぼくが突然来たのは、意外だったらしい。琴然が驚いて言った。「何しに来たの?」。ちょっと怒っているみたいで、歓迎されていないのかもしれないと思った。

ぼくは気まずくなって答えた。「ちょっと、顔を見に来ただけだよ」

「それはありがとう」。蘇美がそっけなく言った、見ると、二人は顔色も昨日よりは随分よくて、気持ちも落ち着いているようだった。

二人は床いっぱいに服や荷物を広げ、片づけていた。

「出発するの?」

琴然はちょっと興奮したみたいに言った。「あんなことになって、まだここにいられると思う? 幽霊客桟にあるのは恐怖と死だけじゃない?」

「でも、水月をどうするの?」

「まさか、まだ生きていると思ってるわけじゃないでしょ?」。蘇美が冷たい声で言った。そして、息を吐くと、苦しげな声で言った。「今の問題は、帰ってから、水月の両親になんて報告したらいいかってことよ」

「やめて……」。琴然がさえぎった。

「いいえ、言わせて」。蘇美はうつむいて、自分に話すように続けた。「なんて言ったらいいんだろう? おじさん、おばさん、あなたがたの娘は海で泳いでて溺れ死にました。でも、死体はまだ見つかってません……。そう言うの?」

そう言ううちに、蘇美の両目から涙がこぼれ落ちた。彼女はハンカチを出して涙を拭きながら言った。「わたしたち三人は小さい頃からいっしょだった。大学まで同じ大学に入った。でもね、本当のことを言うと、わたしたちは水月のことが好きじゃなかった。高校のときから、はっきりとは言えないけど、彼女はわたしたちとは違う、そんな感じがずっとしてた」

「水月が夢遊病だから?」

「そんなことまで知ってたの?」。そう言ったのは琴然だった。彼女は警戒するようにぼくを見て言った。「あなたは水月のことが好きだったのよね?」

一瞬、ぼくは驚いたが、それからしっかりとうなずいた。

蘇美がまた言った。「水月はわたしたちとは違ったの。何を考えているのか、さっぱりわからなかった。あの子の心の中は深くて見えないの。ちょうど、あの子を葬り去った海と同じようにね」

ぼくはもう何と言ったらいいかわからなくなって、ちょっと黙っていたが、ふと思いついて言った。「悪いけど、水月の残した物を見せてもらってもいい？」

二人はちょっと躊躇して、ひそひそ話をしてから、やっと答えた。「いいけど」

蘇美は窓のそばのベッドまで行って、旅行バッグを持ってくると、ベッドの上に置き、ぶっきらぼうに言った。「わたしたちは水月の荷物なんて見たことないし、ましてあんなことになったからには見たくもない。見たければひとりでどうぞ」

「ありがとう」

水月の荷物を見る権利なんてないってことは、ぼくもわかっていた。だけど、どうにも自分を抑えられなかった。彼女のプライバシーをのぞき見しようと思ったんじゃない。とにかく、何か手がかりがないかと思ったんだ。バッグのファスナーをそっと開けた。バッグは異様に軽くて、たいした物は入っていなかった。何着かの夏服がビニール袋に入っていただけだ。もちろん、彼女の服を広げて見たわけじゃないが、かすかにいいにおいがした。彼女のにおいだ……。鼻がツンとなって、涙が出そうだ。水月が目の前にいるような気がした。

衣服と細々した物のほかに、旅行バッグには古い『楽府詩集』の本が入っていた。ぼくはすぐに東晋の子夜歌を思い出した。本をぱらぱら見ることはプライバシーの侵害にはならないだろうと思いながら、まず、目次を見て、それから「子夜歌」のページを見た。すると、ページの間から、一枚の紙が落ちた。それには十数行の詩が書いてあった。

まなかひに幾たびか　立ちもとほつたかげは
うつし世に　まぼろしとなつて　忘れられた
見知らぬ土地に　林檎の花のにほふ頃
見おぼえのない　とほい晴夜の星空の下で

それは立原道造の詩「みまかれる美しきひとに」だった。水月がこの詩をすっかり暗記して、紙に書き記していたとは。

「みまかれる美しきひとに……」。ぼくはつぶやいた。

そうだ、水月は言っていた。たとえ死んでも、これほどまでに深く愛してくれる男がいるなら、この詩でうたわれた女性が羨ましいと。まさか、それが水月の運命だというのか。

そんなはずはない！　ぼくは首を振って、『楽府詩集』をバッグの中に戻した。

蘇美が言った。「いったい、どうしたの？」

「なんでもない。ありがとう」。また涙が出そうになったので、ぼくはうつむいて部屋を出た。

もう昼食の時間だ。広間に行ったが、阿昌がいるだけで、ほかには誰もいない。ぼくはひとりで食卓について簡単な昼食をとり、さっさと階段を上った。

部屋に戻ったが、心は千々に乱れてどうしたらいいかわからない。ベッドに倒れてみたが、ただただ苦しく、茣蓙の上で寝返りを打つばかり、自分が眠っているのか、起きているのかもわからなくなった。

それからどれくらいたっただろうか、ぼくはもう起き上がる力もないように感じたが、なんとか起き上がって、テレビの電源を差し込み、スイッチを入れた。

この地方のテレビ局が天気予報を放送していた。強い台風が海上を移動していて、今日の夕方、この辺りの海岸に上陸する見込みだと言っている。突然、画面が震え始め、乱れてぼんやりとしたかと思うと、他のチャンネルの画像が入り込んでくるようになった。

次の瞬間、テレビの画面に大きく海が広がった。あいかわらず、ぼんやりとしていて、画面の粒子は粗く、雪のような白い点がチカチカしている。

画面があまりはっきりしていないが、画面の中の海の景色は、三方を崖に囲まれ、海の浅い所には岩礁があり、遠くには憂鬱な空が見えて、水月が行方不明になったあの入り江とそっくりだ！

いや、あそこに間違いない。

突然、テレビカメラが方向を変え、岸のほうを向くと、山肌に並ぶ何百何千という墓が画面に入ってきた。いったい、この映像はどうやって撮影したのだろう。自分がまるで海を泳いでいて、突然危険にみまわれ、岸に向かって泳ぎながら、助けを求めているような気がした。

水月？　その瞬間に水月のことを思った。

ぼくが全身がたがた震えていると、テレビのスピーカーから、裏声のような暗い声が聞こえた……。

「助けて……。助けて……」

鳥肌がたった。

画面にはあいかわらず海が映っているが、アングルが変わって、水面から映している。レンズの半分は水面の上に、半分は水面下にあったが、だんだん沈んでいって、すっかり暗黒の海底世界に潜った。

あの声は今も聞こえる。「助けて……。助けて……」

ああ、あれは水月の声だ！

水月がぼくに助けを求めている！

どうにも理解できないことではあったけれど、ぼくには確信があった。水月はまだ生きている。その確信とテレビからの声がいっしょになって、ぼくの血は湧きたった。

そうだ、水月が海の中でぼくに助けてと言っている……。このままでは溺れ死んでしまう……。水月がぼくを必要としている……。

すぐ行かなければ、手遅れになる。ぼくは大慌てで階段を駆け下り、出口の扉を開け、あの入り江に向かって走った。

空の色はどんどん暗くなっていく。海から吹きつける風が耳もとをかすめる。

ぼくは一気に走って入り江に着いた。台風が近づいているせいだろうか、波はだんだん大きくなって、濁った波頭が岩を叩いている。ぼくはしばらく息を切らしながら、何か見えないかと海を見つめた。

確かに見えた……。

海の水の暗く深い所で、かすかな光がまたたいている。

水月がぼくを待ってる。

ぼくは上半身裸になり、ショートパンツだけになって、深呼吸すると冷たい海に入った。

とうとう雨が降り出し、海面を強い風雨が襲い、波が逆巻き、大きな波が押し寄せて、たちまちぼくを飲み込んだ。ぼくは必死で腕を動かし、やっとのことで水の中から頭を出した。

いったいどこから、そんな力が湧いてきたのだろう、ぼくは強風と荒波に逆らって、もっと深いほうへと泳いでいった。

突然、あのかすかな光がまた見えた。

ぼくは水面の上で大きく息を吸って、肺を酸素でいっぱいにした。それから、イルカのように海に潜った。

海面では波が激しく逆巻いているというのに、水の中はまるで別世界で、波や風はまったく感じられない。周囲はすっかり暗闇に包まれ、いくら目を見開いても何も見えない。まるで、寒冷地獄に落ちたようだ。

ぼくはどこまで深いかわからない海の底へと潜っていった。

果てのない暗黒の水の中に突然、かすかな光が走った。

その幻のような光がぼくを導き、向こうの方向へと連れていく。

手を伸ばすと、冷たい海底に触った。

光の及ぶ範囲はだんだん広がり、暗い海の底に白い光に照らされた岩が見えてきた……。

その岩の上に横たわる人影がある。

その光はどこから射しているのか、わからない。もしかしたら、蛍光を発する海底生物かもしれない。ぼくは目を見開いて、その岩の上まで泳いでいった。


水月！

そうだ。海底の岩の上に横たわっているのは、水月だった。あの白い光が彼女の体を照らし、海底でかすかな光が反射している。

水月は見たところ、まったく傷ついていないが、着ているのはあのときの水着ではなく、白いワンピースに体が包まれている。長い黒髪は海藻のように漂い、両目をしっかり閉じ、表情は穏やかで、まるで海底で深く眠っているようにみえる。

水月は海の底の人魚になってしまったのだろうか？

ぼくの人魚……。そっと水月に触れると、その冷たい体を抱き起した。

突然、水月は目を開いた。漆黒の瞳が怨むかのようにぼくをじっと見ている。そして、その冷たく柔らかい手を上げると、ぼくの腕をしっかりつかんだ。

ぼくは必死で振りほどこうとしたが、身動きできなかった。

目の前のすべてがぼんやり霞んできて、ただ彼女の黒い瞳だけが見える。ぼくの肺の中にあった最後の酸素はもう使い切ってしまった。

ぼくはついに口を開いた。「水月……」

冷たい海水が一気にぼくの口の中に流れ込んだ……。

もう死ぬ……。

「助けて！」

奇妙なことに、ぼくにはその凄まじい叫び声が聞こえた。

それは自分の声だった。

目の前にいたはずの水月の姿も見えない。周囲は冷たい海の水ではない。幽霊客桟の窓と天井だ。

ぼくはもがきながら、ベッドの上に起き上がり、力を入れて目を擦り、まわりを見回した。まさか、ぼくはもう死体になって、客桟の自室まで運ばれてきたのだろうか？

ぼくは生きているのか。それとも、死んでいるのだろうか？

全身に冷や汗をかき、心臓の鼓動が激しくなっているのに気づいた。

テレビはまだついている。しかし、何も受信しておらず、ただ、「白い雪」が降っている。時間を見ると、午後の五時だった。


やっとわかった。いまのは全部夢だったんだ。ぼくは海辺には行っていないし、まして海に潜ったりなどしていない。ただ、午後にすっかり眠りこんでしまい、怖ろしい夢を見ただけなんだ。

ベッドを下りて窓に寄りかかり、ぜいぜい息をしながら、さっきの夢を思い出そうとした。

水月がぼくを呼んでいるのか？

あの夢は予兆なのか、それとも、心が通じあったということか？

ぼくははっとした。

すぐに部屋を出ると、夢の中でそうしたのと同じように、客桟を飛び出し、水月が行方不明になったあの入り江に走った。

葉蕭、あれはぼくの人生で一番重要な長距離走だったかもしれない。空の色は暗く、風に雨が混じっている。もしかして、本当に台風が来るのか？

ほどなく、あの入り江に近づいたとき、海岸の遠くのほうに白い影があるのが見えた。

心臓の鼓動がいやおうなく速くなった。興奮なのか、恐怖なのか、わからない。ぼくは速度を緩め、びくびくしながら、浜へと歩いた。

とうとう、はっきり見えてきた。それは白い服を着た女性の姿だった。

「水月！」。ぼくは思わず叫び、飛びついて、彼女を抱き起こした。

ああ、ありがたい！

そのとき、海の上では雨と風が混じり、激しく荒い波が次々に襲ってきて、ぼくの足は海水に沈んだ。

なんとか体を起して、まっすぐに立ち、水月をしっかり抱いて客桟に向かった。激しい風と雨がぼくたちの体に打ちつける。ぼくはうつむいて腕の中の水月を見た。彼女の体は昨日よりずっと軽くなったようで、肌は青白く、氷のように冷たい。長い髪は滝のように流れ落ちている。その穏やかな表情を見ていると、彼女はただ眠っているだけだと信じたかった。

彼女は死んでいるのか？

どうしても、信じたくない。だが、彼女の呼吸も心臓の鼓動も感じることができなかった。

涙がぼくの頬を伝って流れ、雨水と混ざりあって、かたく閉じた水月の瞼に落ちた。


誰がそんな力を与えてくれたのか、ぼくは台風の前の驟雨《しゅうう》に逆らい、冷たい水月の体を抱いて、客桟へと歩いた。一歩進むたびに息が切れたが、ぼくはかえって足を速め、すぐに入り江を離れた。

空の色はもうすっかり暗くなって、体の後ろから吹きつける風もますます激しくなり、大きな波が岩に打ちつけ、耳をつんざくような怖ろしい音をたてている。台風が上陸したんだ。

入り江から幽霊客桟まではそれほど遠くないが、まるで一生かかって歩いているような気がした。

夕暮れ時、ぼくはついに幽霊客桟に帰り着いた。

両手で水月を抱いているから、肩で扉を押して開けた。ぼくの後ろから、猛烈な雨と風が一階の広間に突っ込んできて、天井から下がっている電灯を激しく揺らした。

客桟の人々は食卓を囲んで座っていたが、呆然としてぼくを見ていた。さあ、見て、水月を連れて帰ってきたよ。

彼らはすっかり怯えていた。特に、琴然と蘇美はまるで幽霊でも見たように小さな叫び声を上げた。丁雨山さえも恐怖の表情を浮かべ、口を大きく開けたものの、何も言えないでいた。清芬と高凡は、小龍が何かとんでもないことをしないようにと思ったのか、少年のそばにぴったりと寄り添っている。全員、顔が真っ青だ。ぐらぐら揺れて、明るくなったり暗くなったりしている電灯の下、外から冷たい風が雨を交えて吹き込み、広間全体でヒューヒュー音をたて、ぼくはまるでこの世と違うあの世に入ってしまった気がした。

自分の様子が彼らを怖がらせていることはわかっていた。全身ぐしょ濡れで、両腕に冷たい水月の体を抱いている。水月の長い黒髪は垂れ下がり、水を滴らせているのだから。

突然、暗くくぐもった奇怪な声が聞こえた。見ると、阿昌が帳場の後ろから出てきたのだった。彼もすっかり怯えていて、醜い顔はますます歪んでいる。阿昌は帳場から出てくると、急いで客桟の入り口の扉を閉めた。

広間の中はまた死のような静けさを取り戻し、外の雨風の音だけが伝わってきた。ぼくははあはあ息をして、姿勢を正して水月を抱きなおし、まっすぐ広間を横切ると、ゆっくりと階段に向かった。

食卓のまわりの人たちは呆然としてぼくを見ている。誰もが地獄からの客を見るような恐怖の表情を浮かべている。

ぼくは自分の部屋に帰り、ゆっくりと水月をベッドの茣蓙の上に降ろした。

「水月、帰ってきたよ」。そっと心の中でそう言った。

それから、ぼくは部屋の鍵をかけ、バッグの中から清潔なタオルを出した。そして、ベッドに座ると、愛情をこめて茣蓙の上の水月を見つめた。

そうなんだ、彼女は眠っているみたいにみえた。さっき、ぼくはそう言ったよね。白いワンピースからはまだ水が垂れていて、ぴったりと体に貼り付いて、ほっそりした魅力的な体を際立たせている。ただ、ワンピースから出ている肌の異様な白さが怖ろしい気がする。

水月の穏やかな顔を見ながら、ぼくはいろいろなことを考えた。何年も何年も、運命はぼくを嘲《あざけ》ってきたと思う。今だってそうだ。幽霊客桟でぼくと水月をめぐりあわせたのも運命なら、たった一週間で二人を愛の深淵に突き落としたのも運命だし、それからあっという間にぼくたちを生と死の二つの世界に分けてしまったのも運命なんだから。

それから、ぼくはタオルで水月の体を拭き始めた。海の水に浸った髪の毛から始めて、丁寧に全身を拭いた。ゆっくりと、そっと拭いていったので、三十分もかかった。

突然、軽く扉を叩く音がしたが、ぼくは動かず、そのままじっとしていた。しかし、扉を叩く音は続いたので、しかたなく、立ち上がって、扉を細く開けた。

細い隙間からのぞくと、暗く黄色っぽいランプの灯りが見えた。持っているのは丁雨山だ。彼はとても慎重な態度で、声を抑えていった。「下に行って少し話せませんか?」

ぼくはちょっと躊躇したが、結局同意した。しかし、部屋を離れるときには鍵をかけるのを忘れなかった。

一階の広間に下りると、彼らはまだ食卓を囲んでぼくを待っていた。秋雲まで下りてきていて、彼らの後ろには阿昌も立っていた。

青白い灯りが彼らの顔を照らし、その様子は死んだ水月よりも怖ろしくみえた。ぼくは硬い声で言った。「何か言いたいことがあるなら、言ったらいいでしょう」

丁雨山は顔に不自然な笑いを浮かべた。「周旋、お腹が空いたでしょう。まずは座って夕食にしたらいいんじゃないかな?」

食卓にはぼくのために夕食の準備がしてあった。実際、ぼくは寒くもあり、お腹も空いていたから、遠慮せずに座ると、十分もかからずに食べ終えた。

それから、ぼくは口を拭きながら言った。「夕食のためだけにぼくを呼んだんじゃないでしょう?」

「もちろん、そうよ」。口を開いたのは秋雲だった。彼女はぼくをじっと見て言った。「わたしたちが何を言いたいか、わかるでしょ?」

ぼくはゆっくり息を吐いて言った。「水月のこと?どうしてみんな、水月のことをじっと見てたんです?彼女を怖がっていたのか?」

「彼女は海の底で、眠っていたわけじゃないでしょう?」

「違うよ。きっと昨日は沈んでもいなかったんじゃないかな。たぶん海面の下の水流に巻き込まれて遠くまで流されてしまって、ぼくたちが見つけられなかっただけなんじゃないかな。夕方になって、ぼくたちが客桟に戻った後で、満潮の水の流れで岸に戻されたのかもしれない。そうだよ、それから、浅瀬に打ち上げられて、そのまま海辺に二十時間以上倒れていたんだ。さっき、ぼくが見つけるまでずっと」

「そんなことがありえる？　だいいち、あなたはどうして、海辺に行こうと思ったの？」

「それは……。何かが知らせてくれたんだ」

みんなはそのまま黙っている。さっき、ぼくが水月を抱いて戻ったときのことを思っているのだろうか。

突然、高凡が震えながら言った。「不思議なことがあるもんだな」

「そうだね。ぼくだって信じられないけど、本当なんだ」。そう言いながらも、自分の唇がしびれた気がした。

とうとう、丁雨山が口を開いた。「わかった。周旋、奇跡が起きたんだと思うことにしましょう」

「奇跡？　そうだね」

「さて、それでは話しあうことにしましょう。水月をどう処理するか……」

「処理？」。ぼくはびっくりした。そして、カッとなって言った。「どうして、そんな言葉を使うんだ？　水月は物じゃない。人間じゃないか！」

「いいや、今はもう人間じゃない。死体になっている」

ぼくは少し震えてしまった。「あなたはどうしろって言うんだ？」

丁雨山はぼくをまっすぐ見て、冷たい声で言った。「埋めましょう」

ぼくは頭に来た。感情が完全に理性を圧倒した。「埋めるだって？　ダメだ！　絶対にダメだ！」

「死者を土の中で安らかに眠らせることは、われわれ生きる者の責任です」

「ダメだ、そんなのダメだ……」。ぼくは激しく首を振って、琴然と蘇美に目を向けた。「君たちは子どものときから水月といっしょだったんだろう？　そんなことができるのか？」

蘇美は唇を噛んで言った。「遺体を持って帰るわけにはいかないわ。まず、ここの火葬場に知らせないと」

「焼くっていうのか？　ダメだ！　ぼくは絶対水月と離れない！」。ぼくはもう自分が何を言っているのかわからなくなっていた。すっかり頭が変になっていたのかもしれない。

そのとき、秋雲がやさしい声で言った。「周旋、あなたは疲れているのよ。部屋に帰って休んだほうがいいわ。

目が覚めたときには、きっと、水月を埋葬する気になっ
てるでしょう」
　ぼくはもう頭が朦朧として、なんと返事をしたらいい
か、わからなかったから、すぐに立ち上がって、ふらふ
らしながら、階段を上っていった。
　二階の廊下に着くと、後ろから重々しい足音が聞こえ
た。振り返ると、阿昌がランプを手に駆けあがって来て
いて、その手には一枚の竹茣蓙があった。
　阿昌の言いたいことはすぐにわかった。ぼくは茣蓙を
受け取ると言った。「ありがとう」
　阿昌が去ってから、茣蓙を抱えて部屋に入り、扉にし
っかり鍵をかけた。水月はベッドに静かに横たわってい
る。柔らかい灯りが彼女の青い顔を照らし、きつく閉じ
たまぶたが少し光を反射している。白いワンピースは完
全に乾いたが、それでも体にぴったり貼りついている。
　台風がうなり声を上げている。窓辺に行って、ほんの
少し窓を開けて見ると、外では狂ったような雨と風の音
が耳をつんざくようだ。冷たい風が吹き込んできて、体
がぶるっと震えた。ぼくは慌てて窓を閉めた。外は漆黒
の闇で何も見えず、ただ、台風に導かれた濁った波頭が
海岸に激突する様子が想像されるだけだった。
　壁や木の板がガタガタ震える音がはっきり聞こえ、弱
い地震が起きているみたいだった。九十年の歴史のある
客桟が余命いくばくもない老人のようにがたがた震え、
崩れ落ちそうになっている。ぼくはこの幽霊客桟が本当
に台風に飛ばされてしまえばいいのにと思った。そうす
れば、もうこんなに多くの悪夢に苦しむこともなくなる。
　ぼくは阿昌が持ってきてくれた竹の茣蓙を床に敷いた。
茣蓙は新品で、触ってみるとすべすべして清潔だった。
この客桟の中であの口のきけない、醜い容貌の阿昌だけ
が、ぼくの気持ちをわかってくれていた。ぼくが水月の
お通夜をするつもりでいること、ベッドにはもちろん水
月を寝かせ、ぼくは床に寝るつもりだと察してくれたの
だ。
　眠りにつく前に、ぼくはもう一度水月を見た。そして、
小さい頃、おじいさんが亡くなったときにお通夜をした
ことを思い出した。おじいさんは家の中の竹のベッドに
寝ていて、白い寿衣（死に装束）を着ていた。一晩中、
蠟燭を点けて香をたいた。灯りを消すことは許されない。
ずっと光が死者を照らさなければならないからだ。しか

し、鏡など光を反射する物があってはいけなかった。

葉蕭、今ではそういう経験のある人も少なくなったね。家族が亡くなると、すぐに火葬場に送ることが多いから。でも、昔はたいてい家族が死者の通夜をしたんだ。なかには、死者と離れずに七日を過ごす人たちもいたそうだ。誰も怖いなんて思わなかった。ただ、愛する人を失った悲しみに浸っていたんだ。

お通夜が始まった……。

水月は目を閉じてベッドに横たわっている。ぼくは床の上で目を開けたまま横になっている。そんなふうに二、三時間過ごした。じっと窓の外を吹きすさぶ台風の音を聞きながら、逆巻く海の水によって暗闇に飲み込まれるまで。

そうだよ、ぼくは自分が水月のようにまったく日の射さない水底に横たわっている気がした。突然、かすかな光がぼくの体に届き、耳もとで抑揚のある歌声が聞こえた気がした。

その歌詞は理解できないが、変化に富んだ柔らかい旋律は覚えていた。それに、深夜の洞簫の伴奏も。この旋律は……。

子夜歌だ。

そのとき、目の前に何かが見えたような気がした。閃光のかけらがぼくの脳の中を掠めていった。ぱっと目を開けたが、天井の電灯の光が目に入って目がチカチカした。ここは真っ暗な海底ではなく、幽霊客桟の自分の部屋で、ぼくは茣蓙を敷いた床に寝ているのだった。

そのとき、ぼくは自分の胸の上に何かかかっているのを感じた。不思議な感覚が体の中に入ってきて、胸が暑苦しい。茣蓙の上に体を起こしてみると、体に何か衣服がかかっていて、柔らかい灯りの下でかすかな光を発している。頭がぼんやりしたままで、その服に触ってみると、まるで水のようにすべすべして柔らかい。上等の絹の布地だ。

いや、これは普通の服ではない。芝居の衣装だ！

目を凝らしてじっと見てみると、ぼくの体にかかっていたのは、あの花模様を刺繡した女褶だ。それだけではない、雲肩、水袖、スカートも……。木匣に入っていた衣装の一式がそのままぼくの体にかけられている……。

次の瞬間、何かが体の上に這い上がり、ぴったりくっついて、ぼくの肌をどこもかしこも愛撫しているような感じがした。それは冷たく柔らかく、海底の水流のようでもあり、死んだ後の水月の体のようでもあった。

まさか。震えながら起き上がると、芝居の衣装はすっかり床に落ちた。ぼくは覚えている。昨日、この衣装の一式を燃やしてしまおうとしたのだが、一瞬目を離したすきに衣装はどこかへ行ってしまったのだ。その衣装が今、自分で歩いてきたはずはない。

もしかして、ぼくは夢遊病なのだろうか？　眠りながら、自分でこの衣装を探してきて、それから自分の体に掛けたのだろうか？

それとも、衣装に命があるのか？

ぼくはこの衣装一式が怖ろしくなってきた。慌てて木匣を出すと、衣装を畳みなおし、丁寧に中に入れた。それから、木匣の蓋をしっかり閉めて、旅行バッグの中にしまった。

窓の外の台風は変わらずほしいままに吹き荒れている。

ぼくは深呼吸すると、振り返ってベッドの上の水月を見た。そして気づいた。何かがおかしい。もう一度よく見ると、彼女の手が……。さっきは確かに両手が体の両脇に伸ばして置かれていたのに、今見ると、左手が体の上に置かれているのだ。

誰かが動かしたのか？

ぼくは扉に駆け寄って確かめたが、しっかり鍵がかかっていて、他人が入った形跡はない。これもまた、ぼくが夢遊病のように眠りながらやったことなのか？

いや、そんなはずはない。

それでも、死者が自分の手を動かすはずもない。

心臓の鼓動が速くなり、背筋がぞっとした。ぼくはうつむいて、彼女の顔をそっと撫でた。

ああ！　ぼくの手は彼女の体温を感じていた。

ぼくは感電したように手を引っ込めた。自分の手に触ってみると、水月の体温がまだ感じられるような気がする。でも、そんなはずがあるだろうか？

もう一度手を伸ばして、そっと彼女の腕を撫でてみた。そして、しばらくすると、脈を探り当てた。それはごくかすかなものだったけれど、本当に脈打っていたんだ。

水月の脈が打っている！

ぼくは震えながら、彼女の鼻孔のそばに手を伸ばした。すると、かすかな呼吸を感じた。水月は生き返った！

理性が崩壊するのではないかと思った時、水月の瞼がほんのちょっと動いた。

そして、数秒後、彼女はゆっくり目を開けた。

ぼくは呆然としてそれを見ていた。驚きのあまり、魂が飛んでしまうかと思った……。水月の両目が半分開いてぼくを見ている。

生き返った！

少なくとも、これは夢ではない。

いくらか疲れているような、半分開けた彼女の瞼の奥のぼんやりした目から、水晶のような何かがきらめいたのが見えた。そうだ、どんなに硬い石だって彼女に溶かされてしまう。ぼくには彼女の憂わし気な目を怖がる権利などない。まして、ひるむ権利などない。

水月はぼくをじっと見て、知っている人だとわかったような表情をした。その視線には無限に深い感情が現れていた。間違いない。それは愛の眼差しだった。

彼女の唇が何度もほんの少し動いて、それからやっと開いた。喉から、痰を吐くときのような奇怪な音が出て、苦しそうな表情になった。ぼくは急いで手を伸ばして、彼女の頭を支え、そっと助け起こした。水月は頭をベッドの脇に動かして、床に向けて緑色の水を吐き出した。


それはきっと海水だったのだろう。しょっぱいような、渋いようなにおいがした。水月はそのまま、大きく口を開けて吐き続けた。床の上にたくさん吐いたので、たった今、海から救い出された人が体内の海水をすべて吐き出したようにみえた。

それから、やっと吐くのを止めて、ゆっくり息をした。ぼくはタオルを出して、彼女の口を拭き、何も言わずにじっと彼女の顔を見た。

水月は奇妙な目でぼくを見て、突然言った。「ここはどこ？」

その声はだるそうで弱々しく、裏声のように聞こえた。ぼくが感激してこらえきれず流した涙が彼女の唇の上に落ちた。ぼくは彼女の頭を支えながら言った。「水月、ここは幽霊客桟だよ」

「水月？　幽霊客桟？」。彼女はその二つの言葉を小さな声で繰り返すと、呆然とした表情でぼくを見た。「水月っていうのはわたしの名前ね？」

「そうだよ。やっと思い出したんだね」。ぼくはそっと彼女の顎を撫でた。涙がまた、唇の上に落ちた。「水月、ぼくを覚えてる？　周旋だよ」

「周旋?」。彼女はしばらくぼくを見つめてから、やっとうなずいて言った。「覚えてる。わたしはあなたを愛してる」

そのとき、ぼくはもう身も世もなく泣き出して、なんと答えたらいいかもわからなかった。

水月は突然、舌を出すと唇を舐めて言った。「しょっぱい。これはあなたの涙?」

ぼくは慌てて顔の涙を拭いながら言った。「そうだよ。それはぼくの涙の味だ」

突然、涙が彼女の目にあふれ、目じりから滑り落ちた。胸が起伏し、彼女は感激したように言った。「やっと会えた」

「そうだよ。もう、離れないよ」。ぼくは水月を抱きしめて言った。「さあ、何か、いるものはある?」

彼女はぼくの耳もとで言った。「なんだか、お腹が空いたみたい」

「わかった」。ぼくは何度もうなずいた。「もう何十時間も何も食べていないんだからね。水月、ここで待ってて。すぐに戻ってくるから」

ぼくは枕元を離れると、床の緑色の水たまりをきれいに拭いて、そっと部屋を出た。

そのときにはもう、怖いとは思っていなくて、水月が戻ってきてくれた幸運がうれしくてしかたなかった。

そうだ。生き返ったんだ。これは運命の奇跡だとぼくは思った。

暗い廊下を走って、音もたてずに一階の厨房に入った。漆黒の闇の中で手探りで電灯のスイッチを入れ、厨房の中が明るくなったとき、隅から黒い影が飛び起きた。ぼくは腰を抜かしそうになった。

なんと、それは阿昌だった。彼はいつも厨房の隅の小さなベッドで寝ていたのだ。ぼくを見ると、阿昌のほうもびっくりしてしまい、あの左右の大きさの違う目でじっとぼくの後ろを見ている。ぼくの後から、首を吊った幽霊でもついて来ているんだろうか。

ぼくは冷たい空気を吸い込んでから、後ろを振り返ったが、そこには暗闇しかなかった。ぼくはそっと阿昌に言った。「阿昌、急いで熱いお粥を作ってください」

彼は呆然としてぼくを見たが、ぼくの目から何か読み取ったようだった。ぼくにはわかっていた。阿昌はあんな顔をしていて、口もきけないけれど、とても賢い人なんだ。

阿昌はうなずくと、竈《かまど》の上の大鍋の蓋を開けた。中には粥がたくさん入っていたが、夕食のときに作ってあったものだろう。阿昌は竈の火を点け、すぐに熱気が伝わってきた。

そばで十数分待っていると、鍋の粥は温まった。阿昌が大きな碗に粥をよそって渡してくれた。ぼくは礼を言って粥と匙を受け取り、厨房を出た。

気をつけながら、両手で粥の碗を持ち、静かに二階の部屋に戻った。

水月はベッドの上に半分身を起こしていて、顔色は変わらず真っ青だったが、さっきよりはだいぶ具合がよさそうだ。ぼくは碗を彼女の口の近くに寄せて、匙で食べさせた。何度かそうすると、彼女は言った。「子どもじゃないから、自分で食べられるわ」

そして、自分で匙を持つと、長い病から回復したばかりの人のように食べ始め、すぐにすっかり食べ終わった。ぼくは碗を傍らに置くと、彼女の髪の毛をそっと撫でながら聞いた。「水月、海でどんなことが起きたか覚えてる？」

「知らない」。水月は眉をひそめた。苦しい経験を思い出したくないようだった。「覚えているのは、海に飲み込まれて、まわりが真っ暗な水で、最初は何も見えなかったことだけ。それから突然、一本の光が射してきたみたいな気がする。その後は何も覚えてないの」

「水月、知ってるかな。君は昨日、海の中で行方不明になったんだ。そして、今日の夕方になってから、ぼくが海辺で君のことを見つけた。今までもう、三十時間以上たってるんだよ」

彼女は呆然として首を振った。「それはほんの何分か前に起きたことのような気がする。でも、ずっとずっと昔のことのような気もする……。ああ、わからない……」

「君はきっと、昨日の夕方に満潮の水の流れで岸に運ばれて、気を失ったまま、ずっとそこに倒れていたんじゃないかな。あまりにも疲れていて、脱水症状にもなっていて、医学でいうところの『仮死状態』になっていたんじゃないだろうか」

「仮死状態？」

ぼくはうなずいた。だって、それが唯一の合理的な説明だと思ったから。「そうだよ。医学上、とても珍しいことらしいけどね。『仮死状態』は非常に深い昏睡状態で、場合によっては、呼吸と心臓の鼓動がちょっとの間だけ止まることもあるらしい。それでも、大脳は生きていて、すぐに意識が戻るんだ。経験の少ない医者が『仮死状態』を死亡だと判断してしまったので、棺桶の中で生き返ったっていうニュースを聞いたことがあるよ」

「『仮死状態』になった後で目が覚めれば、生き返れるの？」

「そう思うかもしれないが、そうとも限らない。ある博士の研究によると、ベトナムで戦死したアメリカの兵士の遺体のうちの四パーセントは、帰国してから、遺体の姿勢が棺桶に入れたときとは違っていたそうだ。その人たちはもしかしたら、『仮死状態』になっていて、でも、君のように運よく見つけてもらえなかったから、最後は棺桶の中で苦しんで死んだのかもしれない。その博士は多くの有名な人たちの死体を調査したそうだ。流刑地で毒殺されたナポレオンは『仮死状態』で葬られたひとりだったたっていう話だ」

水月は首を振り、耳をふさいで言った。「いや。そんな話わからない」

「うん、もういいよ。これが本当に奇跡だったとしても、とにかく、君はもう生き返ったんだから」。ぼくは水月の肩を抱き寄せようとしたが、彼女は無意識のうちに体を引っ込めた。ぼくはしかたなく、また聞いた。「水月、ほかには覚えてることある？」

「いいえ。何も思い出せない」。水月はそう言いながらも、何か思い出そうと努力している様子だったが、ぼくを見つめて言った。「覚えていたのはあなたの目だけ。あなたの目だけは絶対に忘れない」

ぼくの目だって？　それは不幸中の幸いだ。次にぼくは質問した。「水月、自分の過去のことは覚えていないの？　家族とか、友だちとか、それから、この幽霊客桟とか」

「家族？　いいえ、全然覚えてないの。親のことも、家がどこかも思い出せない」

「それなら、あの幼なじみの二人は？　琴然と蘇美は？」

水月は首を振った。「琴然？　蘇美？　覚えてない」

「それなら、ここのことは覚えてる？」

「幽霊客桟のこと？」

ぼくは何度もうなずいた。「ああ、よかった。幽霊客桟のことは覚えてるんだね？」

水月は疲れた顔をして、弱々しい声で言った。「もうやめて。疲れた。少し休むから」

「わかったよ。眠るといい」

ぼくが立ち上がって灯りを消すと、水月が叫んだ。

「だめ、消さないで！　暗いと怖いの」

きっと海の上を長い間流されていたからじゃないだろうか、暗闇を怖がるようになったのは。ぼくはうなずいた。「それじゃあ、よく眠って。おやすみ」

ぼくも床の茣蓙の上に横になって、ゆっくり目を閉じた。

部屋の中には静けさが戻ったが、窓の外はあいかわらず、台風の音がすごい。

あの不思議な夜はこんなふうに過ぎていった。

葉蕭、奇跡とはどんなものか、ぼくにはとうとうわかったよ。

次の日の朝、ぼくはゆっくり目を覚ました。水月はまだ眠っている。昨夜のことが夢だったらどうしようと心配になったので、そっと彼女の顔を撫でてみた。鼻孔は規則正しく呼吸している。顔は少しぼくのほうに向けていて、その様子はまるで美しい天使みたいだ。

死から蘇った天使……。

窓の外はあいかわらずの雨風だ。ぼくは急いで洗面と歯磨きをすませて階段を下りた。まだ朝の六時にもなっていない。広間には阿昌ひとりがいて、ぼくをみると恐怖の表情を浮かべたが、それでも厨房に入って朝食を持ってきてくれた。

「阿昌、お碗をふたつお願いします」

阿昌はびっくりしていたが、頼んだとおりに碗を持ってきてくれた。ぼくは湯漬けご飯を二膳盛り、ふたりで食べるに十分な朝食を持ち、階段を上ろうとした。

阿昌がぼくの服の端を引っ張った。なんだろうと思って振り返り、阿昌の顔を見た。

阿昌のあの怖ろし気な目が何かを語っていた。ぼくには彼の言いたいことがわかった。「彼女が生き返ったのか？」ということだ。

賢い阿昌にはもうわかっていたんだ。

ぼくは声を低くして答えた。「ほかのみんなにはどうか言わないで」

それから、二人分の朝食を両手で持って広間を出た。

部屋に戻ると、水月が目を覚ましていて、窓辺で外の雨風を見ていた。もう、顔も洗ったようで、髪の毛も整えられ、漆黒の滝の水のように肩の後ろに流れている。水月は突然振り返ると聞いた。「台風が来てるの?」

ぼくは朝食を机の上に並べて言った。「そうだよ。起きて大丈夫なの?」

「もう大丈夫だと思う」。あの白いワンピースを着て歩きまわる水月はとても優雅にみえた。彼女は突然、扉のほうへ行って言った。「外に出たい」

「ダメだ」。ぼくは慌てて彼女の手を引っ張った。「少なくとも、今はまだダメだ。わからないの? 絶対にみんなに見られたらダメだよ」

「どうして? みんなって誰?」

ぼくはなんとか説明しようとした。「この客桟にいる人たちだよ。みんな、君は死んだと思ってるんだ。死人が生き返ったのを見たら、驚いて死んでしまうかも。君の大学の友だちのあの二人も」

「でも、わたしはもうその人たちのことを覚えていない」水月はベッドに戻って座った。「それじゃ、わたしはどうすればいいの?」

「しばらくはこの部屋に隠れていればいい。誰かが来ても戸を開けてはダメだよ。ぼくが外に出るときは鍵をかけていくから」

「わかった。あなたの言うとおりにする」

ぼくはにっこりして、朝食を彼女の前に並べた。「冷めないうちに食べよう」

朝食はあっという間に食べ終わった。その後、ぼくは机の上に便箋を広げた。

水月はぼくのそばに寄ってきて聞いた。「何を書いてるの?」

「葉蕭に手紙を書いてる」

「葉蕭って誰?」

「ぼくの親友だよ」

それからの数時間、彼女はずっとそばに寄り添って、ぼくが手紙を書くのを見ていた。ずいぶんたくさん速く書けるのね、と彼女は驚いていたが、実は自分でも驚いていたんだ。

さて、午前十時になったから、ここまでにするよ。水月は便箋をそっと撫でて、君がどんな人か感じられると言っている。

　君はこの手紙の内容を信じてくれているかな？　それとも、小説だと思って読んでるのかな？　どちらかわからないけど。信じるか、信じないか、それは君にまかせるよ。

　それでは、今日はここまでにするね。

幽霊客桟にて　君の友　周旋

＊　＊　＊

　周旋が幽霊客桟で生と死の奇跡を経験していたとき、父の周寒潮は都会の病院のベッドで窓の外を吹き荒れる台風のうなり声を聞きながら、三十年ほど前のことを思い起こしていた。

　あの灰色の日々のなかで唯一色彩が感じられるのは、蘭若という若い女性の記憶だ。

　幽霊客桟というあの古い建物で、彼らは二か月あまりをいっしょに過ごしていた。部屋は同じ階ではなかったが、それでも毎日、朝と夕方に会う。昼間は周寒潮は開墾の仕事に出て、蘭若は客桟で芝居の稽古をする。夜はというと、劇団では厳しく男女を分けていたし、まして劇団外の人間が三階に上がることは許されなかった。

　周寒潮は少しでもチャンスがあれば蘭若と話そうとしたし、彼女のほうも彼に会うことを喜んでいた。夏の海岸には雨が多く、雨の日は仕事は休みになったから、そんなとき、周寒潮は早朝から蘭若といっしょに散歩に出るのだった。彼らは何も特別なことをするわけではなく、ただ、荒涼とした海辺を歩くだけで、いつも距離を保ち、互いの手に触れることさえなかった。周寒潮はただ蘭若の瞳を見つめるだけで幸せだった。

　周寒潮は最初のうち、蘭若が自分と話をしたがるのは、自分が大都市から来た知識青年だからで、その気持ちは田舎の女の子の都会に対する憧れから来ているのだろうと思っていた。だが、後になって、そんな考えは的外れだったと知った。蘭若は劇団の他の女の子たちとは違って、生まれつき純情で、海辺の空気と同じように人間による穢《けが》れを知らないのだ。

　とうとう、ある雨の日、蘭若は彼に打ち明けた。「わたし、あなたの目が好きなの」

周寒潮はびっくりした。すでに二十歳を過ぎていたが、五年間も荒村で単調な生活をするうちに心が麻痺してしまっていた。蘭若の言葉を聞いたとき、彼のこわばった心は溶け始め、柔らかい水になった。しばらくの間、うつむいて立っていたが、突然顔を上げて言った。「ぼくも、君の目が好きなんだ」

しかし、そのときにはもう、蘭若は走っていってしまっていた。まるで子鹿が雨煙に消えるように。

その頃、劇団はまた無料の公演を何度かおこない、会場はいつも幽霊客桟の前だった。あの主演女優の喉はまだ回復していなかったので、毎回、蘭若が代役を務めた。蘭若は舞台に上がるたびに大成功を収めた。衣装を身に着けるたびにまるで別人になったようで、芝居の人物の情感や悲しみが彼女の眼差しにあふれていた。歌う言葉、体の動き、視線、どれをとっても人々の拍手喝采を浴びないものはなかった。

しかし、芝居が終わった後、蘭若はちっとも嬉しそうではなかった。後で周寒潮にもらしたところでは、劇団の人々から嫌われているというのだ。彼らは蘭若の演技が自分たちの見せ場を奪ってしまうと思っていた。特にあのもともとの主役だった女優はそうだ。蘭若は劇団の人たちとの人間関係に悩み、彼らと話をしようとしなかったし、彼らのほうでも彼女を仲間外れにしたから、蘭若はますます孤独を感じていた。幽霊客桟で彼女と話をするのは周寒潮という知識青年ひとりになっていたのだ。

そんなとき、殺人事件が起きて、客桟の静けさは破られた。

ある日の早朝、周寒潮が客桟の大扉を開けると、扉の前が血の海で、そこには死体があった。高い所から落ちたので、頭部はぐしゃぐしゃだ。それは周寒潮といっしょに荒野の開墾にあたっていた若い農民労働者だった。洪隊長は飛び降り自殺と考え、死体を家族に引き取らせ、海辺の墓地に埋葬させた。

そして、次の日の夜、またしてもひとり、高い所から飛び降りた。今回も、周寒潮の仕事仲間だった。今度はその人のすさまじい叫び声が聞こえ、客桟で熟睡していた者たちはみな目を覚ました。みんなが外に飛び出して見ると、地面に墜落した人は頭が砕けて死んでいた。みんなは顔を見合わせたが、誰も何も言わなかった。ただ、誰もが客桟に対して深い恐怖を感じていた。それ以来、客桟は不安に包まれた。みんなは客桟についての数々の伝説を思い出し、恐怖は湿った空気のように一人ひとりの心に浸み込んだ。

周寒潮も怖かった。死んだ二人はどちらも彼と同室だったからだ。そのうちのひとりは彼の隣で、足がぶつかるくらい近くに寝ていたのだ。こんなことになってしまって、当然、周寒潮も非常に不安になり、ちょっとのことでも驚いてびくびくするようになった。

ある晩のこと、窓の外では雨がしとしと降り続いており、周寒潮は眠れずに何度も寝返りを打っていた。雨の音に誰かの足音が混じっているような気がしてならないので、服をはおって部屋を出てみることにした。三階は劇団の女性たちが住んでいるので、夜間は誰も上がってはいけないことになっているから、周寒潮は一階に下りてみた。真っ暗な広間を音をたてぬように進んでいくと、胸がドキドキして、どこか暗い隅から誰かが自分をじっと見ているような気がした。

突然、かすかな人の声がした。厨房のほうからだ。周寒潮がそっと厨房の入り口までいくと、ほんの少しだけ開いた扉から、薄暗い蠟燭の灯りが漏れている……。

胸の鼓動が速くなった。深夜のかすかな蠟燭の光を見れば、誰でもいろいろな空想をするだろう。しかし、実際に見えたのはひとりの男の後ろ姿だった。男は低い声で言った。「やっと来たな」

周寒潮はびっくり仰天した。見つかったと思ったのだ。だが、彼が逃げ出そうとしたとき、若い女性の声が聞こえた。「洪隊長、こんなに遅い時間に、なんのご用でしょうか？」

ああ、蘭若の声だ！

周寒潮が扉の隙間からじっと見ると、隊長の黒い背中の向こうに、蠟燭に照らされた顔が見えた。確かに蘭若だ。緊張した彼女の顔が蠟燭の灯りでチラチラと見える。そして、男のほうは「上から」派遣されている洪隊長だ。

洪隊長はずっと扉に背を向けたまま、陰険な声で言った。「蘭若、君の最近の思想報告を聞かせてもらおう」

「思想報告？」。蘭若の声は小鳥のように震えている。「明日ではいけませんか？」

「いいや、今すぐ聞きたい」。洪隊長は命令口調で言った。ここでは彼の言うことに従わない者はいない。周寒潮たちからみれば、洪隊長の言うことは皇帝の命令と同じで、逆らう者などいるはずはなかった。周寒潮は隊長の言葉の裏を察し、心の中で蘭若の名前を呼びながら、一歩も動けないままでいた。

「洪隊長、今日はもう本当に遅いですから……。わたしたちの劇団では、夜間に部屋から出てはいけない規則になっているんです」

「それなら明日、そんな規則は廃止の命令を出してやろう」。洪隊長の陰険な笑い声を聞いて、扉の外の周寒潮もぞっとした。「蘭若、君の演技は素晴らしい。わたしは君の演技が大好きなんだよ」

蘭若は緊張した声で答えた。「ありがとうございます」「まだ行くな」。洪隊長は蘭若の手をつかみ、いやらしい口調で言った。「ここで演技をするがいい。わたしは君の演技を見るのが大好きだからな」

蘭若が反抗する声が聞こえたが、隊長に口を塞がれた。周寒潮はもう心臓が喉から飛び出しそうな気がした。あまりに苦しく、自分が無力に思える。いったい、どうしたらいい？

突然、蘭若がもがきながら叫ぶ声が聞こえた。「周寒潮！」

蘭若が叫んでいる。自分に助けを求めている！

我慢できなくなった周寒潮は厨房の木の扉を蹴り開けて、中に飛び込んだ。驚いた洪隊長が動けずにいるうちに、周寒潮はさっと蘭若の手をつかみ、厨房から救い出した。

二人は真っ暗な広間に入ったが、洪隊長が追ってくる。逃げ道はない。周寒潮は客桟の正面の扉を押し開け、蘭若の手を引いて夜の雨の中へ飛び出した。

冷たい雨風が二人の体に叩きつけたが、周寒潮は全身の血が燃え上がるような気がした。蘭若の手をしっかり握っていると、彼女の手もだんだん熱くなっていくのが感じられた。夜の茫々たる雨の中を全力で走っていくと、まわりの荒野は一面の暗闇で、背後の幽霊客桟もすぐにぼんやりして見えなくなった。洪隊長は彼らを追って出てはこなかった。それでも、二人はどこへともなく走り続けた。

いつのまにか、二人は山に登り始めていた。道は険しく、滑ったが、蘭若はどうやらその道を知っているようだった。やがて、彼女は周寒潮の前に立って、山道を駆け登っていた。

そこはその周辺では一番高い山だった。二人はとうとう立ち止まり、雨の中、口を開けてハーハーと息を切らしていた。蘭若が突然笑い出した。あの美しい瞳が暗闇の中で光っている様子を周寒潮は思い浮かべた。二人は何も言わず、しっかり相手の手を握って、雨の中、まわりの海岸や荒野を眺めまわした。真夜中になっていたが、それでも、周寒潮は遠くの水面がちょっと見えるような気がした。海では、何か美しい光線がキラキラしていた。

蘭若が彼に身を寄せて言った。「海の向こうにあるのは何かしら？」

「海の向こうは、やっぱり海だよ」。彼はやさしい声で答え、黙って彼女を見つめた。

しばらくして、周寒潮が全身雨に濡れてもう耐えられないと思ったとき、蘭若が突然言った。「雨宿りできる場所を知ってる」

この草木も生えない禿山の上に雨宿りできる場所だって？　信じられないと思ったが、ぐるっとまわりを見回すと、暗闇の中に建物の形が見えることに気づいた。

蘭若に手を引かれて歩いていって、すぐに開かれた扉から中に入った。古臭いにおいがしたが、目の前は真っ暗で何も見えなかった。ここでは雨に濡れるはずはないのに、ときおり、雨粒がポツンと頭に当たった。「きっと屋根が雨漏りしてるのね」と蘭若が言った。

手探りで進むと、壁の角にたどり着いた。その狭い空間で、ぴったりと身を寄せあうと、周寒潮は緊張した。蘭若が尋ねた「どうしたの？　震えてるのね。風邪をひいたかしら？」

「いや、ただ、ぼくたち、ちょっと近すぎるかと思って」

蘭若は答えず、そのまま黙っている。二人はそのまま、壁の角の所にいて体を寄せあって暖を取った。周寒潮は全身疲れ切っていて、瞼がだんだん下がってきた。外の雨音には催眠作用があるのかもしれない。いつのまにか、彼はぐっすり眠っていた。

周寒潮が目を覚ましたとき、空はまだ完全に明るくはなっておらず、ただ、一筋のかすかな光が激しい雨をとおして瞼に届いていた。目を開くと、蘭若は彼の傍らで半分身を横たえており、頭を彼の肩にのせている。その安らかな顔に周寒潮はうっとりと見惚れた。

「山の上でいっしょに夜を明かしてしまったのか？」。

周寒潮はどきりとした。しかし、互いの衣服を見ると、何もおかしなところはない。身を寄せあって眠っただけで、間違ったことは何もしなかったのだ。周寒潮はそっと起き上がった。そこはぼろぼろになった祠の中だった。祠の中央に祭壇があって、その上にはまるで生きている人のような彫像があった。

驚いたことに、それは若い女性の姿をした彫像で、生きている人間とまったく区別がない。見ているうちに、周寒潮は気分が悪くなった。

そのとき、蘭若もゆっくり目を覚まし、立ち上がると、にっこりして言った。「どうしたの？　顔色が悪いわ」

「ここはどういう場所なの？」

「子夜殿」

「ここは廟《びょう》なの？」。彼は彫像を指差して聞いた。「この人は誰？」

蘭若は弱々しい声で答えた。「この人は悲しい運命の人なの」

外を見ると、一晩降り続いた雨がようやく止んで、空がかすかに明るくなっている。朝の五時頃だろうか。周寒潮は振り返って尋ねた。「蘭若、君はここに来たことがあるの？」

「ええ、来たことあるわ」。彼女はちょっと黙った後で、悲しげな声で言った。「本当は、生まれてすぐのときに、もうここに来たことがあるの」

「どういうこと？　話してくれる？」

蘭若は唇を尖らすようにして何歩か歩いてから、やっと言った。「この子夜殿が何年の何月に建てられたかわからないけど、もう何百年も誰もお参りすることはなかったの。だけど、二十何年か前から、県の子夜歌劇団で衣装の管理をしていたおばあさんだけが毎年旧暦の七月十五日に必ずここにお参りしていたの。ある年、子夜殿に来てみたら、祭壇の前に産着にくるまった女の赤ちゃんがいたの。生まれたばかりのようで、ずっと泣いていたから、やさしいおばあさんは、このままここに置いていけば死んでしまうだろうと思って、赤ん坊を劇団につれて帰ったの」

「その赤ちゃんが君だったの？」

「そう」。蘭若はそう言いながら、もう涙を流していた。手を伸ばして祭壇の上を撫でると、まるで長い長い時間を凝固させたような、ぶ厚い埃が積もっている。

「それから、君は劇団で育ったんだね？」。周寒潮は彼女の人生を推測して言った。

「そう。おばあさんは本当にわたしをかわいがってくれて、わざわざ乳母も雇ってくれた。劇団の人たちも同情して、わたしを置いてくれることになって。子夜殿で拾った子どもだから、蘭若って名前がつけられたの。『聊斎志異』を読んだことはある？」

「子どもの頃に読んだよ」

「『聊斎志異』に『聶小倩《ニエシャオチエン》』っていうお話があるでしょ。それは蘭若寺っていうお寺のお話なのね。劇団の人たちは、わたしが子夜殿で拾われた幽霊の子だから、蘭若寺の幽霊の小倩と同じだって言って、それでわたしは蘭若っていう名前になったの」

周寒潮は不思議に思った。「劇団の人たちはどうしてそんなこと考えたんだろう？」

「このへんの人たちは迷信深いの。特に、あの荒れ果てた海岸と丘の上の子夜殿についての迷信を信じてる。でも、わたしは蘭若っていう名前が好きなのよ。あなたはどう思う？」

「もちろん。とても素敵な名前だよ」。周寒潮は何歩か歩きまわって、突然、蘭若のほうに振り返ると言った。

「やっとわかったよ、蘭若。君がそういう珍しい身の上だから、それで劇団の人たちは君を疎《うと》んじているんだね。それが本当の原因なんだ。そうだろう？」

蘭若はちょっと悲しそうな顔で振り返ると、小さくうなずいた。「わかってるの。わたしは捨て子だから、恥の印なんでしょう。生まれてすぐに父と母にこの子夜殿に捨てられたんだから。もしかしたら、わたしの命の中にはこの人の一部も入っているのかもしれない」

そう言って、彼女はその手をあの美しい彫像に向けた。

「あの人？」。その生きているような彫像を見て、周寒潮は恐怖を感じた。そして、突然、蘭若の手を握ると言った。「もうそろそろ夜が明ける。人に見られないうちに客桟に帰ろう」

蘭若はうなずき、二人はいっしょに客桟に向かって走り出した。

彼らが客桟に帰ったときには、誰もまだ起きてはおらず、周寒潮はこっそり二階の部屋へ、蘭若は静かに三階へ戻った。

その日、周寒潮は洪隊長に呼ばれるのではないかと生きた気がしなかった。しかし、昼間の洪隊長は夜とは別人で、しゃきっとした人民服を着こんで、真面目くさった様子だった。

それからの数日間、洪隊長は蘭若に会おうとはしなかったので、周寒潮もやっと安心し、洪隊長にも良心が残っていたのかもしれないと思った。しかし、その一方で、客桟では蘭若に対する根も葉もない噂が広まっていた。あの美しい役者には女の幽霊がとりついていて、それがあの若者たちを次々に飛び降り自殺させたのだと地元の人たちが言い出したのだ。噂はあっというまに広まって、幽霊客桟の空気はますます緊張したものになっていった。今ではもう周寒潮以外に蘭若と口をきく者もいない。みんなは彼女を見ると、疫病神でも見るように逃げてしまうのだった。

周寒潮も蘭若もどちらも辛い思いをしていたが、それでも、人の見ている所でいっしょにいることは避け、これまでと同様に朝にこっそり会うだけだった。そんなある日、幽霊客桟に大事件が起きた。

洪隊長が死んだのだ。

周寒潮は今でもはっきり覚えている。その朝早く、彼は女の叫び声で目を覚ました。その怖ろしい声は上の階から聞こえたので、彼も他の若者たちといっしょに三階に駆け上がった。すると、あのもともと主演を務めていた女優が、まるで幽霊でも見たような怯えた様子で部屋から飛び出してきた。周寒潮たちがその部屋に飛び込んでいくと、部屋の隅に蘭若がうずくまっていて、床にはひとりの男が倒れていた……。洪隊長だ。

洪隊長の顔に触ってみると、すでに息がなかった。

＊　＊　＊

十通目の手紙

葉蕭、こんにちは。

この前の手紙を読んでどう思った？　信じてくれるかどうかはわからないけど、水月は今、ぼくのすぐそばにいるよ。便箋から彼女のにおいがしないかな？

昨日の午前、君への九通目の手紙を書き終わると、また水月に、絶対に部屋から出てはいけない、まして、誰かを部屋に入れてはいけないと言い聞かせた。それから、切手を貼った手紙を持って静かに部屋を出たんだ。

葉蕭、外はまだ台風が吹き荒れていて、外出が危険だということはわかっていた。だけど、君はぼくの一番の親友だし、毎日手紙を出すって約束したんだから、何があっても約束は守るからね。

一階の広間で阿昌から雨合羽を借りて着ると、客桟の大扉を押し開けて雨風の中へ歩き出した。君への手紙は懐に入れて濡らさないようにした。台風は海から陸に向かって吹きつけていたから、荒村に向かうぼくは風に押されて普段より速く歩けたわけだ。

歩きながらも水月のことを思いながら、いつのまにか、荒村に着いた。村はずれには誰ひとりいなかった。きっとみんな家に逃げ帰ったんだろう。ぼくは手紙をポストに入れた。あとは村の郵便局員が取りに来るのを祈るばかりだ。

まずいことに帰り道は逆風だ。四十分以上もかかって、やっと幽霊客桟に着いたときには全身がバラバラになりそうなくらい疲れていた。

客桟の広間に戻ると、琴然と蘇美がいた。ぼくが雨合羽を着ている様子がよほど怖ろしかったようで、水から上がった妖怪にでもみえたのだろうか、二人ともびっくりしていた。雨合羽を脱いで二人に笑顔を向けたとき、彼女たちが荷物を持っていることに気づいた。

「出発するの？」。ぼくは聞いた。

琴然は困った様子で答えた。「そうなんだけど。台風が……」

「そうだよ。今は無理だよ。西冷鎮までたどり着けたとしても、この台風で長距離バスはきっと運休になってるよ」

水月が生き返ったことを二人に話すべきだろうか。彼女たちは水月のことを前から気味悪がっていたのだから、一度死んで生き返ったなどと言ったら、受け入れることができないだろう。でも、少しだけ、ほのめかしておいたほうがいいかもしれない。

ぼくは声を低くして言った。「聞きたいことがあるんだけど。もしも、水月が帰ってきたら、君たちはどうする？」

二人は愕然とし、まるで頭のおかしい人間を見るような目でぼくを見た。それから、蘇美が冷たい声で言った。

「頭が変になったの？　小説なんか書いてるから、変なことばかり考えるようになったんじゃないの？」

「帰ってから、水月の両親にどう報告しようと思ってるの？」

「まず、電話するつもり」

「ダメだよ、今はまだダメだ。もしかしたら、もっといい方法があるかもしれないだろう？」

琴然は急に気が抜けたように、ぶっきらぼうに言った。

「そうだといいけど」

「部屋に戻って荷物を置いてこようよ」。蘇美が琴然の手を引っぱり、二人は荷物を持って階段を上っていった。

広間にはぼくひとりが残った。部屋に戻って水月の様子をみなくてはと思ったとき。後ろからくぐもった声が聞こえた。「周旋、ちょっといいかしら？」

ぱっと振り向くと、後ろに立っていたのは秋雲だった。

「どうして下りてきたの？」

「ここはわたしの夫の客桟よ。下りてきちゃいけないっていうの？」。秋雲は今日も黒いワンピースを着ていて、ぼくの前に来ると言った。「今、あの子たちと話してたのを全部聞いたわ」

ぼくは警戒して言った。「何か、まずいことでも言った？」

秋雲はぼくをじっと見てから答えた。「周旋、昨日よりはずいぶん顔色がいいわね」

「昨夜はよく眠れたからね」

「まあ、それは意外ね。昨夜は台風であんなに風が強くて、わたしは一晩中眠れなかった。まして、あなたの部屋には死体があるじゃないの。そうじゃない？」

「そうだよ、そのとおりだ」

「まったく、想像もできないわ。死体といっしょに夜を過ごしたなんて……」

ぼくはもう我慢ができなくなって、彼女の話を遮った。

「死体なんて言葉は使わないでもらえませんか。そんな嫌な言葉」

「ごめんなさい。悲しい思いをさせてしまって」。秋雲はゆっくり息を吐いてから、突然質問した。「それで、今はどうなの？」

「それは、水月のこと？」

秋雲はうなずいた。もしかしたら、ぼくの表情からすでに何か感づいたのかもしれない。ぼくを疑っているのだろうか？

葉蕭、君は知ってるよね。ぼくはもともと嘘がつけないたちだ。特に女性の前では。だから、なんと答えたらいいかわからなくなって、結局、口を閉じて黙っていた。

秋雲はぼくをじっと見て言った。「何かあったのね？　そうでしょ？　言いたくなきゃ言わなくてもいいけど、あなたが自分でやったことはあなたの責任よ」

いったいどういう意味だろうとぼくが考えているうちに、彼女はひらりと身をひるがえして、瞬きをするうちに姿を消してしまった。

ぼくは憂鬱な気分になった。水月はぼくのもとに戻ってきてくれたけど、面倒なことがますます多くなった。みんなになんて説明したらいいんだろう？

そのとき、阿昌が出てきて、食卓の上に料理を並べ始めた。もうすぐ昼食の時間だ。ぼくは小さい声でお願いした。「阿昌、ぼくの分は弁当箱に詰めてもらってもいいですか？　二人分……」

阿昌は黙ってぼくを見たまま、しばらく躊躇していたが、結局、頼んだとおりやってくれた。ぼくは鉄製の弁当箱ふたつを受け取って、声を抑えて言った。「ありがとうございます、阿昌。お願いだから、秘密にしておいて」

そう言うと、ぼくは二人分の昼食を持って急いで階段を上がった。

二階の廊下で、ある部屋から、激しく言い争う声が聞こえてきた。高凡の部屋だ。扉がほんの少し開いていたので、ちょっと立ち止まると、中から会話の断片が聞こえてきた。

思ったとおり、清芬がまた彼の部屋にいて、悲しそうな声で言っている。「高凡、お願いだから、もうわたしにつきまとうのはやめて。今に必ず、小龍に見つかってしまうから。もしかしたら、この前、あの子が自殺しようとしたのも、わたしたちのことが原因かもしれない。わたしたちに警告しようとしたのかもしれない」

続いて、高凡の沈んだ声が聞こえた。「それじゃあ、あきらめるのか？」

清芬がすすり泣いているようだった。「あの子のためなら、あきらめるしかないわ」

「清芬、バカなことを言うな。目当ての物はもう少しで手に入りそうなんだ。そうしたら、こんな所とはおさらばだ」

「だって、小龍は？」

「もちろん、いっしょだよ。金さえあれば、小龍をつれて外国に行くこともできる。最高の医者に診てもらうんだ。そうすれば、きっと病気もよくなるよ。心配するな。騙したりはしないから……」

彼らの声はその後どんどん小さくなっていったから、はっきり聞こえなくなった。もういい。彼らのことなんか、ぼくには関係ないんだから。ぼくは静かにその場を離れ、鍵を取り出して、自分の部屋に入った。

水月は窓辺に立ってぼくを待っていた。そして、ちょっと口を尖らせて言った。「遅かったのね」

「お昼ご飯をもらってきたんだよ」。ぼくは弁当箱をテーブルに置いて言った。「さあ、食べよう。お腹が空いてるだろう？」

水月はやっと笑顔になって、ぼくといっしょに食べ始めた。外の雨と風の音を聞きながら、ぼくたちはすぐに昼食を食べ終わった。水月はにっこりして言った。「誰が作ったの？　本当においしい」

「阿昌だよ。本当に料理がうまいよね」

水月は首を振った。「阿昌って誰？」

「本当になにも覚えてないの？　あのカジモドみたいな顔をした、口のきけない人だよ」

「カジモド？　それは誰？　あなた、その人を知ってるの？」

「まさか。ぼくがカジモドを知ってるわけはないよ。ユゴーの小説の登場人物なんだから。大聖堂で鐘をついてる醜い顔の男なんだよ」

ぼくは水月の髪をそっと撫で、耳もとで聞いた。「水月、本当に何もかも忘れたの？」

彼女はため息をついて言った。「でも、あなたの目は覚えてる。それに、この幽霊客桟も」

ぼくは彼女を見つめ、彼女はぼくを見つめ、そのままずっとお互いを見ていた。心が少し震えるのを感じた。ずっと遠い遠い昔にこの目を知っていたような気がする。心に刻まれて忘れることのなかった目だ。ぼくはふと視線をそらせて、つぶやくように言った。「水月、君はわかってるの？　君は奇跡なんだよ」

「いいえ。わたしは普通の人間よ。ちょっと記憶を失ってるだけで、そのうちに必ず思い出すから」

台風はますます激しくなっている。ずっと壁が震えていて、幽霊客桟全体がゆらゆらしている感じだ。水月は天井を見上げ、予感でもあったのか、ぼくの手をぎゅっと握った。

突然、上のほうから、すさまじい音がした。何かが壊されたような音だ。びっくりして、すぐに上に見にいきたかったが、水月を残していくのは心配だ。

ぼくの考えていることがわかったのか、水月は言った。

「上に行って、見てきて。わたしは部屋から出ないで待ってるから」

ぼくはぎゅっと彼女の手を握ってから、部屋を飛び出した。

廊下に出ると高凡の姿があった。彼も何が起きたか知らず、いっしょに三階に駆け上がった。三階の廊下では、猛烈な雨と風の音が聞こえる。秋雲の部屋からだ。

高凡とぼくが部屋に入っていくと、すぐに激しい雨風が真正面から襲ってきた。上を見ると、天井に一メートル四方もある大きな穴が開いていて、割れた瓦が床に散らばり、その屋根の穴から雨風が吹き込んでいる。幽霊客桟はもう長年修理していないようだから、これほど大きな台風に遭ったら、ぼろぼろに壊れてしまうかもしれない。

秋雲は部屋の隅に立っていたが、ぼくが入ってきたのを見ると、すぐに震えながらぼくの後ろに隠れた。こんなに怯えている彼女を見たのはこれが二回目で、一回目はもちろん、彼女が自殺しようとしたあの夜だ。

秋雲はぼくの後ろに隠れて怖ろしそうに言った。「見たでしょ？　あの亡霊が来たのよ。屋根をはがしてしまったわ」

ぼくは彼女を慰めようと言った。「ただの台風だよ」

「いいや」。高凡がそばで冷たく言った。「これは死の前触れだ」

そのとき、丁雨山が部屋に飛び込んできた。日除けシートを持っているのは、雨を防ぐためだろう。高凡が部屋を出ていったかと思うと、どこからか知らないが、梯《はし》子《ご》を持ってきて、屋根の穴の下に置いた。

ぼくは丁雨山が持ってきたシートを受け取り、真っ先に梯子を登った。すぐに全身が雨でびっしょりになった。高凡と丁雨山はしっかり梯子を押さえている。ぼくは苦労しながら、風に逆らい、梯子を登っていった。

やっとのことで屋根の高さまで行くと、なんとか穴を塞ぐようにシートを広げて、それから、ネジでシートの四隅をとめた。これで一応、屋根にしっかり固定できたはずだ。

そのとき、ぼくの視界の隅をかすめた物があった。屋根の内側の梁の上に埃にまみれた一冊のノートが置いてあったのだ。

それはぼくから三十センチほどの所にある。まったく不思議な話だ。どうして、こんな高い所に置く必要があるのか？　屋根のそばまで上がらないと見えない位置なのだ。ぼくはそのノートに強い興味をもった。何が書いてあるか、見たくてしかたなくなった。

「周旋、どうかしたのか？」。丁雨山が梯子の下で大声を出した。

ぼくはまた、梁の上のノートをちらっと見た。下の二人に見られたらいけないような気がする。そこで、ぼくはわざとねじ回しを下に落とした。二人が下を向いて拾おうとしている間に、さっと手を梁の上に伸ばして、ノートを自分のシャツの中に押し込んだ。

高凡がねじ回しを拾ったとき、ぼくはもう梯子を下りていた。あの二人には見られなかったはずだ。秋雲はもう、どこかへ行ってしまっていた。

床に下りたぼくの体は全身びしょ濡れだった。丁雨山はぼくの肩を叩いて言った。「ありがとう。うまく取り付けてくれて」

「どういたしまして。じゃあ、部屋に帰ります」。ぼくはしっかりと胸を押さえ、ノートを見られないようにして、急いで秋雲の部屋を出た。

三階の階段口で秋雲にぶつかりそうになった。秋雲は青い顔をして言った。「屋根を塞いでくれたの？」

「うん。もう、大丈夫だから」

「本当にありがとう」。彼女はぼくの胸もとをじろっと見て言った。「周旋、あなた、ちょっと変じゃない？」

「え？　そ、そんなことないよ」

ぼくはうつむいて階段を下り、懐にあのノートを隠して部屋に戻った。

水月はもう眠っていた。安らかにベッドに横になり、体を丸めて、白い海老みたいに。ぼくはそっと息を吐いてノートを懐から取り出し、タオルで自分の頭と体を拭くと新しい服に着替えた。

雨粒がびっしりと窓を打っている。窓の外の雨の帳《とばり》を透かして向こうの海岸のほうを見ると、荒波がしきりと巻き上がり、大自然の無限の力を見せつけている。

ぼくはノートの埃を払った。ごく普通のノートのようにみえる。適当にぱらぱらと開いてみたら、挟まっていた一枚の写真が落ちてきた。

すぐにその白黒写真を拾い上げると、とても古いものらしく、黴臭いにおいがしている。

写真に写されているのは、昔の衣装を着た女性だ……。もっと正確に言えば、芝居の衣装で、木匣の中のあの衣装とそっくりだった。女性はとても若くみえる。芝居用の濃い化粧をしていて、悲しく恨めし気な表情をしている。舞台の写真なのだろうか。

なんだか奇妙な感じがした。写真の中の女性を知っているような気がするのだ。じっとその顔を見ていたら、胸に悲しみがこみ上げてきた。

どういうことだろう？　ぼくの心は乱れた。この人はいったい誰なんだろう？　その古い写真は屋外で撮影したもので、背景には黒く大きな家が写っている。どうやら、幽霊客栈のようだ。この人とこの客栈にはどんな関係があるのだろう？

もしかしたら、この客栈の中で阿昌だけは知っているかもしれない。今となっては、阿昌だけがぼくの信頼できる人だ。

ぼくは写真を懐に入れて、そっと部屋を出た。客栈の一階の広間にやっぱり阿昌はいた。夕食の支度をしているようだ。

まわりには誰もいなかったから、阿昌を厨房に引っ張っていって、写真を出して見せた。

阿昌はあの左右の大きさの違う目を細くして、写真に写った人をよく見ようとしている。

突然、彼の両手がぶるぶると震え始め、その目に恐怖があふれた。その様子を見て、ぼくまで怖ろしくなってきた。阿昌の唇はぶるぶる震え、喉から奇怪な声を出している。それから、まるで砂漠で渇きに苦しむ人のように苦しげな息をしているのにはぞっとした。

阿昌が突然、手を開いたので、黴臭い古い写真は枯葉のようにひらひらと床に落ちた。ぼくがかがんで写真を拾おうとすると、阿昌は怖ろしい叫び声を上げ、厨房の扉を押し開けて走り出ていった。

「阿昌！」。ぼくは大声で呼びながら、後を追った。まさか、阿昌があれほど怖がるとは思ってもみなかった。まるで亡霊でも見たように、客桟の大扉を押し開けようとしている。

すぐに狂ったように激しい風がヒューヒュー音をたてて吹き込んできた。ぼくは慌てて腕で目を覆った。そのとき、阿昌はすでに客桟を飛び出し、凶暴な台風の中に走っていってしまった。

「阿昌、戻ってきて！　外は危ないよ！」。ぼくは扉の枠にしがみついて叫んだが、その声はすぐに雨と風にかき消されてしまい、阿昌が激しい雨風の中に姿を消すのを見送るしかなかった。風はますます強くなって、目を開けていることもできなくなり、ぼくは苦労して大扉を閉めた。

何度も深呼吸してから、ぼくは黙って手の中の写真を見た。どうしても、わからない。阿昌はどうしてあんなに怖がったのだろう？　写真そのものが怖かったのか、それとも、この女性が怖いのか？　いずれにしても、これだけは確かだ。阿昌は何か事情を知っている。

ぼくは二階の部屋に駆け戻った。水月はまだ眠っている。客桟が崩れ落ちても平気なのかもしれない。ぼくは写真をノートに挟みなおし、机の引き出しに入れた。

葉蕭、ぼくはもう頭が変になりそうだ。この客桟のすべてが、ますます怪しくなっていく。もう、一分だってここにはいたくない。今すぐ、水月を連れてここを離れたい。それに、とにかく彼女を両親のもとに送っていかなければ。それなのに、いまいましい台風がぼくたちをここに閉じ込めている。今や幽霊客桟はひとつの孤島となり、ぼくたちは世界と隔絶して一歩も進めない。

あれこれと考えているうちに、とうとう空の色が暗くなってきた。水月はやっと目を覚ました。顔色は真っ青で、混乱した目つきでぼくを見ると言った。「ここはどこ？」

ぼくは緊張した。「水月、また忘れてしまったの？」

「幽霊客桟？」。彼女は周囲を見回し、その視線が向かいの壁に落ちると、何か見つけたかのように小さな声で話し始めた。「夢を見たの。暗い小さな部屋にいて、蠟燭の灯りがチラチラしていた。部屋の中に竹のベッドがあって、とても美しい若い女性が寝ていた。黒ずんだ瞼をきつく閉じて、体は硬くこわばって冷たいの。白衣を着た外国人がそばに立っていて、鋭いナイフで彼女のお腹を切り裂いて……」

「やめるんだ！」。ぼくは水月の口をぎゅっと押さえた。

「もう、やめて、水月！」

彼女はやっとぼくの手を振りほどくと、あえぎながら言った。「教えて。夢の中のあの人は誰？」

ぼくは丁雨山から聞いた、幽霊客桟の創立にかかわる話を思い出して、ちょっと躊躇したが、結局答えた。

「子夜」

「子夜？」。水月は眉をひそめ、頭の中で何か探しているようだったが、突然、語り出した。「前絲は纏綿を断ち、意は交情を結ばんと欲す。春蚕は感化し易く、絲子はすでに復た生ず」

「『子夜歌』の台詞《せりふ》をそらで言えるの？」

水月は苦しげに首を振った。「これがなんだか、わたしにもわからない。急に頭の中に浮かんだの」

ぼくは沈黙で彼女を慰めようと、彼女の髪をそっと撫でた。耳にはただ、窓の外の雨風の音だけが聞こえてくる。

もう夕方の六時だ。階下に行って夕食を食べないと、みんなに疑われる。部屋を出る前に、ぼくはまた水月に言い聞かせた。

予想どおり、秋雲も含め、全員が広間でぼくを待っていた。阿昌の姿もあった。不安げに帳場の中を行ったり来たりしているが、なんだか、そわそわしているようにみえる。ぼくの神経が弱っているせいだろうか、青白い灯りのせいで食卓を囲んで座っているみんなの顔の色が不気味にみえて、なんだか神に犠牲を捧げる古代の儀式みたいだ。

ぼくは何も言わずに高凡の隣に座り、ご飯の碗を持って食べ始めた。みんなはもう食べ終わっていたらしいが、そこに座ったまま、ぼくを見ている。みんなのことは気にしないようにして、がつがつ食べていると、すぐにお腹がいっぱいになった。

「周旋、しっかり食べましたか？」。丁雨山が冷たく言った。彼は野獣みたいな目つきをして、ぼくが返事をするのも待たずに続けた。「それなら、水月のことを話しあいましょう」

「どうするつもりです？」

「わたしも困っているんですよ。だって、死人をずっと客桟の部屋の中に置いておくわけにはいかないでしょう？　それは人道的なこととはいえないし、安全でもありませんからね」

なんと答えたらいいんだろう？　水月は生き返ったのだと言うべきか？　それは言うわけにはいかない。そのときにはぼくはもう心に決めていた。台風が去ったらすぐに、見つからないように水月を連れ出し、両親のもとに送り届ける。知らせるとしても、それは琴然と蘇美だけにしよう。ぼくは冷ややかに言った。「やっぱり、埋葬するつもりですか？」

「いいや、とにかく、水月を渡してくれさえすれば、あとはわたしが処理しますよ。安心してください。必ずいいようにしますから」

ぼくは彼をまっすぐ見て、しっかり首を振った。

そのとき、秋雲が口をはさんだ。「周旋、水月はあなたのものじゃない。あなたに彼女を隠しておく権利はないわ。とにかく、わたしたちに見せてちょうだい。必ず適切に処理するから」

「そんなこと、我慢できるはずがない」。ぼくの言うのは間違っていないはずだ。もし、今水月を会わせたら、みんなはきっと死体が動いていると思って、死ぬほど驚くだけだろうから。

「わたしの我慢にも限度があるぞ！」。丁雨山がとうとう激怒し、大声でぼくに怒鳴った。「さっさと水月を渡せ」

「いやだ」。ぼくはきっぱりと答えた。

丁雨山は食卓から立ち上がると、怖ろしい形相でぼくに駆け寄り、手を伸ばすとぼくの襟もとをぎゅっとつかんだ。琴然と蘇美の悲鳴が聞こえた。秋雲が大声で叫んだ。「丁雨山、手を放しなさい！」

ぼくは力をこめて突き飛ばした。突然、彼への憎悪が湧き上がった。幽霊客桟の邪悪なものがすべて彼の目の中にあるような気がしたんだ。丁雨山がもう一度飛びかかってきたとき、ぼくは頭に血が上ってしまって、思わず、拳で力をこめて彼の鼻を殴っていた。それからは二人、くんずほぐれつ転がりまわった。

葉蕭、その後のことはあまりよく覚えていないんだ。だけど、心配しなくていい。お互いに何度も殴りあったが、ぼくもやられっぱなしだったわけではないから。思い出せるのはただ、高凡が丁雨山を無理やり引きはがし、秋雲がぼくを助け起こしてくれたことだけだ。

唇の端が猛烈に熱い。ぼくは大きくあえぎながら聞いた。「血が出てる？」

「ええ。でも、唇が切れただけだから、たいしたことはないはずよ」と秋雲はぼくを慰めた。

高凡が丁雨山を支えて、階段を上っていくのが見えた。ぼくは軽蔑の笑いを浮かべて立ち上がり、そっと秋雲を突き放した。

ふらつきながら、帳場のほうへ歩くと、ほかのみんなが集まっている隙に、小さい声で帳場の中の阿昌に言った。「十分くらいたってから、一人分の食事を持ってきて。お願いだから、みんなに見つからないように」

それから、ぼくはさっさと広間を後にして、二階の部屋に戻った。

部屋の扉を開けると、水月が怖ろしそうな表情をして、ぼくの唇にそっと触ると言った。「いったい、何があったの？」

「なんでもない。ちょっとケンカしただけだ」

「ケンカなんて、どうして？」

ぼくは彼女の目を見てしばらく黙っていたが、やっぱり本当のことを言った。「みんなは君を埋葬しようとしているんだ」

「わたしを埋葬する？」

「そう……。みんなは君が死んでると思ってるんだ」

「わたしは死んだ人間なの？」。水月は考えこむように目を細め、つぶやくように言った。「わたしは死んでるの？」

ダメだ。そんなことを水月に知らせるわけにはいかない。怖ろしい死の経験をすっかり忘れさせなければならない。ぼくは彼女の肩をつかんで言った。「違うよ！　水月、あんなやつらこそ、くたばっちまえばいいんだ！　水月、ぼくがきっと君を守るからね」

「だけど、あなたは自分のことを守れるの？」。水月はため息をついた。それから、ぼくのタオルを出して水に濡らすとぼくの唇を拭いた。ぼくはもう何も言わずに、ベッドの上で体を半分倒して目を閉じた。ただ、彼女の手がとても柔らかくて、タオルの冷たさが心地よく、熱く痛む唇の傷にしみていくのを感じた。

水月は拭き終わると、タオルについた血の跡をぼくに見せて小さな声で言った。「約束して。これからはわたしのためにケンカしたりしないって」

「わかったよ。約束する。台風が過ぎたらすぐに、このいまいましい幽霊客桟を出よう。君の家まで送るからね」

「わたしの家?」。水月は呆然として首を振った。「わたしは家がどこだか覚えてないのよ」

「琴然と蘇美に聞いてみるよ。それに、あの二人には君のことを説明しておく」

水月は黙ってしまった。それから、淡々と言った。

「周旋、わたし、お風呂に入りたい」

そうだ、お風呂に入る必要がある。今着ている服は海から上がったときからずっと着ているものなのだから。しかし、ぼくは首を振って言った。「今はまだダメだよ。誰かに見つかってしまうから。でも、夜中まで待ってから、行ってみよう。きっと阿昌がぼくたちのためにお湯を沸かしてくれると思うんだ」

そのとき、ぼくはふと思い出したことがあって、水月にちゃんと待っているように言ってから、部屋から出た。

暗い廊下を歩いて、琴然と蘇美の部屋の扉を叩いた。扉を開けた二人はびっくりした様子で、疑いのまなざしでぼくを見た。ぼくは部屋には入らず、戸口に立ったままで言った。「水月の荷物を渡してくれないかな?」

琴然は躊躇していたが、蘇美はさっさと部屋の奥に行き、荷物を取ってきてぼくに渡した。二人の表情は、まるで疫病神を追い払ったみたいに少し明るくなった。蘇美が冷たい声で言った。「あなたの好きなようにすればいい。死人の物なんかがあると怖いから」

まさか、蘇美がそんなことを言うとは……。よくも幼なじみの友だちだなんて言えたものだ。そう思ったが、ぼくは何も言わずに、水月の荷物を持ってその場を離れた。

部屋に戻ると、水月が聞いた。「何を持ってきたの?」

「これは君のバッグだよ」

水月はバッグを受け取ると、ベッドの上に置いてよく見たが、やっぱり首を振って言った。「本当に思い出せないの」

「開けてみればいいよ。君の服が入ってるはずだ」

水月はバッグのファスナーを開けて、中から袋に入った衣類と一冊の本、それから細々した物を取り出した。その視線はすぐに『楽府詩集』という本にひき寄せられた。その本を取り上げて、ぱらぱらめくると突然、一枚の紙が落ちた。それには、あの立原道造の詩が書いてあった。

水月は紙を拾って、小さな声で読んだ。

「まなかひに幾たびか、立ちもとほつたかげは、うつし世にまぼろしとなつて忘れられた……」。そして、最後の《林檎みどりに結ぶ樹の下におもかげとはに眠るべし》という一行まで読んだとき、彼女の顔には涙が流れていた。

水月は急いで涙を拭き、本や他の物を片づけ、あとは何も言わなかった。もしかしたら、何か思い出したのかもしれないと思ったが、邪魔はしないことにした。

そんなふうに何時間か過ぎて、夜の十一時になると、ぼくたちはこっそり部屋を出た。

水月の手をしっかり握って、彼女の着替えの服を持ち、真っ暗な廊下を歩いた。握った手から、彼女の鼓動がどんどん速くなっていくのがわかった。ぼくは彼女の耳もとでそっと言った。「緊張しなくても大丈夫だよ」

一階の広間に入り、厨房の扉をそっと押して開けた。電灯を点けると、厨房で眠っていた阿昌が飛び起きて、警戒の眼差しでぼくをじっと見た。ぼくの後ろにいる水月を見つけると肝をつぶして、背中が壁に付くまで後ろに下がり、唇をぶるぶる震わせていたが、結局何も言えないでいた。

ぼくはやさしく言った。「怖がらないで、阿昌。水月は死んでなんかいない。生き返ったんだ。ほら、見て。ちゃんと生きているでしょう？」

そして、振り返って水月を見ると、電灯に照らされた顔は青白くて、なんの表情もなかった。ぼくは阿昌にここに来た理由を説明し、浴室のお湯を沸かしてくれないかと頼んだ。

阿昌はしばらく震えていたが、やっと我に返ると、しばらく恐怖の眼差しで水月を見ていたが、うなずいて、ぼくたちを連れて浴室まで来ると、その傍らの小さな部屋に入って湯を沸かし始めた。

ぼくは浴室の扉を開けると、水月に着替えを渡して先に入らせた。

そのとき、阿昌が出てきたので、ぼくはもう一度礼を言って、しばらくは誰にも言わないよう頼んだ。それから、百元札を何枚か出して心づけを渡そうとしたが、断られた。彼は首を振りながら、浴室の扉を指さしている。つまり、中にいる水月を指さしているのだろう。彼の目の恐怖だけは読み取れたが、何が言いたいのかわからず、ここには紙もペンもないから、話を聞くこともできなかった。阿昌はため息をついて走るように去っていった。

　ぼくは浴室の前で見張っていた。たっぷり一時間近く過ぎてから、水月がやっと出てきた。新しい服に着替えていたが、その服も頭から足まで真っ白で、膝が隠れるほどの長さのスカートの裾が海の波のようにひらひらしていた。長い髪は今も熱を帯びていて、黒い温泉の滝みたいに肩に垂れ、あいかわらず俗世離れした感じがした。

　水月は瞼を半分閉じてぼくを見ている。肌は今も青白いが、いくらかつやが出てきた感じだ。その体からいいにおいがぼくの鼻まで届いた。「あなたもどうぞ。わたしは外で待ってるから」

　ぼくは誰もいない隣の小さな部屋を見て、水月をそこに隠し、どこにも行かないようにと言ってから、浴室に入った。

　木の風呂桶の熱いお湯につかると、この二日ほどで疲れ切った体と心もいくらかゆったりした。しかし、水月が外で待っているので、ぼくは大急ぎで体を洗い、十分もしないうちに着替えて浴室を出た。

　小さな部屋に隠れて静かに待っていた水月を連れ出し、音をたてないようにその場を離れ、電灯を消してから二階に向かった。

　突然、軽やかな足音が上から聞こえたかと思うと、ぼくが何もできないでいるうちに、仄暗いランプの灯りが暗闇を突き抜けてぼくの顔を照らしていた。

　狭い階段で逃げることもできない。ぼくは思わず腕で目を覆った。だが、ランプの灯りに助けられて、その灯りを持つ人が誰かすぐわかった。黒ずくめの服を着た秋雲だ。

　秋雲が灯油ランプを掲げてぼくの顔を照らしている。そして、彼女の視線がふとぼくの後ろに動いて、その瞬間、彼女の表情が変わった。少し開けられた口はそのまま閉じなかった。見開いた目から今にも眼球が飛び出しそうで、あの大人の女性の顔にこのうえない恐怖の表情が浮かんでいる。

　水月を見られた！

心臓がバクバクと音をたてているようだった。どうしたらいいかわからず、ただ、水月の手をぎゅっと握った。秋雲は驚愕して階段の上からぼくたちを見ている。ランプが時計の振り子のようにゆらゆら揺れ、それにつれて暗く黄色っぽい灯りがちらちらして、ぼくたちの顔は明るくなったり、暗くなったり、陰陽ふたつの世界を行ったり来たりしているようだ。

誰もひと言もいわず、そのまま三人、階段で何十秒も対峙していた。怖ろしい沈黙を破ったのは水月だった。水月はぼくの肩に隠れたまま質問した。「その女の人は誰？」

ぼくは呆然と秋雲を見ながら言った。「この人が幽霊客桟の主人だよ」

秋雲はまだひどいショックから立ち直っていない様子で、深く息をしてから言った。「道理で、埋葬にも反対するし、わたしたちに見られないようにしていたわけね」

「あのね、怖がる必要はないんだよ。全部話すから。水月は医学的に言うと一時的に『仮死状態』になっていただけなんだ。その後、生き返ったんだよ。ね、今は元気そうでしょう？」

いくら力を尽くして説明しても、秋雲の心を動かすことはできなかった。彼女は冷たい顔でぼくをじっと見ると言った。「周旋、あなたは大変な間違いをしてるわ」

「どういう意味？」

秋雲は首を振って言った。「彼女を人間だと思ってるの？　絶対に違う。死霊なのよ」

最後の言葉を言い放ったとき、秋雲の目はかすかな光を発していて、なんだか巫女《みこ》のようにみえた。そのとき、ぼくは後ろにいる水月が震えているのを感じて、強くその手を握った。

「どいて！」。ぼくは秋雲を押しのけると、水月の手をひいて秋雲の横をすり抜けた。その瞬間、振り返って水月と秋雲がすれ違う様子を見ると、二人はごく近くで目を見合わせていて、秋雲はあきらかにひどく怖がっていて、口を大きく開けたまま、なにも言えないでいる。

狭い階段を駆け上がって、ぼくたちは二階に着いた。秋雲が追ってくるのではないかと振り返って見て、後ろにランプの灯りは見えないのを確かめてから、やっと部屋の扉を開けた。

部屋に入ると、自分がすっかり冷や汗をかいていることに気づいた。ぼくのほうも秋雲に負けないほどの恐怖心を感じていたらしい。秋雲にはもう知られてしまった。これから、どうしたらいいだろう？　とにかく台風が早く去って、この怖ろしい場所から逃げ出せるといいのだが。

突然、水月がぼくの肩に触って言った。「周旋、さっきのあの女の人、どうしてわたしが死人だなんて言ったの？」

「違うよ。そんなこと、絶対に気にしちゃダメだ。あの人はでたらめを言ってるんだよ」

水月は首を振って言った。「まさか、わたしはもう死んだの？」

「そんなことない。『仮死状態』になっただけだ」

突然、水月は悲しげな表情をしてぼくをじっと見ると言った。「わたしは海で長い時間、行方不明になっていたって、そう言ったでしょ？」

「うん……」

認めたくはなかったが、その事実を否定することはできなかった。

彼女の唇は震えていた。「その夜、満潮の波に乗ってわたしが岸に運ばれてくるのを、あなたは実際に見たの？」

「いいや、見てない」

「わかったわ。やっぱり、わたしは『仮死状態』になったわけじゃないんでしょう？　泳いでいて行方不明になった日に海の底で溺れ死んでいたんだわ。次の日の午後になって、わたしの死体は海から浮かび上がって、それから、波で岸に運ばれて、あなたに見つけられたのね」

ぼくは慌てて首を振った。「水月、そんなの君の幻覚、君の妄想に過ぎないよ」

「妄想なんかじゃない。『仮死状態』なんて、わたしを慰めるために、あなたがでっち上げた話なんでしょう？」。水月は突然顔を上げた。白い首を水が流れるように灯りが照らしている。彼女は少ししゃくり上げるようにして言った。「わたしはもう死んだの？」

「違う！　死んでなんかない！　永遠に死んだりしないんだ！」

水月は目を閉じた。唇が動いたが、言葉にならなかった。目じりから涙の粒がこぼれたのが見えたので、その温かい涙をそっと指で拭いながら、慰めの言葉を探したが、何も思いつけなかった。何か言おうとすればするほど、わけのわからない話になってしまって、ますます彼女を恐怖と苦しみの中に突き落としてしまいそうな気がした。

ぼくは水月をベッドに寝かせて、電灯を消した。とにかく、彼女が早く眠りについて、苦しいことや嫌なことを忘れてくれればいいと思ったんだ。

窓の外の雨と風はいくらか弱くなったようだ。ぼくはひとりで、床の上に縮こまっていた。気持ちは外の天気のように重く沈んでいた。どれほどの時間がたっただろうか、ぼくは茣蓙の上に横になって、だんだん暗い夜のような眠りに入っていった。

午前三時過ぎになって、奇妙な音で目が覚めた。その音はどうやら階下から聞こえてくるらしく、ここでは床板に耳をつけないと聞こえないくらいのとても小さな音になっている。ぼくは床の茣蓙の上に寝ているから聞こえたのだ。

ずっと、幽霊客桟には何か怖ろしいものが隠れていると思っていた。もう、すっかり、眠気も吹き飛んでしまった。じっと注意してその音を聞いていると、頭の中にいろいろな幻覚が現れてくる。ぼくは激しく首を振って、床から飛び起きた。水月はベッドですやすや眠っている。あの下からの音は彼女の耳までは届いていないはずだ。

下にいって、何の音か、確かめなくては。ぼくはそっと扉を開けて、部屋を出た。

暗い廊下を通って、一階の広間まで来た。やっぱり、あの音が聞こえる。土を砕くような音が客桟の中を幽霊のように漂っている。ぼくは音の方向を追って、小さな扉を開けた。廊下は何度か曲がりくねり、それから突然、かすかな灯りが見えた。

ちらちらする蠟燭の灯りの下に男の後ろ姿があった。男は何か警戒したように、さっとこっちを振り返った。蠟燭の灯りが照らすその顔を見ると、それは画家の高凡だった。

全身汗びっしょりで、ぼくを見てびっくりしている。手にはシャベルを持っていて、それを軽く振ると言った。

「なんで、下りて来たんだ？」

何歩か前に出てみると、深い穴が掘ってある。広さは二平方メートルくらいはあるだろう、深さは少なくとも一メートル半だ。何をしているのか、すぐにわかった。

ぼくは冷たい声で言った。「金《きん》を探してるんだね？」

「しーーッ」。高凡は指を唇の前に立てて、しゃべるなと身振りしたが、その表情は「しまった」と思っているようでもあり、緊張しているようでもあった。「そうだよ、そのとおりだ。そして、もう正しい方向がわかったところだ」

「金のある方向っていう意味？」

高凡の目にはかすかに興奮の色があるような気がした。

「そうだ。金はこの下にある。あと一息だ」

「本当に？」。ぼくは疑いを隠さず、下を向いて、彼が掘った大きな穴をのぞいた。

「わかったよ。見られたからには分けてやる」。そう言いながら、また穴の中に飛び込んで、手に持ったシャベルを振るい始め、湿った土を外に放り上げている。蠟燭の暗い灯りの下で穴を掘る様子は、どう見ても墓盗人だ。

突然、高凡のシャベルが土の中で止まった。手が少し震え始め、顔には奇妙な表情を浮かべ、高凡はゆっくりぼくのほうを向いた。「金を掘り当てた、と思う」

彼はシャベルを脇に放り投げ、かがむようにして、手で土を掘り始めた。どうやら、穴の底に確かに何かあるようだ。それから、また動きを止めた。手で何か探り当てたらしい。その瞬間、彼の表情は極度の興奮から、極度の恐怖へと劇的な変化をみせた。彼はゆっくり両手を上げた。その泥まみれの手で捧げ持っているのは、人間の頭蓋骨だ！

ぼくは穴の底をよく見た。蠟燭の灯りの下、おぼろげに気味の悪い白骨が見える。高凡は自分の目が信じられないという様子で、ぶつぶつ言っている。「そんなはずはない。そんなはずはない。もっと下に金があるはずだ」

そうして、彼はまた下を向いて必死で掘り始めた。だが、金色に輝く物は出現せず、一体の完全な白い骸骨が姿を現したのだった。

彼は死人の骨を掘り出した！

ぼくの体まで震え始めた。幽霊客桟の床下には死人が埋まっていたのだ。これがぼくを悩ませている幽霊なのだろうか？　この客桟の中では、これまで数々の説明できない現象が起きてきたことをぼくは思い出した。

そのとき、高凡はもうあきらめたらしく、ゆっくり穴からはい出してくると、恐怖に怯えた表情で首を振りながら言った。「こいつに呼ばれたんだ。こいつにここまで連れてこられたんだ」

「どういう意味？」

彼は震える手で頭蓋骨を捧げ持って言った。「ここ何日か、毎晩、地面の下の金を掘り当てる夢を見た。夢では、この場所に埋まってるんだ。そうだ、そんな奇怪な夢がおれをここまで引き寄せたんだ。今、やっとわかったよ。本当はここに埋められた死者が、土から掘り出してほしい一心で、金を餌にしておれを引き寄せ、地面を掘らせ、土の中から救い出させたんだ」

「死者の魂が存在するって信じるの？」

「わからない。だが、こいつの願いはかなえてやるべきだろう。夜が明けたら……。明日になったら、この骸骨を海辺の墓地に埋葬してやるよ」。高凡の精神状態もなんだか怪しいようだ。ぼくはそんな所に長居をしたくないから、そっとその小さな部屋を出ると、あとは急ぎ足で広間に戻った。

大急ぎで二階の部屋に戻ると、さっきのことは思い出したくもないから、すぐに茣蓙の上に横になって目を閉じ、昏々と眠った。


次の日、夜が明ける前に目を覚ましたが、水月はぼくより先に起き出していて、窓辺で髪をとかしていた。黙って窓の外を見ながら、頭を傾けて滝の水のような髪の毛を垂らし、それが顔の半分と肩を覆っている。両手の指で髪の毛をすく様子は古い昔の絵を思わせる。

片方だけ現れた目に、彼女の憂いと恐怖が見てとれた。彼女は自分が生きているのか、死んでいるのかわからないのだ。そんな怖ろしい疑問を抱えていたら、どんな人でも気が変になるのではないだろうか。

ぼくは静かに一階へ降りて、阿昌から二碗の熱い粥とおかずを受け取り、すぐに部屋に戻ってきた。

水月は何も言わない。死人がものを食べるべきかどうか、考えているのだろうか。ぼくは何度も彼女を慰めて、海で起きたことはただの事故に過ぎず、彼女はちゃんと生きているのだと言い続けた。何度もぼくが勧めるうちに、彼女はやっとのことで朝食を食べ終わった。

その後、ぼくは君宛ての手紙を書いた。

こうして何時間も過ぎていったが、水月はずっとそばにいて、ぼくが手紙を書くのを見ていた。さっき、やっとのことで口を開いて、君がどんな人か想像できると言っていたよ。
葉蕭、君は全部信じてくれるかな？
それでは、今日はここまで。

幽霊客桟にて　君の友　周旋

＊　＊　＊

上海の雨はだんだん弱まって、雨粒が病室のガラスを打つことも少なくなった。周寒潮はベッドで半分身を起こして、黙って窓の外の雨模様の景色を見ていた。暗く曇った空の下、何枚かの木の葉が震えているのが見えるばかりだ。

自分はまったく年を取ったと周寒潮は思った。この数日というもの、ずっと若い頃のことばかり思い出している。その記憶は永遠に磨《す》り減らない映画のフィルムのように、一幕ずつ彼の心の中で繰り返し上映されていた。たとえば、三十年ほど前のあの朝の記憶だ。

三十年ほど前のあの明け方、幽霊客桟の三階の部屋で、彼は洪隊長の死体を見つけた。周寒潮もびっくり仰天した。洪隊長の死体にはまだ体温が残っていた。天井を向いて床に横たわっていたが、顔はねじ曲がり、眼球が飛び出しそうになっていた。それなのに不思議だったのは、死体にはケガも出血の痕もなく、どうして死んだのかわからなかったことだ。

蘭若はその傍らにうずくまって震えていた。周寒潮はハッとした。まさか、蘭若は洪隊長に……。そっと蘭若の肩を叩いてみたが、彼女の着ていた服もきちんとしていたし、見たところ、乱暴されたような様子はなかったから、少し安心した。

しかし、振り返って後ろにいた人々の目つきを見たとき、周寒潮はぞっとした。すべての人の目が、まるで巫女を見るように蘭若を見つめている。やがて、三階の廊下にはぎっしり人がつめかけてきて、がやがやと騒ぎ立てている声の中に、誰かが大きな声で、洪隊長は蘭若が殺したと叫ぶ声が聞こえた。

周寒潮は自分を抑えられなくなり、部屋の外に飛び出した。「今のは誰が言ったんだ？」

「わたしよ」。それはあの主役の女優だった。彼女は取り乱した様子で言った。「隣の部屋から変な音が聞こえたから、入ってみたら、洪隊長の死体があったの！」

「ということは、蘭若が洪隊長を殺すところを見たわけではないんですね？」

「何が起きたか、これを見ればわかりきったことじゃないの。洪隊長が蘭若の部屋で死んでて、蘭若はその死体のそばにいるんだから。この頃、誰も彼女といっしょにいたがらないから、彼女はひとりでこの部屋に寝ていたの。ほかの人が殺したはずはないわ。蘭若が洪隊長を殺したに決まってるじゃない」

「それなら、蘭若がどうやって殺したのか、説明してください」

「そんなの知らないわよ」。彼女はそう言ったが、突然、目を見開いて叫んだ。「妖術よ！　妖術を使って洪隊長を殺したんだ！」

するのと、誰かが付和雷同して言った。「そうだ！　この前死んだあの二人もこの女の妖術でやられたんじゃないのか？　ああ、怖ろしい。こいつは人間じゃない。亡霊にとりつかれているんだ！」

「そうだ！　人間じゃない！　おれたち皆を殺すつもりだ！」


後ろにいた大勢も騒ぎ始めた。周寒潮は緊張して、先ほどの女優以外の劇団員たちの顔を見た。しかし、彼らはまったく何の表情もなく、蘭若の生死など自分たちとは無関係という顔をしている。そんなはずはない、蘭若は無実だ。周寒潮はそう信じている。彼は体を張って蘭若の前に立ち、興奮している人々に訴えたが、彼の声はすぐにほかの大勢の声に埋もれてしまった。

十数人の怒り狂う者たちが大声で叫びながら、狭い部屋につめかけた。周寒潮は壁に押しつけられて、まったく身動きができなくなった。そして、蘭若が皆に押されて部屋の外に連れ出されるのを目にしながら、何もすることができなかった。

部屋の中に残った周寒潮は体がバラバラになってしまうのではないかと思うほど懸命にもがき、やっとのことで立ち上がった。まわりにはもう誰もいなくなっていた。全身が痛むのもかまわず、飛ぶように階段を駆け下り、幽霊客桟を飛び出して、高い所に駆け上がって遠くを見渡した。大勢の人の集団が海のほうへ歩いていくのが見える。

彼は即座にその方向へ走った。待ってくれと大声で叫んだが、もう距離が遠すぎる。そもそも、狂ったようになった人々の耳には届かない。

「蘭若……。蘭若……」。周寒潮は心の中で呼びながら、全力で走った。それから何年もたった後にも、彼は何度も何度も夢に見たものだ。海辺を必死で走ったこと、冷たい雨粒を交えた海の風が吹きつけて髪や衣服を乱したことも……。彼は口を大きく開けて湿った空気を吸い込んだ。だが、もう窒息してしまいそうな気がしていた……。

周寒潮が人々に追いつく前に、彼らはすでに向きを変えて、こちらの方向へ戻り始めていた。周寒潮とすれ違って走っていったとき、彼らはみんな目を血走らせ、肩で息をしていた。

その人の群れが去ってから、やっと蘭若の姿が見えた。蘭若は海辺の浅瀬に突っ伏し、顔は半分、水中に沈んでいる。

ああ！　周寒潮はがたがた震え出した。夏だというのに、氷の穴にでも落ちたような気がした。

周寒潮は彼女のもとへ駆け寄り、水中から引きずり出した。そっと頭を起こしてやると、水に浸されて真っ青になった顔が見えた。

蘭若はもう息をしていなかった。

周寒潮は大きく息を吸い込んだ。自分の胸に蘭若の息が満ちるような気がした。それから、呆けたようにじっと彼女を見ていると、その怖ろしい場面が目に浮かんできた。あの狂気にとらわれた人々が蘭若をつかまえて海に引きずり込んで押さえつけ、無理やりに溺死させる様子が思い浮かんだのだ。

彼は死にゆく蘭若の苦しみを感じた。口も鼻も海水に覆われ、窒息し、死が訪れる……。しかし、今では蘭若の顔にはまったく苦しみの跡は残っていなかった。ただ、青白く、冷たく、口もとに淡い悲しみと恨みが感じられるだけだ。

周寒潮は蘭若を強く抱きしめた。冷たい雨と風が二人の体に吹きつけていた。彼はやさしく蘭若の体を揺すりながら、耳もとでその名前を呼んだ。だが、彼女が言葉を発することはもうなく、まして、あの艶やかで美しい子夜歌を歌うこともない。

その瞬間、海の深い深いところから、あのかすかな歌声が聞こえるような気がした。

周寒潮はそのとき、ようやく悟った。この茫々たる世界で、蘭若こそが、彼のもっとも愛する人なのだと。

だが、彼女はもうこの世のものではない、まぼろしとなってしまった。

＊　＊　＊

十一通目の手紙

葉蕭

今は明け方だ。窓の外の台風はほとんど去った。ただ、ほんの少しの雨が夜空に漂っているだけだ。ぼくは……。ぼくに残された時間はもうあまりない。

昨日の午前、君への手紙を書き終えた後、ぼくはまた水月によく言い聞かせてから、手紙を投函しに行った。台風の風はかなり弱くなっていた。ぼくは雨合羽を着て客桟を出発すると、まもなく荒村に着いて、君への手紙を投函した。

客桟への帰り道、ぼくは先のことを考えた。台風はもう去ったのだから、西冷鎮からの長距離バスも再開するはずだ。その機を逃さず、ひそかに水月を連れ出し、怖ろしい幽霊客桟を出て、まずは彼女を両親のもとへ送り、先のことはそれから考えよう。

まもなく客桟に帰り着いたが、広間には誰ひとりいなかった。ぼくは階段を駆け上がり、部屋へ戻った。

水月は窓辺に立って、海を見ていた。雨はだいぶ弱くなっていて、荒涼とした海岸を見渡すことができた。突然、水月は振り返った。「ここの景色は本当にきれいね」

「そうだね」。ぼくはそばに駆け寄って、彼女の手をとった。「水月、荷物をまとめて。出発しよう」

彼女は薄い膜がかかったみたいな目をぱちくりさせて言った。「出発する？　どこへ？」

「家に帰るんだよ」

「でも、家がどこなのか覚えてない」

「大丈夫だよ。そのうちに思い出すよ。とにかく、まずは幽霊客桟を出て、西冷鎮から長距離バスに乗ろう。君たちは杭州から来たんだよね。杭州へ行って、病院で検査してもらおう。家族はきっと見つかるよ」

琴然と蘇美のことはもうあてにしないことに決めてい

た。だって、あの二人は水月の本当の友だちとはいえないから。

しかし、水月は首を振って言った。「ダメ。わたしにはもう家なんてないの」

「あるよ。家もあるし、お父さんとお母さんもいるし、大学もあるし。君には大きな未来があるんだよ」

「だけど、わたしはもう死んでるの」。彼女は下を向いて独り言のように言った。「死人は家に帰れない。死人は家に帰ることなんてできない……」

繰り返してそう言う、哀れな様子を見ていると、ぼくの胸はつぶれそうになった。もしかしたら彼女は、自分は死後の悪夢の中にいる、幽霊客桟の中に漂う、供養する者とてない孤独な魂なのだと思い込んでいるのかもしれない。

水月は突然、顔を上げ、憂いを秘めた目でぼくをじっと見た。その視線がかすかに揺れている。「ここは幽霊客桟っていう名前なんでしょう?」

ぼくはわけもわからず、ただうなずいた。

水月はつぶやくように言った。「幽霊客桟っていう名前なんだから、幽霊の住む所なのよ。幽霊客桟に住んでいるからには、生きている人間のはずはない。周旋、わたしたちはもう死んでいるのよ。それがわからないの?」

「そんなの、君の考えすぎだよ。恐怖から妄想を抱いてしまったんだ。よく考えてみて、今日出発するのが嫌なら、明日にしたっていいから」。ぼくは彼女をなんとか死の幻から救い出そうと肩をさすっていた。そして、ふと思い出したので、立ち上がって時計を見た。「もう昼ご飯の時間だ。水月、ちょっと待ってて。もらってきてあげるから」

ぼくは小さくため息をついて部屋を出た。廊下を通るとき、高凡の部屋の扉が開いているのに気づいた。昨夜のことを思い出して、彼はどうしているだろうと思ったので、そっと部屋に入ってみた。

高凡の部屋は絵具のにおいがした。窓の近くにイーゼルがあって、高凡が筆を動かしていた。そっと近くに寄って見ていたが、彼はぼくが入ってきたことに気づかない。ぼくなど存在していないかのようだ。じっと絵を見つめていて、顔も服も絵具だらけだ。どうやら、身も心も完全に絵に没入しているようだ。

彼の絵筆は紙の上でめちゃくちゃに動いて絵具を塗り

たくっていて、なんの輪郭だかわからない。海でもないし、崖でもない。背景には黒々とした建物があって、屋根が高々と聳えているが、その輪郭と色彩には人をぞっとさせるものがあった。

これは狂気の油絵だ！

高凡が絵筆をふるう様子からも、彼の心に恐怖が満ちていることがわかる。絵の中の線がぶるぶる震えている。まさか、彼は正気を失っているのか？

ぼくは我慢ができなくなって言った。「高凡、もう描くのはやめて」

だが、彼はまったく聞いていない様子で一切反応せず、筆が動き続けている。

もしかしたら、昨夜の夜中の出来事で精神が崩壊してしまったのだろうか。地下に金が埋まっていると期待していたのに、いざ見つかったと思ったら、それは白骨だったのだから、頭がおかしくなっても不思議ではないかもしれない。ぼくは首を振って言った。「何も見つからなかったんだから、もう幽霊客桟を出たほうがいいんじゃないかな？」

高凡が突然振り向いた。奇妙な目つきでぼくをにらむと、暗い声で言った。「次はおまえだぞ」

ぼくはびっくりし、ますます首を振って言った。「狂ってる！」

それから、急いでそこから逃げ出した。

頭のおかしい人間の言うことなど信じないが、やっぱり気分が暗くなった。耳もとで何度も高凡の声が聞こえる気がした。次はぼくだって……？

考えるのも嫌だからやめて、すぐに一階の広間に下りた。食卓には、丁雨山、清芬、小龍の三人がいた。無表情にぼくのほうを見ている。

昼食はもう並べてあった。黙って座ると、小龍の様子がおかしいのに気づいた。顔色が真っ青で、目に生気がなく、すっかり呆けたように座っている。

ぼくはもう、三人には目を向けず、うつむいて食べ始めた。食べ終えて顔を上げると、小龍と視線がぶつかった。突然、彼の生気のない目に変化があって、大きく見開くとぼくをにらんでいる。様子がおかしいのに清芬が気づき、息子をちょっと引っ張って言った。「小龍、そんなふうに人をにらむものじゃないわ」

だが、少年は母親の声が耳に入らない様子だった。彼は視線を壁の額に移した。唇が少し震えたかと思うと、くぐもった声で言った。「見たんだ」

「見たって、何を？」

小龍は気味の悪い目つきをして、奇妙に低い声で言った。「ぼくたちはみんな死ぬんだ」

清芬の顔色が変わった。彼女はまた、息子の口を手で塞いだ。ぼくもびっくりして、壁の額のほうを振り返って見ると、その古い写真の中の顔がなんだかおかしいような気がした。

どういうことだろうと不思議に思っていると、階段の上から鋭い叫び声が響いた……。

琴然の声だ。骨までしみ入るような恐怖の声が幽霊客桟全体に響き渡った。

「どうしたんだ？」。丁雨山がさっと立ち上がった。

嫌な予感がしたので、ぼくも先を争うように二階に駆け上がった。二階の暗い廊下を琴然と蘇美が叫び声を上げながら、こっちに走ってくる。手を広げて二人を止めると、二人とも体がガクガク震えていて、わけのわからないことを叫んでいる。「幽霊……幽霊……」

「みんな見えるでしょ？」

二人はうなずきながら、ぼくの後ろに隠れると、二度と前に出ようとはしなかった。二人が何を見たのか、ぼくにはもうわかっていた。ゆっくり顔を上げて前を見ると、そこにいたのはやっぱり水月だった。

薄暗い部屋の戸口にかすかな光が射し、そこに白いワンピースを着た水月が微動だにせず立っていた。

「どうして出てきたんだ？」。ぼくは焦って言った。

水月の顔にはなんの表情もなかった。唇が震えた。

「わからない……」

琴然はさっと後ろに下がって、怯えながら言った。

「いや、来ないで……」

水月の目つきは少しぼんやりしていて、冷たく琴然と蘇美を見ている。突然、どこからかわからないが、冷たい風が吹いてきて、水月の白いスカートの裾がひらひらと動いた。目つきはなんだか不気味だし、本当に美しい幽霊のようにみえる。

ぼくはどうしようもなくて、ただ首を振った。水月を見られた以上、琴然と蘇美には本当のことを言うしかない。ぼくは琴然のほうに振り向いて大きな声で言った。

「怖がる必要はないよ。水月は幽霊じゃない。ちゃんと生きてるんだ。死んだんじゃない。生き返ったんだ」

「うそ。そんなことあるはずがない」。蘇美は琴然の手をぼくの手の中から奪いとると、首を振りながら言った。「あなたも狂ってる」

「聞いてくれよ。君たちはいっしょに家に帰ればいい。幽霊客桟で起きたことは全部忘れてしまえばいい。君たちは泳ぎにもいかなかったし、水月は事故にあったりもしなかった。そんなのみんな悪い夢だったと思えばいい。台風ももう過ぎていった。だから、悪夢も終わるんだ。ぼくを信じてくれ」

「いっしょにいることなんてできない」。蘇美は震えながら、階段口まで後退した。「だって、水月はもう死んでるんだもの。生きてる人間じゃないんだもの」

そう言い終わると、二人は慌てふためいて階段を駆け下りていった。

ぼくは振り返って、水月を見た。水月はゆっくり下を向いて、まるで悪いことをしてしまった子どものように部屋の中に戻っていった。ぼくも小さなため息をついて、部屋に入った。水月は静かにベッドに座っている。ますます気持ちが落ち込んだ様子だったが、突然、やさしい声で言った。「さっきの二人はいったい誰？」

「二人とも君が小さい頃からずっといっしょだった一番仲よしの友だちだよ」

「いいえ。わたしには友だちはいないわ。友だちがいたことなんてない」。水月は激しく首を振って、まるで誓いでもたてるように言った。

「そうかもしれないね。少なくとも、あの二人は今はもう君の友だちじゃない」

「あの人たちが言ってたこと、わたし聞いた」

ぼくはなんとか水月を慰めたくて言った。「あんな話は気にしなくていいよ。あの二人は頭がどうかしてるんだ。ぼくたちだけが頭がちゃんと覚めてるんだ」

「それはそうよ。だって、人は死んだ後はずっと覚めているんだもの」

「もうやめて」ぼくがそう言うと、水月はうつむいて、もう何も言わなかった。

ぼくは部屋の中を行ったり来たり歩きまわったが、ますます気が滅入るばかりだった。琴然と蘇美に見られてしまったからには、客桟の人々全員に知られてしまったはずだ。いったい、なんと言ってみんなに説明したらいいんだろう？　いや、説明のしようがない。

そんなふうに午後が過ぎていった。ぼくも水月も何も言わず、部屋から一歩も出ず、牢に入れられた二人の囚人のように最後の時が来るのを待っていた。

とうとう夜のとばりが下りた。みんなが階下でぼくを待っていることがわかっていた。誰も部屋に入れないと水月が約束したので、ぼくは部屋を出た。

思ったとおり、広間では青白い灯りがみんなの顔を照らしていた。秋雲も食卓についていた。いないのは、清芬と小龍の母子だけだった。ぼくはゆっくりと高凡の隣に座ったが、彼の視線は固まっていて、両目はまっすぐ前を見据えていた。琴然と蘇美はなんだか異様な目つきでぼくを見ている。まるで、ぼくが何か忌まわしい気をまとってでもいるように。丁雨山と秋雲のほうを見ると、彼らも同じような目でぼくを見ていた。

そうだ。彼らは全員知っている。青白い灯りの下で食卓を囲んで座る人々が怖ろしい目つきでぼくを見ている。まるでぼくに最後の審判を受けさせようとでもいうように。

彼らと話したくもなかったから、ぼくは下を向いて黙々と食事をし、彼らに見つめられながら、すっかり食べ終わった。立ち上がって席を離れようとすると、丁雨山に呼び止められた。「周旋、座ってください。みんなで話しあいましょう」

「みんなもう知ってるんだから、話すことなんてないでしょう？」

「そうです、わたしたちは知っている。だから、話しあうんです。この件をどう解決するか」

ぼくは椅子の背に寄りかかって上を見上げ、冷たい声で答えた。「もういいでしょう？　この件はあなた方には関係ない。多分、明日、ぼくは水月を連れてここを出ていきます。部屋代はもう払ってありますよね」

「周旋、あなたは最初から間違ったことをしたのよ。彼女を助け出してくるべきではなかったの」。そう言ったのは秋雲だった。意味深長な目つきでぼくをじっと見ている。

「彼女のことを災いだと思ってるんだね。それは違う。水月は普通の女の子だ。ただ、ほかの人たちよりは憂鬱な性格だっていうだけだ」。ぼくは向かいにいる琴然と蘇美に視線を向けた。「君たちは水月の友だちなんだから、それは知ってるはずだよね」

「普通じゃないわ。水月は高校に入ってから、眠りながら歩きまわるようになって、わたしたちはあの子が怖くなったの。この夏、幽霊客桟に来たのだって、彼女が言い出したことなのよ。彼女がいっしょに行こうと言って、こんな怖ろしい所にわたしたちを連れてきたの」

蘇美が琴然の話を引き継いで言った。「わたしたちも早く出発したい。だけど、死人といっしょに行くつもりはない」

「もう一度言うよ。水月は死人じゃない。ぼくが海辺で発見したとき、一時的に、医学上の『仮死状態』になってただけで、あの後、すぐに生き返ったんだ」

「わたしたちをバカだと思ってるの？」

それを聞いたぼくは勢いよく立ち上がった。ぼくの様子を見て怖くなったのだろうか、蘇美は震え出した。ぼくは食卓を離れ、厨房に入っていった。阿昌がぼくを待っていた。彼はぼくがなんのために厨房に来たか、わかっていた。一人分の夕食を用意してくれていたのだ。

「阿昌、わかってくれるのはあなただけだね」。ぼくはそう言うと、食事の入った弁当箱を受け取って、さっさと階段を駆け上がった。

部屋に戻ると、水月は静かにぼくを待っていた。夕食を彼女の前に置いて、ちょうど彼女が夕食を食べ終わる頃、扉を叩く音がした。

ぼくも水月もドキッとして、顔を見合わせたまま、何も言えずにいた。扉を叩く音は続く。ぼくはしかたなく、扉を隔てて声をかけた。「誰？」

「わたし。秋雲よ。あなたと話がしたいの。中に入らないから。廊下で話をしない？」

ぼくはちょっとためらったが、振り返って見ると水月がうなずいたので、扉をほんの少しだけ開けて、その隙間から廊下に出た。

暗い廊下に人影はひとつしかなかった。後ろを向いて鍵をかけていると、秋雲の声が聞こえた。「奥のほうに行って話をしましょう」

秋雲は廊下の端まで行った。そこにはほの暗く黄色っぽい小さな灯りがあって、まっすぐぼくの顔を照らした。ぼくは一歩下がって、顔を暗がりの中に戻しながら言った。「あなたはどうしていつもぼくのことを見張っているんです？」

「どうしてって、あなたがわたしの夫にそっくりだから」。秋雲は深く呼吸すると、ぼくに顔を近づけて言った。「感じやすくて、憂鬱そうで、芸術家気質で。だけど、一番肝心なのは、愛する人のためなら、何もかえりみず、理性を失ってしまうところ」

ぼくは冷たい声で反論した。「それなら、彼はどうしてあなたを置いていったんだろう？」

「それは、彼が愛する人がわたしではなかったから」。秋雲の言葉には悲しみがこめられていた。彼女が顔を上げたとき、その喉が少し震えているのがわかった。

「それなら、彼が愛した人は誰だったの？」

「いいえ、あなたが知る必要はないわ。言っても信じないだろうし」

秋雲は大きく息を吸って、突然、ぼくの手を握った。彼女の手は水月の手よりも冷たかった。「あなたはどうして、死んだ人なんか愛しているの？」

「何をするんです！」。ぼくはびっくりした。彼女が顔を仰向けたので、ぼくの目の前に見える白い首が薄明りに照らされてまぶしかった。

「周旋、まだ、わからないの？」。秋雲はますます強くぼくの手を握った。細い指の爪がぼくの皮膚に食い込んで痛みが走った。どうしたらいいのだろうと思ったとき、清芬の叫び声が聞こえた。

秋雲の手が緩んだすきに、ぼくは彼女のそばから逃げ出した。廊下を走っていくと、清芬の部屋の扉が開いていて、清芬は小龍のベッドの前で泣いている。

そのとき、高凡が部屋に駆け込んで、清芬を助け起こし、いったい何事かと聞いた。清芬はすすり泣きながら言った。「小龍が……。もう、ダメなの……」

ぼくも部屋に入って、小龍のそばに座って様子を見た。少年の顔は黄色っぽくなって、すでに死相が現れている。眉をぎゅっと寄せて、額には大きな汗の粒が浮いている。呼吸はひどく苦しそうで、手で首をおさえ、喉からはゴロゴロと奇妙な音がしている。

丁雨山も入ってきて、小龍を一目見ると言った。「薬はないんですか？」

清芬はあわてふためいて言った。「もう飲ませたわ。今までこんなふうになったことはなかったの」

「肺の病気とは違うようだな」。丁雨山も眉をひそめて言った。部屋の中は窒息しそうな雰囲気になった。

「どうしたらいい？　どうしたらいいの？」。狼狽した清芬が高凡の服をつかんで言った。

「急いで西冷鎮の病院に運びましょう。すぐ行けば、もしかしたら、まにあうかもしれない」とぼくは言った。

そして、小龍の体を抱き起そうとすると、また喉から奇妙な音が出た。両手は喉をしっかり押さえて、両足はベッドの上でバタバタ動かしている。ものすごく苦しそうな表情で、今にも目が飛び出しそうになっている。

ぼくは小龍が小さな声で何か言っているのに気づいた。だが、なんだかはっきりわからない。身をかがめて彼の口に耳を近づけると、やっと言っていることがわかった。

「来た……。あいつらが来た……。ぼくたちはもう……。みんな死んでいるんだ……」

驚いたぼくは体を起こして小龍を見た。白目をむいて、青白かった顔は真っ赤になり、喉からはずっと奇怪な音が出ている。清芬は途方に暮れて大声で泣き出した。ぼくと丁雨山が小龍を抱き起したときには、口から白い泡をはいていた。

とうとう、小龍はこと切れてしまった。喉をおさえていた手が垂れ下がった。喉には皮膚が破けているのではないかと思われるほどはっきりと赤紫の輪が印されている。

ぼくと丁雨山は顔を見合わせて震えながら、小龍の体をベッドに戻した。清芬は泣きながら、息子の体の上に覆いかぶさり、なんとか奇跡が起こらないかと、人中《じんちゅう》(鼻と上唇の間のツボ)をつねったり、人工呼吸をしたりしている。

しかし、小龍の体はどんどん冷たくなり、母親がどんな努力をしようと、すでに死体となってしまっていた。

丁雨山が清芬の肩を叩いて言った。「小龍はもう亡くなりましたよ。人は死んだら、生き返ることはありません」

清芬は呆然と息子を見つめている。それは、見る者に悲しみと恐怖を感じさせる沈黙だった。母親の涙がぽたぽたと小龍の顔に落ちた。今この時、母親が子を失った悲しみを感じられない者がいるだろうか。ぼくはそのとき、高凡の様子に気づいた。それまで鈍くなっていた彼の目が光を取り戻し、涙をたたえているようだった。それは、悔恨の涙なのだろう。

そんなふうにしばらく時が過ぎたが、清芬は突然、振り返って言った。「いいえ、人が死んだら、生き返ることはないなんて誰が言ったの？　今日わかったじゃないの。あの水月っていう女の子は生き返ったじゃないの」

丁雨山は顔色を変え、首を振って言った。「いいや、あれは過ちだ。彼女は本当は死人なんですよ」

「小龍が本当は死んでいるのかどうかなんて、どうでもいいの。この子が動くことができさえすれば、話すことができさえすれば、そしてわたしのそばにいてくれさえすれば、生きていたって、死んでいたって、やっぱり永遠に愛しているんだから」。ぼくは突然、清芬の目つきが怖くなった。彼女はじっと窓の外を見ながら言った。「そうよ。わたしは小龍といっしょにいるの。永遠にいっしょにいる」

高凡がようやく我に返り、清芬の肩を抱いて言った。「どうするつもりなんだ？」

「水月は海からすくい上げられて生き返ったのよね。それなら、そのとおりに真似して、小龍を海に流すのよ。次の日に海からすくい上げれば、きっと生き返るはずでしょ」

「ダメだ、死人が生き返るなんて、みんなに災いをもたらすにきまってる！」

清芬の目のまわりはすっかり赤くなっていて、いかにも怖ろしくみえた。「かまわないで！」。清芬は大声で言った。

彼女は力を振り絞って息子を抱き上げると、よろめきながら部屋から出ていった。

「やめるんだ！」。ぼくたちは彼女を追って部屋を出た。しかし、清芬の様子はあまりにも怖ろしく、邪魔をしたら殺されるのではないかと思うほどだった。清芬は苦労しながら階段を下りると、広間の扉を開けて、荒涼たる原野に姿を消した。

追っていくものは誰もいなかった。高凡でさえも、足の力が抜けてしまったようだった。ぼくは広間の出口に寄りかかり、茫々たる夜の雨を眺めた。遠くにまるで野獣が伏せるように黒々とした連山が見えるばかりで、清芬の姿はどこにもなかった。

「狂ってしまった」。高凡がつぶやいた。

丁雨山が大扉を閉めて振り向くと、ぼくをにらんで言った。「なにもかも、水月のせいだ。あの死人のせいだ。あの女が幽霊客桟に死をもたらしたんだ。小龍が死んだのも、清芬が狂ったのも、なにもかもあの女のせいだ！」

「違う！　水月は無実だ」。ぼくはもう、彼と口をきく気もなくなり、身をひるがえして階段を駆け上がった。

ぼくの耳もとではずっと、小龍が死ぬ直前に言った言葉が漂うように聞こえていた。そして、清芬のあの正気でない考えも。それにしても、彼女の言うのは間違いではない。ここの海には不思議な息吹が感じられるからだ。

沈んだ心で部屋に戻ると、部屋は空っぽだった……。

水月がいない！

一瞬、頭の中が真っ白になった。大声で水月を呼んだが、答えはない。ぼくはどうしたらいいかわからず、部屋の中をうろうろ歩いた。いったい、どこへ行ったんだろう？

ぼくは部屋を飛び出し、廊下を一回りし、次に三階に上がって一部屋一部屋を調べたが、水月の姿は影も形もなかった。それから、一階に下りたら、ちょうど阿昌がいたので、彼の肩をつかんで尋ねた。「水月を見なかった？」

阿昌は驚いて首を横に振った。どうやら、客桟の中にはいないらしい。ぼくは客桟の大扉を押し開けた。外は茫々たる雨の夜だ。気持ちは鉛のように重くなった。だが、選択の余地はない。この荒れ野の暗い夜に何が隠れていようと、とにかく水月を連れ戻さなければならない。ぼくは振り返って阿昌に傘を貸してくれるよう頼み、ガラスの覆いのついた灯油ランプも持って、客桟から飛び出した。

台風の後の荒れ野にはまだ冷たい雨が降り、風がヒューヒューと音をたてていた。体が冷えて何度も震えがきた。ぼくは荒い息をしながら、左手に傘、右手にランプを持って走った。ランプの弱い光は目の前の数メートルしか照らすことができず、ただ細かい雨粒が灯りに反射するばかりで、四方はどこまでも暗い闇だった。

やっとのことで波の音が聞こえ、その音で海岸の方向がわかったので、急いでそっちへ向かって走った。すぐに海辺に着いたので、ランプを掲げて前を照らすと、濁った波頭が途切れなく巻き上げている。ぼくは水辺に沿って走り続け、丘と崖を乗り越えるときには、ほとんど四つん這いになって進んだ。そうでないと、転がり落ちてしまいそうだったからだ。

突然、仄暗い灯りの中にひとつの墓が見えた。ランプをかざして四方を照らすと、自分が墓地の中に入っていたことに気づいて、ぞっと鳥肌がたった。ここに夜に入るのはこれが初めてだ。嫌でもこれまで聞いたことがいろいろと頭の中に浮かんだ。夏の夜に墓地にいわゆる「鬼火」が出ることがよくあるが、それは実は死者の骨の中の燐が燃える自然現象なのだという。しかし、今夜は雨だからきっと鬼火は出ないだろう。ぼくはびくびくしながら前に進んだ。ランプが照らし出すのはすべて崩れた墓ばかりだ。突然、ぼくは足もとの石につまずいて地面にひっくり返った。全身が雨水に濡れた。

夜中に墓地で転ぶなんて、運が悪いにも程がある。なんとか起き上がろうとしたとき、ほの暗いランプの灯りがセメントの墓碑を照らした。その墓碑にはこう書いてあった……。「亡夫丁雨天の墓」

隣の行にはそれより小さな字でこうある。「妻秋雲建之」

その横には墓を建てた時が記されていたが、それはちょうど三年前の夏だった！

ぼくはすぐにもがきながら立ち上がり、傘を持ち直した。ランプの灯りは今も墓碑を、そして「丁雨天」、「秋雲」という二つの名前を照らしている。墓碑の後ろの低い土饅頭が物寂しくみえる。

いや、そんなはずはない。確かに秋雲は言った。彼女の夫の丁雨天、つまり、幽霊客桟の本当の主は三年前にこの地を離れ、ひとりで旅をしている、だから、秋雲は毎日この崖の上で夫の帰りを待っているのだ、と。

それなのに、丁雨天の墓がここにあるとはどういうことだ？　しかも、墓碑には三年前に死んだと書いてある。わけがわからない。ぼくはまた、ランプを掲げ、急いで歩き始めた。

突然、ランプの灯りが怪しい人影を照らし出したので、ドキッとしたが、勇気を出してさらに何歩か進んだ。すると、青白い顔が視界に入った……。水月だ！

大声で名前を呼びながら、駆け寄った。いったいどういうわけか、水月はいきなり逃げ出そうとしたが、腕をつかまえた。それから、彼女を引き寄せ、しっかり抱きしめて言った。「どこへ行くんだ？」

水月の目は虚ろだった。全身びしょ濡れで、かすかな声で言った。「もといた場所に戻るの」

「まさか、墓の中から来たって言うの？」

水月はぼんやりとぼくを見て、答えなかった。

「どうして、夜中に墓地に来たりするんだ？　心配したじゃないか。さあ、すぐ帰ろう」。ぼくは水月の顔の雨水をそっと払って、ランプを掲げ、なんとか方向を見つけ出すと、水月を抱きかかえて客桟のほうへと歩いた。ぼくたちは傘の下で震え続け、互いの体温で暖をとった。

雨の中を苦労しながら歩き続け、やっと幽霊客桟に帰り着いた。一階の広間で、重い荷物を置くように傘とランプを置き、水月の肩をしっかり抱いた。言葉は出て来なかったが、それで十分だと思った。

「お風呂に入ったほうがいい」。彼女を支えて浴室まで行くと、阿昌がもう湯を沸かしてくれていた。水月が浴室の中に入ると、ぼくは二階に上がって着替えを取ってきてから、浴室の外で見張りをした。

水月が入浴をすませてから、ぼくも大急ぎで入浴して、やっと疲れがいくらかとれた。それから、いっしょに部屋へ帰ったが、水月はひと言も口をきかず、たった今、お風呂に入ったというのに、彼女の体からはまだ墓地のにおいがするような気がした。

水月はベッドに横になると、すぐに目を閉じて眠りについた。

ぼくはずっと眠れないまま、机の前に座って、窓の外の暗い夜を見つめていた。ふと墓地の中の丁雨天の墓が思い浮かび、あることを思い出して、机の引き出しを開け、あのノートを取り出した。

このノートは三階の部屋の梁の上から持ってきたものだ。そのときにはノートの中身を見る余裕がなく、ただ、一枚の白黒写真が挟まっているのを見つけただけだった。ぼくはそっとノートの表紙を撫でてから、ゆっくり開いてみた。

奇妙なことに、あの写真がなくなっている。

ぼくは何度もノートをめくってみた。しまいには、ひっくり返して振ってみたが、やっぱり、写真は出てこない。まさか、空中に消えてしまったはずはないのだが。

部屋の空気が苦しくなったように感じられた。ぼくは深呼吸して、ノートをよく見た。初めの部分と最後の部分は空白で、真ん中辺りの数ページだけに字が書いてある。

そのうちの一ページ目を読んでわかった。なんと、このノートは丁雨天が書いたものだ！

彼の墓を見つけた直後に、その日記を読むことになったのも、もしかしたら、運命のなせるわざなのかもしれない。

日記が書かれたのは三年前の八月十一日から十三日まで、たったの三日間だ。丁雨天の日記を読み終わると、ぞっとして全身が冷え切っていた。深い恐怖がぼくの喉を絞めつけているような感じがした。

葉蕭、丁雨天の日記をこの手紙に書き写すことにする。ここから先がその日記だ。

八月十一日　曇り
今日夜明け前の三時に田園がまた来た。

彼女は私が秋雲とは別の部屋に寝ていると知っているので、幽霊のように入ってきて私のそばに来たから、まったく驚いてしまった。奇妙なことに、彼女は黒い雨合羽を着ていて、それには泥や汚れがたくさん付いている。両手で黒い匣を抱えていた。

私は震えながら起き上がった。「どこへ行ってたんだ？」

「墓地」

「墓地なんか行って何をしてたんだ？　気が変になったのか？」

「蘭若のお墓を見つけたのよ」。田園は疲れているようだったが、怖ろしい目つきをしていて、いつもの美しい顔とは違う感じだった。彼女は汚れた雨合羽を脱ぎ、手に持った匣を机の上に置くと、ため息をついてから言った。「お母さんが臨終のときに言ったのよ。蘭若の墓の隣には変わった形の枯れ木があるって。墓の前には墓石はないって。もう何日もよく見て歩いたの。あの墓地全体で木は一本しかない。それが変わった形の枯れ木で、木の下には墓石のない墓があった。それが蘭若の墓に間違いないって思ったの」

「なんだって！　いったい、何をしたんだ？」

「夜が更けてから、蘭若の墓をあばきに行ったのよ」

心臓が飛び出しそうになった。「死体を見たのか？」

「いいえ。あの墓は空だったわ」

「そんなはずはないだろう？」

「本当に空なのよ。でも、出てきた物がある……」。田園は手を伸ばしてあの黒い匣を指さした。なんだか、飛行機の事故の後で回収されるブラックボックスを思わせる物だった。田園はふっと息を吐いて言った。「それから、また土を元どおりに埋めなおしたの。お墓は前と同じ、何もなかったように見えるはずよ。もう、くたくただわ」

墓から掘り出してきたというその匣を私はしげしげと眺めた。それから、表面についている泥をそっと払って見ると、それは木でできた匣だった。古い鎖がかかっていて、すっかり錆びついている。

するると、田園はかがみ込みながら言った。「こういう鎖なら知ってるわ。家にもあったから、開け方はわかる」

そう言うと、鎖に付いていた掛け金をさっと引っ張った。鎖は簡単にはずれた。それから、彼女は匣の蓋をゆっくり開けた。

驚いたことに、匣の中には一揃いの色彩も鮮やかな美しい芝居の衣装が入っていたが、気味の悪いにおいがしていた。田園はもとより伝統演劇の俳優だから、当然、それが何かわかっている。衣装を広げると、驚いたように言った。「まあ！　これがあの頃、蘭若が着ていた子夜歌の芝居の衣装なのね」

その瞬間、目の前に幻があらわれ、耳にはかすかな歌声が聞こえてきたような気がした。田園も間違いなく、その幻を見、歌声を聞いたようだ。まるで蘭若がすぐそばにいるような気がして、私たちは恐怖に震えながらまわりを見回した。

われわれの恐怖が頂点に達したとき、田園は衣装を木の匣の中に戻し、しっかりと蓋を閉め、ぼろぼろの鎖にまた鍵をかけた。われわれはまるで死神から逃げ出したみたいに、ため息をついた。まさか、墓の中の蘭若が亡霊と化して、生前に着た芝居の衣装に浸み込んでいるとでもいうのだろうか？

以心伝心と言うべきか、田園も震えながら言った。「蘭若がこの衣装の中に隠れてるのよ」

「だとすれば……。この木の匣を開けることで、蘭若を解放してしまったということか？」

田園は無言で、匣を抱え、さっさと部屋を出ていった。その朝、目が覚めたとき、明け方の出来事は夢ではないとわかっていた。田園は非常に顔色が悪く、秋雲は何か気づいたような顔をしている。秋雲は私と田園の後ろめたい関係をすでに知っていて、女性らしい嫉妬心からだろう、私と激しい言い争いをした。私にもようやくわかった。彼女と結婚してから何年たっても、期待していたような気持ちにはなれなかった。私は秋雲を心底愛したことはない。どういう理由かはわからない。とにかく、彼女には申し訳ないと思っている。

今日この夜、私の心はわけもわからず震えている。まるで幽霊客桟の中に奇怪なものが立ちこめていて、何が起こるかわからない気がする。すでに、あの影の存在を感じる。

八月十二日　小雨

明け方、すさまじい叫び声で目が覚めた。すぐに部屋を出てみると、声は秋雲の部屋から聞こえたことがわかった。秋雲が部屋から飛び出してきて、私の懐に飛び込んできたが、パニックに陥っていた。何があったんだと聞くと、あえぎながら言った。「また来たの。また来たのよ」

「来たって、誰が？」

「亡霊が……」

彼女の怯える様子を見て、私は首を振って言った。

「そんなはずは……」

「わかってたのよ、この客桟には亡霊が潜んでいるって。ここに泊まっている人は誰でもその亡霊の手から逃れることはできないって。これ以上、我慢できない。怖いの。もう気が狂いそう！」

「いいから、ゆっくり休んだほうがいい」

秋雲は疑いの眼差しで私を見ると言った。「教えてよ、蘭若って誰なの？」

「蘭若？　なんでそんなことを知ってるんだ？」

「あのあなたが好きな田園っていう女優が蘭若を連れてきたんでしょ？」。秋雲はまるで何かが自分を取り巻いているとでもいうように横目でまわりを眺めまわした。「私は今日、蘭若がいるのを感じたの。この客桟にいるの。さあ、教えて、蘭若って何者なの？」

私は秋雲の様子を見て怖ろしくなった。彼女はますます神経質になっている。私はときおり、彼女がこっそり自分を殺すつもりなのではないかと心配になるほどだ。

私はしかたなく答えた。「わかったよ。蘭若のことは西冷鎮の老人たちから聞いた。文革の時代のある夏に、荒地の開墾に当たった労働者たちと県の子夜歌劇団の人たちが幽霊客桟に住み込んだんだ。蘭若というのはその劇団にいた若い女の子で、主役の女優の代役になったばかりだったそうだ。大変な美人で、人の心を奪う魅力があったらしい。だが、まもなく、客桟の中で奇怪な死亡事件が起きて、客桟に住む人々は彼女のせいだと疑うようになった。なんでも、彼女は丘の上の子夜殿から拾われてきた捨て子だったそうで、その昔の杭州の女役者、子夜の亡霊が取りついているという噂だったそうだ」

秋雲は驚いて口をあんぐりと開けた。「子夜？　あの山の上の生きてるような像のこと？」

「その後、上から派遣されてきていた隊長が蘭若の部屋で死んでいるのが見つかったので、みんなは蘭若が隊長を殺したのだ、彼女が客桟にいる人たちに災難をもたらしていると思って、彼女を無理やり海辺に引きずっていくと、水の中に押さえつけて溺死させたんだ」

「それで、今になって復讐に来たのね？　私を殺そうとしているのね？」。秋雲は私の手を振りほどくと、自分の部屋に駆け戻っていった。

ひとりで廊下に立っていると突然、後ろから冷たい風が吹いてきたのを感じた。

私もたまらなくなり、二階に駆け下りていくと、田園と出くわした。彼女は驚きもせず、へらへら笑いながら、私の腰にしがみつき、私を自分の部屋に引きずり込んだ。その瞬間、恐怖が私の理性を失わせた。私の体は安全な港を必要としていた。それがあの美しい田園だったのだ。

こうして、私は彼女と朝までベッドにいた。

朝、目を覚ましてからは、まるであの芝居の衣装の死のにおいが自分に浸み込んでしまったような気がして、みぞおちの辺りが重たく感じられた。一日中、外ではしとしとと小雨が降り続いていた。秋雲はずっと私と口をきかなかった。客桟の人々も何かを感じたのか、みんなびくびく何かを怖がっている様子だった。

私はいったいどうしたらいいのだろう？

八月十三日　大雨

海辺の天気はますますひどくなって、一日中大雨だった。幽霊客桟の雰囲気もまるで天気に染まったように暗く湿ったものになって、今にも窒息してしまいそうな気分だ。

夜、秋雲が来た。長い黒のワンピースを着て、目には奇怪な気配を漂わせている。まるで、瞳に薄いベールがかかったかのようだ。彼女が無言で私に近寄ってきたとき、何か起こりそうな予感がした。突然、彼女の手に鋭いナイフがあるのが見えた。ナイフは冷たい光を放ち、目がくらんだ。次の瞬間、ナイフはすでに私の喉に当てられていた。

喉に冷たいものを感じた。本当は怖ろしくてしかたなかったが、体は冷静に動かないままでいた。ちょっとでも動いたら、ナイフの刃が私の命を奪うだろう。私は落ち着いた声で言った。「気がおかしくなったのか？　何をする気だ？」

秋雲はまるで何かにとりつかれたように、恨めし気に言った。「私を裏切ったのね」

まるで何かがぶつかってきたように、私の最後の心理防衛線が崩れ去った。「わかった。認めるよ、田園と関係をもったことは。私を殺せばいい。だが、田園のことはそっとしておいてくれ。彼女が悪いんじゃない」

「この期に及んで、まだあの女をかばうの？」。秋雲の口調には嫉妬がにじみ出ていた。「もう心配する必要はないわよ。あの女はもう幽霊客桟にはいないから」

「なんだって？」。田園が別れも告げずに去るとは、思ってもみなかった。あの蘭若の墓から掘り出したという木の匣も彼女は持っていったのだろうか？

秋雲はナイフで私の喉をつつきながら言った。「あなたが私を愛してないのは知ってる。それでも、ずっと私といっしょにいてもらう。あなたは永遠に幽霊客桟を離れることはできないの」

「ダメだ。これ以上ここにいるわけにはいかない。悪い予感がするんだ。ここにいたら、私も君もみんなも死ぬことになる」

「いいわよ、それなら、いっしょに死ぬだけよ！」。そう言うと、秋雲はナイフをしまった。そして、私の部屋から出ていくと、外から鍵をかけてしまった。

私は力いっぱい扉を叩き、出してくれと叫んだが、それっきり、なんの反応もない。やっと気づいた。秋雲は私を幽霊客桟に軟禁したのだ。

秋雲はもうすっかり気が変になっている。どんなことでも平気でやりそうだ。私は窓を開けて外を見た。窓の下は急斜面で、もしもここから飛び降りたなら、足を折って障害が残ることになるだろう。

もう、逃げ道はない。この日記が秋雲に見つかったら大変だ。このノートに蘭若の写真を挟んだ。どこかに隠さなくては。見上げると、梁が見える。あそこなら、ちょうどいい隠し場所だ。

今日の日記はここまでにする。明日も続きを書けるかどうかはわからない……。

丁雨天の日記はそこで終わっていた。ぼくはノートを閉じた。この日記は三日分しかないが、ぼくに教えてくれたことはすごく多い。まず、田園がここに来たことが確認できた。そして、丁雨天と許されない関係になったことも。第二に、ついにあの木の匣の来歴がわかった。あの匣は田園が墓から掘り出してきた物だったんだ。あの枯れ木の下の墓なら、ぼくも確かに見た。烏がその上を旋回していた。第三に、三十年余り前、この客桟には子夜歌劇団が滞在していて、その中に蘭若という美しい女性がいて、亡霊にとりつかれているという疑いをかけられ、愚かな村人たちに殺されてしまったこともわかった。そして、あの木匣の中の芝居の衣装は、蘭若が着たものだった。第四に、秋雲は夫が別の女と関係をもったと知ってすっかり取り乱し、夫を軟禁し、殺すと脅したらしい……。

信じられないような話だ。ぼくはもう、どう考えたらいいのか、わからなくなった。

読み終わったときにはすでに、子夜の時刻（真夜中）だった。水月を見ると、すやすやと眠っている。だが、ぼくはどうにも眠れなかった。ぼくに残された時間はもうあまりないと思うから、今のうちに君に手紙を書こうと思った。

あっという間に四、五時間が過ぎて、今はもう明け方の四時半だ。一気にこんなにたくさん書いたが、疲れは全然感じない。この手紙はここまでにする。窓を開けて、深呼吸するよ。

ぼくにはあとどれほどの時間が残されているんだろう？

それでは！

幽霊客桟にて　　君の友　周旋

＊　＊　＊

手紙を読み終わった葉蕭の心は千々に乱れた。今すぐにも幽霊客桟に走っていって、周旋を怖ろしい渦巻の中から救い出したいと思った。だが、彼は今、重要な事件を担当していて、捜査はあと少しのところまで来ているから、休みを取るわけにはいかなかった。

周旋の父親は今も病院で臥せっているだろうと葉蕭は思った。周旋の父親に対して、葉蕭はずっと申し訳ない気持ちでいた。時計を見た葉蕭は、今すぐ出発して周寒潮の見舞いに行けば、まだ間にあうだろうと思った。彼は大きく息を吐くと、幽霊客桟からの十一通目の手紙を机の引き出しに放り込み、急いで出発した。

三十分後、彼は周寒潮の病室に到着した。病室はいつものとおり静かだったが、周寒潮の姿を見た葉蕭は驚いた。前回来たときには周寒潮の髪の毛は若者と同じように豊かで黒々としていたのに、ほんの数日の間に半分くらいは白くなっていたのだ。

周寒潮は葉蕭を見ると、苦笑を浮かべ、小さな声で言った。「いいところに来てくれたよ。話しておきたいことがあるんだ」

葉蕭はちょっと堅苦しく返事をした。「周おじさん、ゆっくり休んでください。ぼくは長居はしませんから」

「いや、今話しておかないと、もう話す機会はないと思うんだよ」。周寒潮は小さなため息をついた。見ると、すっかり疲れた顔をしていて、目のまわりが黒ずんでいる。「もう、わたしにはあまり時間が残されていないようだ。いつ神様のところに行ってもおかしくないよ。そうなったら、幽霊客桟での出来事も墓の中に持っていくことになってしまう」

「幽霊客桟？」。葉蕭は怖くなった。周旋が幽霊客桟に行ったことを自分が話さなかったら、周寒潮は入院することもなかったはずだ。「それは……。どうしても、話しておきたいなら、周旋が帰ってきてから、周旋に話せばいいでしょう」

「それがね、わたしはもう周旋が帰ってくるまで待てないと思うんだ……」

「おじさん、そんなこと言わないでください。きっとすぐによくなりますから」

周寒潮は首を振り、不思議な目つきをして言った。「もうすぐ、彼女がわたしを連れていくかもしれないからね」

「え、どういう意味です?」。葉蕭には周寒潮の言う意味がわからなかったが、彼がせっかく話し始めたわけだから、話を聞こうと思った。「わかりました。それなら、話してください」

周寒潮は口もとに奇妙な表情を浮かべ、喉から重苦しい音を発して、しばらくたってから話し始めた。「三十年以上も前のことだよ。君のお父さんやお母さんと同じように、わたしも『知識青年』として農村に下放された世代だ。わたしはK県の西冷公社に入った。そしてその後、あの幽霊客桟に住むことになったんだ……」

葉蕭は息をひそめて、友の父親が語る昔話を静かに聞いた。

物語は三十年ほど前に始まる。荒涼とした海辺にあるいかにも怖ろし気な幽霊客桟、そして人の心を騒がせるほどの美しい女性と古風で不思議な子夜歌の芝居の物語だ……。

その物語の年代には、葉蕭も彼の友である周旋もまだ生まれていない。そして、いま目の前にいる白髪の病人はその頃は憂鬱な美青年だった。周寒潮の物語はまるで渓流が流れるように語られ、葉蕭はこの世界がすべて消滅して、ただ、三十年ほど前の幽霊客桟と若い恋人たちだけが目の前にいるような気がしていた。

話を聞くうちにいつのまにか一時間以上が過ぎていたが、葉蕭はそれほどの時間が過ぎたような気はしなかった。とうとう、周寒潮は蘭若の死まで話し終えた。彼女は村人たちによって、無理やり海で溺死させられたのだ。周寒潮は耐えきれず、喉がつまってしゃくり上げたが、しかし、下の世代の者の前で、涙を落とすことはなんとか耐え、深く息をしてから言った。「蘭若が死んでから、わたしはもう生きていたくないと思った。すべてに絶望していたんだ。後になって、県の役人が来て蘭若の事件を調査したが、結局、すぐにうやむやにして終わった。それから、まもなく、父が病気で早期退職することになって、父の代わりに工場に就職できることになったから、幸運にも上海に戻れることになった。それで、とうとうあの悲しい場所から離れたわけだよ。あの幽霊客桟からね」

葉蕭は思わず、ため息をついて言った。「でも、蘭若を忘れることができなかったんですね？　そうでしょう？」

「そうだ。永遠に忘れることはできないよ。それでも、人生は続く。上海に戻ってからそれほどたたないうちに、わたしは工場の同僚の女性と結婚し、やがて周旋が生まれた。あの頃、わたしは結婚して子どもをもつのが男の義務だと考えていて、恋愛のことなど考えていなかった。それに、妻は本当にいい人で、わたしはずっと彼女に感謝しているんだ」

「でも、ぼくは周旋のお母さんにお会いしたことはないですね」

「それは、周旋が君に話していなかったんだね。あの子の母親は早くに亡くなった。周旋が三歳のときに交通事故でね。周旋は感じやすくて、憂鬱な気性の子どもだった。性格も見た目もわたしにそっくりだ。君がもし、わたしの若いころの写真を見て、それから、今の周旋の顔を見たら、きっとわれわれ親子は同じ型から作ったみたいに似ていると思うだろうね」

葉蕭は周寒潮の顔を見ながら言った。「本当にそっくりですね。特に目が似ています」

「大学入試が復活してから、わたしは大学に入って、その後、文化関係の職場に就職した。長い年月が過ぎたが、周旋に幽霊客桟について話したことは一度もない。それどころか、わたしが下放されて移り住んだのがK県だということさえ、あの子は知らないんだよ。わたしはずっとあの頃のことは忘れたいと思っていた。だが、忘れることはできなかった」

「周おじさん、そのことを知ってる人はほかにいるんですか？」

「いる」。周寒潮はうなずいて、お湯を一口飲んでから答えた。「三年前、若い娘さんがわたしに会いに来たんだ。田園という名前だった」

「田園？」

葉蕭は驚いた。田園とは、あの亡くなった女性のことではないか。その人との不思議な出会いがあったからこそ、周旋は幽霊客桟へと旅立ったのだ。

「きれいな娘さんでね、伝統演劇の俳優だと言っていた。ずいぶん手間をかけて、わたしのことを探しあてたそうだ。幽霊客桟のことをわたしに聞きたいと言ってきたんだ」

「その人はどうして、幽霊客桟のことを知ってるんですか？」

「わたしも不思議に思ったんだが、後で全部話してくれたよ。田園の母親はあの頃、子夜歌劇団にいたんだ。蘭若が代役を務めた主役の女優なんだよ」

葉蕭はびっくりした。「そうだったんですか。あの蘭若に嫉妬して、中傷した女性ですね？」

「そうだ。田園が言うのを聞いて、わたしはすぐに思い出した。あの女をわたしはずいぶん憎んだものだが、その娘のことは憎む気持ちは起きなかったよ」。周寒潮は穏やかな表情で、淡々と続けた。「田園は母親に代わって許しを請いに来たと言っていた。蘭若が死んでから、子夜歌劇団は幽霊客桟を去ることになり、西冷鎮に移った。それからほどなくして、劇団の人々が住む建物で突然火災が起きて、劇団の人たちのほとんどが死んだ。助かったのは、田園の母親とひとりの男の子だけだったそうだ」

「なんて怖ろしい！」

周寒潮は静かに話し続けた。「田園の話では、西冷鎮の人たちは蘭若の亡霊が復讐しに来たのだと言い伝えていたそうだ。それから、あのとき蘭若を殺した者たちも数年以内に全員死んだそうだ。しかも、全員が溺死だったというんだ。彼らは全員、荒村の村人だったから、荒村の人々は今でも幽霊客桟を怖れているそうだ」

「まったく不思議なことですね。劇団の人たちは焼け死んで、蘭若を殺した人たちは溺死したなんて。火で死んだ人たちと水で死んだ人たちがいるわけですね」

「その女性は幸運にも生き残って、良心の咎《とが》めと後悔を感じたんだ。その後、上海の伝統演劇の俳優と結婚して、二度とＫ県には戻らなかったそうだ。上海に来てからまもなく、田園を産んだ。彼女は最後に生き残った子夜歌の役者だったが、その後は二度と子夜歌を歌うことはなかったそうだ。そして、娘にも別の伝統演劇を学ばせたから、子夜歌は完全に滅びてしまい、あの古い芝居を歌う人はいなくなった。何年か前に、田園の母親は癌になって、亡くなる直前に幽霊客桟のことを娘に話したそうだ。その話には当然、わたしも出てきたというわけだ」

「それで、田園はおじさんを探して見つけ出したわけですね？」

周寒潮は小さくうなずいた。「そうなんだ。田園も母親が昔したことが恥ずかしいと言っていた。同時に、蘭若に非常に興味をもっていて、蘭若のことをもっと知りたいと切望していた。それで、いろいろ探し回って、わたしを探しあてたというわけだ」

「あなたは何もかも彼女に話したんですか？」

「だいたい話したよ。そのときはもう、周旋は家を出て一人暮らしをしていたから、あの子は田園のことは知らない。それから、田園はわたしに何度か連絡してきて、幽霊客桟に一度行ってきたと話していた。幽霊客桟で何か見つけたようだが、はっきりとは言わなかった。見つけた物をひどく怖がっているみたいだった。それから、また電話をしてきて、舞台を引退したと言った。幽霊客桟に行ったことと関係があるのかもしれないと思ったよ」

それを聞いて、葉蕭はいろいろなことの原因がわかった気がした。

「先週になって、新聞に田園が心臓発作で亡くなったという記事が載っているのを見た。田園が若くして亡くなってしまい、この世にはもうわたし以外、蘭若のことを知っている者はいなくなったわけだ。だから、どうしても、死ぬ前に話しておきたかったんだ」

「おじさん、大丈夫、死んだりしませんよ」

周寒潮は首を振り、自分を振り返るように言った。

「周旋にはもう長いこと会っていない。わたしのことを思ってくれただけでも、もう満足だよ。君は周旋の一番の親友だし、周旋が戻ってきて聞くわけにいかない以上、君に聞いてもらうしかないんだ。それも、君のことを信頼しているからだよ」

葉蕭はなんと答えたらいいのか、わからなかった。それほどの信頼に応える自信もなかったから、ただ、周寒潮を慰めてこう言った。「安心してください。ぼくが必ず、周旋を連れて帰ってきますから」

周寒潮はそれは期待していないというように苦笑して、小糠雨の降る窓の外を見た。「さあ、もう帰ってもいいよ。わたしは少し静かに考え事をしたいから」

葉蕭はものわかりよくうなずいた。ドアのそばまで行ったとき、後ろから、周寒潮の声が聞こえた。「葉蕭、話を聞いてくれてありがとう」

「周おじさん、話してくれてありがとうございます」。

葉蕭は病室を出てから、廊下で小さな声でそう言った。

＊　＊　＊

十二通目の手紙

葉蕭、元気ですか？

ここは本当に幽霊の家なんだ。ぼくももうじき死ぬんだと思う。

昨日の明け方、手紙を書き終わったが、ぼくは手紙を投函しには行かなかった。だって、水月から離れるわけにいかないからだ。ぼくがいなかったら、何が起きるかわからないからだ。でも、君に毎日手紙を出すと約束したんだから、約束を破るわけにはいかない。そう思ったとき、阿昌に頼もうと思いついた。

そこで、ぼくは急いで一階に降りていって、切手を貼った手紙を阿昌に渡し、お願いしたいことを説明した。まだ夜は明けていなかったし、外は雨が降っている。本当に申し訳なく思ったが、阿昌はちょっとためらいはしたものの、すぐにうなずいて、一分後には雨合羽を着て飛び出していった。

ぼくは一階には留まらず、大急ぎで二階の部屋に戻った。水月が目を覚まして、ゆっくり目を開けると、奇妙な目つきでぼくを見ていた。その目は気だるいような、怨むような、まるで古代の絵に描かれた女性の目みたいだった。それは目の前にいるこの美しい女性は実はこの時代の人ではないと思わせるような、一種の距離感を感じさせる目だった。眉と目の間あたりにただようそこはかとない情緒は永遠に理解できない感じのするものだった。

水月はゆっくり起き上がると、何も言わずにぼくの横をすり抜け、洗面室に入っていった。ぼくはひとりベッドに座って、窓の向こうのようやく明けゆく空を見ていた。また、新しい一日が始まる。幽霊客桟での一日はまるで一年のように感じられる。たったの十二日でまるで何年も過ごしたような気がする。

もう一時間が過ぎた。水月は洗面室に閉じこもったきりだ。いったい、何をしているんだろう。女の子のなかには朝起きたとき、すごく長い時間をかけて化粧をする人もいるんだろうが、水月は化粧品も何も持っていなかった。なんだか不安になったが、催促するのも悪いような気がしてぐずぐずしていると、水月がのんびりと出てきた。

　彼女がまた、ひと言もしゃべらずにベッドに座ったところを見ると、昨夜着替えた服もまた真っ白だ。どうやら、彼女のバッグの中には他の色の服は入っていないらしい。気まずい思いをしていたところへ、誰かが扉を叩いた。

　ぼくは警戒しながら、扉に寄って尋ねた。「誰?」外から返事はなく、扉を叩く音が続いた。

　用心しながら扉をほんの少しだけ開けて見ると、驚くほど大きな片目が見えて、一瞬ぞっとしたが、扉をもう少し開けてよく見たら、阿昌だった。服が少し濡れていて、あの左右の大きさの違う両目で瞬きして、何か伝えようとしている様子だから、きっと、「手紙はちゃんと投函してきましたよ」と言うつもりなんだろう。

　ぼくはうなずいた。「ありがとう。ちゃんとやってくれるって思ってました」

　しかし、阿昌はそれだけで去ろうとはせず、両手に持った二つの弁当箱を持ち上げてみせた。ぼくたちのために朝食を持ってきてくれたんだ。ぼくは感激してしまって、なんとお礼を言ったらいいかわからないくらいだった。ぼくが二つの弁当箱を受け取ると、阿昌はすぐに去っていった。

　ぼくは部屋に入って扉をしっかり閉めた。水月はベッドの上にうずくまっていて、目には恐怖の色を浮かべている。ぼくは弁当箱を彼女の目の前に置いて言った。「怖がらなくても大丈夫だよ。阿昌が朝ご飯を持ってきてくれたんだ。さあ、食べよう」

　水月は機械的に弁当箱の蓋を開け、びくびくしながら食べ始めた。ときどき、横目でちらっとぼくを見ている。まさか、ぼくのことが信用できなくなったんだろうか?彼女の気持ちがなぜそんなふうに変わったのかわからない。ぼくはため息をつき、もうひとつの弁当箱を手に取って食べ始めた。

　ぼくたちはすぐに朝食を終えて、呆然とお互いを見つめていた。水月の目がようやく柔らかくなったかと思うと、小さなため息をついて言った。「どうして、わたしを救い出したの?」

「どうしてって言われても、わからない。もしかしたら、運命で決まっていたことなのかも」

「いけないわ、わたしはもう死んでるんだから、冷たい海の底に横たわっているべきなのよ」。彼女の口調が変わった。暗黒の夜の海の水が満ちるような声で言った。「氷のような海水がわたしの服、海底の岩がわたしのベッド、海底の見えない水の流れがわたしの伴奏、そこは本当に静かですがすがしくて、誰もわたしを傷つけることはできないの」

「水月、誰も君を傷つけたりしないよ。ぼくが全力で守るから」

だが、彼女はもう答えなかった。だまってうずくまって、黒髪が白い服の上に広がっている。その様子を見ると、ぼくの心は砕けそうになった。

こうして何時間かたって、もう昼食の時間になった。ぼくは水月を連れて広間に下りることにした。どうせもうみんな知っているんだから、これ以上ごまかそうとしても無駄なことだ。みんなも水月の様子を見れば、彼女が死人の亡霊などではなくて、ちゃんと生きている人間だってわかるはずだ。


意外なことに、水月も反対せず、素直にぼくといっしょに部屋を出ると、さっさと階段を下りて広間に入った。丁雨山、秋雲、高凡、それに琴然と蘇美も食卓についていて、一斉にこっちに振り向いた。

全員が凍りついた。

彼らの目が恐怖に満ちているのがわかった。誰もぼくが水月を連れて下りてくるとは思っていなかったのだ。明らかに、心の準備ができていなかったという顔をしている。ぼくは水月の手をしっかり握った。彼女はぼくが予想したよりずっと落ち着いていたが、ぼくのほうは震えが止まらなかった。ぼくは彼女の手を引いて食卓の誰もいない隅に座った。高凡はもう向かい側の琴然と蘇美のそばまで逃げている。

彼らはまるで怖ろしい死人でも見るように、恐怖の眼差しで水月を見ていた。ぼくは彼女の手を握って言った。

「水月、みんなを気にする必要はない。はやくお昼ご飯を食べよう。阿昌が作った料理は本当においしいからね」

水月は答えず、周囲の人たちは存在もしないというように、かまわずに食べ始めた。ぼくも本当にお腹が空いていたし、心配するのはやめて、さっさと食事を始めた。半分ほど食べたところで、こっそりまわりの様子をうかがうと、誰も箸を動かしておらず、まっすぐぼくたちを見つめていた。

ぼくと水月はすぐに食べ終わった。水月はこっちを向いて、何か言いたげにぼくをじっと見ている。手を伸ばして彼女の肩を抱き寄せると、彼女は逆らうことなく、そのままぼくに寄りかかった。誰が見ても、ぼくたちはとても親密な恋人どうしに見えるだろう。

ぼくたちの様子を見て、向かいの琴然は眉をひそめて目を閉じ、露骨に嫌悪の表情を浮かべた。ほかのみんなも似たようなもので、不潔なものでも見たような顔つきをしている。

彼らの様子を見て、ぼくは反抗心をかきたてられた。

「みんな、どうして食べないのかな？　冷めてしまうよ」

「死人といっしょに食事するわけにはいかない」。そう言ったのは、丁雨山だった。彼の声は暗く、厳しかった。

「見ればわかるだろう？　ぼくの隣にいるのは、ちゃんと生きてる人間だよ」

「海底に沈んで生きて帰ってくる人間などいない」

「まったく、わけのわからないことを言う人たちだな」。ぼくは首を振り、水月の肩を抱き寄せて言った。「言ってやればいいよ。君はちゃんと生きてるんだって」

水月は食卓を囲んだ一人ひとりをぼんやりと見まわすと言った。「知らない人たちなの」

「そう、それは君が一時的に記憶喪失になってるからで……」

突然、高凡が口を挟んだ。「周旋、清芬がまだ戻らないんだ」

「ほんとに？　無事だといいけど……」

「いや、無事ではないだろう」。高凡の声は恨みを帯びていた。彼は水月をにらんで言った。「なにもかも、おまえのせいだ。清芬があんなバカなことを言い出したのも、死人が海で生き返ると信じたからだ。清芬だけじゃない。小龍が死んだのも、おまえたち二人のせいだ。海から戻って来たりしなければ、小龍が死ぬことはなかったんだ」

言い返してやろうと思ったところで、秋雲が続いて言った。「高凡の言うとおりよ。あなたたちのせいで、幽霊客桟に恐怖と死が訪れたの」

「それじゃあ、どうするっていうんだ?」。ぼくは試しに聞いてみた。こいつらはもう理屈が通じる相手ではないと思った。

丁雨山が冷たい声で言った。「もといた場所に戻ってもらうだけの話だ」

「わかったよ。明日、ぼくは水月を連れてここを出るから」

「いや、そういう意味じゃない。海底から来たんだから、海底に戻すんだ」

「なんだって?」。自分の耳が信じられなかった。ぼくは水月の手をしっかり握って言った。「水月を海底に戻すって、それは殺すのと同じじゃないか!」

しばしの沈黙の後、ついに秋雲が答えた。「そのとおりよ。もう、みんなで相談したの。そのとおりの意味よ」

「人を殺すつもりか?　なんてことを!　気でも狂ったのか?」。ぼくは大声を出した。水月の顔を見ると、その目には見る者の心を砕くような哀れさと恨みがあった。

「もう死んでいる人間を殺したって、法を犯したことにはならない」。丁雨山はぼくをまっすぐ見て言った。「最初からそうしようと思ったわけではないが、幽霊客桟がずっと安全であるためには、どうしても彼女を滅ぼさなければならない。君が彼女をつれてここを離れるなら、ますます面倒なことになるぞ。わからないのか?　彼女は去ることもできないし、存在していてはいけないんだ」

「狂ってる。みんな狂ってる!　警告しておくぞ。水月に指一本でも触れたら、おまえたち全員殺してやる!」。ぼくは自分でもわからなかった。どうしてそんなことを言ったのか。ただ、そんな言葉が口から飛び出してしまったのだ。丁雨山たちはびっくりしていた。それから、ぼくは水月の手を引いて、いっしょに二階へ戻った。

二階の部屋に戻ると、扉の鍵をしっかりかけた。ぼくは大きく息をついた。もう準備はできている。水月のためなら、何も惜しいものはない。突然、水月が暗い声で言った。「あの人たちはどうしてわたしをあんなに憎んでいるの?」

「ぼくにもわからないよ。もしかしたら、幽霊客桟の昔のいろいろな言い伝えのせいで、あんなに怖がっているのかもしれない」

「言い伝えって、どんな?」

ぼくは彼女の目を見てしばし迷ったが、結局、自分が知っていることを全部話した。それはすべて、幽霊客桟の昔のことで、客桟の設立から殺人事件の発生、三〇年代における客桟についての報道、それから、昨夜読んだ丁雨天の日記のことまで。最後まで話したときには自分でも背筋がぞっと冷たくなっていた。

しかし、水月は冷静なまま、ぼくが話していた一時間あまり、じっと耳を傾けていた。最後に、彼女はため息をついて言った。「もしかしたら、すべては子夜から始まっているのかもしれない……」

「それは、子夜殿のあのミイラのこと？」

「いいえ。子夜歌を歌った東晋の時代の女性のことよ。九十何年か前に死んだ子夜は、その南朝楽府の子夜の化身だったんじゃないかしら？」

ぼくはなんと答えたらいいのかわからず、全身に震えがきた。そのとき、ぼくはただ、こう思ったんだ。はやくこの怖ろしい場所を離れて、「子夜」や「蘭若」を幽霊客桟に残し、これ以上ぼくたちにつきまとわないようにさせたい、と。ぼくは窓に寄って外を見た。しとしとと雨が降っているが、台風はもう遠く去ったようだ。

ぼくは振り返って言った。「水月、今すぐ出発しようよ。この災いの地を離れるんだ」

「出発するって……。どこへ？」

「まずは西冷鎮まで行って、それから考えればいいよ。とにかく、これ以上、幽霊客桟にいるわけにはいかない。ここは君には危険すぎる。あの頭のおかしいやつらは君を殺そうとしているんだから」

水月はうつむいて考えてから言った。「今日はもう遅いわ。明日の朝、出発するのはどう？」

「明日？　わかった」

もしかしたら、水月はまだ準備ができていないのかもしれない。無理強いするわけにはいかない。とにかく、今夜はこの幽霊客桟での最後の夜だ。どんなに辛くても、きっと我慢できるはずだ。

午後は部屋から一歩も出ず、ずっと部屋の中で縮こまっていた。外でほんの小さな物音が聞こえただけでも、ぼくはびくびくしていた。彼らが突然襲いかかってくるのではないかと怖かったのだ。丁雨山はずっとぼくを怖がらせていたし、秋雲もまた何を考えているかわからない女だ。昨夜読んだ秋雲の夫の日記には、怖ろしい秘密が書いてあった。それに、画家の高凡は金を掘り当てるのに失敗した痛手から立ち直っていないようだし、清芬のことですっかり参っているようでもある。

あの三人に共通点があるとすれば、それはこの古くて陰鬱な客桟にあまりにも長く住んでいることだ。こんな所に長くいたら、誰だって精神がおかしくなってしまう。彼らはもしかして、とっくに狂っているのかもしれない。今となってみると、あの狂った人々と十二日間も生活をともにしていたなんて、我ながら信じられない。しかも、この古くて怖ろしい幽霊客桟の中で。

やっとのことで、夜のとばりが降りてきた。だが、ぼくは一歩も部屋から出なかった。出たら、どんなことになるかわからないからだ。突然、外から扉を叩く音がした。ぼくは緊張して、誰かと尋ねた。しかし、答える声はない。

もしかして、口のきけない阿昌だろうか？　扉を細く開けて見ると、やっぱりそうだった。阿昌は両手で二つの弁当箱を持っている。それをぼくに手渡すと、彼はすぐに姿を消した。

扉にまた鍵をかけて、食事を水月の前に置いた。まだ湯気が出ている。ちょっとしてから、突然、疑問が心に浮かんだ。まさか、彼らは食事に毒を入れたりしていないだろうか？

だが、そのとき、水月はもう食べ始めていた。彼女の疑いを知らない様子を見て、それに、阿昌の視線を思い出して、あの口のきけない醜い容貌の彼以外に信頼できる人間などいないと思いなおした。

だから、ぼくも弁当箱を持って食べ始めた。水月が食べる様子を見ていたら、顔色がよくなっているようだ。とにかく、これがこの幽霊客桟での「最後の晩餐」になってほしい。

夕食を終えると、ぼくは弁当箱を洗って扉の外に出した。きっと阿昌が取りに来てくれるだろう。

水月は自分の肩を抱いてベッドの上に座り、ぼんやりと窓の外の景色を見ている。しばらくの沈黙の後、彼女は暗い声で言った。「周旋、明日わたしたちが幽霊客桟を離れた後も、あなたはずっといっしょにいてくれる？」

「当たり前だよ。君を家に送り届けるまでずっといっしょにいる」

すると、水月はため息をついて言った。「だけど、わたしにはもう家がないとしたら？」

「少なくとも大学があるよ。あと二週間くらいで新学期だ。大学に戻れば、きっと何もかも思い出すよ」

「それじゃあ、あなたはわたしから離れていくのね？」

「違うよ。安心して、水月。これからもしょっちゅう君に会いに行くよ」

「これからのことなんて、どうでもいいの。明日だって、どうなるかわからないんだから」。水月は首を振り、目を閉じると、なにも言わなくなった。

それからまもなく、彼女は眠りについた。体をエビのように丸め、安らかな美しい顔をしている。ぼくは深いため息をついた。水月の目を覚ましたくないので、微動だにせず、傍らに座っていた。

水月の呼吸は静かで、部屋の中は怖いほど静まり返っていた。ぼくはなんだか緊張してしまった。今にも何かの音が聞こえそうな気がする、そして、その音は何か怖ろしいことの前触れに違いないと感じていたのだ。

夜の十時頃になると、やっと眠たくなってきた。だが、そのとき突然、扉の外で奇妙な音が聞こえた。

心臓がドキドキした。ぼくが飛び起きるよりも早く、扉が勝手に開いた。そこには長く黒い服を着た女が立っていた……。秋雲だ！

その瞬間、墓から出てきた女性を見たような気がした。黒ずくめの服装と彼女の目つきは見る者の気を滅入らせた。秋雲はベッドの上の水月をにらんでいた。その目つきには嫉妬が含まれているのをぼくは感じた。幸い、水月は目を覚ますことなく、熟睡している。

ぼくは秋雲の前に行って、低い声で質問した。「どうやって入ってきたんだ？」

秋雲は手に持った鍵を掲げて見せた。「わたしはこの客桟の主人だもの。すべての部屋の鍵を持ってるのよ」

「小さい声で話してよ。水月を起こさないで」。そう言いながら、ぼくは秋雲を部屋の外に押し出して、外から扉を閉め、扉を背にして言った。「ここがあなたの客桟だからって、勝手に部屋に入ってくる権利はないはずだ」

「もういいわ。わたしは警告しに来たの。水月といっしょにいてはダメよ」。廊下は暗くて、秋雲の表情はわからなかった。ただ、その瞳には何か特別なものがきらめいていた。すごく近くに立っていたから、話すときの息づかいも感じた。「彼女を海辺から救ってきたのは大きな過ちだったのよ。これ以上、過ちを重ねてはいけないわ」

　ぼくはもう、彼女のそんな話には嫌気がさしていたから、冷たく言い返した。「ぼくが水月といっしょにいるかどうかは、あなたとは全然関係ないじゃないか」

「もちろん、あるわよ。まさか、わたしの気持ちがわからないの？」。秋雲が急にやさしい声を出したので、ぼくはかえって怖くなった。彼女の顔はよく見えなかったが、その声は耳のすぐそばで聞こえたから、ぼくはもう耳まで赤くなってしまった。ぼくは背中を扉にぴったりくっつけて、すぐに部屋の中に逃げ込めるようにした。

　秋雲はまた興奮して、嫉妬を帯びた声で言った。「あなたが水月といっしょにいるのを見ると、三年前の夫を思い出すの。彼は田園と……」

　秋雲はまずいことを言ったと自分でも思ったらしく、その続きは言わなかった。

「なんだって？」。ぼくは反撃した。「あなたの夫と田園がどうしたって？」

「そんなこと聞かなくていいわ。あなたとは関係ないんだから」

　ぼくが秘密を知ったことを話してやろう。そう思ったぼくは大きく息を吸ってから言った。「実はね、ぼくはあなたの夫が残した日記を見つけたんだよ」

　秋雲はびっくりしたようだ。顔は暗闇に隠れて見えなかったけれど、驚き、怯える表情が見えるような気がした。ぼくはうなずいて続けた。「夫の帰りを待ってるって言ったよね？」

「そうよ……」

「嘘だ。待っているのは夫の幽霊なんだろう？」。ぼくがそう言うのを聞いた秋雲が震えているのを感じた。暗闇の中で沈黙が続いた。

　しばらくして、彼女はびくびくしながら言った。「どういう意味よ。わたしの夫は幽霊じゃない。外国に旅行に行ってるだけよ。じきに帰ってくるんだから」

「外国に旅行だって？　あの世に旅行に行ってるんだろう？　忘れてるんなら、教えてあげるよ。あなたの夫はもう墓の中なんだ」。ぼくはそう言うといきなり手を伸ばして、秋雲の肩をつかんだ。彼女の体は驚くほど冷たくて、まるで美しい僵屍《キョンシー》みたいだった。ぼくは暗い声で言った。「あなたが夫を殺したんだ。そうなんだろう？」

「何を根拠にそんなことを……？」

「昨夜、海辺の墓地で見たんだ。あなたの夫の墓をね。あなたは彼と田園の関係に嫉妬して、それから、あの幽霊に苦しめられて頭がおかしくなって、自分の手で夫の丁雨天を殺したんだ。そうして、彼も客桟の幽霊になったんだ……」

秋雲は哀願するような声で言った。「もう、やめて！」

「だけど、あなたの言うことを信用してやってもいいんだ。夫が旅行に行ってるなんていう嘘はぼくを騙すために言ったんじゃない、自分を騙すためなんだろうからね。もう頭がどうかしているんだ。自分で夫を殺したのに、彼がまだ生きていると思ってる。外国に行っていて、いつかは帰ってくるって思ってるんだ。だから、毎日、崖の上に行って待ってるんだ。そうだろ？」

とうとう彼女は言い返すのはやめて、怖ろしい記憶を拾い集めるかのようにすすり泣き始めた。「そう、わたしが夫を殺したの。夫とあの幽霊がわたしを殺しにくるから、自分を守るために先手を打たなくてはいけないと思ったの。だから、夫がぐっすり眠っている隙にハサミで喉を切り裂いたの。だけど、わたしは信じてる。彼はまだ死んでない、いつか必ず帰ってくるって」

「もう帰ってきたんだよ。この幽霊客桟の中にいるんだ！」

突然、秋雲は後ろに何歩か下がって、そのまま廊下に姿を消した。ぼくはフーッと息を吐いて、顔を上げて真っ暗な天井の辺りを見上げた。何にも見えはしなかったけれど、何かがそこにいるような感じがした……。いや、そんなはずはない。ぼくはぶるっと身を震わせると、すぐに部屋の中に戻った。

幸い、水月はまだぐっすり眠っていて、とても安らかな様子だった。ぼくは電灯を消して、静かに床に横になった。体の下に敷いた莫蓙のおかげで、すぐに暗い眠りに沈んだ。

それは、命にかかわる夜になった。

それから、どれほどの時間がたっただろう……。自分が海底を漂っているような気がした。まわりは氷のように冷たい海水で、女の髪の毛のように長い海藻がぼくの体に絡みついている。海藻は海流に従って波打ち、だんだんぼくの体を縛り始め、海底からまったく動けなくなった。とうとう、あの白い幽かな光が見えた。光の中に声が隠れていて、海妖の歌をぼくに聞かせた。

突然、ぼくは目を見開いて、海底から浮かび上がって頭を水面から出したばかりのように、大きく口を開けて息を吸った。たった今、確かに海底のあの声を聞いた。あれは、亡霊の復活の歌なのか？

ああ！　そう思った途端にぞっとして身の毛がよだった。ぼくは床から飛び起きて、部屋の灯りを点けた。

ベッドは空だった。

部屋中の隅々まで見まわし、洗面室の扉も開けて中を見た……。水月がいない！

いったいどこへ行ったのか？　胸がドキドキし始めたとき、あの奇怪な声がまた聞こえてきた……。

そのとき、ぼくにはやっとわかった。ここは幽霊客桟なのか、いや、そうではない、もっと正確に言えば、ここは幽霊の家なのだ。

彼らはここにいる。彼らが解放される時は来た……。

ぼくは部屋の扉を開けて、狂ったように真っ暗な廊下に飛び出した。そうだ、あの声がぼくを呼んでいる。ぼくは階段を駆け下り、一階の広間へ行った。

広間の灯りの射すような青白い光線で、目を開けていられなくなった。だが、あの怖ろしい声ははっきりとぼくの耳に聞こえてきた。

ああ！　あれは子夜歌を歌う声だ。そうだ、確かに聞こえる。洞簫、笛、古箏、それに笙の音も。ゆったりと抑揚のある音楽が客桟の中に響いている。すでに失われた古い戯曲の音楽の人の心を奪うような美しい調べだ。まるで、別の時代に戻ったような気がする。

ぼくはゆっくり目を開けて、その幻のような光景を見た。簫と笛の伴奏に合わせて、このうえなく艶やかな昔の女性が、刺繍を施した女褶をまとい、足には青色の裳裾をなびかせ、灯りの下で柔らかな光を反射させている。白い水袖をひらひらと振り、小さな足を小刻みに動かして歩きながら、昔の子夜歌を吟唱している。

なんという美しさだろう。見ている者の気を狂わせるような美しさだ。

そうだ、美の極致とは恐怖の極致でもある。ぼくはその光景を前に震えていた。その美しい曲によって全身の血が凍ってしまったように、一歩も動けずにその女性を見ていた。

間違いない。目の前にいる人は亡霊だ。

まるで鏡をのぞき込んでいるような気がした。耽美と恐怖はその鏡の両面だ。

その人は優雅に歌いながら、流し目でぼくのほうを見た。彼女の目、彼女の眉や鼻がようやくはっきりと見えてきた。その驚くほど美しい顔、そして哀れを誘う表情は子夜歌の悲しい曲調にぴったりだった。水袖が夢のようにひらひらと舞い、ぼくの目はくらんで、別世界に誘われてしまいそうだ。

いや、いけない……。

そう思ったぼくは、首を振った。目の前がいくらかはっきり見えた。そこにあるのは古い舞台ではない。近くに打楽器や吹奏楽器の揃った楽団もいない。ここは幽霊客桟の広間だ。あの美しい昔の女性は、よく見れば芝居の衣装を着た水月ではないか！

壁の隅には旧式の蓄音機があって、その上でレコードが回っている。ようやくわかった。あの簫、笛、箏、笙の伴奏はレコードから聞こえているんだ。

蓄音機の子夜歌の伴奏が響き、水月の目つきを見ると、彼女は完全にその音楽に没入している。水月が子夜歌を歌えるなんて、考えてもみなかった！　その古風で優美な歌声と歌詞が誤りなくはっきりと彼女の口から発せられていて、まるで本物の子夜歌の役者のようにみえる。

ぼくはこの一幕を以前にどこかで見たような気がした。

ああ、そうだ！　そっくりだ。あの丁雨天の日記に挟まれていた白黒写真だ。あれは蘭若の写真なのか？

突然、すさまじい叫び声が聞こえて、水月の歌声は断ち切られた。そして、同時に蓄音機の音も止まった。

振り返って見ると、琴然が階段の下に立って、呆然と広間の水月を見つめていた。

彼女も目の前の光景にすっかり驚き、怯えている。古い芝居の衣装を着た水月を見て、昔の人の亡霊だと思ったに違いない。琴然は全身ぶるぶる震えていて、両眼が飛び出しそうになっている。

「あなたは誰？」。水月が突然口をきいた。彼女の声には美しい艶があって、まるで録音スタジオで何かの技術処理をしたみたいな声だった。水月はあの俗世離れした衣装を着たまま、ゆっくり琴然のほうへ歩いていった。

琴然は口を大きく開けて、とぎれとぎれに言った。

「いや……。来ないで……。こっちに来ないで……」

琴然は気が狂ったように鋭い叫び声を上げ、パニックを起こし、まわりをよく見もせず、突然、横のほうに逃げ出した。そして、何歩も歩かないうちに、窓ガラスに激突した。

ガラスはすぐに砕け、耳障りな音をたてた。振り返った琴然の顔は血まみれで、着ている服も血に染まっていた。怖ろしい顔だった。額からは血が噴き出し続け、顔にガラスの破片がいくつも刺さっている。琴然はよろよろと前へ何歩か歩いた。血だらけの手を水月のほうへ伸ばしながら。

だが、その手が今にも水月の衣装に届くかと思われたとき、琴然は突然、ばったり倒れ、何度か体が痙攣《けいれん》すると、動かなくなった。そのとき、蘇美がどこからか駆けてきて、叫び声を上げながら、琴然のそばに寄ると、全身血まみれの琴然を必死で助け起こし、首の辺りを撫でた後、恐怖に満ちた叫び声を上げた。「死んでる！　死んでる！」

水月もびっくりした様子で、後ろへよろめくと、呆然と琴然と蘇美を見つめている。

そのとき、客桟にいるあとの三人、丁雨山、高凡、秋雲が急いで階段を下りてきたが、血まみれの広間の様子を見て恐怖のあまり動けないでいる。

蘇美が顔を上げた。彼女も琴然の血で真っ赤に染まっている。蘇美は水月を指さして叫んだ。「あいつのせいよ。あいつが琴然を殺したの……。あいつが琴然を……」

丁雨山はうつむいて琴然を見、それから、また顔を上げて水月とぼくを見たが、水月のあの芝居の衣装を見て、すっかり怖がっているようだ。秋雲は蘇美を助け起こすとやさしく言った。「大丈夫よ。わたしたちが守ってあげるから」

ぼくはなぜか緊張して、水月を近くに引き寄せ、氷のように冷たい彼女の手をしっかり握った。水月は何が起きているのか、いまだにわかっていない様子で、呆然としてみんなを見ている。

秋雲は水月のことをじっと見つめていたが、芝居の衣装を着た水月の姿にすっかり怯えているようだ。まるで怖ろしい秘密を見つけでもしたように、水月を見る目をますます大きく見開いている。そして、大きな声で叫び始めた。「周旋、彼女から離れて！　その女は水月じゃないわ！」

「何を言ってるんだ?」。ぼくは驚いた。秋雲が何を言いたいのか、わからなかった。

秋雲は身を震わせながら言った。「あなたの隣にいる、芝居の衣装を着た女は水月じゃない。蘭若よ!」

「蘭若?」。ぼくは驚きに口を大きく開けたまま、ゆっくり振り返って隣にいる水月を見た(いや、水月ではないのか……?)。

彼女の夢見るような両目には、先ほどの子夜歌のやさしさと哀しい恨みが残っている。その唇がかすかに震えた。「蘭若? わたしの名前は蘭若なの?」

「そうよ! あなたは蘭若」。秋雲はそれから、ぼくのほうを向いて言った。「さっき、あの頃の蘭若が残した写真を見つけたの。そこにいる女とすっかり同じよ」

「蘭若と水月はそっくりだってこと?」

秋雲はうなずいて、一枚の写真をぼくの足もとに投げて寄こした。急いで拾って見ると、黴臭いにおいのする白黒写真で、白いブラウスを着た若い女が写っている。なんということだろう、ぼくは自分の目が信じられなかった。これはどう見たって、水月の写真じゃないか。写真の中の彼女は口もとに微笑を浮かべているが、美しい目にはかすかな憂いと悲しみをたたえている。

写真の一番下に撮影の日付がある。それはちょうど三十年前の日付だった。

こんな不思議なことがあるのだろうか。水月と蘭若は本当にそっくりだ。まるで、ひとつの型から創り出したみたいに。

ぼくは振り返って、彼女をじっと見た。彼女はいったい誰なんだろう?

「三十年前、あの人たちは蘭若を墓から掘り出して、海へ捨てたの」。秋雲はまるで幽霊のような口調で、冷たく言った。

ぼくはどきりとした。まさか、ぼくが海岸で見つけたこの女性は水月ではなくて、かつて海に沈められた蘭若だというのか? 彼女は三十年も海の底に沈んでいて、とうとう、ぼくが海辺から幽霊客桟に連れ帰ったというのか?

ぼくはふと、あのとき、うっかり忘れていたことを思い出した。水月が行方不明になったときには水着を着ていた。それなのに、次の日、ぼくが海辺で彼女を見つけたときには、白いワンピースを着ていた!

彼女が水月ではないとしたら、つまり……。

蘭若が復活したということなのか？

今このとき、彼女はあの頃の蘭若の衣装を着てぼくの前に静かに立っている。ぼくのことを彼女が唯一愛した男だと思っている。

葉蕭、どんな人だって、こんなことになったら、気が狂ってしまいそうになるだろう。

「言ったでしょ、彼女は死んでいる。彼女は災いなの。見たでしょう、とうとう人殺しを始めたじゃないの」。黒ずくめの服を着た秋雲がいかにも憎らしげに言った。

ぼくはどうしたらいいんだろう？　ぼくが愛しているのは水月だ。だけど、今ぼくのそばにいるこの人は水月とそっくりな蘭若なのか？　海底に三十年横たわっていた女性だというのか？

そんなことがありうるのか？

いや、たとえ、彼女が水月ではないとしても、あの気が狂った秋雲の手に渡すわけにはいかない！

ぼくは決心して、大きな声で言った。「彼女が誰だとしても、そんなふうに扱うのは許せない。彼女は無実だ。人殺しなんかしてない。琴然が自分でガラスに突っ込んだんだ」

「違う！　その女が琴然を殺したの！」。蘇美が床から立ち上がって、水月（それとも、蘭若？）を指差して叫んだ。よほど気が動転しているのだろう。蘇美の声はどんどん甲高くなり、そのせいで頭の上の灯りが振動し始めた。

蘇美は叫び続け、頭がキンキンしてきた。水月（それとも、蘭若？）も我慢できなくなって、両手で耳を塞いでいる。

頭の上の電灯は震え続けている。青白い灯りがそこにいるすべての人の顔を照らし、突然明るくなったり、暗くなったり、誰もが幽霊のようにみえる。チラチラする灯りを見ているうちに、怖ろしい予感がした。ぼくは大声で叫んだ。「蘇美、そこからどくんだ！」

だが、すべてはもう手遅れだった……。天井から下がった灯りが突然落下して、蘇美の頭を直撃した。

その瞬間、叫び声が聞こえた。

広間は真っ暗になって、もう何も見えない。水月（それとも、蘭若？）はぼくの手をきつく握ると、突然、ぼくを後ろのほうへ引っ張った。ぼくは焦って大声で叫んだ。「蘇美、蘇美、大丈夫か？」

ぼくの頭の中にたった今の光景が再現された。天井から吊るされていた電灯が落ちて、蘇美の頭頂部を直撃。電灯にはとても重いガラスの覆いが付いていたから、あれが頭を直撃したとすれば、その結果は想像するのも怖ろしい。

暗闇の中、高凡の声が聞こえた。「蘇美はここだ。どこも血だらけだ。ああ！　死んでる！」

蘇美は電灯に押しつぶされて死んだ！

ほんの数分間のうちに、琴然と蘇美が続けざまに死んだ。ぼくは水月（それとも、蘭若？）の肩を抱いていた。本当に、彼女があの二人に災難をもたらしたというのか？

秋雲の声が響いた。「またひとり殺した……。このまま黙っているの？　このまま全員殺されるまで待っているの？」

丁雨山が大声を出した。「周旋、幽霊客桟にいる全員の安全を守るため、その女をさっさと渡せ！」

「いやだ。彼女のせいじゃない。二人が死んだのは彼女と関係ない」。ぼくは暗闇の中、大声で言い返した。だが、水月（それとも、蘭若？）はぼくを引っ張って出口のほうへと逃げ出した。そして、みんながこっちに駆け寄る足音も聞こえた。こいつらに言って聞かせても無駄だ。みんな、恐怖のあまり、気が変になっているんだ。もう何をされるかわからない。選択の余地はなかった。ぼくは彼女の手をつかんで、客桟の出口の扉を開けた。

外では空がいくらか明るくなっていた。紫色の空の下、水月（それとも、蘭若？）の顔がかすかに見えた。彼女はあの芝居の衣装を着たまま、目には困惑と恐れの色を浮かべて、ぼくといっしょに明け方の荒野を走り始めた。

すぐに、後ろから丁雨山の声が聞こえた。「逃げるんじゃない！　待て！」

そんなことを言われたって、もちろん、止まるわけにはいかない。あいつらに捕まったら、ぼくたちは終わりだ。これはぼくたちの最後の逃亡だ。だが、そのとき、もう頭がのぼせてしまって、東西南北の方角もわからなくなり、追っ手は厳しく後ろに迫っているし、慌ててわけがわからなくなったぼくたちは方向を誤り、まっすぐ海に向かって走ってしまった。

それに気づいた時にはもう手遅れだった。振り返ると、彼らはもう十数メートルの所まで来ていたから、今さらそっちへ戻るわけにもいかない。目の前には一筋の道しかなく、すでに海水のにおいがしている。そのとき、突然、水月（それとも、蘭若？）が前に出て、ぼくの手を引っ張り、上り坂になったその道を駆け上がり始めた。

空がまた少し明るくなった。小雨が降り始めた。東の空からの柔らかい光に照らされて、目の前にいる芝居の衣装を着た彼女は本当に昔の女性に変わってしまったようにみえた。あのたおやかな女褶と水袖が明け方の五時の海からの風に吹かれるさまは、まるで荒涼たる海辺の景色を背景にした美しい油絵のようだった。

突然、ぼくの目の前には水月（それとも、蘭若？）のほかに、広々とした光景が見えた。海だ。

そのときになってやっとわかった。もう、逃げ道はない。足もとにあるのは海へと落ちる断崖絶壁だ！

その瞬間、ぼくは彼女の手をしっかり握って、崖の上で止まった。

ぼくは高所恐怖症だから、数十メートル下で波が岩に打ちつける、耳をつんざくばかりの音を聞いただけで、もう目眩がしてきた。

東の遥か彼方の水平線の上、黒雲の後ろで一筋の金色の光が輝いている。ぼくはもう下を見ることができず、絶望して後ろを振り返った。彼らはもう追いついてきていた。

そのとき、弱かった雨と風が突然強くなった。後方の金色の光は黒雲に覆われ、あっという間に大粒の雨が降ってきた。ぼくはしっかりと水月（それとも、蘭若？）を抱きしめた。古い衣装の下に確かに命が息づいているのが感じられた。

最初に飛び出してきたのは丁雨山だった。いきなり、ぼくの顔を拳で殴ってきた。

ぼくと水月（それとも、蘭若？）は地面に叩きつけられた。顔は下向きに彼女の顔と向かい合い、体はちょうど彼女にかぶさっていた。自分の体で彼女を守ろうとぼくは思った。

すぐに背中を何度も蹴られ、高凡と秋雲の罵り声が聞こえた。こいつらはこのかわいそうな女の子を殺すつもりなんだ。でも、ぼくは体を張って、必ず彼女を守ってみせる。

その時、ぼくはそのことだけを考えていた。きっと、ぼくの体の下にいるこの人を守ってみせる。彼女は上を向いて、ぼくは下を向いて、顔をほとんどぴったり付けて、お互いの息が感じられるようだった。そして、心の中で思うことさえもわかりあえる気がしていた。ぼくの目の前には彼女の目だけがあった。ぼくの頭はぼうっとして、彼女が水月だろうが、蘭若だろうが、どうでもよくなっていた。この人がぼくを唯一の愛する人だと思っている以上、彼女はやっぱり、ぼくの愛する水月なんだ。

激しい風と雨がうなり声をあげるなかで、丁雨山たちはぼくを殴り、蹴り続けた。だが、ぼくはそこに根を生やしたように動かず、傷だらけになった全身で水月（それとも、蘭若？）を守り続けた。ひとしきり、そしてまたひとしきり、激しい痛みが背中を襲い、満潮の波のようにぼくの体に湧き上がった。こいつら、もう狂っているんだ、とぼくは思った。

突然、涙が流れ出した。痛みのせいではない。彼女のためだ。ぼくは自分が血を流しているのがわかった。今にもう、耐えきれなくなるだろう。そして、彼女と永遠に別れなくてはならなくなる……。

ぼくの涙が彼女の目の中に落ちた。

彼女の目にも涙が浮かんでいて、二人の涙が混じりあい、化学反応が起きたみたいな、とても不思議な感じがした。彼女はいったい誰なんだろう？　水月なのか、蘭若なのか。それはもうどうでもいいような気がする。重要なのは、ぼくたちが今いっしょにいるという、そのことだけだ。たとえ、今、いっしょに死ぬことになっても、ぼくはそれで満足だ。

今にも死が訪れると思ったそのとき、突然、奇怪な声がして、ぼくの背中を襲っていた拳と足がすべて消えた。

ゆっくり首を回して見ると、丁雨山の姿が前にのめって、そのまま、崖から飛び出していくのがみえた。それから、彼の怖ろしい叫び声が聞こえ、すぐに海に飲み込まれる音がした。

ぼくの視界は涙と雨水で朦朧としていた。しかも、激しい風と雨の中、日の光はかすかになっていて、目の前でいったい何が起きているのか、さっぱりわからなかった。ただ、崖の上に黒いぼんやりした人影がひとつ増えたことだけはわかった。まるで、夢の中に突然現れた亡霊のように……。

高凡と秋雲はその人影を見て叫び声をあげたが、次に高凡も崖へと押し出された。地面に倒れていたぼくはすぐに崖の下をのぞいて見た。高凡は吠えるような叫び声をあげながら、数十メートル落下していき、あっというまに波に飲まれた。

ぼくは高所恐怖症だって話したよね、そのとき、ぼくも眩暈がしてきて、ただ、崖の下を見つめることしかできなかった。突然、秋雲もぼくの視界に入ってきたかと思うと、すぐに高い絶壁から墜落していった。彼女の気味の悪い黒い服が白い大波を引き裂いた。きっと、岩礁に激突して骨も砕けただろう。

彼らはみな落ちていった。次は誰の番だろう？

ぼくはもう、何がなんだかわからなくなっていたけれど、もしも、選ぶことができるなら、殴られ蹴られて死ぬほうがいい。崖から落とされるのはいやだ。

すべてを天命に任せるしかないと思ったとき、頭に強烈な衝撃を感じて、一瞬のうちにすべては暗闇になった。

だんだん、意識が薄れていく……。

それからどれほどの時間が過ぎたのだろう。ぼくは自分が海の上に浮かんでいることに気づいた。突然、冷たい手がぼくの足首をつかんだ。深い海の底に向けて引っ張っていく。

葉蕭、助けてくれ……。

第三部

恐怖小説

一

上海を離れたとき、台風はすでに遠くに去っていた。たまに雨粒が舞って、ぱらぱらっと車窓にぶつかるだけだった。葉蕭《イエシャオ》は静かに窓際に座って、水墨画のような、窓の外の江南の田野を眺めていた。

長距離バスは高速道路を飛ぶように走っていく。行き先はK市の西冷鎮《シーロンチェン》だ。葉蕭は大型バスの最後尾の列に座って、車窓を眺めながらも、心の中では昨日の朝に受け取った手紙のことを考えずにはいられなかった。それは周旋が幽霊客桟から送ってきた十二通目の手紙だったが、書いてあることが本当のことだとはどうにも信じられなかったし、とにかく、葉蕭にはどうにも理解できないものだった。しかも、昨日届いた手紙はそれまでの何日かのものとは違って、最後に署名がなく、「葉蕭、助けてくれ」で終わっていたのだ。

もしかして、周旋《ジョウシュエン》は本当に絶体絶命の危機に瀕しているのか。まさか、手紙に書いてあるように、とうとう海に引きずり込まれてしまったのか？　そうだとしたら、この自分あての手紙はどうやって書いたのだろう？　それに、どうやって手紙を投函したのだろう？　そして葉蕭はどうしてこの手紙を受け取ることができたのだろう？　それでも、十二通目の手紙の封筒を見ると、それまでの手紙と同様に切手にはちゃんと西冷鎮の郵便局の消印が押してあった。

昨日の午前、手紙を読み終わった後、病院から電話があった。電話をかけてきた医師は言った。周寒潮《ジョウハンチャオ》は明け方に息を引き取った、死因は心筋梗塞だと見られる、と。それを聞いたとき、葉蕭は目頭が熱くなった。だが、医師は周寒潮は眠ったまま亡くなったので、なんの苦痛も感じないで亡くなっただろうと言った。

電話を置いたとき、葉蕭はすでに決心していた。周旋のために、そして、周旋の父親のために、どんな怖ろしい目に遭ってもかまわない、幽霊客桟に行ってみよう、と。

ちょうど都合よく、彼は昨日、このところ、かかりきりになっていた事件の捜査を終えたところで、三日間の休暇を取ることができた。

こうして、今朝早く、葉蕭は長距離バスに乗り、幽霊客桟への旅を始めた。

大型バスは高速道路を飛ぶように走り、上海はどんどん遠く、K市がどんどん近くなると、葉蕭は不安でたまらなくなった。彼は目を閉じると、頭を椅子の背にのせて寄りかかった。

午後二時、長距離バスは西冷鎮に入った。

葉蕭は簡単な荷物しか持っていなかった。バスを降りるとまず、鎮をひと回りした。周旋が手紙に書いていたとおり、この鎮は豊かで賑わっている。通りには各種の市場や娯楽施設があり、ちょっと歩いただけでいろいろな方言も聞こえてきた。

彼はしかし、西冷鎮の旧市街には入らず、まず、西冷鎮郵便局を探した。葉蕭は郵便局で警察官の身分証を提示し、荒村《ホアンツン》地域を担当している郵便配達員に会った。四十過ぎの中年の男で、長い間、外で働いているからだろう、健康的な赤銅色の肌をしている。

葉蕭は聞いた。「幽霊客桟から出された手紙がポストに入っていたことはありましたか？」

郵便配達員はびっくりした様子だったが、すぐに大きくうなずいた。「ありましたよ。ここんところ十何日か、毎日、荒村の郵便ポストに手紙が一通入っていたな。差出人の住所は幽霊客桟になっていて、宛先は上海でね」

「今日は手紙はありましたか？」

「いいえ。昨日からはなくなりましたよ」。郵便配達員は首を振り、息を吸ってから言った。「それにしても、まさか、幽霊客桟から手紙を出す人がいるとはね。初めて幽霊客桟からの手紙を見たときにはぞっとしましたよ。なんだか、縁起の悪いものを見たような気がしてね」

「幽霊客桟まで連れてってもらうわけにはいきませんか？」

郵便配達員はしばらくためらっていたが、葉蕭の要求を受け入れた。

彼は自転車を押して郵便局から出てくると、葉蕭を自転車の荷台に乗せた。荷物が多くないとはいえ、荷台に乗るのは変な気分だった。もう長いこと、自転車の後ろに乗ったことなどなかったからだ。

「気をつけて」。郵便配達員は声をかけると、さっとペダルを踏み込んだので、自転車はびゅんと走り出した。ほんの数分で二人は西冷鎮を抜けて、田舎の小道を走っていた。

葉蕭は注意深く自転車の後ろに座っていた。郵便配達員の自転車の運転にハラハラしたが、結局、危ないことはなかった。数十分後、彼らは荒村を通り過ぎた。村の入り口に緑色のポストがあったのに気づいた。

それからはずっと上り下りのある山道だった。葉蕭は郵便配達員の運転技術に感心した。後ろに人を乗せているのに、これほどのスピードでこげるのだから。

郵便配達員が苦労しながら、上り坂を上がっていくとき、遥かに海が広がっていた。今は午後三時、空を雲が覆って、遠くの黒い海は人の心を憂鬱にした。

彼はついに幽霊客桟を見た。

その黒い旧式の建物は荒涼とした海辺に孤独に建っていて、憂鬱に、重苦しく、絶望してみえた。そう、まさに周旋が送ってきたあの写真と同じように。

郵便配達員はずっと沈黙を守っていた。特に幽霊客桟が見えてからは、息をする音もひそめているようだった。客桟から数十メートルのところまで来ると、彼はとうとう自転車を止めた。

葉蕭は後ろの席から飛び降り、小さい声で言った。

「ありがとうございました」

「今晩、あそこに泊まるつもりですか？」

「まだわかりません」

郵便配達員は首を振って、ペダルを強く踏み込んで去っていった。

葉蕭はひとり、客桟の大きな扉の前に立って、周旋が手紙に書いていたとおりの建物を見上げた。突然ざわっと鳥肌がたった。周旋の言い方を借りるならば、ここは「幽霊の家」なのだという。

そして今、彼はその幽霊の家に乗り込もうとしている。

葉蕭はまず深呼吸をして、それから、拳で扉を叩いた。

三十秒ほども待ったが、その間、不安でたまらなかった。

突然、扉が開いた。醜悪な顔が扉の隙間から、こっちを見ている。

心の準備はできていたはずだが、葉蕭はそれでも驚いた。確かに周旋の言ったとおりだ。この顔を見てまず思うのは、『ノートルダム・ド・パリ』のカジモドだ。

「あなたは阿昌《アチャン》ですね？」

阿昌はびっくりした様子で、やっとうなずくと、葉蕭を中に入れた。

幽霊客桟の広間も周旋が手紙に書いていたとおりの様子だった。葉蕭は壁のあの三枚の古い写真に目をやったが、それも周旋の言うとおりだった。その下には棚があって、旧式の蓄音機が置かれている。振り返ると、阿昌がじっと警戒した様子でこちらを見ていた。

葉蕭はなんとか笑顔を作って質問した。「阿昌さん、周旋を知ってますか？」

阿昌は葉蕭の質問を聞いてすっかり動転した様子で、大きく口を開けたまま、帳場のカウンターに背中がぶつかるまで何歩か後ずさった。葉蕭は急いでバッグから紙とペンを出し、阿昌に渡すと言った。「口をきけないことは知ってます。でも、耳は聞こえるし、字も書けるんですよね」

阿昌の手はぶるぶる震え、やっとのことでペンを持つと、葉蕭の目を見てから、紙にこう書き記した。「周旋を知っています」

葉蕭はうなずいた。「ありがとう。それで、周旋が今どこにいるか知っていますか？」

阿昌はゆっくりと書いた。「いいえ。知りません」

「もうこの幽霊客桟にはいないんですか？」

阿昌は葉蕭のほうを見たが、今度は何も書かず、黙ってうなずいた。

葉蕭は気持ちがぴりぴりするのを感じ、顔を上げてまわりを見回した。ここはなんだか特別なにおいがするようだ。突然、彼は阿昌をその場に残したまま、階段を駆け上がった。

二階まで一気に駆け上がったが、うっすらと積もった埃が少し舞い上がっただけで、人の気配はまったくなかった。周旋は手紙に二階の十三号室に泊まっていると書いていた。葉蕭はその番号の部屋を見つけ、そっと扉を開けて中に入ったが、部屋は空っぽで、ベッドと机以外は何もなかった。

それでも、周旋が手紙に書いていたとおり、部屋の窓からは海を見ることができた。

葉蕭は部屋の隅々や、引き出しの中まで調べたが、疑わしいものは何もなかった。

葉蕭はふと胸騒ぎを感じて、十三号室を飛び出すと、廊下に並ぶ扉を一つひとつ開けてみた。しかし、どの部屋も空っぽで、人が泊まっていた形跡のある部屋はなかった。

彼は首を振って、今度は三階へ駆け上がった。だが、こちらも二階と同じことで、すべての部屋を調べたが、どこも埃が厚く積もり、何年も使われた様子はなかった。

葉蕭はあの裏側の狭い階段も見つけたので、迷宮のような廊下を歩いてみた。まるで、古い墓の中の墓道を歩いているような感じがした。しばらくしてやっと一階の広間に戻った。阿昌はさっきのまま、帳場の前に立っていた。

葉蕭は阿昌のそばに行って、震えながら尋ねた。「どういうことです？　まさか、みんな死んでしまったのか？」

阿昌は今度はペンを手に取り、さっと紙に書いた。

「知りません」

「それで、周旋は何か残していかなかったんですか？」

阿昌はやはり首を振った。

葉蕭は途方に暮れた。いったい、どうしたらいいんだろう？　後ろに数歩下がって、時計を見ると、午後四時だ。いま出発しないと、この幽霊客桟に泊まることになる。この、まるでカジモドのような人物と同じ場所に泊まることを考えると、ちょっと怖くなった。

いや、ここに泊まるのはやめよう。ここではどんなことが起きるかわからない。周旋の二の舞を踏むわけにはいかないから、慎重に行動しなければ。何も見つけることができなかった以上、ここに残って危険を冒すべきではない。

葉蕭はそそくさと阿昌に別れを告げた。

客桟から外に出ると、葉蕭は深呼吸した。客桟の中にいたときは、なんだか息がつまりそうだったのだ。ここに長いこと滞在していたら、正常な人間でも頭が変になってしまうに違いない。

荒涼とした原野を歩いていくと、急に海を見たくなった。海辺もまた、周旋が手紙に書いていたとおりの光景なのだろうか。

そこで、葉蕭は海辺の崖のほうへ駆けていった。だが、まわりには多くの岩や崖があって、最後に事件が起きた場所がどこなのかはわからなかった。葉蕭は高所のひとつに登って、数十メートルの高さの崖の上に立った。なんだか眩暈がしそうで、びくびくしながら下を見ると、巨大な波が白い波頭を立てている。海の水が高々と飛び散り、見ているだけでドキドキする。

葉蕭はフーッと息を吐いて、急いでそこから降りると、海岸に沿って先に進んだ。そして、ついにあの小さな入り江に到着した。

目を細めて海を望むと、海は両側を高い崖に挟まれていて、岸近くの水中には黒い暗礁がひしめきあい、遠くに見えるのは暗い水平線ばかりで、見る者に死を連想させずにはおかない景色だった。

周旋の手紙によれば、ここが水月《シュイユエ》が行方不明になった場所のはずだ。今も周旋と水月の様子が目に浮かぶような気がした。周旋が水月（あるいは蘭若？）を救い出したのも同じくこの場所だったはずだ。

葉蕭は突然、後ろに奇妙な空気を感じた。振り返ると、山の斜面にぎっしりと墓が並んでいる。

ぞっとする光景だが、葉蕭は斜面を登り始め、まもなく広い墓地の中にいた。数え切れない墓が並ぶその光景は彼に大きな衝撃を与えた。心の中に自然と湧き上がった恐怖心は、死に対する人間の本能から来るものなのだと葉蕭にもわかっていた。

彼はどんどん墓地の奥へと入っていった。そして、ついにあの墓地に一本だけある枯れ木の下まで来た。その木の下には何も記されていない墓がある。

蘭若《ランルー》の墓だ！

彼女は今もこの墓の中に横たわっているのだろうか？

葉蕭はため息をついた。そして、ふと思い出してバッグから白い蘭の花束を取り出した。上海を出発するとき、わざわざ買ったものだった。花にはまだかすかによい香りが残っている。葉蕭はしばし、その香りをかいでから、蘭若の墓の上に供えた。

そのまま何分か墓前に立っているうちに、気持ちが落ち着いてきた。そして、自分の心にもう恐怖はないことに気づいた。感じているのはただ、流れ去った歳月に対する悲しみと哀惜の念だけだった。

葉蕭は首を振って、墓前を離れた。

数百メートル歩いたところで、この辺りでもっとも高い丘が見えた。葉蕭は周旋が手紙の中でこの丘について書いていたことを思い出した。丘の麓に立って見上げると、奇妙な眩暈を感じた。葉蕭はしばらくまわりを観察して、やっと丘に登る小道を見つけた。今なら、まだ間にあうだろう。彼は急ぎ足で小道を登り始めた。

葉蕭はもともと山登りが好きだし、このくらいの丘なら何の苦労もない。まもなく頂上にたどり着いた。景色ははるばると開け、周囲の山々も海も一望することができた。頂上は平らになっていて、ひっそりと古い祠《ほこら》があった。

その祠はすっかり崩れかけていて、遠い昔の王朝の時代から残っているものかもしれないと思うほどだった。葉蕭は祠の入り口まで歩いていった。扉の上の扁額には「子夜殿《ツーイエディエン》」と書いてあった。

周旋の手紙から、そして、周寒潮の語った話から、この祠のことは知っている。こうして実際にその前に立ってみると、ぞくぞくと寒気がしてくるのを感じた。怯えながらも祠に入ってみると、内部はすっかり壊れていて、厚く積もった埃が一歩歩くごとに舞い上がった。祭壇に目をやると、そこには壊れかけた台があるだけで、ほかには何もなかった。

ミイラの神像は？

葉蕭は一瞬、呆然とした。周旋の手紙によれば、この子夜殿にはミイラの神像があるはずではなかったか？九十何年か前、子夜という役者が命を落とした後、ドイツ人の医師が防腐処理を施して、その肉体をそのまま神像にしたのではなかったか？　周寒潮も子夜殿の神像を見たと病院で話していたではないか。

葉蕭はもう一度、古い祠の中を見回した。ミイラの神像どころか、木造の像などもそこにはなかった。目の前の祭壇は空っぽで、まるで空気を祀っているかのようだ。あるいは、目に見えない亡霊を祀っているのだろうか？　それとも、祭壇上のミイラの神像がみずから去ったとでもいうのだろうか？

そこまで考えて、彼はぞっとした。

これ以上ここにいるわけにはいかない。自分まで頭がおかしくなってしまいそうだ。子夜殿を出る前に、葉蕭はもう一度、祭壇に目をやった。赤ん坊だった蘭若はここで拾われたと聞いた。

突然、どこからか赤ん坊の泣き声が聞こえたような気がした。その怖ろしい声は、耳をとおさず、直接、自分の脳に伝わってきたようだった。

この頃、葉蕭はときおり幻聴を聞くことがあったが、今回ばかりは本当に極限の恐怖を感じた。

彼は大急ぎで古い祠を飛び出すと、二度と振り返らず、登ってきた山道を駆け下りていった。

ふもとまで下りたときには、すっかり息が切れていた。そこから、遥かに幽霊客桟を望むと、空がだんだん暗くなってきて、客桟もますます陰惨で怖ろしいものにみえた。葉蕭はふと考えた。周旋はこういう所で暮らしていて、頭がおかしくはならなかっただろうか。いや、もしかしたら、すっかり病んでしまっているのかもしれない。

葉蕭は不安げに首を振ると、郵便局員が連れてきてくれた道を探して荒村へと急いだ。

彼は方向感覚が優れているから、まもなく正しい方向を見つけて、山の中の小道をたどり、ほどなく荒村に到着した。荒村で便乗した小型トラックは、三十分とたたないうちに彼を西冷鎮に運んでくれた。

西冷鎮に着いたときには日はまだ暮れていなかったが、街の夜総会《ナイトクラブ》はすでにネオンを灯していた。葉蕭は適当に食堂を見つけて、さっさと夕食をすませた。それから、派出所の場所を尋ねると、即座に派出所へと向かった。

十分後、葉蕭は西冷鎮派出所を見つけたが、思ってもみなかったことに、派出所の前でよく知っている人物に出会った。公安大学時代の同級生で寮も同室だったが、驚いたことに、二十七歳でもう西冷鎮派出所の所長になっていた。

大学を卒業して以来、何年も会っていなかったから、二人とも泣かんばかりに喜んだ。同級生はちょうど今夜は派出所で当直に当たっていたので、葉蕭を当直室に案内すると、この地方特産のお茶を入れてくれた。ゆっくり昔話でもしようというわけだ。しかし、葉蕭のほうはとてもそういう気分ではなかった。周旋のことが心配でならなかったからだ。

葉蕭は自分がなぜ西冷鎮に来たのか、そして周旋と幽霊客桟のことを要約して同級生に説明した。

話し終わったときには夜の八時を過ぎていた。葉蕭は胸につかえていた憂鬱をすっかり吐き出すかのように、長いため息をついた。だが、そのとき彼は同級生の顔色がすっかり暗くなったことに気づいて、また不安になった。

同級生は眉をひそめて、しばらく黙った後、震え声で言った。「そんなはずはない……。ありえない……」

「どうしてだ？」

同級生は息を吐いて、回想しながら言った。「三年前の夏だ。おれがこの西冷鎮派出所に転勤してきたばかりの頃、幽霊客桟で死亡事件があったと通報があった。通報してきたのは、自由旅行をしている冒険好きな若者たちで、西冷鎮に来てから幽霊客桟の言い伝えを聞いたんだろう、肝試しみたいな気分で何泊かしてみようと思ったらしい。彼らが幽霊客桟に到着すると、一階の広間に若い女性の死体が二つあった。彼らは肝をつぶして、西冷鎮まで走って届け出たんだ」

「三年前？　それなら、丁雨天《ディンユーティエン》はまだ生きてたはずだね」

「そうだ、確かに丁雨天という人がいて、この地の商工局に幽霊客桟の経営者として登録されていた。この地の人たちは誰も幽霊客桟には近づかない。あそこに泊まるのは、遠くから噂を聞いて来る旅行者だけだ。通報があってすぐ、われわれは幽霊客桟に急行したが、確かにそのとおり、一階の広間に死体が二つあったよ。どちらも二十歳くらいの女性で、捜査の結果、二人とも杭州から来た大学生だとわかった。ひとりは琴然《チンラン》、もうひとりは蘇美《スーメイ》という名前だった」

葉蕭は驚愕した。「なんだって？　琴然と蘇美は三年前に死んでたっていうのか？」

「そのとおりだよ。この事件はおれが自分で担当したんだから、間違いない。西冷鎮周辺ではもう長いこと人命にかかわる事件などなかったし、三年前にその事件が起きたときには大騒ぎになった。あの事件のことなら、どんな細かいことでもちゃんとおぼえてるよ。現場検証と検死から、その琴然っていう女の子はガラス窓に突っ込んで、ガラスの破片で頭部の動脈を切って死んだのだろうと思われた。もうひとりの蘇美のほうは、天井から落ちた電灯で頭蓋骨を骨折して死んだらしい。二人の死亡推定時刻からまだ十二時間以内だと思われた。なにしろ、大事件だから、われわれもずいぶん緊張して、すぐに幽霊客桟を捜索した。だが、醜い容貌の口のきけない男がいただけで、ほかには誰もいなかった。それから、付近の丘や海辺も調べたら、水面に浮いている死体が二つ見つかった。引き上げてみると男と女だったが、身元を調査した結果、女のほうは客桟の主の丁雨天の妻の秋雲《チオウユン》とわかった。男のほうは丁雨天の弟の丁雨山《ディンユーシャン》だ。死因はというと、検死の結果、溺死と判明したよ」

「秋雲と丁雨山も三年前に死んでたのか？」

「そうだよ。彼らの身元を調べたのはおれだし、検死にも立ち会ったんだからな」

同級生がそういうのを聞いて、葉蕭もそれを信じないわけにはいかなくなった。

「ほかにわかったことは？」

「まあ、続きを聞けよ。われわれが現場検証をしていた日に、近くの海で漁をしていた漁民たちが溺れかけていた男を助けて、病院へ送った。知らせを聞いて、病院に駆けつけたが、残念なことに、その男は命は助かったものの、すっかり精神を病んでいて、何を聞いても要領を得ないんだ。だが、身に付けていた身分証明書から、名前は高凡《ガオファン》とわかった。そして、幽霊客桟の宿帳にも高凡という名前があった」

「画家だな」

「そのとおりだ。彼の身元が判明すると、上海の親戚に連絡した。鑑定の結果、重症の精神病だとわかり、彼の話から手がかりを得ることはできず、身柄を上海に送ったんだ。その後も捜査を続けた結果、驚いたことに、海辺の墓地に丁雨天の墓が見つかった。墓に記された死亡の日付は事件のほんの数日前だった。そこで、墓を掘り返して調べると、確かに丁雨天の死体があり、まだほとんど腐敗もしていなかった。検死によると、ハサミのような鋭い刃物で喉を切られたのが死因とわかった」

「ほかには何か手がかりはなかったのか？」

「幽霊客桟の二階と三階の客室から、泊まり客の私物を見つけた。客桟の宿帳と照らし合わせた結果、事件の当日にあそこにいた人間がわかった。主の丁雨天と秋雲の夫婦以外には、主の弟の丁雨山、客桟の料理人の阿昌、つまり、現場で見つかった口のきけない男だ。それから、よその土地から来た宿泊客が六名、そのうちの三名は杭州から来た女子大学生で、琴然、蘇美、水月という名前だった」

「水月？」葉蕭は思わず大声を出した。

「心配するな、彼らの名前はひとりも間違えずに覚えているからな。とにかく、琴然と蘇美の死体は見つかったが、水月は結局、消息がわかっていない。あれからまる三年たつわけだが、今でも行方不明者というわけだ。三人の女子大学生のほかに、母と息子がいた。母親は清芬《チンフェン》、息子は小龍《シャオロン》という名前だが、二人とも空気のように蒸発してしまった。客室の荷物だけが見つかったんだ。最後のひとりというのが、さっき言った画家の高凡だが、精神を患っている。今も上海の民営の精神科病院にいると聞いたよ」

「ということは……生き残ったのは、阿昌と高凡の二人だけなんだな？」

「そういうことだ。丁雨天など五人の死体が見つかり、水月、清芬、小龍の三人は失踪し、いまだに行方がわかっていない。高凡は精神を患っているから、口のきけない阿昌が唯一の証人ということになる。幸い、字は書けるから、阿昌を取り調べたが、何も知らなかった。事件の起きた明け方には眠っていて、叫び声を聞いて広間へ行くと、琴然と蘇美の死体を見つけて驚いた、客桟にいたはずのほかの人たちは消えてしまっていた、と話している。すっかり怯えてしまって、警察に見つけられるまで、ずっと厨房に隠れていたそうだ」

「阿昌の言うことは信用できると思うか？」

「おれは信用した。彼が犯人だという証拠は何もないし、動機があるとも思えない。もし、阿昌がやったんなら、とっくに高飛びしていたはずで、警察が来るまで客桟に残っていたはずもないし」

葉蕭もうなずいた。「確かに、そのとおりだな」

「その後、阿昌の経歴を調べたんだ。生まれつき口がきけなかったわけじゃない。両親はどちらも県の子夜歌劇団の俳優で、阿昌は子どもの頃は本当にきれいな少年だったそうだ。十歳の頃に劇団とともに幽霊客桟にしばらく住んでいたことがあった」

「子夜歌劇団？」。葉蕭はすぐに周寒潮の話を思い出した。「蘭若のことは聞いたことがあるか？」

「ああ。幽霊客桟のことを調べるうちに、土地の老人たちから、蘭若の話を聞いたよ。その頃、まだ子どもだった阿昌は蘭若と同じ劇団にいたわけだし、どちらも幽霊客桟に滞在していた。もしかしたら、蘭若が殺されたときに目撃していた可能性もあるな」

「ああ。阿昌は蘭若を見たことがあったから、そっくりな水月を見て怖がったのかもしれない」

「蘭若の事件があったから、劇団はそのまま幽霊客桟に滞在しているわけにはいかなくなって、西冷鎮に移ったそうだ。まもなく、劇団の人たちが住んでいた建物が火災に遭い、ほとんどが焼け死んだそうだ。阿昌の両親もだ。女優のひとりと当時十歳だった阿昌だけが奇跡的に炎の中から逃げ出したんだ」

「助かった少年というのは阿昌だったのか」

同級生はうなずくと、葉蕭のためにもう一杯お茶をいれて、また話を続けた。「女優はまったく怪我はなかったそうだが、阿昌は不幸なことに大火傷を負った。特に顔の火傷がひどくて、医師は治療の限りを尽くしたが、すっかり顔が崩れて、ああいうふうになってしまった。そしてそれ以来、口もきけなくなった。両親が焼け死んだショックからかもしれないし、喉の火傷によるものかもしれない。子夜歌劇団はこうして消滅し、阿昌は孤児となり、西冷鎮の料理人に引き取られた。その料理人の教えを受けて立派な料理人になったが、あの顔で口もきけないし、哀れな身の上なので、まわりの人間から見下げられていた。数年前、丁雨天が幽霊客桟を再建して経営を始めたとき、阿昌は客桟の料理人になったんだ」

葉蕭はため息をついた。「人の不幸にはさまざまあるというが、あの人はまったく、気の毒な運命の人なんだな」

「何十年も人から見下されて生きてきたにもかかわらず、阿昌は本当にやさしい性格で、人を恨んだりしたこともないから、彼をいじめる者もいなくなったそうだ。そういうわけで、彼が善人であることはみんなが認めていて、殺人など怖ろしいことをやるなんて考えられないと言っていた」

「それなら、誰が犯人だ思うんだ？」

「なんの証拠もないんだが、おれ個人としては、この事件は民国元年に幽霊客桟で起きた悲惨な事件と似ていると思う」

葉蕭もすぐ手紙に書いてあったことを思い出した。「客桟の主人が発狂して、泊まり客を全員殺害してから、自殺したという事件だな？」

「そうだ。民国元年の事件の記録を調べてみたら、三年前の事件とそっくりなんだ。おれが思うに、誰であろうと何年もああいう環境で生活していたら、遅かれ早かれ頭がおかしくなってしまうものなんじゃないだろうか。高凡がいい例だよ」

「それじゃあ、秋雲が夫を殺し、二人の女子大学生を殺し、それから、義弟の丁雨山といっしょに自殺したということか？」

「その可能性が一番大きいだろうよ。失踪している三人もおそらく殺されていて、ただ、死体が見つかっていないだけだと思うね」

「まったく不思議な話だな。それじゃあ、まるでスティーヴン・キング原作、キューブリック監督の映画『シャイニング』みたいじゃないか」

同級生はちょっと黙ってから言った。「確かにそうだな。あの事件では本当に途方に暮れて、何週間も眠れぬ夜を過ごしたよ。まるで悪夢のようで、今思い出してもゾッとする」

だが、それでも葉蕭は理解できなかった。その人たちが三年前に死んだり、失踪したりしていたなら、周旋はどうして彼らに会うことができたのか？　どう考えても理解できない。周旋は三年前の殺人事件で死んだ人たちのことを自分の経験をつづった手紙の中に書いているのだ。まさか、彼は幽霊客桟で暮らした十二日間、ずっとその死者たちと生活していたのだろうか？

葉蕭は手紙に書かれていた小龍の言ったことを思い出した。あれは何かの暗示だったのだろうか。幽霊客桟に住んでいるからには、みんな幽霊なのだと小龍は言ったではないか。親友の周旋が亡霊たちといっしょに暮らし、自分と亡霊たちのことを手紙に書いてきたのかと思うと、葉蕭も思わずゾッとした。

そんなことがありうるのだろうか？

同級生は葉蕭が震えているのを見て心配になって言った。「大丈夫か？」

「ああ、なんでもない」。葉蕭は慌てて茶碗を持って、なんとか気持ちを落ち着かせようと一口飲んだ。それから、またしばらくの間、同級生とおしゃべりした。公安大学で学んでいた頃の話などをしていると、あっという間に夜の十時になっていた。

このまま、おしゃべりを続けていると、派出所に泊まることになってしまう。名残り惜しくはあったが、葉蕭は同級生に別れを告げ、西冷鎮の街で清潔そうな旅館を見つけて一泊した。

次の日の早朝、葉蕭は西冷鎮から上海行の長距離バスに乗った。

帰路でもまた雨が降り出した。彼は静かに車窓に寄りかかると、西冷鎮がだんだん緑の景色の中に消えていくのを見ていた。頭の中で思い浮かべていたのは、昨日見たこと、聞いたことの数々だ。それはすべて「不可思議」という言葉でしか表せないことばかりだった。

車窓に当たる雨粒を見ているうちに突然、身の回りに起きていることのすべてがまるで本当のことではないような気がしてきた。ふと、ボルヘスの小説を思い浮かべたり、カフカの主人公のKを思い出したりした。もしかしたら、幽霊客桟はカフカの書いた『城』と同じなのではないか。Kは永遠に城の中に入ることができない。葉蕭もまた、永遠に幽霊客桟の真相を知ることはできないのではないか。

幽霊客桟は本当に存在するのだろうか？

葉蕭の心に疑いが芽生えた。あの荒涼とした海辺に孤独に建っていた古い建物は本当に幽霊客桟なのだろうか。自分はそもそもそこに行くべきではなかったのではないか。すべての恐怖は怯えた者の憶測に過ぎないのであり、残されたものは世界の人類に対する嘲笑だけなのではないか。

周旋がすでに死んでいるのか、それとも、まだ生きているのか、葉蕭にはわからなかった。生と破滅はしょせん一枚の硬貨の両面だ。

それでも、人生は続いていかなくてはならない。

そんな暗い物思いから抜け出したとき、葉蕭は自分の前の列に座っている二人に気づいた。顔は見えなかったが、直感で母と息子だとわかった。

突然、少年が振り返って、葉蕭と目が合った。十二歳くらいの少年で、青白く憂鬱そうな顔をしている。まるで、葉蕭のことを前から知ってでもいるかのように、じっと見つめてきた。

葉蕭も目をそらさず、そのまま少年を見ていた。そんなふうに一、二分目を見合わせていると、少年の母親が振り返った。三十代の成熟した奥ゆかしい感じの女性だが、その肌は少年と同じく青白い。

女性はすぐに息子の顔の向きを変えさせると、やさしい声で言った。「もう何遍も言ったでしょ、人の顔をそんなふうにじろじろ見たらだめよ。失礼なことなのよ」

それから、彼女はまた振り返って、気まずそうな笑みを浮かべて葉蕭に言った。「すみませんね。礼儀を知らない子どもで」

「なんでもありませんよ」。葉蕭は微笑して言い、それから目を閉じた。

飛ぶように走る長距離バスの車中で、葉蕭はだんだん疲れを感じ始め、まもなく眠った。

そして、周旋の夢を見ていた。

彼は本当に疲れていたのだ。そのままぐっすり六時間眠り、目が覚めたとき、車窓に見えるのはもう山や田畑ではなく、鉄筋コンクリートの森林だった。

大型バスはすでに上海に入っていた。葉蕭はゆっくり息を吐いた。もうすぐ家に帰れる。

ふと見ると、前の列にいた母と子の姿はなく、その席には二人の老人が座っていた。葉蕭はそっと立ち上がって前後を見渡したが、あの二人はどこにもいなかった。

途中で降りたのかもしれないな……。

そのとき、大型バスは長距離バスステーションに入り、乗客は次々に荷物を持って降り始めた。葉蕭は最後に降りてから、振り返ってバスのフロントグラスの下の表示を見た。「上海↓西冷鎮」

葉蕭は小さな声でつぶやいた。「もう二度と行くことはないな」

雨が、また降り始めた。

二

それから、一週間が過ぎた。

このところ、葉蕭は階下のポストの前を通ると無意識のうちにそれを開けて確認していたが、そのたびにポストいっぱいの紙クズが入っているだけだった。夜、ひとりで家にいるときには、いつもかすかな喪失感のようなものを感じていた。なんだか、人生のひとつの要素が失われたような気がするのだ。そして、彼は小さな欲望も感じていた。それは周旋からの次の手紙を読みたいという欲望だ。しかし、それはとうとう葉蕭のもとに届かなかった。幽霊客桟からの十三通目の手紙は。

耐えられない気分になると、葉蕭はいつも引き出しを開けて、周旋の十二通の手紙を全部出して、なんども読み返した。読みなおすたびに新しい感じがして、面白いサスペンス小説を読むような気がした。周旋の手紙はスティーヴン・キングの小説より面白いと思うこともあった。

しかし、彼の手紙を何度も読むことで後遺症も残った。

夜、眠れなくなってしまうのだ。警察官の自分にとって睡眠不足は危険な敵だと葉蕭はよくわかっていた。だから、この問題は解決する必要がある。そう考えたとき、ある人物に思い至った。高凡だ。

高凡という人物は周旋の手紙に出てきた失意の画家だ。ずっと幽霊客桟の床下の金《きん》を掘り出そうとして、最後は崖から転落した。だが、葉蕭の同級生、すなわち西冷鎮派出所の所長の話によると、高凡は三年前に精神病を患い、今も上海の精神科病院にいるという。

こうなっては、高凡だけが葉蕭が見つけることのできる、ただひとりの関係者だ。

数日後の午後、葉蕭はその民営の精神科病院を見つけ出した。その病院の環境は素晴らしかったが、市の中心からはだいぶ離れていた。精神科病院の門を入ると、広い緑地と花壇が見え、番号のついた病衣を着た人たちが何人か自由に行き来していた。彼らの様子はごく自然でゆったりとしており、普通の病院の患者とどこも違わなかった。

葉蕭は院長に会い、警察官の身分証明書を見せて来意を説明した。白髪頭の院長はとても協力的で、すぐに患者の名簿から高凡の名前を見つけてくれた。

そして、驚いたことに、患者の名簿の中には周旋の名前もあった。

しかし、葉蕭はすぐに首を振って否定した。中国には同姓同名の人間が実に多い。ここにもうひとり、「周旋」という名前の人がいても、なんの不思議もない。葉蕭はため息をついた。この名前を見て自分の友の周旋かと考えたのは、自分があまりに緊張しているからだろう。

それから数分後、葉蕭は高凡の主治医に面会した。厳しい印象の中年の男性で、葉蕭の話を聞き終えると、沈んだ声でこう言った。「わたしは文《ウエン》といいます。文医師と呼んでくれればいい。高凡は特殊な病人で、三年前にここに送られてきてから、ずっと気をつけて観察しています。来たばかりの頃は、非常に状態が悪く、重症の幻聴、幻視、それに妄想の症状がありました」

「妄想？」

「そう、典型的な環境妄想と被害妄想です。この病院を幽霊客桟という場所だと思い込んでいたうえに、そこにいる亡霊が自分を殺そうとしていると言うのです。真夜中に突然、大きな叫び声をあげて、まわりの患者を全員起こしてしまう。それに、芝居の衣装を着た女性を見たとか、子夜歌を聞いたなどというのですが、これも典型的な幻視と幻聴です。子夜歌とは何のことか、わたしも最初は知りませんでしたが、ネットで調べたら、南朝楽府の芝居の歌のことらしい」

「地方の戯曲でもあったようですね」

文医師はうなずいた。「とにかく、ここに来て最初の一年、高凡は完全に自分の妄想の世界で生きていました。それから、長期の治療によって、二年目に入ると、病状は好転しました。妄想はまだなくならないものの、日常生活はだんだん正常になり、ほとんどの時間、精神状態もはっきりしています。ここ一年ほどは、病状はずいぶんよくなって、少なくとも表面上は正常な人と違いがありません。それに、絵の仕事も再開しています。実を言うと、わたしは彼の油絵が大好きでね、この病院でも一度、彼の個展を開いてやったのですよ」

「それなら、高凡はもうすっかり治っているんですか?」

「いいや、ただ、コントロールできているというだけの話です。いま話したのは昼間の高凡の様子です。夜になると別人になり、やっぱり幻想と妄想の中に生きているのです。もちろん、われわれの治療でそのような状況も好転しつつはあります。ご存じでしょう、この病気は長期にわたる病で、根本的に治すのは非常に困難なのです」

葉蕭にも文医師の言いたいことはわかった。「それなら、高凡の記憶は正常なのですか?」

「もちろん正常です。精神病と記憶喪失という現象の間に必然的な関係はありません。正常な精神状態のときのみ、高凡は過去の出来事を正確に思い出すことができます。しかし、彼が過去の出来事を正確に話す気があるかどうかはまた別の問題ですよ。強制することもできませんしね」

「会わせてもらってもかまわないでしょうか?」

「いいでしょう」

文医師は葉蕭を連れてオフィスを出ると、小さな庭園を抜けて病室棟に案内した。

意外なことにこの病院には、想像していたような鉄格子もなく、体格のよい男性看護人もいなくて、普通の病院の病室棟と変わらず、それ以上に優雅で暖かい雰囲気だった。

葉蕭は二人部屋で高凡に会った。

その病室には高凡ひとりだけがいて、窓際に座って制作に励んでいた。午後の日射しが画布を照らし、深い色調の絵具が暗く反射していた。高凡は人が入ってきたことに気づかない様子で、集中して絵筆を動かしていた。葉蕭は黙ってドアのそばに立っていたが、その絵のだいたいの輪郭は見てとることができた。それは孤独に一棟だけ建つ古い建物で、遠くに黒く大きな海が見え、背景は暗く曇った空だった。葉蕭はその絵から何かを受けとめ、なんとも表現し難い衝撃を感じた。本物の画家にとって、絵画とはすなわち魂の舞踏だ。いま、彼は高凡の魂に向かいあっていた。

突然、画家がこちらへ振り向き、冷たい目で葉蕭をじっと見た。

葉蕭の隣に立っていた文医師が言った。「高凡、こちらは警察の方で、少し話を聞きたいそうだ」

高凡は絵筆を片づけて笑顔を見せた。「どうぞ、お座りください。わたしは精神病の患者で、あなたは警察官だそうだが、わたしの言うことが信じられるのかな？」

「それはわかりませんが、わたしの助けになる話を聞かせてもらえるかもしれないと思います」。葉蕭はなるべく自然な態度をとろうと思った。それに高凡は精神を患っているようにはみえなかった。だから、彼は気軽に高凡の向かいの空いたベッドに座ると、自己紹介をした。「こんにちは。葉蕭といいます」

「葉蕭？」。高凡は目を見張った。そして、自分の聞いたことが信じられないという様子で言った。「あなたが葉蕭なのか？」

「そうです。信じられませんか？」。葉蕭は突然、自分が緊張するのを感じた。文医師のほうを振り返って見たが、医師は大丈夫ですよという表情をしていた。

高凡はまっすぐ葉蕭を見ると、暗い声で言った。「周旋のことで来たんでしょう？」

周旋を知っているのか？

葉蕭はびっくりした。背中に鳥肌がたった。まさか、目の前にいるこの患者は他人の心の中を見透かす能力があるのだろうか？　いや、そんなはずはない。葉蕭はそんなものは信じていない。彼は張りつめた声で聞いた。「どうして周旋を知ってるんです？」

「だって、この病室にいましたからね」

「なんだって？」

驚いた葉蕭は振り返って文医師の顔を見た。もしや、高凡はまた病気が悪くなったのかと思いながら。

だが、文医師は逆に葉蕭に質問した。「葉さん、あなたと周旋はどういう関係なんです？」

「周旋は本当にここにいたんですか？」。彼は思い出した。さっき見せてもらった入院患者名簿にも周旋の名前があった。葉蕭は首を振った。「そんなはずはない。同姓同名の別人に違いない」

文医師は手を振って言った。「葉さん、そう決めつけるものでもないでしょう。もしかしたら、本当にあなたの知っている人かもしれませんよ。まあ、お聞きなさい。わたしの知っている周旋は二十七歳の若者で、前途有望な作家です。サスペンスやミステリーの長編小説をもう何冊も出しているんですよ。わたしも何冊か読みましたが、なかなか面白かった」

「まさか、本当にあの周旋なのか？」。心の中がざわっとした。葉蕭は急いでバッグを開けると、周旋といっしょに写した写真を出した。それを文医師に手渡して、

「わたしの隣に写っているのがそうですか？」

「ああ、そう。それがここにいた周旋ですよ」

「周旋はわたしの一番の親友なんです。いったい、どういうことなんですか？」

「周旋は一年ほど前にここに送られてきました。軽度の精神病で、わたしが主治医でした。病気の原因は奇妙なものでしたよ。四十万字の長編小説を書いたそうで、本人によると、ポストモダン風の小説なんだとか。入院したばかりの頃は毎日わたしに言っていました。この小説はすべての時代を超えた大傑作で、ジョイスの『ユリシーズ』だってこれには遥かに及ばないとか。しかし、出版社に送ったものの、編集者には何が何やらまったくわからなかったそうです。

そこで、出版社は全国的に有名な作家や編集者、学者や教授を招集して、周旋の小説を研究したそうです。このような偉大な人たちが集まって、周旋の小説を一か月も研究したんだそうですが、結局、誰ひとりとしてわかる者はいなかった。最後に、彼らはこういう結論を下しました。すなわち、『意味不明』とね。言い方を変えれば、精神病患者が口から出まかせに語るでたらめだというわけです」

「彼にとってはショックだったでしょう」

「そのとおり。しかし、周旋は他人の意見を受け入れなかった。彼らのほうが全員、頭がおかしいのであって、自分は正常だというのです。それに、自分の作品があまりに素晴らしいので、みんなが嫉妬しているのだと思っていました。来たばかりの頃、彼はわたしに、自分は人類史上もっとも優れた作家であって、その作品はノーベル賞をとるに値すると言っていました。そして、ノーベル賞の賞金を使って文学研究所を設立し、周旋の名前を冠した推理小説とホラー小説の奨学金を発展途上国の新人作家に与えることに『決定した』と言っていましたよ」

「信じられません。わたしにはそんな話をしたことはなかった」

葉蕭はそこで画家の高凡が無表情に自分たちを見つめているのに気づいた。

文医師はしばしの沈黙の後に言った。「そうでしょう、後になってからは彼自身、そんなことを言ったことすら覚えていませんでしたからね。わたしが彼にその『大傑作』を読ませてくれないかと言ったところ、パソコンが壊れてしまったので、もう原稿はないのだと言いましたよ。それから、周旋は典型的な被害妄想になっていきました。自分の小説の構想の中に埋没する一方で、文学界の人々は嫉妬のあまり、自分を死地に追いやらなければ気がすまないのだとも言っていました。しかし、二か月ほど前には彼の病状はだいぶよくなったようにみえました。もう、あの『大傑作』の話もしなくなりましたし、怖ろしい妄想もしなくなっていました。周旋は、自分の病気はもうよくなった、今はまったく新しいホラー小説を構想しているところだから、外に出たい、そして創作のためのインスピレーションと素材を集めたいと言い出しました」

「それじゃあ、退院させたんですか？」

「いいえ。患者の大多数が自分は病気ではないと言うのですが、実際には完全に治すのは難しいんですよ。もちろん、成功例も少なくはありませんがね。周旋はどうかというと、病気が治っているかどうか、見極めるのは難しいのです。まあ、少なくとも、高凡の回復状況よりはずっとよかったんですが」

高凡が突然口を挟んだ。「文先生、わたしだって、随分よくなってるじゃないですか」

「ああ、失礼」。文医師は笑って、こっそり葉蕭に目配せしてから話を続けた。「わたしは何度も迷ったんですが、結局、退院には同意できず、半年くらい経過をみてからにしようと言ったのです。しかし、周旋はもう待ちきれなかったんですね。ちょうど四十日前のある夜、こっそり病院を脱走し、それっきり消息がわからないのです」

「周旋は四十日前に逃げ出したっていうんですか？　ここは精神科の病院なのに、患者が逃げられるようになってるんですか？」

「そうですよ。ここは精神科病院であって、刑務所ではありません。患者は犯人ではないし、自分の権利をもっています。彼らが必要としているのは治療であって、監禁されることではないですからね。わたしたちの病院では、ごく少数の暴力的な傾向のある患者だけを厳しい措置の下に置いているんです」

「文先生の言うとおり。周旋が出ていったのには驚いたけどね」。高凡がまた口を挟んだ。それから、彼は奇怪な目つきで葉蕭を見ながら言った。「葉さん、あなたが今座っているそのベッドには周旋が寝ていたんですよ」

葉蕭は無意識のうちにさっと立ち上がり、振り返ってベッドを見た。すると、文医師が彼の肩をぽんと叩いて言った。「かまいませんよ。お座りなさい」

高凡が笑い出した。「作家と画家が同じ病室にいたんだから、共通の話題はたくさんあったね。周旋はなかなか、いいやつだった。いつもいつも小説の構想を練っていて、頭の中には奇妙な考えがいっぱい詰まっているんだ。彼はその構想やインスピレーションをわたしに話してくれた。その天才ぶりにはまったくおそれいったよ。彼がいなくなってしまって、まったく残念だ。わたしはここで独りぼっちだ。ときどき、会いたくてたまらなくなるよ」

「あなたはまだ幽霊客桟のことを覚えていますか？」

「幽霊客桟……幽霊客桟……」。画家は目を細めて、何度も繰り返した。

文医師はちょっと緊張したように葉蕭の話を遮った。「葉さん、彼が今、昔のつらい記憶を受けとめることができるかどうか、ちょっと難しい問題なのですよ」

「大丈夫です……」。高凡は平静さと自信を取り戻したようだ。「文先生、わたしの頭はとてもはっきりしているし、あの頃のことは忘れようにも忘れることができない。遠慮なく質問していいです」

　葉蕭はうなずいて言った。「よかった。それなら、覚えていることを話してくれますか？」

「あれは三年前のことだ。祖父が亡くなる前に秘密を打ち明けてくれたんだが、幽霊客桟の床下に金《きん》が埋められているというのです。いろいろな資料を調べて、祖父の遺言は本当だと確信し、西冷鎮を見つけ出し、幽霊客桟に滞在することにしたんです」

「そのとき、客桟に住んでいる人、泊まっている人は何人いましたか？」

「客桟の主人の丁雨天、その弟の丁雨山、それに女将《おかみ》の秋雲といって、美人でなんだか怖い感じの女性だった。そのほか、醜い容貌で口のきけない阿昌です。泊まり客には三人の夏休みの女子大学生がいて、名前も覚えていますが、水月、琴然、蘇美といった。ほかには、清芬と小龍という、母親と息子がいた。わたしは客桟に泊まって、昼間は絵を描くふりをし、夜中になると客桟の中で金を探していた」。高凡はそこで突然黙り込んだ。どうやら、何か複雑な思いに落ち込んだようだ。「客桟に到着してほんの数日後のことですが、その清芬という女性に強く惹かれるようになってね。三十過ぎで、子どもをつれていたが、成熟した魅力のある女性で、どうにも好きでたまらなくなったのです」

「清芬はあなたを受け入れたんですか？」

　高凡はふっと笑って言った。「最初ははねつけられましたよ。だが、だんだんわかってきたことだが、彼女は早くに夫を亡くしていて、女がひとりで子どもを育てるのは大変なことだし、内心では男を必要としていたんです。表面では冷たいふりをしていたが、本当は不安を抱えていた。わたしは彼女の心を射止めようと、毎日、水彩画を描いて贈り、一か月ほどたって、やっと彼女の心を開いて、最後の防衛線を越えることができたってわけです。そう、わたしは清芬を自分のものにして、夜中に密会していました。もちろん、それは人に知られるわけにはいかないし、特に彼女の息子には知られてはいけないことだった」

「わかりました。もう、その話はやめましょう」。葉蕭は手を振って言った。「それでは、あなたは田園《ティエンユエン》をご存知ですか？」

「あなたも田園を知ってるのか？　いや、もちろん、彼女を忘れることなどできやしない。一目見ただけで忘れられなくなるタイプの女性だからね。わたしが幽霊客桟に滞在し始めて一か月たった頃、田園も客桟に来たんです。若い、伝統演劇の俳優でね、一種独特の魅力のある女性だった。彼女もどうやら、客桟で何かを探しているみたいだった。何を探しているのか、聞いてみたことがあるが、絶対に口を割らなかった。あるとき、偶然に気がついたんだが、田園は客桟の主人の丁雨天とあやしい関係になっているらしかった。同時に、秋雲が彼女に嫉妬していることにも気づいたんだ」

「水月の話をしてもらえますか？」

「あの大学生のことかい？　そうだね、すごい美人で、特に素晴らしい目をしていたから、強く印象に残っている。画家として言わせてもらえば、あの目は古典的な美をたたえた目だと言えるね。だが、憂鬱そうな性格で、まるで古代の伝説の仙女のように俗世離れした雰囲気だった。とにかく、ほかの子たちとは違う、近寄りがたい感じの女の子だった」


さすがは画家の観察力だと思って、葉蕭はうなずいた。「それで、その後、いったい何が起きたんですか？」

「それから……。ある夜、田園がわたしに会いに来て、周旋が手紙に書いていた描写と遜色がない。いっしょに海辺の墓地に来てくれって言うんだ。変な話だと思ったよ。誰が夜中にそんな所に行くもんか。だが、千元くれるって言うし、わたしはもともとお人よしだし、美人の誘惑には勝てないから、いっしょに墓地まで行ったよ。ぞっとすることに、スコップを持てと言うんだ。まるで、墓をあばきにいくみたいだと思ったんだが……。本当にそうだった。田園はわたしを一本の枯れ木の下に連れていった。そこには、たったひとつ、墓碑銘のない墓があって、田園はわたしにその墓を掘り返せと言うんだ。最初から、わたしに力仕事をやらせるつもりだったんだよ。わたしも意気地なしではないし、あの頃は夜中に客桟の中で穴掘りをしていたから、土を掘るのはうまくなっていたからね。そういうわけで、その墓を掘り始めたんだが、意外なことに、墓の中には死体はなかった。ただ、木の匣が出てきたんだ」

「木の匣？」

「そんな感じの物だね。田園は真っ青な顔をしていた。心の準備ができていなかったみたいでね。最初は動揺していたが、やがて、穴の中に掘った土を戻せとわたしに命令した。言うとおりにするしかないから、元のとおりに戻したが、匣だけは田園の手に入ったわけだ。彼女はその匣を両手で捧げ持ち、客桟に戻ると千元くれた。墓を暴いたりしたせいか、その夜はよく眠れなかった。何かが自分を探しに来るような気がして、不安でならなかったよ」。高凡は苦笑し、文医師のほうを見てから、話を続けた。「もしかしたら、わたしの精神に異常が生じたのはあのときからかもしれませんね。次の日、清芬が悪い夢を見たと言うんです。客桟の中に何かがいるような気がするってね。すると、小龍もこそこそと母親に話しているんです。この客桟の中には亡霊がいるってね。わたしも清芬も信じませんでしたが、客桟の中に気味の悪い雰囲気が漂っているのは事実でした。わたしもだんだん怖くなりました。自分が墓を暴いたことによって、幽霊客桟に凶運を持ち込んでしまった気がしたのです。ちょうどその頃、水月が一人部屋に移って、琴然と蘇美が彼女をまるで疫病のように避けるようになったことに気づきました。琴然にそっと聞いてみると、本当の水月はもう死んだ、あの水月にそっくりな女の子は実はずっと前に死んだ人の亡霊なのだと言うんです」

突然、文医師が高凡の話をさえぎった。「わたしの推測が間違っていなければ、それは典型的な被害妄想ですよ。もしかしたら、琴然と蘇美はもう精神を病んでいて、妄想と幻覚の症状があったのかもしれません。自分のそばに幽霊がいて、その幽霊が水月の体を乗っ取り、自分たちを殺そうとしていると思い込んだのでしょう。わたしたちの病院でも似たような症例はよくありますよ。たいていは特殊な生活環境によって発症するものです」

「それはわたしにはわからないが、とにかく、二人はあのとき、すっかり神経質になって様子がおかしかったね。その数日間、客桟にいる者はみんなびくびくして神経質になっていた。わたしも客桟の空気が変わったと思った。なんだか、墓のにおいがするような気がした……。いや、正確に言えば、あの木匣のにおいがするような気がした。あの木匣の中に何が入っているのかも知らないし、田園が開けてみたかどうかも知らない。ただ、あの木匣を墓の中から持ち出した瞬間から、幽霊客桟に恐怖と死が訪れる定めになった気がしたんです。それからの数日、わたしたちみんなが同じ奇妙な夢を見た。客桟の地下に埋められている金の夢だ。とうとう、ある日の夜中、わたしは夢で見たとおり、客桟の一階に見捨てられていた小さな部屋を発見しました。そこで地面を三尺掘ったが、出てきたのは黄金ではなく、死人の頭蓋骨だった。そのとき、わたしの精神はひどい打撃を受けた。もしかしたら、黄金は最初から存在していなかったのではないか、黄金はわたしを引き寄せるための架空の餌であって、本当の目的はその頭蓋骨を見つけさせることだったのではないかと思ったのです。わたしはその死人の骨をすべて掘り出し、海辺の墓地に埋めました。そうすれば、その人の魂に安息をもたらすことができるかもしれないと思ったから」

高凡はまるでたった今墓地から戻って来たみたいな様子で、長いため息をついた。葉蕭は待ちきれずにせかした。「それから?」

「その日、田園は黙って客桟を去ったので、きっとあの木匣を持っていったんだろうと思いましたね。それから数日、客桟の雰囲気はますます怖ろしいものになっていって、丁雨天の姿はまったく見かけなくなった。琴然と蘇美はあいかわらず水月を疎んじていて、あの二人の話を聞くとわたしまで怖くなって、水月とは口をきかないようにしていました。小龍もあいかわらず、気味の悪い話ばかりしていて、聞いていると本当にゾッとしましたよ。あの子はきっと第六感が強いんでしょうね。そして、まずいことに、小龍はわたしと清芬の関係に気づいてしまって、わたしをまるで仇のように思うようになり、ある晩、ひとりで客桟を出ていってしまったのです。みんなで客桟の周辺を探しましたが、とうとう見つからなかった。清芬は息子なしではいられず、ひどく苦しみましたよ。ショックのあまり、すっかり頭がおかしくなって、台風の吹き荒れる怖ろしい夜に客桟を飛び出していってね、それきり、どうしても見つけることができませんでした」

葉蕭はそこで急に口をはさんだ。「今でも、彼女を思っているんですか?」

「今では、ひたすら後悔しています。彼女に申し訳ないと思っている。小龍にも申し訳ないと思っている。あの子はなにも悪くないんだから。清芬と小龍が失踪して、わたしの精神も崩壊寸前になっていました。そんなときに、丁雨天がもう死んでいることがわかったんです。秋雲は自分が夫を殺したと認めました。丁雨山は兄が死んだのに、まったくなんの反応も見せないんです。きっと秋雲と通じていたんじゃないかと思います。二人で共謀して、幽霊客桟を自分たちのものにしようと思ったんじゃないでしょうか。二人はわたしを脅迫して、丁雨天の死体を墓地に埋めさせました。そして、墓碑も作りました。われわれが幽霊客桟に戻ると、琴然と蘇美が血まみれになって倒れており、その近くに水月が呆然と立ち尽くしていました。わたしたちはすっかり怯えてしまい、秋雲は水月には亡霊がとりついていると言い出しました。彼女を殺さないと、わたしたちの命は助からないと言うのです。文先生の言うとおりです。あれは間違いなく被害妄想だ。あのときはわたしまで錯覚を起こしていたんです。目の前にいるのは水月ではなく、芝居の衣装を着た昔の女性だと思っていました」

文医師がうなずいた。「そのとおり。それがあなたの病気の原因なんですよ」

「夜が明けそうになった頃、水月は客桟から逃げ出しました。わたしと丁雨山と秋雲の三人はすぐにその後を追いました。彼女は慌てて走るうちに海辺の崖の上に出て、そこでわたしたちに追いつかれたのです。そのとき、わたしたち三人はすっかり頭がおかしくなっていて、水月は亡霊なのだと思い込み、か弱い彼女に殴る蹴るの暴力を振るいました。彼女がもうそれ以上は持ちこたえられないと思われたとき、突然、丁雨山が何者かに突き飛ばされて崖から落ちました。驚いて振り向くと、あの醜い顔が見えたのです」

「阿昌だったんですか？」

「そう、それは阿昌でした。阿昌が丁雨山を崖から突き落とすなんて考えてもみなかった。しかし、それだけではなく、彼はわたしを突き落とそうとしたのです。まるで悪い夢を見ているようでした。阿昌は見た目は怖ろしげですが、とても穏やかな性格で、あんなふうに激怒するなんて想像もできませんでした。そのときの阿昌はまるで悪鬼のような形相で、怒りの頂点に達しているようでした。力ものすごく強くて、わたしもどうしても振りほどくことができず、とうとう高い崖から突き落とされてしまったんです！」

「そうだったのか、阿昌だったのか！」

葉蕭は我慢できずに口を挟んだ。周旋の最後の手紙を思い出していたのだ。あの黒い影は阿昌だったというわけか！

そのとき、高凡の額に汗の粒が浮かんだ。高凡は今思い出しても怖ろしいという様子で言った。「すごい速さで墜落していくのがどんなに怖ろしいか、経験のない人には想像もできないだろう。本当に怖ろしかった。水に落ちた瞬間、地獄に落ちたみたいだった。あれはまったく死の体験だよ。どんなに意志の強い人間でも、あんな状況になったら、精神がおかしくなって当然だ。その後は意識がだんだん朦朧として、海の底に落ちていくみたいな感じだった」

文医師が言った。「それは精神に異常を来した後に大脳が昏迷しているのです」

「意識が戻ったときには、もう病院のベッドの上だったよ。後で聞いたんだが、漁師たちが海から救い上げてくれたそうで、彼らもこれは奇跡だと言っていたそうだ。秋雲と丁雨山の死体が海で見つかったそうだが、水月の行方はわからず、まるで空中に蒸発してしまったみたいに姿を消した。とにかく、あのとき、わたしの頭はすっかりおかしかったし、何が起きたのかさっぱり思い出せなかったから、警察はほんの何分か質問しただけで、すぐにわたしを鑑定のために病院に送ったわけだ。その後、親戚が上海から迎えに来てくれて、この病院に入院させ、それ以来、文先生にお世話になっているというわけです。あれから、もう三年もたった。見ておわかりのとおり、わたしは随分よくなっている。それもすべて文先生のおかげだ。先生には本当に感謝しています」

「そうだね」

葉蕭はため息をついた。高凡が三年前の幽霊客桟での出来事を語るのを聞いて、まるで自分もそこにいあわせて、その出来事をすべて見ていたような気がした。特に、高凡が海に落ちていく最後の一幕を聞いたときには、まるで自分が海水の中に沈んでいくように皮膚がさーっと冷たくなるのを感じた。

高凡も息を整えてから、また話し始めた。「あなた方二人以外、この話を聞かせたのはたったひとりだ。それが周旋です」

「彼に全部、話したんですか？」

「話しました。自分が幽霊客桟で経験したことはすべて、そっくりそのまま、周旋に話しました。周旋とは仲良くしていたし、彼は作家で、新しいホラー小説の題材とインスピレーションを探していたわけだから。わたしは自分が幽霊客桟で経験したことは、すごいホラー小説を一冊書くのに十分だと思ったし、それがまさに周旋が探していたことなんだから、何もかも詳しく周旋に話してやった。幽霊客桟の物語を聞き終わった周旋はものすごく興奮して、中国でもっとも優れたホラー小説を書くことに決めた、タイトルは『幽霊客桟』だ、と言っていた」

文医師は首を振った。「どうやら、周旋はまだ、妄想の中にいるようです」

「いいえ、それは妄想なんかじゃない。周旋はもう、『幽霊客桟』を書いたんです」

そのとき、葉蕭にはすでにわかっていた。周旋が幽霊客桟から自分に送ってきた十二通の手紙は長編のホラー小説だったのだ。

高凡はかまわず、話を続けた。「周旋はわたしにその小説の構想を話して聞かせましたよ。葉蕭という親友がいて、もう何年も連絡をとっていないが、今では警察官になっているそうで、その葉蕭を探し出し、彼も小説の中の登場人物のひとりにするのだと言っていた。もっと正確に言うなら、葉蕭を物語の目撃者と語り手にして、ある警察官の視点から話を始めれば、この小説は自然と展開していくはずだとね。それこそが小説の生命力であり、優れた小説というものは必ず、われわれの人生の一部分なのだとも言っていましたよ」

葉蕭にもやっとわかった。「そのとおり。周旋はもうそのとおりにやりましたよ。わたしを小説の一部分にすると同時に、小説をわたしの人生の一部分にしたんです。それが小説を書く秘訣だったのかもしれません」

「葉さんは間違いなく周旋の一番の親友だな。彼が念入りに計画したことがもうちゃんとわかってる。それから、周旋はわたしにこうも言ってましたね。小説『幽霊客桟』を書くからには実際に幽霊客桟に行ってみる必要がある、幽霊客桟の中で暮らしてみる必要があるとね。それにはまず、田園を探し出さなければならない、墓地から掘り出したあの木匣がこの物語の鍵になるんだから、とも言っていた。あの木匣を見つけ出さなければ、幽霊客桟の秘密を明らかにすることはできないのだから。木匣が手に入ったら、次に会わなければならないのは警察官の葉さんだ、田園との不思議な出会いについて神秘的な話をでっち上げて、あなたの気持ちをひきつけるんだと言っていましたよ。周旋はもう幽霊客桟がどこにあるか知っていたんだが、それでも、知らないふりをしてあなたに調べてもらう、それによってあなたを物語に巻き込む計画でした」

文医師が突然言った。「それで周旋はわたしに退院願を出したんだな」

「そうです。だが、まさか、黙って脱走するとはわたしも思っていなかった。あの日、朝目を覚ますと、隣のベッドが空だった。これでもう二度と彼に会うことはないだろうと思いましたよ」。高凡は苦笑した。それから、葉蕭をじっと見て質問した。「彼は今どこにいると思いますか?」

「わかりません」

奇妙なことに、高凡はそこで黙ってしまい、ぼうっと天井を見つめていたが、その顔色が突然変わった。「きっと……周旋はいま、蘭若といっしょにいるんだ」

「どうして、蘭若を知ってるんです?」。葉蕭はベッドから立ち上がった。

文医師は警戒するように言った。「高凡、もう疲れただろう。休んだ方がいい」

「違う、違う。ほら、感じるんだ……」

「何を感じるんです?」

突然、高凡は力強い両腕を伸ばして、葉蕭の襟をつかみ、怖ろしい目つきになって、葉蕭の耳もとで気味の悪い声を出した。「蘭若が復活したんだ！」

「狂ってる」。葉蕭は自分の鼓動が速くなり、顔が熱くなるのを感じた。

文医師が駆け寄ってきて、葉蕭と力を合わせ、高凡の手をほどいた。葉蕭と文医師は急いで病室から出ると、ドアにしっかり鍵をかけた。部屋の中から高凡のぞっとするような笑い声が響いた。

気持ちが落ち着かないまま、病室棟の外の庭に出ると、葉蕭は文医師に聞いた。「どういうことですか? また、病気が悪くなったんですか?」

「しかたないんですよ。こういうことは予測できるものではないのです。高凡はもうずいぶん長いこと、妄想を起こしたりしていませんでした。少なくとも、昼間はね」

「それじゃあ、さっきのあれは、どういうことなんですか？」

文医師はすでに平静さを取り戻していた。「妄想癖のある患者の中には、治療によって回復したようにみえても、ひそかに自分の妄想を隠している場合があるのです。しかし、それを口にしてしまうと、医師から病気の症状だとみなされることが彼らにもわかっています。だから、自分の妄想を絶対に口に出さず、日常生活で人と接触する際には知られないようにするのです。われわれはこれを『縦の分裂』と呼んでいます。患者の片方は妄想、もう片方は普通の人の常識という、二つに分かれるのです。彼らの妄想は心の深いところにあって、通常はほとんど危険はありません。さっきの高凡のような状況ではおそらく、話をし終わってリラックスしたところで、うっかり、心の中に隠していたものを漏らしてしまったのでしょう。彼にとっても、予想していなかったことだと思います」

「それでは先生は、高凡がおかしくなる前に話したことも、すべて妄想だとお考えですか？」

「いいえ、あれは真実ですよ。特殊な幻想的な虚言癖のある患者は別として、大多数の患者はわざと人を騙そうとはしません。高凡の症例もそうです。彼があなたに幽霊客桟や周旋の話をしていたとき、わたしは彼の目に注意していました。あれは信頼できます。最後に言ったことを除けば、彼の話は明晰で筋がとおっていましたから、理性的に考えた結果なのであって、妄想ではないし、わざと嘘を言っているのでもありません。その点は保証できますよ」

葉蕭はうなずいた。そして、ふと周旋のことを思い出して質問した。「文先生、周旋はいまでも病気なんでしょうか？」

「新しく精神鑑定をするまでは結論を下すわけにはいきません。しかし、もし病気だとしても、周旋はちゃんと小説を書くことができるでしょう。実際、患者の中には思考が明晰で、行動様式も日常生活も正常であり、厳密に理論的に思考するばかりか、きめ細かく長期的な計画を立てることができる者もいるのですから」

「そうなんですね。今になってわかりました。わたしは最初から、周旋が仕組んだ落とし穴に落ちていたんです」。葉蕭はため息をついた。空の色がだんだん暗くなっている。まさか、精神科病院で夜を過ごすわけにはいかない。葉蕭は言った。「それでは、文先生、さようなら」

三

一か月後。

葉蕭は出版社からの電話を受けた。長編小説『幽霊客桟』はすでに三段階の審査を通り、近々出版されることになったという。作者名は「周旋、葉蕭」の二人連名になっている。

受話器を置いた葉蕭は安心してため息をつき、心の中でこう話しかけた。「周旋、これで思ったとおりになったね」

それから、葉蕭はパソコンに入っているファイルを開いた。長編小説が目の前に現れた。

『幽霊客桟』は全部で三部から成っている。第一部は葉蕭が自分で書いたもので、周旋と田園との不思議な出会いや、あの木匣についてつづられている。あれはすべて、自分と読者たちの興味をかき立てるために周旋がでっち上げた嘘だと今では葉蕭もわかっている。ただ、唯一の真実は田園の死だ。彼女の死はまったく意外な出来事だったが、結局、小説に不思議な要素を付け加えている。

第二部は小説全体のうちでもっとも重要で、もっとも長く、おもに周旋が書いた十二通の手紙から成っている。もっと正確に言うなら、本当は手紙の形式で書かれた小説であり、高凡が病院で周旋に語った回想に取材したものだ。人の心を震わせる真実味のある小説にするために、周旋はあの木匣を持って単身、幽霊客桟に赴き、あの口のきけない阿昌とともに十数日間を過ごしている。しかし、小説の登場人物の大部分は、高凡の三年前の幽霊客桟での記憶に登場する人たちであり、周旋はそのすでに死亡あるいは失踪した人たちを登場させて、怖ろしい虚構の物語を作り上げたわけだ。そして、その物語の主人公は作者の周旋になっている。そう、周旋が手紙に書いてきたすべては、架空のお芝居に過ぎない。周旋がその芝居の監督で、一方、葉蕭はいつのまにか、自分ではわからないままに、このお芝居の観客となり、参加者になっていたわけだ。

十二通目の手紙の最後がもっとも怖ろしく、謎に満ちた部分だ。それはあの崖の上に出現した黒い影だ。今では葉蕭にもわかっている。あれは阿昌だったのだ。

それにしても、阿昌はなぜあんなことをしたのだろう？　唯一考えられる理由は、水月が蘭若にそっくりだったということだ。阿昌は子どもの頃に子夜歌劇団の中で生活していた。だから、蘭若のことはよく覚えていただろう。もしかしたら、彼女が殺されるところを目撃していた可能性もある。それからまもなくの大火事で、阿昌の家族は亡くなり、彼自身は顔に大火傷を負い、口がきけなくなってしまった。蘭若は阿昌の心の奥の痛みであり、悔恨だった。だから、秋雲、丁雨山、高凡が水月を追いかけていったとき、阿昌はひそかに後ろから追跡したに違いない。そして、崖の上で追いつくと、水月が彼らに殴られ、蹴られているのを見て、昔のあの辛い出来事を思い出したのだ。激怒した彼は秋雲たちに飛び掛かって崖から突き落とし、危ないところで水月の命を救った。そのことを周旋はなぜ、手紙の中ではっきり書かなかったのだろう。もしかしたら、そうすると、阿昌が面倒なことになると心配したのかもしれない。

葉蕭はこの事件のことを西冷鎮の警察に伝えはしたが、それによって事態が変わるだろうとは思っていない。なにしろ、すべての情報は高凡の記憶によるものであり、高凡の病いはまだ全快していないので、彼の話は法律上、証拠として採用されるはずがないからだ。

周旋からの手紙のほかに、第二部には葉蕭が自分で書いた文章も含まれている。彼自身の小曼《シャオマン》についての回想や、周旋の父親が病院で語った回想だ。周寒潮と蘭若の物語については、おそらく周旋自身も知らないはずだ。

ただ、葉蕭がどうしても理解できないのは、周旋が小説の中で、知らないはずの周寒潮と蘭若の物語を暗示していることだ。たとえば、水月は周旋によって海から助けられて以来、自分は何も思い出せない、唯一覚えているのは彼の目だと話している。それは明らかに蘭若の周寒潮についての記憶に違いない。周旋は父親によく似た顔をしているから、蘭若が周旋を周寒潮だと誤解するのも当然だからだ。もしかすると、小説をここまで書いたところで、幻想と現実が重なりあってしまい、どちらが虚構で、どちらが現実の人生なのか、わからなくなってしまったのだろうか？　そうだ、優れた小説というものは、必ずわれわれの人生の一部分なのだから。

『幽霊客桟』の第三部はすべて葉蕭が自分で経験したことだ。彼自身が西冷鎮と精神科の病院で見聞きしたこの部分が、小説全体の中で欠くべからざる一部分になっている。

葉蕭はふと思い出して、引き出しから一枚の写真を出した。それは周旋が二通目の手紙に入れて送ってきたもので、写っているのは海辺の絶壁で、遠くに見えるその崖の上にひとりの孤独な女性の姿がある。いったい、この女性は誰なのか?

ずっと客桟を守っている阿昌以外、周旋の手紙に登場する人々は三年前に死んでいたはずだ。だとすれば、この崖の上に立つ女性はいったい誰なのか?

葉蕭は苦笑した。まったく、人生も小説と同じで、いつも解き難い謎を残すものらしい。

謎の答えが何なのかは実は重要ではないのだろう。

ついに、彼の動かすマウスは小説の最後まで来た。小説のすべてがそろった。足りないのは、この小説の終章《エピローグ》だけだ……。

エピローグはなんだ?

終章

十日後。

天気はだいぶ涼しくなって、窓の外には秋雨が降り続いている。

数分前、出版社から電話があって、『幽霊客桟』はすでに書店の店頭に並んでいるという知らせだった。

葉蕭は小さなため息をついた。結局、小説の終章は書けなかった。彼は今になって、少しだけ後悔した。三回目の審査の前に書き終えることができていたら、まだ間に合ったかもしれない。

本はすでに出版されたのだが、葉蕭は少しばかり残念に感じていた。心の中に一種の喪失感があり、窓の外の陰鬱な秋雨を眺めながら、自分に問い続けていた。「これで本当に一件落着なのか?」

突然、ドアのベルが鳴った。

葉蕭はわけもなくぶるっと震えてから、自嘲気味に首を振った。最近はなんだかいつもこんなふうにびくびくしているんじゃないか。彼はドアを開けにいった。

ドアの外には知らない女性が立っていた。

葉蕭は驚き、疑問を隠せない表情で聞いた。「誰にご用ですか？」

女性は礼儀正しく微笑んだ。「こちらは警察官の葉蕭さんのお宅ですか？」

「ぼくが葉蕭です」

「よかった。やっと見つかった。届け物があって来たんです」

葉蕭はちょっと黙り、無意識のうちに一歩下がって彼女を家の中に入れた。見た感じ、とても若くて、二十歳を過ぎたくらいだろう。安妮宝貝《アニー・ベイビー》の小説に出てくるみたいな、白いコットンのワンピースを着ている。しかし、なにより人をひきつけるのは彼女の目だ。目のあたりに特別な情緒があって、まるで澄んだ泉の水のようだ。その目を見て、葉蕭はなんだか前に会ったことがあるような気持ちがした。

部屋の中は異常に静まり返って、雨粒が窓ガラスにぱらぱら当たる音だけが聞こえる。葉蕭はその女の子が手に旅行用の大きいバッグを持っているのに気づいて、ちょっとぎこちなく言った。「どうぞ、座ってください」

「ありがとう」。彼女はさっと腰を下ろすと、まず部屋の中をぐるっと見渡し、それから、ちょっぴり疲れた声で言った。「たった今、雲南から飛行機で着いたばっかりなの」

「雲南？」

「雲南の麗江よ。古くて美しい小さな都市。そこで友だちになった人から、これをあなたに届けてほしいって頼まれたの」

「友だちって、なんていう名前？」

彼女はちょっと口を尖らせると、ゆっくりその名前を発音した。「周旋」

「ほんとに周旋が……？」。実を言うと、葉蕭はなんとなく、そんな予感がしていた。彼は深呼吸してから、やさしい声で言った。「周旋とどうして知りあったの？」

「何週間か前に麗江の小さな旅館で偶然知り合ったの」。

彼女はうつむいて微笑すると言った。「はじめ、わたしの目をあんまりじっと見るもんだから、なんだか照れくさくて。それでとにかく、知りあいになったの。彼は作家で、全国を旅行しながら小説を書いてるって言ってた。なぜだか知らないけど、ずっとわたしについてくるの。

いっしょに玉龍雪山にも登ったし、迪慶《ディーチン》高原にも、伝説の香格里拉《シャングリラ》にも行ったわ」

「きっと君のことが好きになったんだろうね」

彼女はちょっと照れたようで、顔を傾けて言った。

「知らない。でも、普通の友だちになるならいいと思って」

「周旋は元気？」

「元気よ。最新作の長編小説がもうすぐ出版されるって言ってた」

葉蕭は苦笑した。「それは本当だよ」

「そうだ、わたしったら、肝心なことを忘れるところだった。上海に用があって行かなければならないって言ったらね、ついでにあなたに届けてくれって」

彼女はバッグをテーブルの上に置き、声をひそめて言った。「自分で開けてみて」

葉蕭は彼女の目をじっと見てちょっと躊躇し、それから窓のほうを向いた。秋の雨が綿々と降り続いて、止む気配はない。とうとう、彼は慎重にバッグを開いた。

木匣だ！

間違いない。葉蕭はこの匣を忘れることなどないだろう。三か月前のあの雨の日、周旋もこの木匣を持って、長い間会っていなかった葉蕭を訪ねてきて、この同じテーブルの上に置いたのだ。

見知らぬ女の子の前で、警察官ともあろう者が慌てた様子をみせるわけにはいかないと思ったが、葉蕭はとうとう体に震えがくるのを感じながら、そっと手を伸ばし、木匣の表面に触った。しかし、今回はあのときのように感電するような感じはしなかった。指が木匣に触れたとき、ただ、それがとてもとても古い物だと感じただけだった。

木匣の中には何が入っているのだろうか？

芝居の衣装？　周旋からの十三通目の手紙？　それとも、何か別の物だろうか？

葉蕭には見当もつかなかった。

窓の外の雨音を聞いているうちに、胸がドキドキしてきた。葉蕭は匣の蓋を何度も撫でた。いま、開けるべきだろうか？　それとも、このまま永遠に鎖をかけておくべきだろうか？

葉蕭は身震いした後、幽霊客桟からの木匣の蓋を開けた。

木匣の中には一枚の便箋が入っていた。

便箋には一行だけ、こう記されていた……。

「これが終章だよ」

一目見ただけで、周旋の筆跡だとわかった。

葉蕭は微笑すると顔を上げ、女の子の目をじっと見て聞いた。「君はなんていう名前？」

彼女は人を惹きつける素敵な声で答えた。

「水月」

日本の読者の皆さんへ

もうずいぶん前のことですが、森村誠一先生の推理小説『野性の証明』を読みました。その小説には、若くして亡くなった日本の詩人立原道造の詩「みまかれる美しきひとに」が引用されていました。今でもその最初の部分を覚えています。

まなかひに幾たびか　立ちもとほつたかげは
うつし世に　まぼろしとなつて　忘れられた
見知らぬ土地に　林檎の花のにほふ頃
見おぼえのない　とほい晴夜の星空の下で

そのとき、ぼくはこの『幽霊ホテルからの手紙』（原題『幽霊客桟』）を執筆中でした。この詩を読んで、偶然にもこの詩が、特に、その「みまかれる美しきひとに」というタイトルと「うつし世に　まぼろしとなって　忘れられた」という詩句が、『幽霊客桟』の物語の趣旨にぴったりだと思ったので、自分の作品の中で引用することにしました。

それから数年後、『幽霊客桟』が舞台演劇として上演されました。そのいくつかの場面で、亡霊の役を演じた女優が京劇の衣装を着て、舞台の背景を漂いながら、この「みまかれる美しきひとに」を京劇の台詞のように歌うシーンが何度かありました。観客は西洋のゴシック風の物語と中国の古典の戯曲、そして日本の詩を同時に鑑賞していたわけです。それは演劇の瞬間であると同時に、文学の瞬間でもあり、海を越え、大陸を越えた瞬間でもありました。

この物語の背景はこういう場所です。幽霊客桟は海と墓地の間にあり、千年伝わる子夜歌の調べに浸りながら、広大なアジア大陸を背にして、大海の対岸、すなわち日本列島を望んでいる……。中国でも推理小説、サスペンス小説を愛好する読者は多く、読者だけでなく、中国の作家たちも日本の先輩作家たちの影響を強く受けています。その中でも、ぼくは松本清張と森村誠一の作品が大好きですが、それはおそらく、彼らの作品からは歴史の重さが感じられるからだと思います。

今日、ぼくは「帰去来兮《グイチューライシー》」という古い歌を耳にしました。陶淵明の「帰りなんいざ、田園まさに蕪《あ》れんとす」という詩をもとにした歌です。この百年ほどの間に、東アジアに限らず、ヨーロッパであれ、ラテンアメリカであれ、それぞれの故郷がどこであっても、「滄海変じて桑田となる」ほどすっかり変わってしまいました。ただ、幽霊客桟だけが「帰りなんいざ」と呼んでいます。そこは文学の故郷だからです。

二〇二三年春、中日両国の人々がマスクをはずして、海を越える空気を自由に呼吸できるようになったこの春に、『幽霊ホテルからの手紙』がついに日本で出版されることになりました。日本の読者の皆さんがこの本を気に入ってくれますように、そして、もっと多くの中国文学作品を読みたいと思ってくれますようにと願っています。

最後に、この本を翻訳してくれた舩山むつみさん、文藝春秋の皆さん、日本の中国文学愛好者と翻訳者の皆さん、そして中日の架け橋となってくれている、すべての皆さんに心から感謝します。

残念ながら、今、世界は平和とは言い難い状況にあり、太平洋や東シナ海にも、ときに暗い靄がたちこめることもありますが、文学が、この穏やかな春のように、人々の心をひとつにつないでくれることを心から願っています。

二〇二三年三月一日　上海にて　　蔡駿

訳者あとがき

舩山むつみ

蔡駿は中国で圧倒的な人気を誇るホラーミステリー作家で、書店の店頭にはいつもずらりとその作品が積まれている。これほど人気のある作家の作品がこれまであまり日本に紹介されていなかったのは不思議だが、遅ればせながら、ついに日本の読者の皆さんに初の長編の日本語訳をお届けできることになった。

蔡駿作品の魅力はなんといっても、その独特の美意識と歴史への思いだろう。ホラー小説であっても、ただ怖いだけ、グロテスクなだけではなく、しっとりした、独特の美しさがある。それは、『聊斎志異』など古典文学の流れを汲んだ、中国らしい伝統の美でもある。同時に、生まれ育った上海という都市のお土地柄だろうか、コスモポリタンな雰囲気の感じられる作品が多い。作品数が多く、手を替え、品を替えて読者を怖がらせ、楽しませてくれるという意味で、「中国のスティーヴン・キング」と呼ばれる作家だが、この作品からもわかるように、アメリカ風というより、ヨーロッパの雰囲気の感じられる作風だと思う。それらの要素があいまって、作者本人の独自の美の理想を追求した世界が繰り広げられている。

また、どの作品でも歴史的な視点があるのが、この作家の特徴といえる。作品を書いている「現在」が二〇〇〇年代であっても、二〇一〇年代、二〇二〇年代であっても、常にその場所の過去に思いをはせることで、作品に重厚さが生まれている。

蔡駿はまた、独特なテクニックで読者をその作品世界の虜《とりこ》にする作家でもある。この作品の冒頭で、周旋が葉蕭に対して、「君が出てくる本は全部読んだ」と言っているように、同じ人物が別の作品に何度も登場する。葉蕭は作者のお気に入りのキャラクターで、ある作品では主人公になり、また別の作品では脇役の有能な警察官として登場する。そして、驚いたことに、作家・蔡駿本人が登場する作品では、葉蕭は蔡駿さんの三歳年上の従兄として登場することが多い。

画家の高凡も、別の作品にも登場するキャラクターだ。「高凡」は「ガオファン」と読むが、実はオランダの画家ファン・ゴッホを中国語では「梵高」または「凡高」（ファンガオ）と呼ぶので、それをひっくり返した名前になっている。当然、小説の中でも、精神病を患い、孤独に苦しんだファン・ゴッホの人生を反映した人物になっている。このように、同じキャラクター、よく似たキャラクターが何度も登場するので、読者は彼らが自分の古い友人であるかのような錯覚に陥り、もう一度会いたくなり、会えばうれしくなる。そして、だんだんに蔡駿世界の虜になっていくわけだ。

この『幽霊ホテルからの手紙』では、主人公の周旋がいろいろな人物と知りあい、話を聞くうちに、ひとつの謎が解けたかと思われると、また新たな謎が出現し、それまでの前提がひっくり返されてしまう。幽霊客桟に滞在する人々の誰が真実を語り、誰が嘘をついているのか、わからなくなっていく。そればかりか、誰が生きている人間で、誰がすでに死んでいるのかもわからなくなっていく。

独特の雰囲気のある世界を構築して、そこに読者を引っぱりこむ力のある作者なのだが、読者がせっかく怖がっているのに、まるで「いまの話は嘘だよ」と言わんばかりに微笑んでいる作者の姿が見えるような気がするときがある。そして、作者はまた別の方法で読者を騙しにかかり、読者はふたたび喜んで騙されていく。このように、作者と作品世界、そして読者との関係を何度も考え直す、いわばメタフィクション的な仕掛けによって大胆な実験を試みていることも、この作品の大きな魅力だろう。

蔡駿さんは一九七八年の生まれで、二十二歳のときから、継続して、多くの作品を発表してきた。映画、テレビドラマ、演劇になった作品も数多い。この『幽霊ホテルからの手紙』（原題：幽霊客桟）は、長編としては『病毒』、『詛咒』、『猫眼』、『神在看着你』、『夜半笛声』に続く六作目になる。二〇〇四年、作者が二十代だったころの作品で、若さとみずみずしさが感じられ、「日本の読者の皆さんへ」でも述べているように、蔡駿文学の故郷ともいえる作品になっている。その後も、『地獄的第19層』、『旋転門』、『天機』『人間』、『謀殺似水年華』、『地獄変』、『生死河』、『偸窺一百二十天』、『宛如昨日』、『鎮墓獣』、『春夜』、『夜宴図』、『謊言之子』『一千万人的密室』など多くの作品を発表している。『聖嬰』、『迷城』、『愛人的頭顱』、『最漫長的那一夜』などの中短編集もある。

中編・短編にはすでに日本語に翻訳されている作品もある。「美食の夜の物語」（二〇一五年一一月「灯火《ともしび》創刊号」上原かおり氏訳）、「猫王ジョーダン」（二〇一九年八月「小説導熱体第二号」舩山むつみ訳）、「恋猫記」（二〇二一年一〇月「小説導熱体第四号」舩山むつみ訳）、「アラジン」（二〇二二年一〇月「小説導熱体第五号」荒井龍氏訳）の四編である。「美食の夜の物語」はユーモアを交えながらも、ぞっとさせるホラー小説、「猫王ジョーダン」は上海の蘇州河南岸に君臨する野良猫の王と元バスケ選手の老人の友情を描いた奇想天外な物語、「恋猫記」は江南の情緒豊かな景色を背景にした異種恋愛譚、「アラジン」は『アラジンと魔法のランプ』の主人公が実は上海出身の不良少年だったという壮大なほら話で、この四編を読んだだけでも、蔡駿世界の多様さを知ることができるだろう。

さて、『幽霊ホテルからの手紙』には、続編が二冊続いている。二巻目の『荒村公寓』は、冒頭に中編の「荒村」が収録されており、いきなり、『幽霊ホテルからの手紙』の世界をひっくり返して始まる。続く長編「荒村公寓」は、西冷鎮の荒村にある不気味な屋敷と上海のフランス租界の古い洋館との二つの舞台を行ったり来たりして話が進む。主人公（語り手）は作家・蔡駿その人で、従兄の葉蕭も登場する。

三巻目の『荒村帰来』は荒村の幽霊屋敷と上海の大学の学生寮を舞台にしたホラー小説で、最後は揚子江古代文明の話にまで発展する。以上の二冊もいつか読者の皆さんにお届けしたいと願っている。

この日本語版は、作者からお送りいただいたワード稿を参考に、『幽霊客桟』（新版）作家出版社二〇一八年一月第二版を翻訳したものである。

装画
ミヤタジロウ
装幀
征矢武

DTP制作
エヴリ・シンク

著者紹介　**蔡駿**（さい・しゅん）

1978年上海市生まれ。22歳で小説の発表を始める。中国の悬疑小说（サスペンス小説）の第一人者で、その全作品の累計発行部数は1500万部におよぶ。その作風は古風な怪談のような作品からよりミステリー色の強いものまでバリエーションに富み、いずれもスプラッター的に恐怖をあおるものではなく、心理的に恐怖感を醸成し、独特の美学に貫かれている。「中国のスティーヴン・キング」と呼ばれ、本人もキングを愛読していることを公言している。多くの作品が英語、ロシア語、韓国語、タイ語、ベトナム語などに翻訳され、映像化されたものも多数ある。

訳者紹介　**船山むつみ**

東北大学文学部文学科（フランス文学専攻）卒業、慶應義塾大学法学部政治学科卒業。日経国際ニュースセンター、スイス大使館などを経て、翻訳者。訳書に紀蔚然『台北プライベートアイ』、莫理斯『辮髪のシャーロック・ホームズ　神探福邇の事件簿』、サルー・ブライアリー『25年目の「ただいま」』など。

幽《ゆう》霊《れい》ホテルからの手《て》紙《がみ》

二〇二三年四月三十日　第一刷発行

著　者　蔡《さい》駿《しゅん》
訳　者　船《ふな》山《やま》むつみ
発行者　花田朋子
発行所　株式会社 文藝春秋
〒一〇二－八〇〇八
東京都千代田区紀尾井町三－二三
電話　〇三－三二六五－一二一一（代表）
印刷所　光邦
製本所　光邦

ISBN 978-4-16-391690-3